LES AMATEURS

L'AUTEUR

Sara Shepard est originaire de Pennsylvanie. Diplômée de littérature à l'université de Brooklyn, elle est l'auteur de la série best-seller *Les Menteuses* dont la célèbre série télévisée *Pretty Little Liars* est l'adaptation. Sara Shepard vit actuellement à Tucson, en Arizona, avec son mari.

DU MÊME AUTEUR

Les Perfectionnistes, tomes 1 et 2

Pretty Little Liars

Intégrale 1 des Menteuses, tomes 1 à 4
Intégrale 2 des Menteuses, tomes 5 à 8
Intégrale 3 des Menteuses, tomes 9 à 12

The Lying Game

Tu es moi
Ne jamais dire jamais
Action ou Vérité
Cache-cache
Croix de bois, croix de fer
Pas vu, pas pris

SARA SHEPARD

LES AMATEURS

Tome 1

Traduit de l'américain
par Maud Desurvire

POCKET JEUNESSE
PKJ·

Titre original :
The Amateurs

Collection « Territoires » dirigée
par Pauline Mardoc

Loi n° 49 956 du 16 juillet 1949 sur les publications
destinées à la jeunesse : mars 2017

ISBN : 978-2-266-26460-0

À Kristian et Henry

CINQ ANS ET QUATRE MOIS PLUS TÔT

Au matin, la neige qui était tombée toute la nuit avait transformé le paysage. Cristalline, féerique, elle créait une belle couche uniforme sous laquelle tout était dissimulé.

Aerin Kelly, onze ans, descendit tant bien que mal la grande terrasse sur trois niveaux à l'arrière de la maison, ses bottes s'enfonçant dans l'étincelant duvet. Elle tomba tête la première, puis, hilare, roula sur le dos pour contempler le ciel blanchi. Une silhouette apparut au-dessus d'elle. C'était Helena, sa sœur de dix-sept ans, qui portait un manteau blanc ajusté orné d'un col en fourrure, des bottes fourrées aux pieds et un chapeau en feutre brun sur la tête. Sous sa nouvelle coupe courte blond platine qui mettait son visage en valeur, ses yeux bleus ressortaient particulièrement. Par la suite, Aerin songerait que ce jour-là, Helena était plus belle que jamais.

Tandis qu'Aerin se relevait en s'aidant des mains et des pieds, sa sœur renversa la tête en arrière.

— C'est drôle, cette odeur singulière qu'a la neige, dit l'aînée, pensive.

— Et il paraît que ça va continuer, se réjouit Aerin.

Helena cala sa botte fourrée dans une congère.

— Tu me prêtes ton portable ? Je voudrais jeter un œil à la météo.

— Tu as encore égaré le tien, commenta gentiment Aerin en lui lançant l'iPhone qu'elle avait convaincu sa mère de lui acheter l'été dernier.

Helena le rattrapa entre ses gants en cuir rouge qu'elle retira pour pianoter sur l'écran.

— Ils prévoient quinze centimètres de plus d'ici ce soir. Ce serait mieux d'attendre demain pour notre premier bonhomme de la saison, mais j'imagine que tu seras sur les pistes toute la journée. Ça te dit de le faire maintenant ?

— Si tu veux.

Les filles se dirigèrent d'un pas lourd vers le centre de leur jardin de deux hectares et demi où, depuis toutes petites, elles avaient coutume de faire un bonhomme de neige pour marquer le début de l'hiver. Son chapeau rabattu sur les yeux, Helena se mit à réaliser un premier monticule.

— Moi je propose que, cette année, on fasse une *bonne femme de neige*, décida-t-elle. Avec de gros seins.

— Et de grosses fesses, approuva Aerin, encore essoufflée par leur marche.

Helena sourit d'un air narquois.

— Et pourquoi pas un vagin, pour qu'elle soit tout à fait conforme d'un point de vue anatomique ?

Aerin gloussa. Mais au fond, elle avait surtout envie de se jeter à son cou. Même si sa sœur minimisait les choses, c'était bizarre qu'elles passent à nouveau du temps ensemble, à rigoler.

À une époque, Helena et Aerin avaient été inséparables. Elles se fabriquaient des tentes à l'aide de couvertures sous lesquelles elles se racontaient des histoires de fantômes. Elles confectionnaient des uniformes améliorés pour les proposer à Windemere-Carruthers, l'école privée où elles allaient à Dexby, dans le Connecticut. Elles inventaient des parfums de glaces, du type fraise-jalapeño, pour que leur mère en prépare dans sa sorbetière, des mélanges loufoques que, de leur propre aveu, elles-mêmes ne goûteraient jamais.

Au début de l'été dernier, cependant, Helena avait… *changé*. Après avoir coupé ses beaux cheveux longs, elle avait passé ses journées cloîtrée dans sa chambre et cessé de parler à tout le monde dans la famille, même à sa sœur. « C'est une ado, avait dit distraitement leur mère à Aerin. Elle vit sa première histoire d'amour. Laisse-lui du temps, ça passera. »

Sauf qu'à l'époque, Aerin avait vraiment besoin d'elle. Leurs parents, qui avaient toujours semblé très amoureux, se disputaient sans arrêt. Helena aussi entendait leurs échanges houleux à travers la cloison de sa chambre, Aerin le savait, mais chaque fois qu'elle tentait d'aborder le sujet, sa sœur esquivait.

Mais aujourd'hui, Helena, qui entassait de la neige pour façonner un buste, souriait comme si de rien n'était. Elle se mit même à évoquer le fait qu'Aerin devrait rejoindre l'équipe junior de ski, tant elle était douée.

— Je suppose que Kevin n'avait pas envie de construire un bonhomme de neige ? lâcha Aerin.

Helena s'interrompit en lui lançant un regard.

— Je ne lui ai pas proposé.

— Est-ce que vous… vous l'avez fait ?

— Fait *quoi* ? répondit Helena, le front plissé.

Aerin s'était dit qu'en posant cette question, elle aurait l'air d'une grande, de celles avec qui sa sœur avait encore envie de traîner. Helena allait sans doute rentrer en claquant la porte et elles en resteraient là.

Au lieu de cela, Helena la prit par l'épaule comme elle le faisait aux compétitions de natation quand Aerin sortait de l'eau après avoir fini dernière. Devant ce geste si tendre et familier, Aerin sentit aussitôt les larmes monter.

— C'est que… tu me manques.

Helena la serra fort dans ses bras.

— Je sais, on parlera plus souvent. Mais… certaines choses devront rester top secrètes.

Aerin cligna des yeux.

— Hein ?

— Dans nos téléphones, disons.

— Par texto, tu veux dire… ?

Helena la contempla en paraissant ajouter quelque chose, mais elle renonça et tendit l'oreille vers les bois comme si elle avait entendu un bruit. Aerin suivit son regard, mais ne vit que les arbres qui avaient toujours été là. Lorsqu'elle se retourna, sa sœur lui envoya une boule de neige en pleine tête. Aerin eut un petit rire aigu.

— Allons chercher des bouts de bois pour les bras, suggéra Helena. Je me gèle les fesses.

Elles modelèrent la tête, façonnèrent les cheveux, parlèrent d'avoir un nouveau chiot. Aerin vota en faveur d'un golden retriever qu'elle proposa de baptiser Frosties.

— Bonne idée, répondit doucement Helena.

Aerin leva les yeux, stupéfaite. C'était un nom idiot, et elles le savaient toutes les deux. Pourquoi Helena se montrait-elle aussi sympa ? Aerin se sentit mal à l'aise. Et si sa sœur était au courant de quelque chose concernant leurs parents – par exemple, qu'ils allaient divorcer ? Aerin n'était pas sûre d'être prête à avoir cette discussion.

Mais Helena n'évoqua pas le sujet, et finalement, la bonne femme de neige fut terminée. Les filles reculèrent un peu pour admirer leur œuvre.

— C'est le plus beau qu'on ait fait de toute notre vie, sourit Aerin en regardant sa sœur pour avoir son avis.

Mais Helena avait la tête tournée vers les bois.

— Carrément, acquiesça cette dernière d'un air absent.

L'espace d'un instant, elle sembla au bord des larmes, mais très vite, elle reporta son attention sur la sculpture de neige et sourit joyeusement.

— Il lui faudrait un accessoire, non ?

— Comme quoi ?

— Eh bien… réfléchit Helena, un doigt sur le menton. Un sac à main, peut-être ? J'en ai déniché un d'occasion en vinyle brun il y a quelques jours. Il est sur mon lit. Tu vas le chercher ?

Aerin crut avoir mal compris. En principe, elle

avait interdiction d'entrer dans la chambre de sa sœur. C'était peut-être un test ?

— Euh… d'accord.

Aerin fit coulisser la baie vitrée du salon et traversa la pièce à pas feutrés, laissant des traces humides sur le tapis tissé main. La maison était paisible, leurs parents absents. Elle sourit en croisant son reflet dans l'immense miroir de l'entrée. Blonde comme Helena, elle avait cependant des traits moins fins, des épaules plus larges, un visage plus masculin. N'empêche, leur ressemblance sautait aux yeux.

Tout à l'heure, elles commanderaient peut-être une pizza. Ou bien Helena l'emmènerait faire un tour dans sa Coccinelle. Ou alors elles chercheraient une solution pour réconcilier leurs parents.

La porte de la chambre était fermée. Aerin tourna la poignée. À l'intérieur, elle huma l'odeur d'huile essentielle de patchouli et de jasmin, des senteurs capiteuses qui lui évoquaient l'univers mystérieux des adultes. Elle avisa un bureau recouvert de matériel de dessin, des affiches de groupes dont elle n'avait jamais entendu parler, un iPhone posé sur un coussin en forme de cœur sur le lit, et le fameux sac à main en vinyle. La penderie grande ouverte laissait voir les vêtements extravagants qu'Helena avait portés ces derniers temps : à plumes, en soie, à imprimés psychédéliques ou à franges. Le regard d'Aerin dévia vers la commode. Dessus se trouvait une grue en papier glacé rouge, qui semblait monter la garde.

Un frisson la parcourut. On aurait dit que le volatile la fixait.

Elle s'approcha, lui effleura une aile. À côté était

posé un journal intime à la reliure en toile. Aerin souleva la couverture et contempla le nom de sa sœur griffonné de son écriture serrée sur la première page.

Un grincement se fit entendre, et Aerin se raidit. Elle attrapa le sac sur le lit d'Helena, le passa à son coude et remonta le couloir en vitesse. L'immense cuisine était toujours déserte. Elle jeta un œil à l'arrière de la maison. Helena avait disparu. Les poings sur les hanches, la bonne femme de neige se tenait seule au beau milieu du jardin.

— Helena ? appela Aerin en sortant sur le perron.

Un oiseau poussa un cri depuis une branche en hauteur. Il n'y avait pas un souffle de vent. Le terrain formait un carré vierge à découvert, isolé.

— Helena, t'es où ? lança encore Aerin en descendant les marches d'un pas lourd.

Sa voix résonna dans le silence. Son cœur se mit à cogner. *Elle est partie parce que j'ai fouiné dans ses affaires.*

Elle contourna la maison à toutes jambes. À l'avant, la voiture de sa sœur n'avait pas bougé de l'allée. Personne au volant. Aerin repensa subitement au portable d'Helena, resté dans sa chambre. Jamais elle ne serait partie sans.

Aerin fit volte-face quand une ombre vacilla à la limite des arbres.

— Helena ?

C'est alors qu'elle repéra quelque chose. Les baies tombées des taillis qui bordaient le fond de la propriété ressortaient comme des gouttes de sang dans la neige. Parmi elles, Aerin faillit ne pas remarquer les gants en cuir rouge d'Helena, abandonnés par terre, paumes vers le ciel.

Le cœur battant, elle se précipita pour les ramasser.

— Helena ? hurla-t-elle. *Helena !*

Mais Helena ne répondrait plus jamais.

AUJOURD'HUI

BIENVENUE SUR *CLASSÉS SANS SUITE*, LA PREMIÈRE COMMUNAUTÉ WEB DÉDIÉE AUX AFFAIRES CRIMINELLES NON ÉLUCIDÉES

FORUM DE DISCUSSION
RUBRIQUE : Affaires en cours
TITRE DU NOUVEAU SUJET : Helena Kelly, Dexby, CT
PUBLICATIONS : (1) 14 avril, 21 H 02

AKellyAuthentik : Toujours à la recherche de réponses concernant ma sœur. Besoin de votre aide…

Chapitre 1

En ce jeudi soir, veille des vacances de printemps, Seneca Frazier était assise en tailleur sur le lit de la petite chambre qu'elle occupait à la résidence étudiante de l'université du Maryland. Il était plus de 23 heures. Le bâtiment était calme car tout le monde était sorti faire la fête dans les confréries ou avec les étudiants de troisième ou quatrième années. Tove Lo jouait dans les haut-parleurs de son ordinateur portable. Des cartons remplis traînaient sur et au pied de son lit. Elle avait éteint le plafonnier, et la lueur de l'écran donnait un éclat cuivré à sa peau mate. Le parfum dont Eve, sa colocataire, s'était aspergée avant de partir n'arrêtait pas de la faire éternuer, et chaque fois, des petits bouts de cheveux rêches tombaient de sa queue-de-cheval en lui chatouillant les joues. Cependant, lorsqu'elle découvrit le message que Maddy venait d'écrire sur le forum de *Classés sans suite*, un site auquel Seneca était un peu accro, ses petites contrariétés s'évanouirent. Son regard convergea sur la question à l'écran.

MBM0815 : Tu connais cette affaire ?

Au-dessous figurait la capture d'écran d'un message publié quelques heures plus tôt par une certaine AKellyAuthentik. Seneca sentit son cœur faire un bond en lisant le titre du sujet de discussion : Helena Kelly. *Oh oui, Maddy. J'en connais tous les détails par cœur.*

Mais ça, elle ne pouvait pas l'avouer à Maddy. Elle remua les doigts au-dessus du clavier.

LesPuissants : C'est la gosse de riche qui a disparu il y a environ cinq ans ? Celle dont on a retrouvé le corps dans un parc ?
MBM0815 : Ouais. C'est arrivé près de chez moi. J'envisage d'étudier le dossier.

Seneca tira sur l'écharpe tube à grosses mailles autour de son cou et regarda une nouvelle fois la capture d'écran. L'auteure de cette publication, AKellyAuthentik, était-elle la sœur d'Helena, *Aerin* Kelly ? Comment aurait-elle appris l'existence de *Classés sans suite* ? De la même manière que Seneca, peut-être : par hasard. C'était Ashton, un copain de fac avec qui elle avait échangé des livres écornés d'Agatha Christie, qui lui en avait parlé un jour, à la cafétéria :

— Tu sais qu'il y a un site Internet où des détectives amateurs élucident des crimes ? avait-il dit, tout excité. C'est à mi-chemin entre un jeu vidéo et la série

Bones : une vraie drogue. Ça empiète sérieusement sur mon temps de révisions.

Tout en touillant sa mixture de yaourt glacé à la fraise aux Choco Pops, Seneca avait haussé les épaules avec apathie.

— Ça a l'air marrant.

Mais à la première occasion, elle avait foncé dans sa chambre et sauté sur son ordinateur pour saisir *Classés sans suite* dans le moteur de recherche.

C'était facile de perdre des heures sur les forums de CSS. Elle emportait son ordinateur portable en cours et faisait semblant de prendre des notes alors qu'en fait, elle discutait en ligne de meurtres et d'enlèvements non résolus. Parfois, elle séchait carrément ; peu importait qu'elle soit présente, les vidéos des cours étaient mises en ligne dans la soirée. Elle ne voulait rien rater des avancées concernant les enquêtes qu'elle suivait. Parmi les contributeurs, certains étaient des crétins ou des curieux, mais d'autres avaient des idées judicieuses et une expérience concrète : MissMaïs était une ancienne employée de la police de Seattle. Corne2Licorne avait une formation en médecine légale. BMoney60 intervenait toujours à coups de déclarations qui tenaient en une phrase, genre *Attention spoiler : c'est la mère qui a fait le coup.* Et bien souvent, il avait raison.

Seneca avait l'impression d'avoir sa petite brigade d'experts personnelle dans son ordinateur.

Et puis, il y avait son amie Maddy, alias MBM0815, à savoir Madison Wright, habitante du Connecticut. Sur Facebook, Maddy était du type pom-pom girl souriante au teint et cheveux d'Asiatique impeccables, affichant un sérieux penchant pour le rose. Néanmoins, ses publications sur CSS étaient pleines d'esprit et perspicaces. Une fois passées à la messagerie instantanée de Google, elles avaient abordé des sujets personnels et futiles, et inventé un jeu dans lequel elles comparaient les gens de leur entourage à des bonbons. Seneca en avait avoué beaucoup à Maddy, mais pas tout. À moins d'y être forcée, elle ne se dévoilait jamais totalement à *personne.*

Cédant à la tentation qui l'agitait, Seneca rédigea un nouveau message.

LesPuissants : Trop bien. Les vacances commencent demain et je vais m'ennuyer grave. Je pourrais venir te voir. On se pencherait sur l'affaire Kelly ensemble.

Elle ajouta un émoji étonné et appuya sur ENVOYER en tapotant nerveusement sur la tête de lit. Ce serait super de rencontrer une nouvelle amie. Il y avait bien une petite bande qu'elle fréquentait à la fac, mais elle les considérait encore tous comme des connaissances.

Quant à Helena Kelly… pour elle, c'était le Saint-Graal des cas non élucidés. Elle mourait d'envie de s'y attaquer.

Cinq ans et demi plus tôt, Seneca avait suivi religieusement l'affaire qui tournait en boucle sur CNN. Pendant des jours, on envoya de vaillantes équipes de secours à sa recherche, on interrogea la ville entière, même le gouverneur du Connecticut prononça un discours plein d'espoir quant à son retour saine et sauve. Au début, Seneca fut soûlée par ce tapage, mais au fil des mois, alors qu'Helena restait introuvable, son intérêt pour le sujet changea peu à peu. Quand un reportage démarrait aux infos, elle laissait tout en plan pour le regarder. Elle lisait et relisait tous les articles d'investigation la concernant. Elle s'immisçait sur la page Internet créée en sa mémoire, retenant sans le vouloir les noms de ses amis. Pendant des mois, elle fouilla les profils Facebook de la famille, découvrant au passage que les parents d'Helena étaient en instance de divorce et que Mme Kelly relançait un commerce de dégustation de glaces en ville. Elle semblait fortement soutenue « en cette période difficile » par la communauté de Dexby. Seneca avait retenu son souffle et croisé les doigts pour que la jeune fille soit retrouvée en vie. Consciente que l'univers était en général avare de dénouements heureux, elle se disait toutefois que, peut-être, avec un peu de chance, Helena déjouerait les lois de la probabilité.

Quatre ans plus tard, le corps d'Helena fut découvert. Outrée, Seneca écouta la police de Dexby admettre aux micros des journalistes qu'ils doutaient d'identifier un jour le coupable. *Mais il reste des tas de détails à examiner !* avait-elle pensé. Pourquoi n'avaient-ils pas creusé davantage l'alibi du petit ami ? Qu'est-ce qui les empêchait d'envoyer plus de chiens dans ce parc du nord de l'État ? Est-ce qu'on avait bien pris en compte tous les épisodes de la vie d'Helena ?

L'ordinateur de Seneca émit un nouveau bip. Elle ouvrit le message.

MBM0815 : Tu dois avoir un sixième sens : j'avais la même idée ! Tu pourras dormir chez moi. Pour venir ici : Amtrak, puis train de banlieue Metro-North jusqu'à la gare de Dexby.

Seneca se laissa aller en arrière et se cogna contre son carton étiqueté *Énigmes criminelles, A à L.* Une décharge d'adrénaline la parcourut, suivie d'un frisson d'appréhension. Elle allait se lancer pour de vrai. Se rendre sur place, dans cette ville qui l'avait obnubilée, interroger des habitants dont elle savait déjà beaucoup de choses. Le voyage allait faire ressurgir des tas de souvenirs qu'elle avait longtemps tenté de refouler.

Malgré tout, c'était plus fort qu'elle, elle était surexcitée par ce défi. Elle en savait plus sur cette affaire que la plupart des flics qui avaient bossé dessus. Maddy avait *besoin* d'elle. Et au fond, Helena et Aerin aussi. Seneca imaginait très bien la petite sœur prête à tout pour obtenir des réponses se connectant sur *Classés sans suite*, comme elle à l'époque. Si Seneca démêlait cette histoire, tout ce qui partait en vrille dans sa vie s'arrangerait peut-être par la même occasion ? Bon, c'était décidé : elle irait. Elle allait découvrir ce qui s'était passé.

Cela ne résoudrait pas tous ses problèmes, ce ne serait pas la réponse à toutes ses questions, mais c'était un début.

Chapitre 2

Calée dans la causeuse en osier qui meublait la petite véranda de son amie Tori, Aerin Kelly croisa les jambes de manière provocante en lançant un regard au garçon assis à côté d'elle. Oliver. Non, Owen. Merde. Non, c'était bien Owen.

— Super fête, hein ?

Elle but une petite gorgée de la limonade alcoolisée qu'elle avait trouvée dans la glacière, et son goût douceâtre lui arracha une grimace. Elle aurait mieux fait de prendre une Corona.

Les doigts d'Owen s'agitaient nerveusement sur sa bière.

— J'aimerais bien habiter Dexby. Cette ville est géniale.

— Sauf quand on y vit, répliqua Aerin en haussant les épaules.

À travers la moustiquaire, elle contempla l'immense jardin de Tori. Bien que M. et Mme Gates aient explicitement demandé à leur fille de ne pas l'allumer en leur absence, une belle flambée crépitait dans le brasero. Autour, quelques jeunes, soûls ou défoncés, voire les deux, se tortillaient façon tribale. Devant le garage, des élèves de Windemere, l'école privée guindée d'Aerin, jouaient au basket, trébuchant sans cesse sur trois poufs qui avaient décidé de s'allonger là pour jacasser en contemplant les étoiles. Pitbull rappait à pleins tubes, quelqu'un vomissait dans les buissons, et Aerin était quasiment sûre d'avoir vu Kurt Schultz sortir la Porsche de M. Gates. *Une soirée comme tant d'autres à Dexby*, pensa-t-elle. Ici, les gens ne faisaient jamais rien avec modération, surtout les fêtes.

Elle décocha à Owen son sourire le plus aguicheur. C'était un cousin de Cooper Templeton – Cooper, qui était sûrement en train de fumer le bang qu'il avait apporté, vu qu'il ne faisait *que ça* en soirée. Un peu plus tôt, Aerin avait repéré Owen à l'autre bout du grand salon bondé et saccagé. Il avait paru un peu esseulé, alors elle s'était glissée jusqu'à lui. « Viens, on va trouver un coin tranquille pour bavarder », avait-elle proposé en l'entraînant par la main. En chemin, Quinn McNulty, une camarade de classe, l'avait encouragée d'un signe du pouce. « Il est mignon », avait-elle soufflé, mais Aerin avait surtout choisi Owen parce qu'il ne savait rien d'elle… ni des casseroles qu'elle traînait.

En la voyant lui caresser le bras du bout des doigts, Owen eut un petit rire nerveux.

— Ils font quoi, les jeunes, pour s'occuper dans le coin ? J'ai vu qu'il y avait une piste de ski tout près. Tu en fais ?

— Avant, oui, admit Aerin, mais je me suis lassée.

C'était le prétexte qu'elle avait sorti à ses parents. Comme elle n'était pas d'humeur loquace, elle se leva et ôta son tee-shirt, révélant un soutien-gorge en dentelle mauve. La véranda était déserte et isolée. Plus ou moins. De toute façon, des tas de garçons ici l'avaient déjà vue en petite tenue. Owen en resta ahuri.

— À toi, décréta-t-elle en le pointant du doigt dans un battement de cils.

Owen obéit et retira son tee-shirt Sunkist difforme qu'il laissa tomber sur la terrasse. C'était si facile de détourner l'attention des mecs.

Aerin le jaugea. Il avait la peau bronzée et de solides abdos. Son caleçon jaune vif dépassait de son pantalon. À droite de son nombril apparaissait une cicatrice de la taille d'une pièce de vingt-cinq cents. Des détails qu'elle aurait oubliés dans moins d'une heure. Il tendit les bras pour l'attirer contre lui.

— *Hmm*, gémit-il en pressant la bouche sur sa clavicule.

Aerin y alla aussi de son petit gémissement pour tenter d'éveiller en elle, disons, un semblant d'émotion. Mais en vérité, Owen aurait pu être n'importe qui. Elle avait juste besoin d'un exutoire pour oublier ce message qu'elle avait publié sur ce site de tarés spécialisé dans l'élucidation de crimes.

Ils s'embrassèrent un moment, Owen remontant peu à peu les mains jusqu'au fermoir de son soutien-gorge. Aerin lui accorda quelques baisers délicats, les mains à plat sur son torse imberbe. Alors il glissa les doigts jusqu'à la ceinture de sa jupe, et elle le sentit tâtonner pour ouvrir le bouton.

— Non, arrête, protesta-t-elle en reculant.

Décoiffé, la bouche entrouverte, Owen la dévisagea, puis lui sourit.

— Allez, insista-t-il en l'embrassant dans le cou.

Il rapprocha doucement les mains de sa ceinture. Aerin sentit ses vieilles angoisses remonter et reconnut cette petite voix familière dans sa tête. *Ne fais pas ça.*

— J'ai dit *arrête*, lâcha-t-elle en s'écartant brusquement.

Il resta assis là, les mains sur les genoux. Non loin, un des fêtards brailla plus fort que les autres ; le ballon de basket rebondit lourdement sur le dallage.

— T'es sérieuse ? fit Owen, l'air stupéfait.

Aerin se leva, manquant de trébucher sur ses chaussures qu'elle avait envoyé valser. Il l'interrogea du regard alors qu'elle remettait son tee-shirt.

— J'ai raté un truc ou quoi ?

Elle se crispa.

— J'ai changé d'avis, c'est tout.

Il ramassa son tee-shirt pour le remettre et vida d'un trait ce qui restait de sa bière.

— Espèce de tarée.

Elle le regarda quitter la véranda en claquant la porte et se faufiler dans le jardin jusqu'au brasero pour s'affaler d'un air boudeur sur une des chaises en bois. *T'es vraiment tordue, ma pauvre*, se dit-elle.

Soupirant, elle alla aux toilettes du rez-de-chaussée qui étaient jonchées de papier et où un emballage de préservatif traînait dans le lavabo. Elle ouvrit quand même le robinet et s'aspergea le visage d'eau. Dans le miroir, son reflet la fixa, mascara dégoulinant, rouge à lèvres étalé. Grâce à la chaleur d'un fer et sa routine maquillage de quarante-cinq minutes, son balayage blond était bien lisse, et son teint parfait. Ses seins, qui avaient considérablement poussé ces cinq dernières années, débordaient de son soutien-gorge mauve. Mais qu'est-ce qui lui avait pris d'allumer ce pauvre garçon puis de le rembarrer ? Qu'aujourd'hui fût la date anniversaire du jour où on avait retrouvé les ossements de sa sœur n'expliquait pas tout. Pas plus que ce qu'elle avait posté sur ce forum. Cette situation se reproduisait souvent.

La première fois, c'était deux ans jour pour jour après la disparition d'Helena. À l'époque, elle avait treize ans. James Ladd et elle faisaient la queue devant la chapelle de l'école pour l'office du matin, et durant tout ce temps, il l'avait dévisagée, sans doute désolé pour elle. « Tu veux que je te montre mes seins ? » avait-elle lâché sans réfléchir.

Ils s'étaient glissés dans la salle de spectacle et cachés derrière le grand sapin de Noël qui décorait la scène. Là, elle avait remonté son tee-shirt. James avait maté… d'un air de vraiment apprécier. Ça lui avait fait du bien d'être maître d'une situation plutôt que de subir, et de ressentir quelque chose après deux ans de torpeur.

Alors elle avait continué. D'abord avec Kennett McKenzie, un mec qu'elle avait embrassé lors d'une soirée dans un hôtel particulier de l'Upper West Side alors qu'elle était censée rendre visite à son père. Puis avec Landon Howe, à qui elle avait montré sa culotte à l'occasion d'un brunch en plein air. Et il y avait aussi cette fois, il y a un an pile, où Aerin avait laissé Brayden Shapiro la peloter au départ du neuvième trou, au club sportif de Dexby. C'était ce jour-là que sa mère avait appris par un coup de fil que la dépouille de sa fille avait été retrouvée dans un parc de Tolland County, à deux heures de route d'ici. Aerin s'était accrochée pour ne pas s'évanouir quand les types de la scientifique avaient évoqué le traumatisme contondant au niveau du bassin d'Helena, toujours visible malgré presque cinq ans de décomposition.

Tout à coup, il y eut du raffut dehors. Aerin regarda par la fenêtre. Des gyrophares de police bleus et rouges tournoyaient sur la pelouse. Un coup de sirène fendit l'air. Au moment où elle ouvrit la porte des toilettes, un groupe de jeunes détala à toute vitesse, jetant derrière eux cannettes de bière et gobelets en plastique.

— Vite, dans les bois ! cria Ben Wilder.

— Prends ton sac ! siffla Rebacca Hodges à Greta Attkinson. Sinon ils vont trouver ton permis et savoir que tu étais là !

Aerin piocha une chips dans un saladier à l'entrée et sortit calmement. Elle avait bu une gorgée de limonade alcoolisée. Les flics pouvaient toujours l'embarquer, elle s'en fichait.

Des agents faisaient passer des alcootests. Dans la véranda, Tori était en larmes. Aerin envisagea d'aller la consoler, mais ce n'était pas comme si ça allait résoudre quelque chose.

— Reste ici, toi ! cria une voix bourrue à Aerin.

Un flic braqua une lumière crue sur sa figure, mais au bout de quelques secondes, il abaissa sa torche vers la pelouse.

— Aerin Kelly ?

Le jeune policier s'avança vers elle. Ses joues pâles étaient si lisses qu'Aerin se demanda même s'il avait l'âge de se raser. Son corps maigrichon flottait dans son uniforme.

— C'est moi, Thomas.

Sa voix tremblait un peu.

— Thomas Grove ? On s'est croisés l'an dernier au… hum, gala de Pâques ?

Aerin l'observa plus attentivement.

— Et merde.

Véritable événement à Dexby, le gala de Pâques était un genre de soirée déguisée organisée tous les ans, le dimanche pascal, au domaine Chester Morgenthau – d'ailleurs, la prochaine avait lieu le week-end prochain. Tous sur leur trente et un, les adultes venaient faire des mondanités, se vanter de leur patrimoine, faire une offre par écrit sur des trucs vendus aux enchères, et bla-bla-bla. Selon une des traditions, il était tout à fait approprié que les jeunes filles viennent, panier en osier au bras, déguisées en œuf de Pâques version poule de luxe.

L'année dernière avait été celle de la première incursion d'Aerin dans l'univers de ces fameuses soirées de Dexby, et elle n'avait pas été surprise d'assister à des bagarres à coups de poing dans la cave à vin, et de voir des gens faire l'amour à même les tapis en cachemire. Pas du genre à être en reste, elle avait jeté son dévolu au hasard sur un garçon en terminale à Windemere qu'elle avait entraîné dans le cellier – non qu'elle ait vraiment eu besoin de se faire prier.

Et ce garçon, c'était lui : Thomas Grove. On lui aurait donné un million de chances de se rappeler son nom qu'elle ne l'aurait jamais retrouvé.

Thomas se rapprocha un peu, mais d'un air rassurant. Son sourire était étonnamment doux et timide, et c'était le premier mec depuis un certain temps, remarqua Aerin, qui ne louchait pas sur ses seins.

— Tu es flic maintenant ?

— Ouais. Étonnant, hein ? fit Thomas d'un ton espiègle, comme s'il avait roulé ses supérieurs. Je me suis engagé il y a deux mois. C'est un exploit d'obtenir un poste ici. La majorité des gars commencent à Clearview ou Rhode. Même pas eu besoin de déménager.

Aerin songeait encore au gala de l'année passée. Après s'être embrassés un moment – Thomas n'avait rien exigé de plus –, ils s'étaient assis par terre dans le cellier de leur hôte, et avaient observé ce qui les entourait. Il y avait une douzaine de conserves de viande hachée, des palettes entières de SpaghettiOs à la sauce tomate, et des boîtes de Cream of Wheat. L'idée de M. et Mme Morgenthau mangeant de la bouillie d'avoine était comique et ils avaient rigolé en imaginant la scène. L'espace de quelques minutes, Aerin avait eu le sentiment d'être une fille presque… *normale*, une convive pompette comme tant d'autres.

Mais ensuite, Thomas lui avait pris la main en disant qu'elle était très jolie, puis il avait enchaîné en parlant de sa sœur, pour dire entre autres qu'il l'avait toujours trouvée sympa. Quand il était en seconde et elle en terminale, ils avaient eu une heure de permanence en commun, un truc du genre. Aerin avait déguerpi.

Elle chassa ce souvenir d'un battement de paupières et se redressa. Désormais Thomas était flic. Elle les *détestait*, surtout ceux de Dexby.

— Bon, tu comptes m'arrêter ou quoi ? le défia-t-elle.

Thomas tira sur son col, puis jeta un coup d'œil au collègue sur sa droite occupé à menotter Cooper Templeton.

— File. Ça m'embêterait que tu aies un casier pour ça.

Aerin le toisa avec méfiance. Pourquoi tant d'indulgence ? Mais au fond, quelle importance ? Seule certitude : elle n'avait aucune envie de moisir dans ce merdier.

— Merci, acquiesça-t-elle, désinvolte, en rejetant ses cheveux en arrière. Je te revaudrai ça.

— À une prochaine ? hasarda Thomas.

Aerin ne répondit pas.

Une fois en sécurité à bord de son Audi, elle compta le nombre de véhicules de police stationnés dans l'allée. Quatre… non, *cinq*. Soit presque tous les effectifs de la ville. À l'évidence, ils n'avaient rien de mieux à faire un jeudi soir. Car Dexby était une ville hyper sûre, pas vrai ? Il n'était *jamais* rien arrivé de grave par ici.

Enfin, *si peu*. Parfois Aerin avait l'impression d'être la seule à ne pas avoir oublié.

* * *

Lorsqu'elle arriva devant chez elle, la maison était plongée dans l'obscurité et, à la place où se garait habituellement sa mère, toujours pas de voiture. Rien d'étonnant. Elle était sans doute encore à pied d'œuvre dans l'un des trois cafés Scoops que comptait Dexby, à vérifier que le parfum Rocky Road était assez renversant[1].

Souvent Aerin se demandait ce que sa mère pensait, au juste. Des fréquentations de sa fille. Du ski qu'elle avait soi-disant arrêté par lassitude. Du fait que, visiblement, tout le monde à part elle avait oublié Helena.

Qu'elle avait lancé un cri de détresse sur un site ridicule.

Elle claqua sa portière, rentra par le garage et réfléchit, les yeux plissés dans la pénombre humide. La vieille cabine de karaoké était encore là, dans un coin. *1 045 chansons intégrées !* lisait-on sur le côté en grosses lettres roses. Il y a des années, Aerin et Helena avaient été fascinées par le karaoké installé à la kermesse de Dexby, et à force de le supplier, leur père avait fini par leur en acheter un. Mais ça c'était avant ; aujourd'hui Aerin ne lui demandait plus *rien*. Elle allait très peu le voir dans cet appartement austère de New York où il avait emménagé après le divorce. Elle ne supportait pas la vue qui donnait sur l'aisselle de la statue de la Liberté, ni le frigo, en général vide.

D'un coup de pied, elle écarta un carton rempli de sacs-poubelle, et ouvrit le petit rideau. Il faisait moite dans la cabine de karaoké, et si noir qu'elle distinguait à peine sa main. Ça faisait cinq ans qu'elle n'avait pas allumé l'appareil, mais si elle fermait les yeux, elle s'y revoyait presque : les longs arpèges des tubes de Mariah Carey ; la mélodie de *Ce rêve bleu* ; Helena

1. La « Rocky Road » est une recette de crème glacée à base de chocolat, guimauve et noix qui donnent à la texture un aspect bosselé comme une « route rocailleuse », qui secoue bien. *(Toutes les notes sont de la traductrice.)*

qui chantait du Bruno Mars d'un ton monocorde alors qu'Aerin se donnait à fond.

Au bord des larmes, elle renifla pour les empêcher de couler, puis sortit son téléphone avec culpabilité pour saisir *Classés sans suite* dans le navigateur.

Site dédié aux enquêtes sur des affaires non résolues depuis 2010, disait la bannière au graphisme médiocre. Il y avait un onglet étiqueté *Supports visuels*. Lors de sa première visite, elle avait cliqué dessus et découvert des vignettes titrant *Itinéraire du tueur*, *Angles d'impact d'un couteau* et *Traces de coups sur le corps = rituel satanique ?* Un message clignotant annonçant « vidéos » contenait de vraies merveilles, exemples : un corps entièrement nu et mutilé gisant dans un parking ; le lent panoramique d'une scène de crime aux murs maculés de sang ; ou encore un médecin légiste penché sur un cadavre, décrivant avec affabilité la cause de la mort. Un lien intitulé *Revue de presse* dressait la liste de faits d'armes comme *Une fillette portée disparue en Arkansas retrouvée grâce à l'aide de détectives amateurs* ou *Le bornage d'un téléphone portable effectué par un groupe d'internautes experts permet d'identifier un meurtrier en Virginie-Occidentale.* Sans compter le nombre incalculable de pages de forums comprenant des rubriques telles que *Modalités, Affaires en cours, Disparitions mystérieuses, Crimes sexuels, Actu webcams*, et même une baptisée *Cas abjects.*

Dans *Affaires en cours* figuraient des douzaines de dossiers et parmi eux : *Helena Kelly, Dexby, CT.* Même si c'était elle qui l'avait intégré à la liste, Aerin eut un choc de voir son nom écrit là. Nerveuse, elle cliqua sur sa publication. Son cœur fit un bond : sept réponses !

Ce dossier-là, c'est du lourd, avait écrit Xcalibur. *Sans moi.*

Même le FBI n'a rien trouvé, avait répondu quelqu'un sous le pseudo RGR. *Je passe mon tour aussi.*

Les cinq autres messages étaient du même acabit. Sous le choc, Aerin eut le souffle coupé comme si on l'avait poignardée. L'enthousiasme ressenti deux minutes avant fut aussitôt étouffé et laissa en elle un vide béant. Voilà où on en était. Son appel au secours n'avait suscité que des réactions sinistres de la part d'une bande d'ignorants. Autant se faire une raison : elle ne connaîtrait jamais la vérité sur Helena. Ce qui était arrivé à sa sœur demeurerait un mystère… et un cauchemar récurrent pour le restant de ses jours.

Chapitre 3

Le dimanche suivant, après deux ou trois entretiens d'orientation et une altercation avec un représentant du service clients de Storage Lockers 4 U, une entreprise de garde-meubles, Seneca prit place sur un siège défoncé de la ligne Metro-North en direction de Dexby. Le train sentait le désinfectant et le café. Elle se doutait qu'elle était dans le wagon dédié au calme, pour autant, elle avait quand même son portable pressé contre l'oreille et s'efforçait de calmer son père.

— Moi aussi j'avais très envie de te voir pendant ces vacances, chuchota-t-elle. Mais Annie a eu un coup dur à Berkeley et elle a besoin de moi.

— Je comprends, mais ça ne me plaît vraiment pas que tu voyages seule, insista le père de Seneca.

— Papa ! j'ai dix-neuf ans. Je suis capable de prendre le train comme une grande. Ne t'inquiète pas.

Il soupira.

— Bon, est-ce qu'il faut que j'appelle les parents d'Annie pour les remercier de t'héberger ?

— Non ! s'écria Seneca, qui regretta aussitôt cette réaction affolée. Je veux dire : pas la peine, je le ferai.

Elle inspira un coup en regardant autour d'elle. Quelques sièges plus loin se trouvait un garçon en sweat à capuche XXL, avec de grosses pompes dorées ridicules et une casquette de base-ball abaissée sur les yeux. Elle n'arrêtait pas de surprendre son regard sur elle. De l'autre côté du couloir, une fille trop maquillée remuait ses lèvres nacrées en lisant un magazine à potins.

— Tu passeras au moins quelques jours à la maison avant de reprendre les cours, j'espère ? reprit son père. Quand est-ce que ça reprend, déjà ? Lundi en huit ?

— Mardi en huit.

Elle croisa deux doigts dans le dos en priant pour qu'il ne reçoive pas de coup de fil d'un des responsables de l'université.

— Amuse-toi bien avec Annie, Titi, fit son père d'une voix triste, employant le surnom de Seneca quand elle était petite, ce qui la fit d'autant plus culpabiliser.

Elle avait horreur de lui mentir. Il se tracassait beaucoup pour elle, elle le savait, c'était même étonnant qu'il ait accepté qu'elle parte vivre dans une résidence universitaire. De plus, il se méfiait des gens qui entraient dans sa vie ; mais la description que Seneca lui avait faite d'Annie Sipowitz, une fille rencontrée à la fac, avait eu l'air de le rassurer. Et pour cause : musicienne passionnée *et* génie des maths *et* responsable d'un centre de loisirs avec cela, Annie n'était pas du genre à s'attirer des ennuis. Sauf que cette fois, ce n'était pas exactement chez Annie que Seneca se rendait. Toutefois, elle ne pouvait pas confier à son père la destination *exacte* de son voyage.

Elle glissa le *B* de son pendentif entre ses lèvres en le suçotant – son tic quand elle était tendue. Une fois de plus, elle relut le message que lui avait envoyé Maddy il y a quelques minutes. *Ça va être d'anthologie. Ps : j'ai dit qu'on avait fait connaissance en camp d'athlétisme, alors fais semblant d'être une sprinteuse !*

Seneca hocha la tête en se souvenant que Maddy avait parlé de sa passion pour la course. Elle pianota sur l'écran : *On vient de passer la gare de Stamford. Je t'apporte des Krispy Kreme.* Elle considéra un instant la boîte de donuts posée à côté d'elle, sensible au fait que Maddy soit le genre de fille qui ne voyait aucun mal à s'offrir un petit plaisir ou deux de temps en temps.

Miam, répondit Maddy. *Je porte une veste verte, je t'attendrai sur le quai.*

Seneca sourit, appuya sur le bouton d'accueil de son portable et afficha Google Chrome. La veille, elle avait relu les rapports d'enquête sur l'affaire Helena Kelly. Elle cliqua à présent sur le lien vers l'annuaire de la promotion de terminale d'Helena à Windemere-Carruthers. Il y avait cette photo que Seneca avait longtemps scrutée à une époque, sur laquelle on voyait la jeune fille dans un couloir, vêtue de son uniforme écossais, un chapeau de feutre porté de travers sur la tête pour se donner un air désinvolte. Elle semblait vraiment insouciante.

Sur une autre page, on pouvait lire les dédicaces que les élèves avaient écrites sous leur photo. Celle d'Helena, qui avait été ajoutée peu de temps avant sa mort, était particulièrement nunuche : *À bientôt Becky-bee ! Toi Kaylee reste cool. Pour que l'amour dure toujours. Vive nous et mon club de guerrières, chevalier LOL façon samouraï !*

Pour finir, Seneca revint d'un clic aux nombreuses dépêches tombées l'an dernier, quand la dépouille d'Helena avait été retrouvée. Des gosses jouaient dans un ruisseau de Charles County, quand un petit garçon trouva par hasard ce qu'il pensait être un os de chien. Sa mère comprit que ce n'en était pas un et contacta la police. La correspondance entre l'analyse dentaire et le dossier médical d'Helena fut rapidement établie.

La mission de Seneca était de découvrir comment elle s'était retrouvée là.

Moins de quelques minutes après, son train entra en gare dans un puissant grincement. Seneca tira son sac en cuir vintage du porte-bagages au-dessus d'elle. La fille au magazine parlait d'une voix sirupeuse au téléphone tout en faisant la queue dans le couloir pour descendre. Plus loin, Pompes Dorées fixait Seneca, le sourcil haussé. Elle vérifia d'un coup d'œil son reflet dans la vitre. Avec son teint couleur miel, ses yeux bleu clair et sa crinière brune, elle savait que certains mecs la trouvaient « exotique », mais pour le reste, elle se maquillait peu et portait des bottes de motarde à bouts coqués. Barbie Potins était sûrement plus son genre, non ? Quand elle tourna à nouveau le regard vers lui, Pompes Dorées était parti.

Le quai grouillait de monde, et apparemment le polo BCBG était à la mode ici. À l'horizon, d'immenses pins dont la forme n'était pas sans rappeler les désodorisants pour voiture faisaient saillie, et l'air frais était aussi pur que mordant. *Voilà, j'y suis*, pensa Seneca. Vu que tous les reportages télé avaient souligné la prospérité de Dexby, elle s'était attendue à des châteaux perchés sur des collines et des Rolls-Royce sur le parking. En face de la gare, une petite zone commerçante abritait un studio de gym Pure Barre, un magasin de vins et spiritueux, et une boutique de vêtements Vineyard Vines. Au bout de la rue se trouvait un hôtel de style gîte de montagne baptisé The Restful Inn. Seneca n'arrivait pas à décider ce qui définirait le mieux l'édifice : hideux ou kitsch à souhait.

Elle essaya de repérer une Asiatique en vert. Tout le monde se dirigeait et les gens en masse vers les escaliers et les gens accueillaient ceux qui venaient de descendre du train. Seneca rouvrit l'historique de ses textos pour en envoyer un nouveau à Maddy : *Je suis arrivée. Tu es où ?*

À mesure que les voyageurs se pressaient de retrouver la personne venue les chercher, une à une, les possibilités qu'il s'agisse de Maddy diminuèrent. Seneca consulta l'écran de son téléphone : pas de réponse. Au bout de quelques minutes, elle se retrouva seule sur le quai, à l'exception d'un beau mec assez grand aux cheveux châtains ondulés et à la mâchoire ciselée, qui portait un tee-shirt marqué de l'inscription *University of Oregon*. Ça, alors. Maddy avait justement dit à Seneca qu'elle venait d'obtenir une bourse pour intégrer l'équipe d'athlétisme de cette fac. Peut-être que ce garçon était aussi étudiant là-bas et que, d'une certaine manière, il la connaissait.

Elle sortit tranquillement sur le parking en se demandant si elle ne s'était pas trompée d'arrêt.

— Excuse-moi ? C'est toi Seneca ?

Mister Oregon l'avait suivie.

— Euh, oui…

Le garçon afficha un grand sourire en dégainant une main vers elle.

— Salut. Moi c'est Maddy !

Seneca fixa tour à tour cette paume tendue et son propriétaire ; d'ailleurs elle avait un peu du mal à ne *pas* le regarder. Il avait des yeux verts perçants que l'on pourrait qualifier « de braise », et un petit sillon au creux du menton. La veste vert kaki à l'aspect souple qu'il portait par-dessus son tee-shirt faisait ressortir la couleur de ses yeux. Ses New Balance orange au logo blanc étaient un peu éraflées et gâchaient son allure parfaite ; à croire qu'il avait soigneusement calculé son coup pour paraître accessible et néanmoins craquant. Elle se surprit à jouer au jeu qu'elles avaient inventé avec Maddy – la Maddy du forum, pas cette personne, évidemment – et lui attribua le nom d'une confiserie qui correspondait le mieux à sa beauté. Il lui faisait penser à l'un de ces délicieux biscuits Cadbury qu'elle avait achetés lors d'un voyage en Angleterre avec son père, l'an dernier. C'était le meilleur chocolat de l'univers, et pourtant, on en trouvait dans n'importe quelle épicerie de quartier.

Se sentant rougir, elle détourna brusquement le regard.

— Attends, tu es qui, exactement ?

— Maddy, fit-il en se désignant du doigt avec un sourire niais. De *Classés sans suite*.

— MBM0815, c'est *toi* ? bafouilla-t-elle.

Le garçon inclina la tête d'un air narquois.

— Ouais...

Puis il regarda la boîte de donuts qu'elle tenait dans les mains.

— Sympa, merci. Tu vas m'aider à les manger, hein ?

Seneca ne sut pas quoi répondre. Elle se voyait mal manger un donut devant ce mec ; ça la mettrait trop mal à l'aise.

— Comment on peut appeler son fils *Madison* ? finit-elle par dire.

— En vrai, je m'appelle Maddox...

Il eut soudain un mouvement de recul.

— Oh, merde ! Tu croyais que j'étais une... ? Tu m'as pris pour Madison Wright, c'est ça ? C'est ma demi-sœur.

Il roula des yeux d'un air entendu.

— Elle t'a contactée sur Facebook ? C'est son grand truc.

Seneca eut la sensation d'avoir la cervelle farcie de mousse à raser, chose inhabituelle pour elle. Détestant être prise au dépourvu, elle abordait généralement chaque situation en étant bien préparée, sachant exactement à qui elle avait affaire et ce qui l'attendait.

— Non, mais je savais que c'était toi. J'ai confondu vos prénoms, c'est tout.

Ça n'avait aucun sens. En ligne, Maddy avait avoué une passion pour l'émission de télé *Antiques Roadshow* et lui avait raconté que certains jours, il ne se sentait pas à sa place parmi les gosses de riches de sa classe. Et pourtant il était là, tête haute, détendu et sûr de lui, les pouces pendus aux passants de son jean visiblement hors de prix. Le sourire qu'il affichait était celui d'un type conscient d'être séduisant et apprécié. Pire que tout : Seneca lui avait confié sur Gchat qu'elle était vierge, qu'elle portait encore un faux palais la nuit, et qu'elle passait plus de temps à la bibliothèque de la fac qu'au café ou, en l'occurrence, en cours. Elle lui avait parlé de ses difficultés scolaires et l'avait même abreuvé d'anecdotes au sujet de Chad, son pseudo-ex, y compris celle où il l'avait royalement ignorée en scotchant du foot à la télé durant ce qui devait être un dîner romantique dans un restaurant de Philadelphie. Quelque chose lui fit dire que le « Maddy » face à elle serait aussi du genre à décrocher de la conversation en faveur d'un match de foot.

Et merde. Dire que c'était elle qui avait proposé de venir à Dexby. Pourvu qu'il n'aille pas s'imaginer que c'était un plan drague.

Sur ce, non sans mal, Seneca fit abstraction de son trouble. D'accord, Maddy était un mec, un régal pour les yeux, un sportif bizarrement cool. Et alors ? Elle n'allait pas pour autant en oublier la raison de sa venue ici.

— Alors, qu'est-ce que t'en dis : on y va ?

Maddy sourit à nouveau de cet air peinard, plein d'assurance.

Il tendit le bras pour lui porter son sac, mais Seneca s'interposa en vitesse.

— C'est bon, je gère.

Elle commença à marcher. Lorsqu'elle releva enfin les yeux vers lui, Maddy avançait près d'elle d'un pas souple. Même sa démarche était sexy et athlétique.

— Hé… tout va bien. C'est moi. Tu me connais.

Quand il souriait, de petits plis se formaient au coin de ses yeux.

Seneca rajusta la poignée dans sa main. *Non, je te connais pas*, aurait-elle volontiers répondu.

— Pour info, lança-t-elle dans son dos : Maddy, c'est un prénom de fille. Tu ferais mieux de t'en tenir à Maddox.

Chapitre 4

Maddox Wright ouvrit le hayon de sa Jeep, ses clés de voiture accrochées à un long cordon sur lequel on pouvait lire *Équipe d'athlétisme de Dexby.*

— Tu as fait bon voyage ? demanda-t-il à Seneca en posant la boîte de donuts à côté de son sac, avant de se glisser au volant.

— Oui, répondit froidement Seneca.

Elle hésita devant la portière côté passager comme si elle n'était pas sûre de vouloir monter. Maddox ne comprenait pas où était le problème. Elle ne s'attendait *quand même pas* à ce qu'il soit une fille ? Sans blague : ses publications sentaient le mâle à plein nez, non ? Bon, d'accord, Maddy était peut-être un peu ambigu comme prénom, et c'est vrai qu'il s'était confié à Seneca comme rarement il le faisait avec les gens du coin. Parfois, c'était plus facile pour lui de partager le fond de sa pensée quand il était tard et qu'il savait que son confident n'allait pas se moquer de lui le lendemain en cours. Pour autant, Seneca n'avait pas de raison d'être choquée ou de se montrer aussi réticente. Il avait un peu envie de lui dire que la plupart des filles de sa fac seraient assez surexcitées de passer du temps en sa compagnie, mais ça semblait très arrogant dit comme ça.

Le truc, c'est que Seneca ne ressemblait pas vraiment aux filles qu'il côtoyait. Du coin de l'œil, il détailla son apparence, très éloignée de l'idée qu'il s'en était fait. Elle avait les joues roses, le teint cuivré, et les cheveux frisés d'un brun presque noir, ramassés en une queue-de-cheval sauvage. Elle portait un short en jean aux bords effilochés, une chemise écossaise qui semblait tout droit sortie du placard de son pépé, et des bottes de motarde canon qui mettaient en valeur ses longues jambes. Pas *du tout* ce à quoi il s'attendait.

C'était le côté étrange d'Internet. Au cours de tous leurs échanges à distance, d'abord sur les forums, ensuite via messagerie privée, puis à travers de longs emails portant sur des affaires mais pas que, il s'était représenté une fille, disons, différente. Plus effacée, peut-être, avec une vilaine peau, des lunettes à grosse monture noire, et moins bien roulée. Une fille qui ne l'aurait pas attiré. Ou qu'il ne se serait pas *d'office* imaginé en bikini.

Des coups secs retentirent sur la carrosserie. Carson Peters et Archer McFadden, deux coéquipiers de Maddox, apparurent.

— Salut, vieux. Tu fais le cinq kilomètres d'Achilles, demain ? dit Archer d'une voix tapageuse quand Maddox eut baissé sa vitre. Tu vas choper la première place, c'est sûr. Paraît que Tara va participer aussi !

Il lui donna un petit coup de poing dans le bras.

— Je suis sûr que tu n'aurais pas de mal à courir toute la journée après ce beau petit cul, charria Carson.

— Nan, je suis déjà trop occupé à courir après celui de ta mère, répliqua Maddox du tac au tac, mais du coin de l'œil, il aperçut ensuite l'expression revêche de Seneca, et ajouta plus sobrement : blague à part, je suis pris demain.

Apercevant à leur tour Seneca, Archer et Carson décochèrent à Maddox un sourire narquois et interrogateur.

— Je vous présente ma pote Seneca, reprit ce dernier. On s'est connus en stage d'athlétisme.

— Salut, ça va ? lancèrent les deux garçons en la reluquant.

Seneca les salua poliment d'un signe de tête, puis s'ensuivit un étrange silence gêné. Maddox fit ronfler le moteur.

— Bon, on y va, lança-t-il à ses coéquipiers.

Archer acquiesça en souriant d'un air flippant. Carson, lui, avait encore les yeux rivés sur les seins de Seneca.

Au premier virage, Maddox lui lança un regard.

— Désolé. Ils ne sont pas méchants quand on les connaît.

L'air pincé, la mâchoire crispée, Seneca marmonna de façon inaudible.

— Enfin, *bref*, enchaîna Maddox en faisant mine de ne pas avoir entendu, nous voilà à Dexby ! Et ne dis pas le contraire, je sais que tu meurs d'envie de visiter.

— Je préférerais aller chez les Kelly, objecta Seneca d'un ton rigide.

— Tu veux dire, chez *Aerin* Kelly ? tiqua Maddox.

Elle le regarda comme s'il était demeuré.

— Qui d'autre ?

— Je pensais qu'on irait d'abord faire un tour sur les lieux qu'Helena fréquentait, par exemple, la pizzeria, la piste de ski, peut-être même le lycée Windemere. J'ai aussi une liste de ses amis à qui on devrait aller parler. Becky, sa meilleure copine de l'époque, tient un restaurant qui sert des super frites au fromage ; en plus, elle a connu la fameuse Kelsey qui bosse aujourd'hui comme garde forestier. Et puis, je pensais prendre rendez-vous avec le…

— Mais Aerin nous a envoyé un SOS sur le forum, le coupa Seneca.

— Au fond, on n'est pas sûrs que ça vienne d'elle. Et de toute façon, les amis d'Helena seront peut-être mieux placés pour nous renseigner que sa petite sœur, tu ne crois pas ?

— Sa petite sœur, comme tu dis, est la dernière personne à l'avoir vue en vie.

Seneca planta la langue dans sa joue.

— Corrige-moi si je me trompe, mais c'est quand même plus important que des frites au fromage, non ?

— Ce n'est pas ce que je…

Maddox ne voulait pas passer pour un abruti, mais c'était trop tard. Seneca avait raison pour Aerin… c'était bien ça, le problème.

— OK, pourquoi pas, céda-t-il comme si ça allait de soi, déboîtant sur la file de droite pour aller chez Aerin.

Il serra les dents en jetant un coup d'œil dans le rétroviseur. *Merde, merde et chier.* Lui qui espérait éviter cette histoire le plus longtemps possible, c'était raté.

Comme Seneca ne disait rien, il décida de profiter du chemin pour lui présenter un peu la ville.

— Cet embranchement conduit à un parc où deux personnes ont vu un Bigfoot. T'as déjà participé à une chasse au Bigfoot ? Les gens adorent ça par ici. Ça finit souvent par des soirées de malade.

Pas de réaction. Il s'engagea sur un boulevard bordé par l'immense centre sportif de Dexby.

— C'est là que je viens m'entraîner avec Catherine.

Longue pause. Seneca tripota le rabat de son sac à main.

— Et qui est Catherine ? finit-elle par soupirer comme s'il l'avait forcée à poser la question.

— Ma coach.

Seneca le regarda d'un drôle d'air.

— T'as besoin de quelqu'un pour apprendre à *courir* ?

Il haussa les épaules.

— Grâce à elle, j'ai réduit mon temps de six secondes sur le huit cents mètres. C'est énorme. C'est ce qui m'a valu la bourse pour l'Oregon.

Maddox guetta la réaction de Seneca, persuadé qu'elle serait aussi impressionnée que lui, mais son regard était tourné vers la fenêtre.

Ils passèrent devant l'école privée Windemere-Carruthers. Maddox, lui, était allé au lycée public. Windemere jouissait d'une belle pelouse bien verte, et le bâtiment principal, un édifice en brique du XVIIIe siècle, scintillait au soleil. Le commissariat se trouvait à proximité, un joyau moderne de pierre et de verre. Puis apparut le célèbre salon de dégustation de glaces de Dexby, dont l'enseigne en forme de cornet tournoyait au bord de la route. Seneca observa chaque adresse avec sérieux. Maddox se creusa la tête pour trouver une histoire drôle à raconter, mais les meilleures blagues qu'il connaissait étaient toutes cochonnes.

Peu à peu, les maisons se transformèrent en de vastes horreurs architecturales qu'il connaissait bien. Quand il était plus jeune, assis à l'arrière de la voiture de sa mère, Maddox s'amusait à imaginer à quoi elles ressemblaient à l'intérieur : celle à l'angle de la rue, avec ses airs de forteresse, renfermait une pièce remplie de figurines de superhéros ; l'autre en pierre et brique perchée sur la colline abritait vingt chambres à coucher et une piscine couverte avec toboggan. Mais bref, c'était de l'histoire ancienne tout cela.

Seneca se tourna vers lui.

— C'était comment, l'ambiance, ici, après la disparition d'Helena ?

— Du délire. La moindre rue était bloquée par des minibus de journalistes. Ils ont littéralement campé sur place… Ils ont interviewé tout le monde. Hyper insistants sur certains trucs.

Située au bout d'une voie sans issue, la maison des Kelly était une construction classique tout en pierre et en voûtes, dotée d'un grand jardin à l'arrière délimité par des bois à la végétation dense et luxuriante. Maddox connaissait si bien cet endroit qu'il aurait pu le dessiner de mémoire. Il coupa le moteur et se carra au fond de son siège. Bon, maintenant qu'ils étaient là, il ne lui restait plus qu'à cracher le morceau.

Il s'éclaircit la voix et se tourna vers Seneca.

— Écoute, voilà : Aerin Kelly et moi… on se connaît.

Seneca leva les yeux au ciel.

— Tu es sorti avec elle ?

Maddox fut momentanément décontenancé.

— N… non. Il y a environ dix ans, ma mère a travaillé pour sa famille.

Il haussa les épaules avec nonchalance.

— C'était la nounou, en quelque sorte.

Ce fut au tour de Seneca de paraître troublée.

— Pendant combien de temps ?

— Je ne sais pas, environ trois ans.

Il s'efforça de garder un ton léger et paisible.

— J'étais trop jeune pour rester tout seul à la maison et je ne pratiquais pas d'activités après l'école, alors parfois, j'allais avec elle.

Il toussa dans son poing.

— Quant à mon père… il est parti quand j'avais quatre ans. Je ne sais plus si je t'en ai parlé. Mais c'est pas grave. Et depuis, ma mère s'est remariée. Elle ne travaille plus.

La bouche de Seneca trembla.

— Tu étais gêné ? C'est pour ça que tu ne m'en parles que maintenant ?

— Quoi ? Mais non, j'ai dû oublier, c'est tout, récusa Maddox d'un geste de la main, espérant qu'elle ne flaire pas son mensonge.

Seneca jeta un coup d'œil de gauche à droite.

— Bon, tempéra-t-elle au bout d'un instant. Et Helena, tu l'as connue un peu ?

Maddox donna une pichenette au cordon relié à son trousseau.

— Pas trop. Mais elle était sympa. De ces personnes à qui tu ne souhaites que du bien, tu vois ? Je suppose que c'est pour ça que l'affaire m'a toujours intéressé. Elle ne méritait pas ce qui lui est arrivé.

Les yeux plissés, Seneca acquiesça d'un air de ne pas en perdre une miette. Elle agrippa la poignée de sa portière, puis se tourna vers Maddox en le toisant d'une manière qui le laissa un peu perplexe : elle le matait ou elle essayait de lire dans ses pensées ?

— Je ne dis pas ça pour te cataloguer, mais… tes amis, ils savent que tu es branché « élucidation d'affaires criminelles » ?

Maddox eut l'air interloqué.

— Quels amis ? À la fac ?

Elle haussa les épaules.

— Tes copains d'athlé. Ces mecs sur le parking.

Maddox réfléchit. Ses amis le voyaient sûrement tel que Seneca le voyait à cet instant : comme un sportif, un tombeur, tout ça. À croire qu'ils avaient tous oublié celui qu'il était avant, et Maddox se gardait bien de leur rafraîchir la mémoire. À quoi bon ressasser le passé ?

— Oublie ma question, se ravisa Seneca. Tu es sûr d'être prêt pour ça ?

Il redressa les épaules.

— Carrément.

Ils marchèrent jusqu'à l'entrée où figurait toujours ce petit écriteau décoratif qui disait *Bienvenue, les amis !* Lorsqu'il appuya sur la sonnette et entendit sa petite mélodie familière, son ventre se tordit de nostalgie.

Un bruit de pas se fit entendre. Quelqu'un batailla avec un entrebâilleur à chaîne, puis la porte s'ouvrit. Regorgeant de poutres apparentes, d'art folklorique et de mobilier Shaker, l'immense vestibule était le même que dans ses souvenirs. Cependant, ce n'est qu'à ses yeux bleus que Maddox reconnut Aerin. Elle était grande avec de beaux cheveux blond clair, les yeux très maquillés, et la bouche rose vif. Elle portait un tee-shirt riquiqui de la même couleur que ses lèvres, un short qui révélait des cuisses fines et, aux pieds, un hybride de chaussures entre la sandale et la botte.

Maddox s'efforça de ne pas sourire bêtement, mais il eut du mal. Ces dernières années, il l'avait aperçue de loin – à des rencontres d'athlétisme, des grosses fêtes, au défilé du 4 juillet – mais pas de près. Néanmoins, la rumeur disait vrai : la petite morveuse d'autrefois était devenue une bombe atomique.

Aerin les toisa avec méfiance.

— C'est pour quoi ?

— On fait partie d'un collectif d'internautes qui enquêtent sur des affaires non résolues, se présenta Seneca.

— On vient apporter notre aide, dit Maddox en même temps.

Seneca lui jeta un regard, et inversement. Puis Maddox revint à Aerin et recommença à zéro :

— On a lu ton message sur *Classés sans suite*. À propos de ta sœur.

Aerin blêmit en un clin d'œil.

— *Hein ?*

Maddox fronça les sourcils.

— Ce n'est pas toi qui l'as écrit ?

Elle repoussa une mèche derrière son oreille.

— Si, mais…

Elle déglutit, la gorge serrée.

— J'hallucine. Vous avez *mon âge.*

Seneca se redressa.

— Le site a réussi à résoudre plusieurs affaires classées sans suite à travers tout le pays.

Aerin passa une main sur son front.

— Déjà que ça me déprimait d'imaginer que les gens qui publiaient sur ce site flippant étaient des losers de quarante balais qui habitaient encore chez papa-maman et qui se prenaient pour Scoubidou, mais là… C'est un jeu pour vous, c'est ça ? Vous pensez que ça fera joli dans votre dossier d'inscription en fac ?

— Non ! Pas du tout… se défendit Seneca.

— Ça vous excite, ces vidéos morbides ? enchérit Aerin, les narines gonflées. Vous êtes conscients que leur diffusion est illégale ? Ces victimes sont de vraies personnes, vous savez. Avec de vraies familles.

Maddox haussa les épaules.

— Les visages sont floutés. Et elles sont parfois utiles, surtout si celui qui les regarde s'y connaît en plaies ouvertes, par exemple. Certains participants sont des médecins, d'anciens flics et…

— Les gens savent que vous n'êtes que des gamins ? le coupa Aerin. Et si je me connectais sur le site et que je disais à tout le monde que vous n'avez même pas fini le lycée ?

— À vrai dire, je suis déjà à la *fac*, rétorqua

Seneca. Donc vas-y, te gêne pas. Mon pseudo, c'est LesPuissants.

Aerin la fusilla du regard puis pivota vers Maddox, une petite lueur dans les yeux, comme si, enfin, elle le reconnaissait.

— Et toi, là. C'est quoi, ça ? Un canular pour pouvoir te vanter auprès de tes abrutis de copains ?

Maddox éclata de rire.

— Maddy Wright, je ne sais pas si tu te souviens.

À la tête d'Aerin, on aurait dit qu'il venait de la gifler en pleine figure. Il y eut un long silence.

— Le fils de ma nounou ?

Elle agrippa le bouton de la porte.

— Bon, laissez-moi tranquille.

— Mais… protesta Seneca.

— *Allez-vous-en.*

Aerin commença à refermer la porte, mais Maddox eut le réflexe de la retenir d'une main.

— Attends.

Il se palpa pour trouver le stylo qu'il avait sur lui, déchira un bout d'un ticket qui traînait dans sa poche, puis griffonna son téléphone et son adresse.

— Voilà mon numéro, dit-il en lui jetant le papier. Appelle quand tu veux.

Il haussa les sourcils et, dans un ultime effort, lui décocha son fameux sourire qui faisait craquer les filles.

Aerin s'assombrit d'autant plus, et leur claqua la porte au nez.

La couronne fixée sur la porte tressauta sous le choc.

— Charmante, commenta Seneca d'un air tendu, pivotant sur ses talons à la manière d'un soldat pour repartir à la voiture.

Maddox eut un frisson. Il grimpa au volant et mit le contact. Voilà pourquoi il ne voulait pas venir ici : il redoutait précisément ce genre de scène. Aerin l'avait traité comme elle l'avait toujours fait à l'époque où il était encore le gosse lourdaud de sa nounou. Pourtant, il avait changé. Sans compter qu'ils avaient des amis communs désormais. Il avait espéré qu'elle changerait son attitude envers lui. Il ne supportait pas qu'on lui rappelle cette période de sa vie.

— Je t'avais bien dit qu'on n'aurait pas dû venir, lâcha-t-il. Aerin est une garce. Elle l'a toujours été.

— C'est pas l'impression qu'elle m'a donnée, répondit Seneca en montant à côté de lui. Elle avait l'air bouleversée, c'est tout.

— Peut-être, mais lui mettre la pression d'entrée de jeu en se présentant comme un *collectif*, ce n'était pas très malin.

— Ah ! J'aurais dû te laisser parler, en fait ? fit Seneca d'un ton cassant.

— Non, je dis juste qu'on aurait pu y aller plus doucement. Lui dire qu'on comprenait ce qu'elle vivait.

Seneca tressaillit.

— Qu'est-ce que tu sous-entends par là ?

Maddox ferma la bouche. Il n'insinuait rien du tout.

— Comment veux-tu que je sache ce qu'elle vit ? insista Seneca, les joues marbrées de rouge. Je ne suis pas d'ici. Je ne la connais pas. Qu'est-ce qui te prend de dire ça ?

— Mais rien ! C'était juste pour parler.

Détends-toi, pensa-t-il sans le dire. Il n'avait pas besoin d'en connaître un rayon sur les filles pour savoir que demander à une femme de se calmer ne faisait que l'énerver encore plus.

Seneca pinça les lèvres.

— Ce n'est peut-être pas une bonne idée, en fin de compte.

Maddox tourna brusquement la tête.

— *Quoi ?*

— Je ferais mieux de repartir.

— Attends, qu'est-ce que tu racontes ? Ce n'est pas parce qu'Aerin n'est pas intéressée que…

— Si tu ne veux pas me ramener à la gare, je trouverai un taxi.

Maddox sentit une boule lui plomber le ventre. Nom de Dieu. Elle ne plaisantait pas.

— Et qu'est-ce que tu dirais d'aller plutôt…

— Non, je veux rentrer.

Maddox la fixa, mais elle refusa de le regarder. Il n'avait jamais vécu un fiasco aussi spectaculaire. Avant l'arrivée de Seneca, il s'était réjoui de rencontrer cette nouvelle amie fan de la même chose que lui. Mais il s'était trompé sur toute la ligne. La Seneca virtuelle était chaleureuse et drôle, rien à voir avec la fille distante et cassante à côté de lui. Il ne la reconnaissait pas du tout.

De toute façon, qu'est-ce qu'il fabriquait à discuter avec des tordus sur ce site ? Il n'était plus comme eux. C'était un mec cool à présent ; d'ailleurs il n'avait pas besoin d'une nouvelle amie, encore moins d'une psychopathe comme Seneca. Mais d'une certaine manière, il savait que dit tout haut, tout ça sonnerait faux.

— Comme tu voudras, conclut-il d'un ton calme en enclenchant la marche avant. Va pour la gare.

Chapitre 5

Alors que le jour déclinait, Aerin était assise sur le canapé de la bibliothèque à l'étage, capsule temporelle de l'année 2012. Sur l'étagère, un *Newsweek* retraçait la réélection d'Obama. Le vieux lecteur de DVD ne prenait pas en charge les Blu-ray. Une fine couche de poussière nappait la tranche de chaque volume de l'*Encyclopædia Britannica*, une vraie relique à elle seule. Depuis la disparition de sa sœur et le déménagement en ville de son père, sa mère se démenait pour maintenir l'immense maison en parfait état – *elle*, elle ne s'écroulait pas du tout, non, monsieur ! – mais cette pièce demeurait son petit jardin secret.

Au rez-de-chaussée, Aerin entendit justement sa mère, qui pour une fois était à la maison, ouvrir une bouteille de vin. Marissa Ingram, sa meilleure amie, cria de joie quand le bouchon sauta.

— Bon sang, j'ai bien besoin d'un verre, soupira-t-elle.

Aerin sortit à pas de loup, ferma la porte, et jeta un œil par-dessus la rampe d'escalier. Harris, le mari de Marissa, traînassait dans le salon, feuilletant les beaux livres qui trônaient sur la table basse. Installées à la grande table, les deux femmes trinquèrent. Marissa, qui avait des cheveux de jais coupés à hauteur du menton, devait peser dans les quarante kilos toute mouillée. Comme toujours, elle portait au doigt son énorme diamant ; il était si gros que si elle mettait un coup de poing à quelqu'un de cette main, elle l'éborgnerait à coup sûr. Tandis qu'elles sirotaient leur vin, Marissa parla de son fils Heath, qui sortait avec une nouvelle fille.

— Elle est sympa ? questionna la mère d'Aerin.

— Parce que tu crois qu'il nous l'a présentée ? se moqua M. Ingram que tout le monde appelait Skip.

— En tout cas, vu la description qu'Heath nous en fait, elle a l'air un peu… enfin, je ne sais pas.

Marissa poussa un soupir.

— Ordinaire, disons.

Aerin se retint de pousser un grognement méprisant. Dans le jargon des Ingram, « ordinaire » signifiait *pauvre*. Remarquez, personne ne serait jamais assez bien pour leur fils. Lui-même n'était pas à la hauteur de leurs attentes. Au fil des années, Marissa avait passé sous silence le fait qu'Heath avait été, petit un, renvoyé de Windemere pour avoir taggé le mur du labo de sciences que sa famille avait en partie financé. Petit deux, qu'il avait abandonné ses études à Columbia et mit les voiles direction le Colorado pour devenir un adepte de la glande et du ski. Et petit trois, qu'il avait réintégré la propriété familiale trois ans plus tard non pas pour trouver du boulot, mais pour participer à diverses manifestations en ville, dont une contre la battue visant à réguler la population des cervidés. Marissa n'était sans doute pas fan des tatouages tribaux sur ses biceps, d'ailleurs. Aerin les avait remarqués lors de la dernière soirée piscine des Ingram.

Le plancher grinça.

— Chérie, on ferait bien de se mettre en route, fit la voix râpeuse de Skip qui avait une pointe d'accent de Boston. On a ce rendez-vous à 19 heures.

Marissa se leva.

— Tu fais bien de me le rappeler, mon chou, j'allais oublier.

Aerin donna un coup de botte dans la rampe, qui en garda une éraflure. Ces petits surnoms affectueux par lesquels ils s'appelaient lui donnaient la nausée.

Après avoir fait la bise à Mme Kelly, le couple Ingram partit d'un pas nonchalant. Alors on n'entendit plus dans la maison que le débit monotone et feutré de la station de musique classique sur la chaîne stéréo. Aerin jeta un nouveau coup d'œil en bas. Sa mère à la chevelure couleur miel, qui portait encore à merveille son pantalon en soie moulant, se rassit à la table en mâchonnant la tige de ses lunettes à monture d'écaille ; si Aerin avait dû compléter une bulle au-dessus de sa tête pour lui attribuer une pensée, elle n'aurait pas su quoi écrire.

Mme Kelly sursauta en remarquant sa présence en haut de l'escalier.

— Je ne t'avais pas entendue rentrer.

— Ça fait des heures que je suis là, répondit Aerin.

— Assise dans le noir, je présume ?

Elle alla rincer son verre de vin dans l'évier. Lorsqu'elle se retourna et vit sa fille toujours plantée au sommet des marches, les mains dans les poches de sa minijupe, elle pencha la tête.

— Tu as quelque chose à me demander ?

Aerin en resta sans voix. Autrefois, elle et sa mère étaient proches – même Helena était jalouse du lien qui les unissait. Aerin adorait l'aider à préparer des glaces maison au sous-sol. Le vendredi, elle l'emmenait à son club de fitness où elles s'adonnaient à une séance mère-fille de vélo en salle, avant d'aller se faire masser. Si Aerin avait peur de quelque chose, sa mère lui étreignait la main en suivant un code bien précis : une pression du pouce au centre de la paume, suivie d'une autre au dos de la main. Sa mère enchaînait alors par trois petites pressions qui signifiaient : *Je suis là.* Aerin était prête à parier qu'elle ne s'en rappelait plus.

— Les flics m'ont arrêtée hier soir, lâcha-t-elle sans détour. Chez Tori.

Mme Kelly s'agrippa la taille.

— *Quoi ?*

Aerin fut sidérée. Sa mère était si coupée de tout et de tout le monde qu'elle allait même jusqu'à ignorer que la police avait fait une descente à la soirée de Tori.

— Laisse tomber.

La tête rentrée dans les épaules, Aerin tourna les talons vers sa chambre.

— C'était une blague.

Mme Kelly gravit les marches quatre à quatre et la retint par la manche.

— Mais qu'est-ce que tu as ?

Aerin se dégagea d'un mouvement brusque.

— Est-ce qu'au moins tu te souviens quel jour on était hier ou est-ce que je suis la seule à ne pas avoir oublié l'existence d'Helena ?

Mme Kelly tressaillit à l'évocation de sa fille aînée.

— Évidemment que je m'en suis souvenu, dit-elle en baissant les yeux.

— Eh bien on ne dirait pas.

Aerin claqua la porte de sa chambre derrière elle, se planta au milieu de la pièce, et attendit. Au bout d'un moment, elle entendit un soupir et un bruit de pas repartir dans la direction opposée. Typique de sa mère.

Elle pivota brusquement en embrassant la pièce du regard. Si un anthropologue venait jeter un œil ici, il se dirait sans doute qu'Aerin était une adolescente heureuse, tout à fait normale. Des photos d'elle avec ses amis défilaient sur son écran de veille. Au mur étaient fixés des pompons jaunes et rouges datant de la dernière journée contre l'homophobie à l'école. Sur son oreiller était calé un gros hippopotame que Blake Stanfield avait gagné pour elle lors du carnaval des pompiers de Dexby, l'an dernier. Pour découvrir la vérité, les scientifiques seraient obligés de lancer une sérieuse expertise. À commencer par l'analyse de son oreiller pour en déterminer la teneur en sel vu la quantité de larmes qu'elle versait encore quand elle se savait seule ; ou bien l'examen de son historique de navigation pour trouver les sites web en mémoire d'Helena sur lesquels elle continuait d'aller, et cette vidéo de sa sœur à Noël, il y a six ans, qu'elle visionnait tous les soirs.

Est-ce parce qu'elle était la dernière à l'avoir vue ce jour-là qu'Aerin continuait de penser sans cesse à sa sœur ? Elle avait refait mille fois le point sur cette matinée enneigée passée avec Helena. Mais qu'est-ce qui lui avait pris d'aller chercher ce foutu sac à main ? Qu'était-il arrivé à Helena durant ce laps de temps infime où Aerin n'avait pas été là pour la protéger ? Durant les interviews qu'elle avait accordées à de nombreuses chaînes d'information, certains journalistes lui avaient demandé si elle se sentait responsable. Soit pour lui tirer les larmes, soit parce qu'ils en étaient convaincus, voire les deux. Peut-être même que *tout le monde* était de cet avis. Si Aerin s'était contentée de rester avec elle, Helena ne serait pas morte. C'était une théorie aussi valable qu'une autre.

Que ce soit vrai ou non, Aerin avait toujours eu le sentiment que c'était à elle de découvrir ce qui s'était passé, surtout maintenant que les flics s'étaient désintéressés de l'affaire. Elle avait donc contacté une communauté d'internautes, et qui s'était pointé ? Des *gamins* de son âge. Bonjour l'insulte ! Elle n'avait pas supporté leurs têtes de délégués de classe empressés. Ni l'histoire de « collectif » de la fille. Et encore moins le fait que l'un des deux soit le fils de son ancienne nounou. Ce mec ne ressemblait plus du tout au Maddy Wright de son enfance, loin de là. Et d'ailleurs, qu'est-ce qu'il croyait ? Qu'elle lui devait quelque chose, juste parce qu'il avait traîné chez elle étant gosse ?

Elle était curieuse de savoir où ils en étaient maintenant. Continuaient-ils à examiner de vieux rapports sans elle ? Aerin attrapa son téléphone pour retourner sur la page de *Classés sans suite*. Son sujet de discussion était encore en tête de liste, presque, et il y avait un nouveau commentaire. Publié par LesPuissants : c'était la fille qui avait sonné chez elle, non ? *J'ai fait le déplacement jusqu'à Dexby pour me renseigner. Affaire au point mort. Retour au bercail par le train de 19 heures.*

Elle rentrait chez elle ?

— Mince, murmura Aerin.

Elle jeta un œil à sa montre, puis fouilla dans sa poche pour retrouver le bout de papier que lui avait balancé Maddy tout à l'heure. Si elle l'avait ramassé, c'était uniquement pour éviter que sa mère le trouve et ne lui demande ce que le numéro de Maddy Wright faisait par terre.

Elle contempla une fois de plus son écran, puis porta une main à son front. Elle s'en voulait déjà de ce qu'elle s'apprêtait à faire.

Chapitre 6

Cela ne faisait qu'un quart d'heure que Maddox l'avait déposée à la gare, mais le téléphone de Seneca avait déjà sonné une cinquantaine de fois depuis. À cet instant, alors qu'elle se tenait devant le distributeur pour acheter un billet, *Maddy* clignotait sur l'écran. Elle appuya sur IGNORER.

La situation s'était vite envenimée. Du début à la fin, entre tout ce que Maddox avait dit ou fait dans la voiture et la personne à laquelle elle s'attendait, fille ou garçon, *peu importe*, le contraste s'était révélé affligeant. Jusqu'au bout, elle avait espéré que sa façade se brise mais en vain, si bien qu'elle ne s'était plus du tout sentie en phase avec lui, au point de ne même plus savoir comment meubler la conversation.

Sans parler de tous ces sites dans Dexby : il y a des années, elle avait rêvé de ces lieux, et les voir en vrai faisait remonter en elle un torrent de souvenirs. Quant à Aerin Kelly, bien sûr, elle présentait bien *en apparence* – coiffure et maquillage impeccables –, sauf qu'elle dégageait une aura de détresse. Seneca connaissait bien cet air. Elle avait le même.

Et puis, pourquoi cette remarque de Maddox, comme quoi elle comprenait Aerin ? Qu'est-ce qui lui avait pris de dire ça ? Est-ce qu'il était *au courant* ?

Seneca voulait être forte et poursuivre cette enquête. Elle aurait pu, si Maddox avait été la personne qu'elle s'était imaginée. Ou bien si Aerin s'était montrée plus réceptive. Mais telles que les choses se présentaient, elle se sentait mal et pleine de doutes, et toutes sortes d'alarmes l'incitaient à se sauver.

La lune se levait et répandait de longs rais de lumière en travers du quai. En regardant autour d'elle, Seneca s'aperçut qu'il était étrangement désert. Un bruit de pas résonna dans les escaliers et elle entendit chuchoter.

— La voilà, dit quelqu'un.

Les poils de sa nuque se hérissèrent. Tout à coup, une silhouette surgit en haut des marches et se dirigea droit sur elle. Seneca se mit en position de défense, les paumes levées devant elle.

— N'approchez pas !

— Du calme ! lança une voix.

La silhouette s'avança sous l'éclairage. C'était Aerin Kelly.

Maddox était avec elle. Et près de lui, un garçon aux fringues XXL, avec d'affreuses baskets dorées aux pieds. Seneca le reconnut, mais l'espace d'une seconde, elle n'arriva pas à le situer. *Le train*, comprit-elle en sursautant. C'était le mec louche de cet après-midi.

— Qu'est-ce qui se passe ? dit-elle en les regardant tour à tour.

Aerin bascula son poids d'un pied sur l'autre.

— J'ai changé d'avis. J'espère que je ne le regretterai pas.

Elle désigna Maddox du pouce.

— Du coup, j'ai appelé ton copain qui est venu avec son *autre* copain. Et nous voilà.

Surprise, Seneca regarda Pompes Dorées. À aucun moment Maddox n'avait évoqué un quelconque ami.

— T'es qui, au juste ?

— Je te présente BMoney60, du forum, expliqua Maddox. Il veut aider aussi. J'allais t'en parler, mais…

Il haussa les épaules sans achever sa phrase.

Seneca savait qui était BMoney60 : l'internaute qui lâchait des suppositions d'une ligne au sujet des suspects et qui s'avérait avoir souvent raison. En fait, c'était même lui qui l'avait mise en relation avec Maddy sous prétexte qu'ils avaient des théories similaires concernant un dossier en Alabama et qu'ils devraient en discuter. Elle toisa le mec en question, de sa casquette de travers à son sweat à capuche crasseux, en passant par ses affreuses baskets de rappeur. Il puait le déo Axe.

— Impossible que tu sois BMoney.

— En vrai, je m'appelle Brett Grady, admit-il d'une voix plus douce et sonore qu'elle ne l'aurait cru. Je vais à Wesleyan et j'habite Greenwich. J'ai rencontré Maddy à l'automne dernier lors d'une rencontre de *Classés sans suite*. Toi, c'est LesPuissants, c'est ça ? Tu vas à l'université du Maryland ? On a discuté en ligne un jour, au sujet de cette affaire au Nouveau-Mexique, le meurtre d'un petit garçon. Tu étais d'avis que l'assassin était sans doute un peu comme ce cinglé dans *Mr Mercedes* : un paumé sans aucun sens moral. Je lis beaucoup, moi aussi.

OK, jusque-là son discours tenait à peu près la route.

— Je t'ai vu dans le train tout à l'heure, objecta cependant Seneca. En parlant de cinglé, justement, tu as eu une drôle de façon de me dévisager.

Maddox gloussa en poussant son copain du coude.

— On dirait que t'as fait une super impression.

— Désolé.

Pompes Dorées… BMoney… enfin, *Brett*, eut l'air contrit.

— Je n'étais pas sûr que ce soit toi. Je me disais que peut-être que *si*, mais… bref, mon intention n'était pas de te dévisager. Ça ne se reproduira pas.

Les yeux brillants, il la salua d'un geste militaire, main à la tempe.

— Je devais vous rejoindre tout à l'heure, mais j'avais une intuition sur un truc et voulais d'abord faire des recherches.

— Brett a un point de vue très intéressant au sujet d'Helena, reprit Maddox. À mon avis, ça vaut le coup qu'on en discute tous ensemble… mais peut-être pas ici, cela dit.

— Maddy est persuadé qu'on nous surveille, précisa Brett en levant gentiment les yeux au ciel.

Maddox se justifia en haussant les épaules :

— Une Corvette m'a collé aux fesses en venant ici. Peut-être qu'on me filait ?

— Tu te crois dans un épisode de *Fast and Furious* ? se moqua Aerin.

— Si on allait là-bas pour parler de tout ça en privé ? proposa Brett en indiquant du pouce le restaurant dans son dos, à deux pas du Restful Inn. C'est pas mauvais ; comme j'ai une chambre à l'hôtel d'à côté, j'y suis allé prendre ma dose de caféine de l'après-midi.

— J'allais partir, en fait, déclina Seneca avec raideur en leur montrant le billet qu'elle avait acheté.

Aerin sembla contrariée.

— Bon, vous êtes motivés ou pas ? Je ne vais pas m'associer avec vous si vous commencez déjà à me lâcher.

Une nouvelle rafale de vent se souleva. Seneca était intriguée, et oui, elle avait très envie de parler des détails de l'affaire avec Aerin. Mais était-ce une raison suffisante pour rester ?

Le train arriva en gare à vive allure dans un bruit de ferraille. Maddox lui lança un regard appuyé.

— Tu veux bien rester ? On a besoin de toi, dit-il.

Seneca se tourna vers le train. Elle s'imagina monter dedans et rentrer chez elle. Elle n'aurait de cesse de se demander où ils en étaient. Et elle s'en voudrait beaucoup si, du fait de son désistement, Aerin refusait effectivement de collaborer avec les autres.

Les portes des wagons coulissèrent en débarquant leur lot de passagers. Seneca jeta un coup d'œil à Aerin. Le regard plein d'espoir, temporairement libérée de son aura de tristesse, elle semblait suspendue à sa décision. Seneca fut à nouveau saisie de cet élan qu'elle avait ressenti dans sa chambre d'étudiante.

Décidée, elle se redressa et reprit son sac posé par terre.

— OK, je reste, mais pas longtemps. Allons-y.

* * *

Cinq minutes plus tard, ils s'entassaient tous les quatre autour d'une table. C'était un de ces *diners* rétro installé dans une caravane en acier inoxydable, avec box en vinyle orange, menu unique placardé au-dessus du comptoir et juke-box crachotant de vieux succès. Quelques clients occupaient des tabourets, de larges tasses de café entre les mains. À leur arrivée, la serveuse, une femme aux seins protubérants et boudinés avec des poches sous les yeux, leur lança un sourire nerveux. Seneca eut une étrange appréhension, mais sans doute était-elle encore troublée par l'embuscade à la gare.

— Bon.

Aerin s'assit et les observa tour à tour.

— Racontez-moi vos grandes théories.

Brett balaya la salle d'un rapide coup d'œil, but une gorgée d'eau et s'éclaircit la voix de façon quelque peu théâtrale.

— Tu savais qu'Helena avait écrit la dédicace de sa photo dans l'annuaire scolaire en code SKIP ?

Aerin fronça les sourcils.

— C'est quoi, ça ?

— Dans mon ancien lycée, certains élèves dont les parents surveillaient les comptes Twitter se servaient tout le temps de ce code : ils écrivaient un truc totalement insipide en apparence, mais qui contenait un double sens pour ceux qui savaient le déchiffrer. En général, ça parlait de qui baisait avec qui, qui avait des pilules à dépanner, ou de la prochaine fête organisée dans les bois, des trucs du genre.

Seneca ricana.

— Et tu sais tout ça parce que tu es allé à beaucoup de fêtes dans les bois, *toi* ?

— Tu parles, soupira Brett. J'aurais bien aimé, mais j'étais un loser au lycée. Aucun d'entre vous ne m'aurait adressé la parole à l'époque, toi encore moins, ajouta-t-il en regardant Aerin d'un air qui se voulait manifestement enjôleur.

— Qui te dit que je suis populaire ? rétorqua-t-elle avec sarcasme.

— Arrête, ça se voit, sourit Brett. Je parie que tous les mecs veulent sortir avec toi.

— Pourquoi, toi aussi ?

Aerin posa la question sur un ton de défi. Seneca la trouva subitement très différente de la fille qui lui avait ouvert la porte de chez elle.

Brett rejeta l'idée d'un geste.

— Surtout pas. Je sais quand je ne fais pas le poids.

— *Bref*, glissa impatiemment Seneca.

— Oui, bref, acquiesça Brett en revenant au sujet initial. Je pense que la dédicace d'Helena contenait un code SKIP aussi.

Il leur fit passer une photocopie de l'annuaire de Windemere-Carruthers que Seneca avait justement consulté en ligne. Sur la page apparaissait la dédicace d'Helena : *À bientôt Becky-bee ! Toi Kaylee reste cool. Pour que l'amour dure toujours. Vive nous et mon club de guerrières, chevalier LOL façon samouraï !*

— J'ai fait un saut à la bibliothèque publique cet après-midi : ils ont des archives des annuaires scolaires. Je voulais voir la version papier pour m'assurer que l'image sur le site n'avait pas été déformée au moment d'être scannée.

Brett désigna chaque mot du doigt.

— Bon, à première vue, cette dédicace s'adresse à ses copines et fait allusion à un délire entre elles, pas vrai ? Sauf que si on ne lit qu'un mot sur quatre, ça dit tout à fait autre chose.

Les yeux plissés, Seneca vérifia l'hypothèse en relisant à voix haute :

— *À… toi… pour… toujours… mon… chevalier… samouraï.*

Elle releva le nez en grimaçant.

— OK… Et d'après toi, ce « chevalier » serait… Kevin ?

Seneca parlait de Kevin Larssen, le petit ami d'Helena. Pendant longtemps, elle avait conservé sur son bureau une photo de lui avec d'autres documents relatifs à l'affaire Kelly. Un garçon au teint pâle et aux cheveux blonds ondulés. Mais cette interprétation était sans doute trop littérale.

Aerin ne semblait pas convaincue non plus.

— Un jour, on a regardé *Saw* ensemble. Kevin s'est caché les yeux pendant tout le film. Je ne trouve pas ça très digne d'un *samouraï*.

— Moi aussi je me suis planqué devant ce film, avoua Brett d'un air penaud.

Il donna à Seneca l'impression d'être de ces gens qui n'ont pas de filtre et qui lâchent volontiers tout ce qui leur passe par la tête, quitte à se ridiculiser.

Ce type de personnalité l'avait toujours étonnée étant donné que la sienne était aux antipodes et qu'elle pesait chacun de ses mots.

Brett afficha le profil Facebook de Kevin, que Seneca connaissait bien. Elle avait traîné régulièrement dessus pour y pêcher des infos, parcourant les fils de commentaires à la recherche de mentions d'Helena, mais la majorité des publications de Kevin concernaient les Jeunes du Connecticut, l'association étudiante dont il était membre.

Aujourd'hui, il ne parlait plus que politique sur sa page : sa photo de profil le montrait sur un podium, s'adressant au rectorat du Connecticut. Sur une autre, on le voyait serrer la main de Joe Biden.

— Vu qu'il est candidat au poste de sénateur, il a essayé d'effacer ses publications qui dataient du lycée, expliqua Brett. Mais quand on s'y connaît un peu en informatique, il y a moyen de récupérer ce genre de trucs. Et si *effectivement*, on accède à son ancien profil…

— … on peut lire les échanges qu'il y a eus avec Helena, l'interrompit subitement Seneca. Elle lui donnait des surnoms, du type « mon homme », « beau gosse », mais jamais « mon samouraï ».

Brett haussa un sourcil.

— Je vois que je ne suis pas le seul à avoir piraté son compte. Je savais bien que j'avais affaire à une petite maligne.

Seneca pinça les lèvres. Peut-être valait-il mieux les laisser croire ça plutôt que d'avouer la vérité, à savoir qu'à l'époque elle avait fait une *légère* fixette sur cette affaire.

— Bref, enchaîna-t-elle, tu crois qu'Helena fait allusion à quelqu'un d'autre dans cette dédicace ? Un Japonais, peut-être ?

Maddox croisa les mains dans sa nuque, laissant apparaître une bande de peau nue au niveau de sa ceinture. Seneca détourna les yeux.

— Ou alors c'est une blague sortie de nulle part entre eux, nuança-t-il avant de s'éclaircir la voix pour ajouter : ta sœur avait l'air à fond dans les références confidentielles.

Aerin redressa brusquement la tête.

— Qu'est-ce que tu en sais ?

Maddox recula au fond de la banquette.

— Il nous est arrivé de discuter, elle et moi. Elle était cool.

Une lueur incendiaire éclaira le regard d'Aerin.

— En fait, qu'est-ce qui nous prouve que *tu* ne t'en es pas pris à ma sœur ?

Seneca écarquilla les yeux. *Oh, mon Dieu.*

L'expression détendue de Maddox s'évanouit.

— Pardon ?

Visiblement, il lui arrivait aussi de perdre son calme.

— Tu avais accès à notre maison et sûrement un faible pour Helena. Non, mais, franchement, elle a parlé avec toi genre, quoi… une fois ? Ah, c'est sûr, t'es cool maintenant, mais à l'époque, c'était autre chose. À l'époque, tu étais…

— Aerin, coupa Brett. Honnêtement, je vois mal Maddy s'en prendre à qui que ce soit.

— Ouais, moi aussi… songea tout haut Seneca.

Elle doutait que Maddox soit capable de dissimuler ses instincts meurtriers de façon aussi experte. Et puis, quel intérêt l'assassin d'Helena aurait-il à élucider son meurtre ?

— J'ai un alibi, affirma Maddox d'un ton sinistre. J'étais avec ma mère ce jour-là. Elle m'avait traîné en ville pour aller voir des robes de mariée.

À sa tête, il était manifestement blessé.

— D'accord, d'accord, se rétracta Aerin de mauvaise grâce. C'est bon, arrêtez de me regarder comme ça. Il *fallait* que je pose la question, OK ?

Elle se tourna vers Brett.

— Donc si je te suis bien, Helena aurait eu un petit ami secret, c'est ça ? Mais comment veux-tu qu'on retrouve qui c'était ?

Brett pianota des doigts sur le set de table écossais.

— Ta sœur... elle avait des amis japonais ? Est-ce qu'elle s'intéressait plus ou moins à ce pays ? Tu vois un lien quelconque ?

Aerin remua la mâchoire.

— Il doit y avoir trois Japonais en tout et pour tout à Dexby, et ce sont ceux qui tiennent le petit resto de sushi. Et ma sœur avait *horreur* des sushis, donc vous faites fausse route.

Elle se leva, l'air prête à partir. Seneca la retint par le bras.

— Attends, moi aussi j'ai une question à te poser.

Aerin se figea.

— Pourquoi tu as mis tout ce temps pour aller chercher un sac ?

Aerin resta interdite.

— Pardon ?

— Quand on t'a interrogée au sujet de ta dernière journée avec Helena, tu as expliqué que tu étais partie chercher un sac à main pour accessoiriser votre bonhomme de neige et que tu étais ressortie cinq minutes plus tard. Cinq minutes, c'est *long*, Aerin. Dans ces interviews que tu as accordées, on lit aussi que tu étais heureuse de renouer avec ta sœur, que ça faisait longtemps que vous n'aviez pas passé du temps ensemble. Si tu étais si enthousiaste, pourquoi avoir traîné au lieu de vite la rejoindre dehors ?

Aerin reprit place à la table, attrapa une serviette en papier dans le petit distributeur, et se mit à en faire des confettis.

— Je ne vois pas ce que ça change.

Seneca croisa les bras sur sa poitrine.

— Moi si. Qu'est-ce que tu as fabriqué dans la maison ?

Aerin plissa fort les paupières. Dans la salle, seul le tintement des couverts résonnait.

— J'ai fouiné dans la chambre d'Helena, d'accord ? C'est elle qui m'avait autorisée à y entrer. J'ai eu envie de jeter un œil, c'est tout.

Seneca acquiesça, satisfaite.

— Et alors, tu as trouvé des trucs intéressants ?

Aerin secoua la tête.

— Non…

Très vite, son regard dévia.

Seneca voyait bien qu'elle songeait à quelque chose, mais elle décida d'attendre un peu avant de revenir à la charge.

— Est-ce qu'un détail t'a fait tiquer ce jour-là, quelque chose dont tu voudrais nous parler ? questionna Maddox.

Aerin réfléchit un moment.

— Oui, il y a bien un truc dont je me souviens. Quand j'ai dit à Helena qu'elle me manquait, elle a répondu : « Je sais, on parlera plus souvent. Mais... certaines choses devront rester top secrètes. »

Maddox parut intrigué.

— Genre, elle avait des confidences à te faire ?

— J'en sais rien. Et elle n'a pas eu l'occasion d'en dire plus.

Une expression peinée balaya le visage d'Aerin. Après quoi, elle se leva à nouveau.

— Il est tard. On se voit demain.

Elle glissa sur son épaule la lanière de son sac, s'éloigna de quelques pas, puis s'arrêta net et fit demi-tour.

— Attendez. L'origami, c'est un truc japonais, non ?

— Oui, confirma Seneca en inclinant la tête. Pourquoi ?

— Quand j'étais dans sa chambre, il y avait une grue en papier. C'était... étrange.

Seneca ne s'était donc pas trompée tout à l'heure : Aerin avait bel et bien une petite idée en tête.

— Les flics l'ont vue ?

— Non, je l'ai prise avant qu'ils fouillent la pièce. Je ne sais pas pourquoi, mais j'ai éprouvé le besoin de la conserver.

— Tu l'as toujours ? s'enquit Maddox.

Aerin jeta un coup d'œil de gauche à droite.

— Oui.

— Tu voudrais bien nous l'apporter ? dit Seneca.

Aerin cligna des yeux, la lèvre inférieure tremblotante.

— D'accord, murmura-t-elle.

— Super.

Seneca se frotta les mains.

— Bon, écoute : on se retrouve demain matin pour reparler de tout ça. Choisis le lieu de rendez-vous.

Aerin réfléchit un instant.

— La Pâtisserie Dexby. À 9 heures. À plus.

Elle se dirigea vers la sortie. Le reste du groupe ne bougea pas tout de suite. Finalement, c'est Maddox qui se leva le premier en s'étirant.

— Une grue en papier, hein ? Vous croyez vraiment que c'est une piste ?

Seneca haussa les épaules.

— C'est ce qu'elle voulait entendre. Et puis, on ne sait jamais.

Elle souleva son sac de voyage.

— À demain, les mecs. Contente de te connaître, Brett.

Elle se dirigea vers la porte. Maddox s'empressa de la suivre.

— Où tu vas ? lança-t-il au milieu de la rampe d'accès au parking.

Seneca lui indiqua du doigt le Restful Inn.

— Je vais prendre une chambre là-bas.

Maddox observa la façade de l'hôtel. Seneca espéra qu'il se garderait de commenter les ampoules visiblement grillées en nombre au niveau des plafonniers, et les arbrisseaux en piteux état.

— Je n'ai rien fait à Helena, tu sais, lâcha-t-il soudain gêné.

— Je sais. Et à mon avis, Aerin le savait aussi.

Il hocha la tête, l'air soulagé par sa réponse.

— Tu as toujours la possibilité de dormir chez moi, si tu veux.

Seneca haussa les épaules.

— Ici, c'est bien.

Ce serait sans doute plus confortable chez Maddox qu'à l'hôtel, mais si c'était pour passer la soirée à le regarder jouer aux jeux vidéo, ça la tentait moyennement. En outre, elle avait besoin de se retrouver seule pour récapituler tout ce qu'ils avaient appris aujourd'hui, sans qu'on la dérange.

Tout à coup, son cerveau cristallisa sur un email qu'il avait envoyé à propos de ses romans préférés. *Cent Ans de solitude* de Gabriel García Márquez. *Outremonde* de Don DeLillo. *Le Lion, la Sorcière blanche et l'Armoire magique*. Ces titres faisaient partie de ses favoris aussi. Mais les avait-il vraiment lus ?

Puis un autre souvenir de leurs échanges lui revint.

— Au moins, comme ça, tu seras pas obligé de couper le son devant *Austin & Ally*.

— Au moins, demain matin, je pourrai me brosser les dents en faisant plein de bruit, plaisanta Maddox au même instant.

Ils échangèrent un regard en silence. Seneca sourit. Lors d'une de leurs discussions en ligne, Maddox avait raconté que pour trouver le sommeil, il avait besoin de regarder Disney Channel. Pour sa part, elle avait avoué détester le bruit du brossage de dents, un des pires au monde selon elle. Elle n'en revenait pas qu'il s'en soit souvenu. Curieusement, à en juger par le sourire que Maddox lui faisait, elle n'était pas la seule étonnée.

Seneca prit alors conscience que ça faisait déjà un

moment, un peu trop longtemps même, qu'elle le fixait. L'air vivifiant de cette ville lui embrouillait l'esprit.

— À demain, abrégea-t-elle d'une voix affectée.

Sur ce, elle lui fit signe de la main, tourna les talons et s'en alla d'un pas nonchalant vers l'hôtel.

Chapitre 7

Quelques heures plus tard, Seneca regardait les informations sur un poste de télé tout juste en état de marche. Le reportage parlait d'une descente de police dans une récente fête en ville ; apparemment, plusieurs mineurs avaient été arrêtés pour consommation d'alcool, d'autres pour détention de stupéfiants. Alors qu'elle se retournait sur le lit, son portable tomba sur la moquette aux motifs psychédéliques qui n'avait visiblement pas vu un aspirateur depuis 1972.

C'est alors qu'elle fronça les sourcils en entendant frapper à la porte. Qui cela pouvait être à cette heure ?

On frappa de nouveau, avec une insistance croissante à chaque coup. Elle finit par se traîner jusqu'à la porte pour jeter un œil par le judas, mais le truc était si encrassé qu'elle ne distingua que le contour d'une silhouette dans la pénombre.

— Qui est là ? murmura-t-elle.

Elle perçut du mouvement dans le couloir. Puis une voix aiguë et grêle siffla :

— *Rentrez chez vous.*

Seneca eut un mouvement de recul. Cet hôtel était peut-être hanté ? Ou alors son cauchemar récurrent devenait finalement réalité : dans ce rêve il y avait aussi une silhouette sinistre. Des bras tendus l'attrapaient et la tiraient dans un recoin sombre et humide…

— *Rentrez chez vous*, répéta plus fort la voix grinçante.

Le bouton de la porte se mit à trembler.

— Allez-vous-en ! cria Seneca en se cognant à reculons contre le meuble télé. J'appelle la police !

Mais alors qu'elle se jetait sur le téléphone de la chambre, elle trébucha et arracha accidentellement le cordon de la prise. Ouvrant son sac à main en toute hâte, pressée de trouver son portable, elle se rendit compte qu'elle pouvait à peine respirer. Troublée, elle regarda autour d'elle. De la fumée avait commencé à envahir la chambre. Et à l'inspiration suivante, l'air lui brûla les poumons.

Le cœur battant, elle finit par apercevoir son téléphone qui avait roulé sous le lit. Elle se mit à quatre pattes pour l'attraper alors que la fumée continuait sa progression, s'élevant en tourbillons de plus en plus noirs. Quelque part au loin, le hurlement d'une alarme incendie retentit.

— À l'aide ! appela-t-elle faiblement.

Sa main finit par agripper le téléphone ; elle le leva devant elle, balaya l'écran, tenta d'appeler les secours. Mais son index tremblant n'arrêtait pas d'appuyer sur la touche dièse au lieu du 9, le numéro abrégé des urgences.

À travers les crépitements du feu, elle entendit encore tambouriner de façon violente et insistante. La porte céda dans un craquement de gonds et une silhouette encapuchonnée entra en flèche. Seneca poussa un cri horrifié. Elle se débattit alors que l'inconnu la ramassait en vitesse.

— Du calme, tout va bien, souffla une voix qu'il lui semblait reconnaître.

Seneca scruta le visage sous la capuche. C'était Brett.

Il enfonça une issue de secours et se fraya un chemin jusqu'au parking. Dehors, l'air était d'une pureté délicieuse mais glaciale. Brett posa Seneca par terre, qui toussa et toussa encore. Au-dessus d'eux, le ciel était d'un rose violacé. Elle se frotta les yeux tandis que l'oxygène s'engouffrait à nouveau dans ses poumons.

— Comment tu as su que j'étais là ? crachota-t-elle.

Brett montra l'hôtel d'un geste.

— Maddox m'a dit que tu avais posé tes valises ici. J'y ai pris une chambre aussi, tu te souviens ?

— C'était toi qui chuchotais à travers la porte ? En me disant de rentrer chez moi ?

Brett la dévisagea comme si elle délirait.

— Pas là, non…

Un camion de pompier arriva dans un hurlement, tous gyrophares allumés. Tandis que les soldats du feu sautaient du véhicule, Seneca regarda par l'issue de secours ouverte qui donnait sur le couloir. Sa chambre était la seule dont s'échappait un flot continu de fumée.

Brett suivit son regard.

— Tu ne crois quand même pas que ça pourrait être… intentionnel ?

Seneca tressaillit.

— Pourquoi ? Parce qu'on enquête sur la mort d'Helena ?

— Oui. Qui sait ? Après tout, tu dis qu'on t'a chuchoté de rentrer chez toi… et juste après, un incendie se déclare précisément dans *ta* chambre. C'est une coïncidence pour toi ?

Seneca observa la silhouette ombragée du pompier qui s'introduisait dans sa chambre. Puis elle se tourna vers Brett.

— Toi qui m'as sortie de là, tu n'as croisé personne ?

— Non, mais quelqu'un s'est peut-être enfui avant que j'arrive.

Un frisson lui parcourut le dos.

— Non, c'est absurde, décréta-t-elle en insufflant à sa voix une assurance qu'elle n'avait pas. Il est tard, j'étais fatiguée. J'ai dû m'endormir et faire un cauchemar. Ça m'arrive tout le temps.

— Ah bon ?

— Hmm, acquiesça-t-elle avec raideur de peur d'en avoir déjà trop dit.

Sur ce, elle lui décocha un sourire pincé, sous-entendu : *fin de la discussion.*

Chapitre 8

À 7 heures du matin, Betsy, la mère de Maddox, se gara sur le parking du centre sportif de Dexby, lequel abritait une piscine olympique de dix couloirs, une patinoire, des appareils de musculation dernier cri, et deux pistes d'athlétisme, l'une en plein air, l'autre couverte. En temps normal, Maddox se rendait à l'entraînement avec sa propre voiture, mais cette semaine celle de sa mère était en révision, et elle avait besoin de sa Jeep pour aller à son cours de yoga.

Elle lui ébouriffa les cheveux.

— Comment ça va à l'entraînement, ces derniers temps ?

— Bien, fit Maddox en repérant Catherine en maillot rose sans manches et jupette de course blanche, assise dans les gradins près de la ligne de départ.

— Tu travailles le huit cents mètres ? Le coach de l'Oregon veut que tu passes sous la barre d'une minute cinquante.

Réprimant son envie de ronchonner, Maddox regarda plutôt l'inscription *Université de l'Oregon* sur le sweat-shirt qu'elle portait. Sa mère l'avait acheté sur la boutique en ligne de la fac quand Maddox avait reçu confirmation par courrier de l'obtention de sa bourse. Elle était tout bonnement *hystérique*. Profiter gratos de la meilleure infrastructure d'athlétisme du pays était une sacrée aubaine.

La mère de Maddox avait toujours soutenu son fils dans chacune de ses lubies, même durant ses phases enchères de jouets sur eBay et salons du jeu vidéo. Il avait toujours été proche d'elle, mais il savait qu'elle trouverait ça bizarre qu'il fouine dans les affaires des Kelly. Après la disparition d'Helena, il lui avait demandé si elle n'avait jamais rien remarqué d'étrange chez la jeune fille. Elle s'était frotté le menton avant de répondre : « Helena me fait penser à cette illusion d'optique où d'un côté on voit une vieille dame, de l'autre, une jeune fille. Elle a plus de facettes qu'il n'y paraît. »

À ce souvenir, il se promit d'en parler au groupe plus tard.

— Salue Catherine de ma part.

Mme Wright se pencha pour lui donner une bise sur la joue. Maddox, mal à l'aise, sortit rapidement de la voiture.

— Salut, le fiston à sa maman ! lança malicieusement Catherine à son approche.

Maddox sourit d'un air assuré.

— Que veux-tu que je te dise ? Ma mère est très tactile.

— Je me disais qu'on pourrait travailler le *mile*

aujourd'hui, suggéra Catherine. Il faut qu'on te fasse descendre à moins de quatre minutes si tu veux devenir un vrai champion. Tu te sens d'attaque ?

— Tout à fait.

Maddox attrapa son pied pour étirer ses quadriceps et se tourna face au centre sportif. Au loin, il aperçut la rue Waterdam où se trouvait la Pâtisserie Dexby, le lieu de rendez-vous dans deux heures. C'était à quelques minutes à pied d'ici.

Catherine entama un premier tour de piste en guise d'échauffement. Maddox trottina derrière elle en regardant le bord de sa jupette se soulever sous la brise et dévoiler le haut de ses cuisses. Elle tourna la tête en lui décochant un clin d'œil, mais Maddox fit mine de ne pas avoir vu. Lui aussi savait se faire désirer.

C'était sa seizième séance d'entraînement personnel avec Catherine. Il avait toujours été bon en course. Adolescent, courir était presque un besoin vital. Grâce à cela, il se sentait viril. Puissant. Fort. Important. Puis, en seconde, il prit quinze centimètres. On lui retira son appareil dentaire. Sa mère se remaria, et il eut donc les moyens d'acheter des fringues plus sympas. Dès ses premières courses, ses temps furent sensationnels, et rien que pour ça, il fut bientôt invité à rejoindre la table des élèves populaires. Maddy, le loser qui raclait les fonds de tiroir pour réunir de quoi assister à l'émission *Antiques Roadshow* à Farmington et qui collectionnait encore les Pokémon alors qu'il avait vraiment passé l'âge, avait changé. Du jour au lendemain, il se débarrassa de ses jeux vidéo et tira un trait définitif sur le gamin qu'il avait été. Enfin, sauf quand il était seul, qu'il se gavait d'épisodes de *Doctor Who* ou qu'il publiait des messages sur *Classés sans suite*.

Tous les ans, son niveau en course s'était amélioré. Il accéda aux sélections régionales, puis nationales. Son entourage commença à parler de bourse d'études. Il était clair que l'école publique n'était pas équipée pour former un coureur d'élite, alors son beau-père suggéra qu'il prenne un entraîneur personnel.

Pour Maddox, le choix était tout trouvé, ce serait Catherine. Non seulement c'était une coureuse hors pair, mais en plus il connaissait déjà ses méthodes : elle avait été adjointe de l'entraîneur de son équipe au lycée alors qu'elle était elle-même étudiante en première année à UConn. Maddox gardait de bons souvenirs de ses débuts en athlétisme : les mecs qui se débinaient dans les vestiaires, les postes de relayeurs convoités qu'il avait conquis au détriment d'élèves de terminale, et la belle Catherine qui applaudissait depuis la ligne de touche, avec ses longs cheveux, son visage en forme de cœur, ses yeux de saphir, et ses seins parfaits. Tous ses coéquipiers parlaient de leur envie de se la faire. Maddox n'avait jamais eu le cran de le leur dire, mais parfois, à l'entraînement, il aurait juré avoir vu Catherine l'observer d'un air rêveur, comme si elle l'aimait bien. Sans doute s'était-il fait des films – comme si elle aurait pu s'intéresser à un gamin de quinze ans ! – mais quoi qu'il en soit, depuis, il avait un énorme et sérieux faible pour elle. Il passait des heures à s'imaginer dans la peau de son petit ami, le genre de lingerie sexy qu'elle portait sûrement, la réaction qu'elle aurait s'il trouvait un jour le courage de l'inviter à sortir.

À la déception de tout le monde ou presque, Catherine ne les entraîna qu'une année, mais Maddox ne l'oublia jamais. Il se tint informé de ses temps de parcours, suivit son compte Instagram, et prit même contact avec elle le jour où il remporta le huit cents mètres au meeting régional. Au fil des ans, fort d'une plus grande expérience avec les filles, il s'était demandé si, au fond, sa première intuition avait été exacte. Outre ses exploits sportifs, elle lui trouvait peut-être bel et bien quelque chose. Et depuis qu'ils avaient commencé à s'entraîner ensemble… ? Eh bien, disons qu'elle lui coulait toujours des regards appuyés.

Maddox avait dit à sa demi-sœur Madison qu'il était persuadé que Catherine craquait pour lui – non sans ajouter qu'elle lui plaisait bien aussi. Madison avait eu l'air carrément écœurée.

— La plus jolie fille de l'école meurt d'envie de sortir avec toi, Maddox ! l'avait-elle engueulé. Tu ferais mieux de la fréquenter *elle* plutôt qu'une vieille perverse qui drague des lycéens.

À la réflexion, il se demandait bien pourquoi il se fatiguait encore à raconter ses histoires de cœur à Madison.

— Ok, fit Catherine en s'arrêtant au bout d'un petit kilomètre cinq tranquille, pour sortir un chronomètre de sa poche. Maintenant c'est parti pour quatre tours. Pense à ta technique. Ne démarre pas trop vite. Tu es prêt ?

— Toujours, assura Maddox en s'accroupissant.

Il s'élança sur la piste et fila à toute vitesse, les bras

en balancier et les jambes moulinant plein pot. Quatre tours plus tard, lorsqu'il franchit la ligne d'arrivée, Catherine annonça :

— Quatre minutes, deux secondes et vingt-trois centièmes. Visiblement tu as tout donné !

Maddox prit appui sur ses cuisses. C'était le troisième meilleur temps qu'il ait fait de toute sa vie. Il n'était même pas sûr de pouvoir courir un *mile* de plus. Pourtant, après une très courte pause, Catherine lui ordonnait déjà de revenir se poster derrière la ligne de départ.

— Puise dans tes réserves, le motiva-t-elle en le regardant droit dans les yeux. Tu peux le faire. On a vraiment bien bossé. Pense à tes entraînements. À ta posture. Tes foulées.

Elle lui prit les mains et les serra fort, ses doigts s'attardant sur les siens un peu trop longtemps avant de s'écarter.

— Pense à *Iron Man*, ajouta-t-elle énergiquement en faisant allusion au jour où, quand elle lui avait demandé quels étaient ses morceaux de prédilection avant une course, il avait admis avoir un faible pour Ozzy Osbourne.

Elle aussi, avait-elle répondu, et ils avaient ensuite passé une demi-heure à parler de leurs riffs préférés de Black Sabbath.

— Prêt… Partez ! cria Catherine, et Maddox partit comme une flèche.

Cette fois, au lieu de rester concentré, il laissa ses pensées vagabonder. Lorsqu'ils avaient retrouvé Aerin sur le parking de la gare, elle l'avait dévisagé.

— Alors, Maddy Wright, l'avait-elle chambré d'entrée de jeu : où sont passées tes lunettes ?

— Je me suis mis aux lentilles, avait répliqué Maddox, enchanté par le coup d'œil admiratif qu'il avait surpris.

— Tu as grandi, avait-elle ajouté.

— Oui, je fais un mètre quatre-vingt-huit aujourd'hui.

— Et t'as une demi-sœur, maintenant ? Madison, c'est ça ?

— En fait, je crois qu'on a pas mal d'amis en commun, avait renchéri Maddox, avant de débiter un paquet de noms de garçons et de filles.

Ce n'était pas pour faire son gamin, mais il en avait marre du ton sur lequel elle lui parlait. Comme s'il était toujours un pauvre mec. Ils se ressemblaient plus qu'elle ne le pensait.

Il poussa un cri à la fin de son premier tour de piste. Durant le deuxième, il pensa à Seneca. Pourquoi avait-elle voulu partir ? Sa décision lui avait semblé radicale. Enfin bon, tant mieux si elle restait, cette fille était maligne. Ils avaient plus de chances d'avancer avec elle.

Ensuite, il repensa à Brett ; il était content qu'il y ait un autre mec dans l'équipe. Il avait fait sa connaissance en septembre dernier lors d'une rencontre de *Classés sans suite* organisée non loin du campus Rutgers où il était en stage d'athlétisme pour le week-end. Maddox et les autres participants étaient autorisés à sortir à condition d'indiquer aux formateurs où ils allaient, mais ne trouvant pas de mots pour présenter *Classés sans suite*, il avait fini par faire le mur. Dès son entrée à Olive Garden, le restaurant où se tenait la rencontre, il était tombé sur Brett et ils avaient passé toute la soirée assis l'un à côté de l'autre, à analyser des relevés téléphoniques liés à une affaire d'homicide au Texas. Après le départ du reste du groupe, ils avaient suivi un match des Giants au bar, Brett sifflant d'admiration devant la pièce d'identité de Maddox qui était un magnifique faux. Brett l'avait reconduit à Rutgers dans sa BM série 7. Sans trop savoir pourquoi, Maddox lui avait raconté que son beau-père avait la même voiture, alors qu'en vrai, il conduisait une Subaru.

Depuis, ils étaient restés en contact, et quand Maddox l'avait prévenu de son intention de répondre à l'appel à l'aide d'Aerin Kelly, Brett avait demandé s'il pouvait en être aussi. Maddox comptait le dire à Seneca dès son arrivée, mais ils étaient tellement partis du mauvais pied qu'il n'avait pas jugé bon d'en rajouter une couche.

La fin du dernier tour approchait. Tirant sur ses bras pour s'aider, Maddox franchit la ligne d'arrivée d'un brusque mouvement en avant. Tête baissée, Catherine scruta le chronomètre. La déception s'empara de Maddox. Il avait fait quatre minutes et quatre secondes, cinq secondes minimum, c'était sûr.

Mais lorsqu'elle releva le nez, un sourire nerveux apparut sur ses lèvres.

— Trois minutes cinquante-huit secondes et quarante-deux centièmes.

Maddox en resta bouche bée.

— J'ai tout déchiré !

Catherine lui sauta au cou pour l'enlacer.

— Tu es à *ça* du record, Maddy !

— Je n'y serais jamais arrivé sans toi, haleta ce dernier.

Puis leurs regards se croisèrent et ils se turent. Maddox esquissa un sourire. Elle aussi. *Et puis merde*, pensa-t-il en se penchant pour l'embrasser.

Catherine recula brusquement la tête.

— Maddy, non. Arrête.

Il s'écarta.

— Oups, fit-il en se tapant le front du plat de la main. Désolé, je ne sais pas ce qui m'a pris l'espace d'une seconde.

Catherine avait rougi.

— C'est rien, je t'assure. Je veux dire, c'est pas que je ne te trouve pas mignon. Au contraire. Il m'arrive de nous imaginer… tu vois, quoi.

Elle baissa les yeux.

— Le problème, c'est que je suis ton entraîneur.

— Inutile de te justifier, affirma Maddox qui était mort de honte. J'étais tout excité par mon temps et je me suis enflammé, c'est tout. Heureusement que je ne suis plus au lycée. Quelle horreur si j'avais embrassé M. Masters !

Il gloussa, espérant que son malaise ne fût pas trop flagrant.

— Bon, tant mieux, soupira Catherine, mais à son intonation, il aurait juré qu'elle était déçue. Si on faisait un tour de piste en marchant pour que tu récupères un peu ?

C'est alors que le portable de Maddox fixé à un brassard à son bras émit un bruyant bip. Il le sortit de l'étui et regarda l'écran. *Nouveau message de Seneca.*

Il y a eu un incendie dans ma chambre d'hôtel cette

nuit. Je suis avec Brett. Vais peut-être devoir accepter ton offre de chambre d'ami.

Maddox écarquilla les yeux.

— Putain.

— Tout va bien ? s'inquiéta Catherine, glissant un coup d'œil sur son écran. C'est qui, Seneca ?

— Il faut que j'y aille, s'excusa Maddox en partant à reculons vers les gradins.

Le visage de Catherine se décomposa.

— Mais… ? On a encore deux fois un *mile* à faire.

— On les ajoutera à l'entraînement de demain.

Maddox enfila son bas de survêtement, fourra son portable dans son sac de sport et commença à traverser la pelouse.

— Rendez-vous à la même heure ?

— Maddy ! tenta de le retenir Catherine d'un ton ferme.

Il se retourna. Elle semblait très troublée et ses joues étaient encore marbrées de rouge.

— Tu ne t'en vas pas à cause de ce qui vient de se passer, hein ?

— Pas du tout, lança-t-il d'un ton rassurant.

Comme si c'était elle qui avait besoin de réconfort.

— Aucun souci entre nous !

Il lui fit signe de la main et s'éloigna d'un pas aussi nonchalant que possible. Ce n'est qu'une fois hors de sa vue qu'il partit au petit trot, avant de se mettre à courir puis de carrément piquer un sprint, dans l'espoir que le mouvement de ses bras et de ses jambes évacue au moins temporairement l'humiliation monstre qui lui fouettait le sang.

Mais en vain.

Chapitre 9

Brett Grady jeta un œil à l'enseigne en bois faussement vieilli au-dessus de lui. *Pâtisserie Dexby*, lisait-on sous une flèche qui pointait vers une ancienne porte d'école. Il sourit d'un air narquois devant ce nom prétentieux, puis se tourna vers Seneca à côté de lui.

— Comment se fait-il que la moindre ancienne ferme ou bâtisse sympa se transforme en bistrot gastronomique, en spa canin ou en boutique branchée qui vend des jeans à cinq cents dollars pièce que seules les filles au cul plat peuvent porter ?

Seneca le fixa d'un air absent que Brett mit sur le compte du choc dont elle n'était pas remise. Il rajusta sa casquette de base-ball et entra dans l'établissement en tenant la porte à Seneca. Des assiettes en porcelaine de Limoges ébréchées décoraient les murs, et des sculptures artisanales d'oiseaux étaient exposées près du comptoir. Au plafond, on avait suspendu la coque d'un bateau. Une odeur de pain frais tout juste sorti du four flottait dans l'air. À l'avant de la salle, trois charmantes dames vêtues de pulls en cachemire et les oreilles ornées de diamants clinquants bavardaient à une table.

— Oups, fit Brett à la plus jolie, une grande brune.

Il se pencha de façon chevaleresque pour lui ramasser sa serviette en tissu.

La femme le toisa avec une petite moue et baissa les yeux. Brett soupira intérieurement. Bon, tant pis. De toute façon, elle n'était pas son genre.

Aerin était installée à la table du fond, mais Maddy n'était pas encore arrivé. Brett lui fit signe en se dirigeant vers elle, surexcité d'avance. C'était la première fois qu'il participait à la résolution d'une affaire à plusieurs ; d'habitude, il faisait cavalier seul. Il voulait faire bonne impression aux filles, obtenir leur soutien. Ces jeunes étaient intelligents. Ils allaient comprendre ce qui était arrivé à Helena. Il avait un bon pressentiment.

— Salut, dit-il en s'installant en face d'Aerin.

Seneca prit place à côté d'elle. Brett évalua les deux filles côte à côte. Ses cheveux mouillés rassemblés en queue-de-cheval, Seneca portait une robe écossaise sortie froissée de son sac qu'elle avait pu récupérer à l'hôtel une fois l'incendie éteint. Aerin, en revanche, portait une robe droite rose qui semblait toute neuve. Ses cheveux étaient brushés, et son maquillage, impeccable.

Brett désigna sa robe du doigt.

— Dis donc, ce ne serait pas une Diane von Furstenberg ?

Aerin n'en crut pas ses oreilles.

— Tu connais cette créatrice, toi ?

Brett sourit d'un air énigmatique.

— Je suis un homme aux multiples talents.

Aerin eut un large sourire.

— Je vois ça.

Brett éprouva une sensation de chaleur au creux du ventre. Cela faisait longtemps qu'il n'avait pas dragué et, d'ailleurs, ce n'était pas son fort ; il n'était jamais capable de dire si une fille le prenait au sérieux ou si elle s'amusait avec lui.

— Je m'y connais un peu en mode, admit-il. Si un jour tu as besoin d'un partenaire de shopping, il paraît que j'ai bon goût.

— Tu comptes l'épier par le rideau de la cabine d'essayage ? ronchonna Seneca.

— Bien sûr que non !

Brett avait bien compris que de toute évidence, Seneca se méfiait de tout le monde. Pas plus tard que ce matin, quand il l'avait emmenée au Rivage, son nouvel hôtel, pour qu'elle puisse prendre une douche, elle avait psychoté à l'idée qu'il publie sur Instagram des photos d'elle en train de se changer.

— Tu as dit à Aerin pour l'incendie ? demanda-t-il, décidant de changer de sujet.

Aerin roula des yeux.

— Le Restful Inn est un endroit dangereux.

— Seneca pense que c'est un acte délibéré, ajouta Brett en croisant les doigts.

— Pas du tout ! protesta cette dernière avec dédain.

Brett lança un regard à Aerin.

— Juste avant le départ de feu, elle a entendu

quelqu'un chuchoter « rentrez chez vous » à travers sa porte.

Aerin fit des yeux ronds.

— Quelqu'un nous voudrait du mal ?

— Mais non, réfuta Seneca, catégorique. J'ai dû rêver. En plus, regarde…

Elle pianota sur son téléphone pour leur montrer une dépêche qui titrait : *Fermeture définitive du Restful Inn de Dexby suite à un départ de feu.*

— La police ne parle pas d'incendie *criminel.*

— Soit, mais ils ne disent pas le contraire non plus. L'enquête n'a même pas commencé, souligna Brett.

Ce n'était pas *impensable* qu'on en ait après eux, si ? Mais alors cela signifierait que quelqu'un savait qu'ils s'intéressaient de près à la disparition d'Helena. Brett observa la clientèle bourgeoise qui l'entourait. Parmi elle, une personne en savait peut-être plus qu'elle ne voulait le faire croire.

Une serveuse en robe à fleurs s'approcha pour lui proposer du café. Après qu'il eut passé commande, Seneca désigna la sacoche en cuir rouge sur les genoux d'Aerin.

— Tu as rapporté la grue en papier ?

— Vous ne voulez pas qu'on attende Maddy ? objecta Brett, mais les filles firent semblant de ne pas entendre.

Aerin plongea la main dans son sac pour en sortir l'oiseau rouge. Il était fait d'un papier brillant dont la couleur vive chatoyait. Aerin le leur passa, et Brett attira alors leur attention sur deux lettres écrites au stylo noir sur sa base hexagonale.

— Qu'est-ce que c'est que ça ?

Seneca plissa les yeux.

— *H.I.*, lut-elle à voix haute.

Aerin y regarda de plus près.

— J'hallucine de ne jamais avoir remarqué ce détail.

— D'après toi, c'est ta sœur qui l'a fabriqué ? questionna Brett.

Aerin, qui avait commandé un café glacé, prit dans son verre un glaçon qu'elle fourra dans sa bouche.

— Je ne l'ai jamais vue pratiquer l'origami. Pas une fois.

Seneca fit tournoyer la grue entre ses doigts.

— On pourrait demander une recherche d'empreintes digitales à la poudre.

— Oublie les flics, fit Brett en reposant sa tasse. Ils salopent tout.

— D'accooord… consentit Seneca d'une voix traînante en le scrutant.

Brett se contenta de hausser les épaules. Il avait ses raisons, mais il n'allait pas entrer dans les détails maintenant.

— Et Becky Reed ? poursuivit-il, citant la meilleure amie d'Helena dont il avait appris l'existence dans de vieilles interviews. Elle, elle saura peut-être qui le lui a offert ?

Aerin tripota sa paille sans vraiment réagir.

— Je parie tout ce que vous voulez que c'est Kevin Larssen, affirma Seneca.

— C'est pas du tout son genre, réfuta finalement Aerin en tapotant la tête de l'oiseau.

— Je ne dis pas qu'il lui a offert la grue. Je parlais en tant que *suspect*. J'y réfléchissais hier soir : *si* Helena avait un amoureux secret, genre « chevalier samouraï », son petit ami *officiel* aurait de quoi être furax, non ?

Aerin fronça le nez.

— Kevin avait un alibi. Il était à un congrès ce week-end-là.

— Avec son asso étudiante, c'est ça ? se rappela Seneca. Les Jeunes du Connecticut ?

— Oui. Il ne vivait que pour ça... Il a eu l'occasion de bosser pour un sénateur durant plusieurs étés. Chaque fois qu'il venait dîner à la maison, il en parlait non-stop. Mon père vivait par procuration à travers lui. Kevin était le fils qu'il n'avait jamais eu.

Une expression mélancolique passa sur le visage d'Aerin. Brett tambourina sur ses genoux. À bien des égards, ces jeunes avaient vécu beaucoup plus de choses que lui. Il ne savait pas grand-chose de M. Kelly, excepté que c'était un éminent cadre de Wall Street.

Seneca remua son café.

— Les Jeunes du Connecticut, c'est un cercle très fermé, non ?

— Oui, ils sont gentils, acquiesça Aerin. Mais ils se prennent trop au sérieux. Comme s'ils appartenaient à une société secrète.

Seneca hocha la tête.

— Tu savais que Kevin devait prononcer un discours de parrainage à ce congrès mais, à ce qu'il paraît, il n'y est jamais allé ?

— Où est-ce que tu as lu ça ? s'étonna Brett.

— Dans un article, juste après la disparition d'Helena. Les flics n'ont pas exploité cette piste.

— Quelle bande de nazes.

Aerin prit appui sur les coudes.

— Donc en vrai, Kevin n'était peut-être pas là-bas ?

— Il y a des photos de tous les membres à ce congrès, sauf de lui.

Aerin grimaça.

— Pourtant tout le monde a affirmé l'avoir vu.

— Alors c'est leur parole contre la nôtre, rétorqua Seneca d'un air tendu.

Aerin poussa un soupir et se leva.

— Pause, décréta-t-elle en partant à grands pas aux toilettes.

Seneca la suivit du regard jusqu'à ce que la porte se referme derrière elle. En la voyant faire, Brett pensa à ces gens dans les ascenseurs qui fixent les chiffres pour ne pas être obligés de faire la conversation. Il attira l'attention de Seneca et lui sourit, mais elle se borna à regarder ailleurs, méfiante.

— Tu études quoi à la fac ? interrogea Brett, bien conscient de la platitude de sa question.

Seneca haussa les épaules en tripotant le menu plastifié.

— Différentes disciplines, en gros.

— Tu as choisi une spécialité ?

— Pas encore.

— Tu devrais, tu sais. Plus tôt tu te spécialises, plus tu auras la possibilité de suivre des cours sympas.

Elle le gratifia d'un regard agacé.

— Merci beaucoup, mais j'ai déjà un conseiller sur le dos.

Brett joua avec la touillette de son café en réfléchissant à ce qu'il savait d'elle. Toute la matinée, il avait hésité à lui parler. Inspirant un bon coup, il décida finalement de se lancer. Ne rien dire lui semblait hypocrite. Peut-être que de savoir qu'il comprenait les raisons de sa présence ici la détendrait ?

— Euh, tu sais pourquoi je m'y connais en fringues ?

Sa voix se brisa.

— C'est à cause de ma grand-mère. Tu en as peut-être entendu parler : Vera Grady ? De Greenwich ?

Seneca haussa brusquement les sourcils.

— L'héritière de la mode qui a été *assassinée*… C'était ta grand-mère ?

Brett acquiesça en baissant vivement la tête.

Seneca cligna des yeux.

— Purée.

Brett songea à ce qu'elle avait sans doute vu aux infos : une vieille dame fortunée retrouvée massacrée à coups de hache dans son jardin. C'était la femme de ménage qui avait découvert le corps – Brett avait oublié son prénom.

— On était proches. Elle me manque beaucoup.

— Quelle horreur, murmura Seneca en agrippant le pendentif de son collier dont, visiblement, elle ne se séparait jamais.

— J'ai tenté de mener ma propre enquête à l'époque, confia Brett à voix basse. Pour moi ça n'avait ni queue ni tête qu'on lui ait fait un truc pareil, mais apparemment, j'ai cuisiné un témoin que la police avait sur sa liste, ça les a mis en rogne et ils m'ont demandé de ne plus me mêler de l'enquête, sinon ils m'arrêteraient pour obstruction à la justice.

Seneca fronça les sourcils.

— C'est n'importe quoi.

Brett sentit ses épaules se soulever avec effort.

— D'où ma méfiance vis-à-vis des flics. Et mon inscription sur le forum de CSS. Ça me permet de voir si des théories circulent à son sujet. Et d'aider d'autres gens dans le même cas que moi.

Sa voix se brisa de nouveau.

— Là, au moins, je ne fais pas obstruction.

Pour la première fois, Seneca sembla réellement le regarder.

— Je suis désolée pour toi, Brett.

— Merci. Je voulais que tu l'apprennes de moi.

Son cœur s'emballa.

— Je sais que tu as vécu la même chose.

Seneca tiqua, les pupilles contractées au maximum.

— Hein ?

— Je t'ai googlisée, avoua Brett, regrettant déjà le côté voyeur de cet aveu. Je vérifiais l'identité de tous ceux qui collaborent à ce dossier. Et j'ai appris que… ta mère a été tuée. Collette Frazier.

Seneca devint livide.

Il se pencha un peu en avant.

— Je suis là si tu as envie d'en parler. J'ai connu ça. Je sais combien c'est dur. Et, au fond, moi aussi j'aimerais pouvoir en discuter avec quelqu'un.

Il pianota nerveusement sur la table.

— D'ailleurs, on devrait peut-être en parler tous ensemble…

Seneca se leva d'un bond et repoussa sa chaise avec une telle brusquerie qu'elle émit un raclement perçant. Ses yeux étaient grands ouverts. Sa bouche formait un petit O pincé.

— On n'est pas obligés d'en parler à Aerin, s'empressa d'ajouter Brett tout bas. Si tu préfères que ça reste entre nous, je comprendrai totalement.

Au même moment, Seneca jeta un regard de biais sur sa gauche et laissa échapper un petit gémissement atroce. Brett tourna la tête. Aerin était revenue des toilettes et se tenait à côté de lui. Maddox était arrivé aussi. Tous deux affichaient une mine stupéfiée. Visiblement ils avaient tout entendu.

Merde.

Chapitre 10

Aerin regarda Seneca lâcher sa fourchette sur la table. Personne n'eut le temps de réagir avant qu'elle tourne les talons en vitesse et s'enfuie du café. Aerin partit la rattraper, puis elle lança un regard à Brett dans son dos :

— La prochaine fois que tu sais un truc confidentiel sur quelqu'un, demande la permission avant de vendre la mèche.

À sa tête, on aurait dit que Brett allait se mettre à l'engueuler.

— Mais je ne savais pas que vous étiez là !

Aerin n'en doutait pas : quand elle était revenue des toilettes, Brett était penché au-dessus de la table vers Seneca, totalement sourd au reste du monde.

— Il y a pas besoin d'être psy pour comprendre qu'elle n'avait pas envie d'en parler, c'était évident, râla-t-elle.

Franchement, qu'est-ce qu'il espérait ? Monter

un groupe de soutien, genre le Club des Jeunes Traumatisés, et chanter des chansons en se tenant par la main pour se remonter le moral ? Mais bien sûr ! Elle comprenait que Seneca ait déguerpi.

Et puis, bordel : *Vera Grady*. Aerin se souvenait très bien de cette histoire, et elle n'arrivait pas à imaginer comment Brett avait fait pour surmonter ça. Cependant, ce qui était arrivé à la mère de Seneca était encore pire. D'après les souvenirs d'Aerin, c'était arrivé peu avant la disparation d'Helena, mais les médias n'en avaient pas autant parlé. La pauvre femme, une jeune maman d'une blondeur saisissante et au sourire renversant, avait été retrouvée deux jours après sa mort, son corps abandonné sous un ponton. Aerin avait aussi entendu dire que l'expert médicolégal avait demandé à Seneca, qui devait avoir quinze ans à l'époque, d'identifier le cadavre. Elle ne pouvait même pas concevoir que ce soit juridiquement possible.

Elle poussa la porte du café. Dehors, le ciel était gris et la température avait baissé. Seneca se tenait à l'extrémité du parking, les bras serrés contre sa poitrine. En voyant Aerin approcher, elle fit mine d'être captivée par un panneau de limitation de vitesse.

— J'ai pas envie d'en parler.

— Pas de problème, répondit Aerin. Personne ne t'y obligera. Perso, je ne veux pas savoir. Au cas où tu ne l'aurais pas remarqué, je ne suis pas trop pour copiner et se faire des confidences.

Faux – au fond, Aerin serait très curieuse de savoir comment Seneca faisait pour tenir le coup au quotidien – mais à ses yeux, elle renvoyait l'image d'une fille qui cloisonnait les différents aspects de sa vie et qui flippait quand un de ses tiroirs soigneusement rangés débordait.

— Brett est *hallucinant*…

La voix de Seneca se brisa.

— Voilà pourquoi je voulais partir hier. Je ne serai peut-être pas très utile sur cette affaire.

Aerin roula des yeux.

— Je comprends. Tu as des casseroles. Mais que les autres soient au courant ne change rien : il y a une heure, tu avais le même passif émotionnel, pourtant tu avais bien l'intention de te pencher sur ce dossier, non ?

Seneca ne dit rien. Les joues gonflées, Aerin poussa un long soupir.

— Et si je te disais que tu es la plus futée du groupe ? Bien plus que ces deux imbéciles ? Sans toi, on n'arrivera à rien, c'est sûr. Alors ne me lâche pas.

Beurk. Après un speech pareil, elle eut presque envie de prendre une douche. Elle avait horreur de quémander. Elle se sentait bien plus sale dans ces cas-là que quand elle couchait avec des inconnus.

Seneca remonta son sac en cuir sur son épaule.

— OK, fit-elle d'un ton stoïque qui laissait entendre qu'elle n'autoriserait personne à se mêler de sa vie. Mais c'est la dernière fois qu'on évoque le sujet, compris ?

— Ça marche, approuva Aerin. Et si je surprends n'importe qui d'autre en train de t'en parler, je lui pète la gueule.

Seneca faillit sourire, et le cœur d'Aerin se réchauffa un peu. Même si quelques instants plus tôt, elle avait affirmé ne pas être pour un rapprochement amical, elle avait le sentiment que, d'une certaine manière, c'était précisément ce qui venait de s'opérer entre elle et Seneca.

Aerin l'invita à aller s'asseoir à une des tables en plein air. Il faisait vraiment froid pour rester dehors, mais elle doutait que Seneca eût envie de retourner à l'intérieur et d'affronter tout de suite les garçons.

— Ton raisonnement au sujet de Kevin m'intrigue. Tu penses que ses copains ont menti pour le couvrir ?

Seneca prit place à côté d'elle. Le vent agitait ses cheveux bouclés contre ses joues.

— Si ce n'est les dires de ses amis, rien ne prouve que Kevin soit réellement allé à ce congrès. Qui nous dit qu'ils ne se sont pas concertés pour lui concocter un alibi ?

Aerin tira sur un éclat de bois dans le banc. Était-il possible que tous les copains de Kevin se soient parjurés pour le protéger ? Récemment, elle avait embrassé l'un d'eux, se rappela-t-elle. Tim Anderson, à une soirée piscine, l'été dernier. À l'idée qu'il l'avait peut-être regardée dans les yeux en caressant ses lèvres et en lui soufflant qu'elle était *belle* tout en lui cachant un détail essentiel au sujet de sa sœur, elle éprouva un horrible et violent sentiment de trahison.

Seneca sortit son portable. Elle tapota sur l'icône d'un nuage, puis passa l'appareil à Aerin. L'écran affichait un article remontant à cinq ans, qui parlait du congrès des Jeunes du Connecticut sans aucune référence à la disparition d'Helena. On y voyait une photo du groupe de Windemere-Carruthers ; parmi eux, non pas un, mais deux garçons qu'elle avait embrassés, remarqua Aerin, ainsi qu'une dénommée Pearl Stanwyck, une fille aux airs d'intello qui avait sans doute passé le congrès à coucher avec tout le monde ou à errer toute seule. Kevin se tenait au centre, sourire suffisant aux lèvres. À ses côtés, James Gorman, le sénateur du Connecticut avec lequel le groupe collaborait l'été, le tenait par l'épaule.

— Le sourire de Kevin a quelque chose de sournois, commenta Aerin d'une petite voix.

Ça la rendait malade de regarder le copain de sa sœur sous un nouveau jour. À la messe du souvenir qu'ils avaient organisée pour Helena, il avait sangloté. Elle se souvint qu'il s'était engagé comme bénévole avec Helena dans un hospice. « En général, on leur tient les mains, c'est tout », avait expliqué Kevin d'un air triste durant un repas de famille. Helena lui avait caressé l'épaule, le regard empli d'admiration et, l'espace d'un instant, Aerin avait compris pourquoi il lui plaisait.

Son ventre se noua d'un coup. Parler d'Helena la bouleversait. Il lui arrivait d'imaginer que sa sœur était en fait revenue et se tenait près d'elle tel un spectre aérien. Parfois, elle se surprenait même à reprendre des automatismes qui dataient du vivant d'Helena, par exemple en s'écriant « bouh ! » quand le grille-pain sautait, chose que sa sœur adorait dire. Ce matin, Aerin s'était carrément retournée en s'attendant à la voir rire.

Seneca parcourut l'annuaire virtuel de Windemere-Carruthers. Outre d'autres photos de Kevin et de son association étudiante, il y en avait aussi beaucoup de lui prises sur le vif. Sur le terrain de basket. À la tribune de l'amphithéâtre. Remontant un couloir à la tête d'un groupe d'élèves. Serrant dans ses bras une obèse identifiée comme étant Mme G., la bibliothécaire du lycée.

Seneca se cala contre le dossier du banc.

— Pour moi, c'est le genre de type qui aiderait volontiers une vieille dame à traverser, mais qui voudrait aussi qu'on vante son mérite pour cette bonne action.

— Exactement, acquiesça Aerin.

— Quels souvenirs tu gardes de lui ?

Aerin recula à son tour au fond du banc.

— J'avais le sentiment que c'était… un mec bien. Un peu rigide, limite coincé, au sens propre. Je lui avais trouvé un surnom, d'ailleurs : le Pantin. Helena ne trouvait pas ça drôle.

Une boule dans la gorge, Aerin se souvint que sa sœur s'était décomposée la première fois qu'elle avait dit ça. « Depuis quand tu es aussi méchante ? » l'avait-elle rembarrée.

— Je suis sérieuse quand je dis que mon père et Kevin étaient proches, reprit-elle. Quand il venait à la maison, ces deux-là discutaient pendant des heures. Helena relevait à peine. Et puis, au début de l'été cette année-là, elle a commencé à changer de look de façon radicale. On aurait dit une hippie. Kevin se moquait de ses fripes. Je me suis toujours demandé pourquoi elle n'avait pas craqué pour ce mec du lycée, Raj Juniper. Il était grand, sexy, et fabriquait lui-même ses chaussures à partir de pneus recyclés.

— Elle sortait peut-être avec Kevin pour faire plaisir à votre père.

Aerin serra les bras contre elle ; ce froid commençait à lui donner la chair de poule.

— Mes parents se disputaient souvent. Peut-être que leur présenter Kevin était sa façon à elle de rendre papa heureux.

— Ton père ne vit plus ici, je crois ?

Elle haussa les épaules.

— Il a déménagé à New York. Mais ce n'est pas le bout du monde non plus.

— Non, mais concrètement, il n'est plus *là*. Je veux dire, tu le vois rarement ?

Aerin se hérissa un peu. À quel moment la conversation avait-elle viré dans le sentimentalisme ?

— C'est en partie ma faute. Je déteste New York, donc je n'y vais pas souvent. Tout est sale là-bas.

Seneca lui jeta un regard, puis passa à la page de l'année de terminale de Kevin. Ses yeux s'arrondirent.

— Regarde ça.

Aerin se pencha pour lire la ligne qu'elle lui montrait du doigt : une dédicace en italique sous sa photo. Rédigée sous la forme d'un poème :

Tu réussiras, pèlerin,
Mais n'auras pour ta gloire que ta modestie.
Ah, ce rire de ptérodactyle !
Que mon amour explose tu as tant de mérites,
Chère et tendre, H.

Aerin eut une moue moqueuse.

— Il ferait mieux de s'en tenir à la politique.

— Je sais. Mais regarde bien : lis juste un mot sur quatre à partir de « Tu ».

Aerin pencha la tête d'un air perplexe.

— Encore un message codé ?

Elle se mit à compter. Arrivée au bout de sa lecture, elle en resta muette de stupeur.

Tu n'auras que ce que tu mérites, H.

Chapitre 11

Quelques heures plus tard, Seneca et Maddox se garèrent devant la maison du jeune homme, une belle demeure bleue de style colonial avec trois lucarnes, des jardinières, une grande véranda pourvue de deux rocking-chairs jaunes et bordée d'une barrière en bois blanche.

— Pas de doute… on est bien dans le Connecticut, commenta Seneca avec amusement.

Vu les circonstances, elle s'étonnait elle-même d'être capable de plaisanter, mais remarquez, masquer ses sentiments n'avait rien de très nouveau pour elle.

Elle sortit ses sacs à l'arrière de la Jeep et attrapa le bouquet de marguerites qu'elle avait acheté chez le fleuriste près de la Pâtisserie Dexby, pour remercier M. et Mme Wright de leur accueil. Maddox la précéda dans l'allée, puis lui fit traverser un vestibule orné d'une console sur laquelle s'alignaient les photos de famille, et enfin entrer dans une grande cuisine accueillante peinte dans des tons jaunes et rouges. Après que Seneca eut mis les fleurs dans l'eau, ils montèrent un escalier recouvert d'un tapis berbère et se dirigèrent vers une porte. Maddox ouvrit d'un petit coup d'épaule.

— Voilà ta chambre.

La pièce abritait un long canapé, un petit tapis à pois, de chouettes toiles très colorées aux murs, ainsi qu'une kitchenette équipée d'un bar américain. Maddox la traversa à grandes enjambées.

— Tu as une petite cuisine à disposition, et la télévision par câble.

Il ouvrit une porte au fond.

— Ici, la salle de bains. Les serviettes sont propres.

Seneca passa la tête à l'intérieur et aperçut un rideau avec un imprimé de poissons.

— Et là, c'est la chambre à coucher.

Il ouvrit une autre porte pour lui laisser voir un grand lit double recouvert d'une couette à rayures.

— Merci, c'est super, dit Seneca. Je suis un peu fatiguée. Je crois que je vais m'allonger.

Maddox approuva d'un signe de tête, mais ne bougea pas d'un pouce. Les bras de Seneca se contractèrent nerveusement. C'était bizarre d'être ici avec lui dans cette chambre. Elle se sentait encore plus à nu qu'elle ne l'avait été tout à l'heure, après que tout son passé eut été étalé sur la table. Au moment même où elle s'avança pour ouvrir sa valise, Maddox se tourna vers la porte et ils se heurtèrent, Seneca le percutant de plein fouet.

— Oups, fit-elle entre ses dents.

Elle s'écarta, et Maddox l'imita, non sans la regarder

dans les yeux. Il avait un sourire nerveux au coin des lèvres, et elle, les joues en feu. Le contact de ses abdos sous son tee-shirt était si ferme… rien que d'y penser, elle en était troublée. Elle ne s'était toujours pas remise du fait que, hier à cette heure-ci, elle s'attendait à rencontrer *une certaine Maddy*. Une tout autre personne dépourvue de tablettes de chocolat.

Alors Maddox s'accroupit pour sortir en vitesse un truc du sac qu'il avait monté.

— J'allais oublier. Tiens.

Il lui tendit une bière Red Stripe. La bouteille était encore couverte de givre. Seneca la regarda en fronçant les sourcils.

— Je suis pas trop d'humeur à faire la fête, là.

Il secoua la tête.

— Garde-la au cas où tu changes d'avis. Elle sort du frigo, je l'ai prise avant de monter.

Il s'approcha d'un pas.

— Après la journée que tu viens de passer, j'ai pensé que ça te ferait peut-être… du bien. Et je crois me rappeler que c'est ta préférée.

N'insistant pas plus, il se tourna en direction de la porte.

— L'ouvre-bouteille est dans le tiroir près du frigo. Je vais courir.

Et sur ce, il s'en alla.

Seneca resta là à fixer la porte, puis la bière dans ses mains. Curieusement, le geste de Maddox l'avait touchée et, à vrai dire, c'était pile le remontant dont elle avait besoin à cet instant. Pas de discussion à rallonge, comme bien d'autres le suggéraient dès lors qu'ils apprenaient ce qui était arrivé à sa mère. Pas de câlin de réconfort. Pas de mot doux sur une carte ou de petite tape sur l'épaule. Eh bien, tant mieux pour Maddox s'il avait compris ça. Mais alors pourquoi ça l'agaçait d'autant plus ?

Elle trouva l'ouvre-bouteille, décapsula sa bière, et examina la pièce. Un aimant représentant une tortue d'eau douce, mascotte de l'université du Maryland, était collé sur le frigo. De toute évidence, Maddox l'avait mis là pour elle, et Seneca éprouva une pointe de culpabilité. L'étagère d'angle était remplie de romans policiers – elle les avait déjà tous lus – et parmi eux, un exemplaire du *Guide du bonheur*. Avec une pointe de colère cette fois, elle le retourna face au mur pour ne plus voir sa couverture. Pour le coup, elle espéra que ce n'était pas Maddox qui l'avait glissé là *exprès*. Après la mort de sa mère, la vieille voisine d'à côté, qu'elle surnommait toujours Bertie à cause de ses airedales terriers, lui avait offert ce livre. Ne le prenez pas mal, Bertie, mais lire des trucs sur le charme des nains de jardin n'était pas forcément le remède idéal.

Elle sentit sa gorge se nouer. *Je t'interdis de pleurer.* Sauf que Brett avait fendu son armure, et depuis, elle n'arrêtait pas de penser à sa mère. Souvenir qu'elle s'efforçait précisément d'oublier.

Buvant à même la bouteille, elle repensa à cette journée d'angoisse où sa mère avait disparu, les appels affolés à la police, son père coincé dans le Vermont par une tempête de neige. Suite à la découverte de sa voiture abandonnée sur un parking de supermarché et de son corps sans vie près de la fameuse jetée, les rédactions d'information consacrèrent quelques jours à cet étrange meurtre, mais elles passèrent ensuite à l'affaire Helena. Contrairement à la famille Kelly, celle de Seneca n'eut pas l'occasion de passer dans l'émission de Nancy Grace. Leur histoire ne fit pas la une du *New York Times*. Sa mère avait beau être une jolie Blanche, le père noir éploré et sa fille métisse n'intéressaient personne. À l'inverse, Helena et sa jolie petite famille du Connecticut avaient englouti les feux de l'actualité, reléguant le cas de sa mère au bas d'une longue liste de crimes non élucidés.

En attendant, Seneca n'avait plus de maman. Sa voix n'était plus là pour la réveiller le matin. Elle ne l'attendait plus dans la cuisine quand elle rentrait de l'école. Seneca n'avait même pas eu l'occasion de lui dire au revoir. Le dernier souvenir qu'elle avait de sa mère était celui d'un visage méconnaissable dans une épouvantable chambre froide aseptisée.

Pareil à un puissant contre-courant l'emportant au large et noyant tout le reste – manger, respirer, dormir –, son chagrin avait été d'une telle violence qu'elle n'avait pas pu lutter. Des semaines durant, elle était restée recroquevillée sur son lit, serrant dans son poing le pendentif en *B* du collier de sa mère, celui-là même qu'elle portait encore aujourd'hui. L'initiale correspondait à *Brindille*, le surnom de sa mère en raison de son corps si menu. Pendant plus d'un mois, Seneca ne sortit pas de son lit. Elle n'en bougea pas, *littéralement*, excepté pour aller aux toilettes. De l'autre côté de la porte, elle entendait chuchoter d'un ton inquiet. Son père fit tour à tour venir un prêtre, une assistante sociale et une thérapeute, le Dr Ying. Puis, par avion, Terri, sa tante préférée ; mais même elle ne parvint pas à la faire sortir de sa coquille. À moitié comateuse, Seneca entendit ensuite parler d'*unité psychiatrique* et de *névrose post-traumatique.* On lui braqua des lumières vives dans les yeux. On vint la questionner en douceur toutes les heures. Mais elle avait l'impression d'avoir sombré au fin fond d'elle-même, sous environ sept couches de peau. Elle était incapable de refaire surface.

Jusqu'au jour où elle reprit le dessus, en quelque sorte. En fin de compte, le traitement qu'on lui avait prescrit avait peut-être commencé à faire effet. Ou bien son corps et son esprit avaient décidé d'un commun accord de se ressaisir et de se battre. Le fait est qu'elle retourna en classe. Affirma être remise. Bien sûr il y eut quelques ratés : un jour à la cantine, elle s'en prit violemment à un garçon pensant qu'il ricanait dans son dos, et un autre, elle s'enflamma de façon agressive lors d'un débat en cours d'anglais au sujet d'Hamlet qui hésitait à assassiner son oncle. Néanmoins, elle termina le lycée. Puis entra à l'université. Elle *gérait.*

Enfin, plus ou moins.

Un bruit sourd se fit entendre. Son portable venait de glisser de ses genoux. Alors qu'elle le ramassait par terre, l'écran s'alluma en affichant les derniers textos reçus, dont un de son père. *Comment va Annie ?*

Seneca, qui se sentait abattue, reprit une gorgée de bière. Elle mourrait d'envie de lui dire la vérité… *toute* la vérité. Que le chagrin né de la disparition de sa mère était toujours là. Et que cette douleur cuisante, qui lui tenaillait la poitrine, ne faisait qu'empirer. Mais elle ne pouvait pas faire ça à son père.

Dernièrement, elle avait envisagé de reprendre contact avec la thérapeute qu'il lui avait trouvée, mais le Dr Ying lui demanderait sans doute de dessiner façon art-thérapie, ou bien elle la baratinerait de sa voix la plus compatissante qu'elle comprenait ce qu'endurait Seneca. Et comment pouvait-elle comprendre, hein ? *Qui* pouvait comprendre ?

Brett peut-être. Et Aerin aussi. Mais se confier à eux ne lui semblait pas très naturel, elle n'était pas venue à Dexby pour former un groupe de soutien. Et puis, elle avait peur… Si elle se mettait à parler de sa mère, elle ne s'arrêterait plus.

La poignée de la porte se mit à cliqueter. Seneca releva brusquement la tête. Le bruit persista. Seneca se leva en repensant à la mystérieuse silhouette qui avait surgi dans sa chambre d'hôtel. Quelqu'un était-il *vraiment* au courant de leurs activités ?

La porte s'ouvrit. Seneca se raidit de la tête aux pieds. C'est alors qu'entra d'un air désinvolte une Asiatique aux longs cheveux bruns, en boots et collants blancs sous une robe en tissu-éponge rose bonbon ultra-courte. Seneca relâcha son souffle. C'était Madison, la demi-sœur de Maddox. Elle la reconnaîtrait entre mille.

— Tu cherches quelque chose ? lui lança-t-elle en tournant la tête depuis le canapé.

Madison fit volte-face en poussant un cri.

— Qu'est-ce que… ?

Elle se rapprocha.

— Oh ! C'est toi, Seneca ? L'amie de Maddy ?

Sa voix était aiguë et joyeuse, et son maquillage, outrancier. Son parfum sentait la pêche. *Tutti frutti*, trancha aussitôt Seneca en jouant à ce jeu de bonbons entre Maddox et elle.

Elle se précipita pour prendre ses mains dans les siennes.

— Moi c'est Madison ! Je savais bien que tu arrivais hier soir ! Tu viens rendre visite à mon frangin quelques jours, c'est ça ? Tu seras là pour le gala de Pâques ? Vous vous êtes connus sur Internet, non ? Quel site ? Perso, j'essaierais bien Tinder mais il paraît que les mecs inscrits sont des gros pervers.

Elle poussa un *iii* perçant.

— Si jamais tu as besoin de t'isoler un peu de mon frère, viens dans ma chambre, je te ferai une mani-pédi. J'ai même une lampe LED pour les ongles en gel. Et regarde-moi toutes ces petites peaux ! Il faut faire quelque chose. Ça te dérange si je fume de l'herbe ?

— Euh… quoi ?

Discuter avec Madison revenait à essayer de garder un colibri entre ses mains.

Madison sortit rapidement une pipe en verre rose et mauve.

— Pas un mot à mon frère, d'accord ? Il est au courant, mais il ne peut pas s'empêcher de me faire la leçon.

Elle leva les yeux au ciel.

— Il court, genre, trois fois par jour. Un jour, au dîner, il a affirmé avoir couru un marathon *entier* au stade. Ça fait dans les cent soixante kilomètres.

— Plutôt quarante-deux, je crois.

Madison la regarda d'un air interdit.

— N'empêche qu'il a obtenu une bourse, non ?

Ça lui fait peut-être du bien de courir autant, ajouta Seneca.

Madison se cogna le front du plat de la main :

— Mais je manque à tous mes devoirs ! Les invités d'abord.

Seneca avisa la pipe qu'elle lui tendit, puis lui montra sa bière.

— J'ai ce qu'il me faut, merci.

Madison haussa les épaules, sortit un Zippo orné de cristaux Swarovski, et alluma sa pipe. Seneca tenta de faire le rapprochement entre cette fille et celle avec laquelle elle s'était liée d'amitié sur Facebook.

Alors Madison se pencha vers elle.

— Je me trompe ou tu n'es pas ici pour coucher ?

Seneca éclata de rire.

— Pas du tout !

— C'est bien ce que je me disais.

Madison opina avec gravité.

Seneca s'efforça de retrouver son sérieux. Pour Madison, cette éventualité semblait impensable. Maddox lui aurait-il laissé entendre qu'ils n'étaient pas compatibles ? Qu'elle n'était pas son genre ? Quoi ? Elle n'était pas assez bien pour Monsieur l'Athlète ?

— Tu es venue pour quoi, au juste ? enchaîna Madison.

Seneca cligna des yeux. Elle avait la sensation d'avoir mis les pieds dans une grotte remplie de vipères ; au moindre geste brusque, elles se mettraient à siffler.

— Pour le sport, répondit-elle. On est copains d'athlétisme.

— Mais pourquoi tu n'es pas allée courir avec lui, là ?

— Parce que je…

C'est alors que le portable de Madison bipa. Elle regarda de quoi il s'agissait, et poussa un cri perçant.

— Je rêve ou c'est un pénis ?

Elle fourra l'écran sous le nez de Seneca, qui y jeta un coup d'œil prudent. L'imagine affichée montrait le bas du corps d'un garçon vêtu d'un maillot de bain très fin.

— Beurk !

— Non, pas « beurk ». C'est le capitaine de l'équipe de crosse.

Madison se leva promptement.

— Il faut que je lui réponde en image.

Vérifiant en vitesse son reflet dans un miroir au contour incrusté de coquillages, elle fit bouffer ses cheveux.

Seneca la dévisagea.

— Ne me dis pas que tu vas te mettre à poil ?

— *Euh*, pas là, non, rigola Madison en fronçant le nez. En revanche, je vais montrer un bout de sein.

Elle lissa sa robe du plat de la main.

— Ça ne va pas du tout, cette tenue. Tu m'aides à en choisir une autre ?

— C'est pas trop mon rayon.

— Peuh ! fit-elle en minaudant.

Elle ramassa sa pipe en vitesse et ouvrit prestement la porte en partant vers l'escalier. Avant de descendre, elle marqua un temps d'arrêt et se retourna en lançant un regard entendu à Seneca :

— C'est à cause d'Helena Kelly, n'est-ce pas ?

— Hmm… qui ?

— C'est pour elle que tu es là. Maddox s'intéresse à nouveau au dossier.

Comment ça, *à nouveau* ? Seneca chercha ses mots, mais comprit que son expression l'avait trahie, car Madison s'empressa de revenir dans la chambre.

— Laissez-moi vous aider.

— Nous aider ?

— Moi aussi j'ai connu Helena.

Madison se rapprocha timidement, ses cheveux imprégnés par l'odeur de l'herbe.

— Avant de mourir, ma mère a séjourné dans un établissement de soins palliatifs où Helena était bénévole. Elle passait à la supérette pour lui acheter du jus de fruits car c'était la seule chose qu'elle réussissait à avaler. Rien ne l'obligeait à le faire.

— Je suis désolée pour ta mère, répondit machinalement Seneca. Pour autant, je ne pense pas que ce soit une bonne idée de t'impliquer. Ça pourrait se corser.

Madison lâcha un grognement.

— Le danger ne me fait pas peur.

— En fait, ça ne va pas être dangereux du tout, mais plutôt, ennuyeux, disons, rectifia Seneca pour tenter de la dissuader. À mon avis, on ne va pas tarder à abandonner. On piétine.

Madison jeta un coup d'œil au portable de Seneca qui était posé sur la table. Le texto que Seneca avait envoyé à son père avait disparu ; l'appareil avait basculé apparemment tout seul sur Google. Dans la barre de recherche, on pouvait lire : *Kevin Larssen, programme de campagne.* Seneca tenta de masquer l'écran, mais le mal était fait.

— Tu crois que c'est ce mec, qui a fait le coup ? glapit Madison. Il était bénévole aussi. Je ne l'ai pas trop connu, mais il n'avait pas une tête d'assassin fou furieux.

— On veut juste lui poser quelques questions, dit brièvement Seneca, embarrassée. Certains points de son alibi ne collent pas.

— Dans ce cas, appelez son bureau de campagne. Il est ici, en ville.

Seneca eut un rire moqueur.

— S'il est coupable, il ne risque pas de répondre. Il faut qu'on le prenne au dépourvu.

Le sourire de Madison s'élargit.

— Alors, vous avez de la chance. Je sais justement où et quand il ne sera pas sur ses gardes. Le country club de Dexby, demain. C'est sa soirée de fiançailles.

— Comment tu sais ça ?

Madison se blottit contre Seneca en glissant un bras sous le sien.

— Parce que je suis invitée.

Chapitre 12

Mardi après-midi, Maddox se retrouva dans une chambre à la déco chargée de plaids en fausse fourrure, de rideaux à motifs léopard roses, de posters de Katty Perry et d'une panoplie complète de Hello Kitty. Les pieds nus enfoncés dans un tapis moelleux rose bonbon, il regardait fixement le contenu de la penderie qui débordait de robes, de hauts, de chaussures et de sacs. Dans son dos : Seneca, Aerin et Brett. Et face à lui, un sourire hystérique aux lèvres, sa demi-sœur : Madison. Ils étaient dans *sa* chambre, devant *sa* penderie.

— Très bien, mesdames, commença-t-elle en désignant d'un geste théâtral les portes grandes ouvertes de la penderie. Pour une soirée au country club, j'attirerai votre attention sur la section Marc Jacobs en 3-A.

Aerin gloussa.

— Tu organises ta penderie comme un parking ?

Toutes deux se mirent à discuter longueurs d'ourlets,

étoffes et grands couturiers, du moins Maddox présuma qu'il s'agissait de couturiers, mais au fond, il n'était sûr de rien. Comme un poisson hors de l'eau, Seneca resta en retrait jusqu'à ce que Madison approche une robe devant sa mince silhouette et la tire au centre de la pièce. Maddox renversa la tête en arrière et fit mine de s'endormir en ronflant contre le mur. Ce genre de conneries l'assommait.

La veille au soir, on avait frappé à sa porte. Il avait espéré que ce soit Seneca – peut-être avait-elle envie de parler de sa mère. Il n'arrêtait pas de penser à ce qui lui était arrivé. Il s'était un peu renseigné en lisant deux ou trois articles. Il s'était aussi attardé un moment sur un lien de la chaîne CBS, à contempler une photo de Seneca datant d'il y a cinq ans. Elle avait une bouille si candide et effrayée.

Comment avait-elle réussi à si bien garder le secret ? Quel était son mode de fonctionnement ? Cela expliquait aussi la crise qu'elle avait piquée le premier jour. Ce n'était pas une parole en l'air pour Seneca : elle comprenait *vraiment* ce qu'Aerin avait traversé.

À la place, c'était sa sœur qui avait débarqué dans sa chambre.

— Je te présente ta nouvelle recrue ! avait claironné Madison, les bras levés d'un air triomphant. On va choper celui qui a tué Helena Kelly, tu vas voir !

Maddox s'était retrouvé pris de court.

— C'est Aerin qui t'en a parlé ?

Aerin avait effectivement dit connaître sa demi-sœur.

— Non, c'est Seneca, avait rétorqué celle-ci.

Cette réponse le surprit encore plus. Pourquoi Seneca n'avait-elle pas noyé le poisson ?

— Vous avez besoin de moi, insista Madison. Vous voulez parler à Kevin Larssen, et il se trouve que je suis invitée à sa soirée de fiançailles demain. Tout le monde y gagne.

Maddox et sa demi-sœur s'entendaient bien. Depuis la fusion de leurs familles respectives, elle n'avait jamais été sadique ou manipulatrice contrairement aux personnages de demi-sœurs qu'on voit à la télé. Et quand Maddox devint populaire, Madison fut pour ainsi dire folle de joie et décréta qu'ils devaient absolument organiser une fête en son honneur sur le thème « Maddox est un mâle alpha », proposition qu'il avait aussitôt descendue en flammes. Et c'était justement le problème avec Madison : elle avait le chic pour tout transformer en une joyeuse foire d'empoigne frivole et déjantée à base de bombes à serpentins roses, de batailles de polochons et de hasch – l'éclate quand Maddox voulait espionner ses copines qui venaient dormir, mais un peu inapproprié quand il était question de résoudre un meurtre. Aerin l'avait dit elle-même : c'était de sa vie dont il s'agissait. Pas d'un jeu.

Cependant, Madison avait promis de prendre son rôle très au sérieux. Faute de savoir quoi faire d'autre, Maddox accepta son aide.

Son regard s'arrêta sur le réveil Hello Kitty de sa sœur sur la table de nuit. Il était 14 h 03. Il aurait dû s'entraîner avec Catherine, mais il s'était décommandé. Rien à voir avec leur baiser, cela dit. Enfin, presque. Franchement, il y avait à peine repensé depuis. C'est surtout qu'ils devaient se préparer pour ce soir.

Brett plongea la main dans la masse de fringues suspendues pour en extraire une robe moirée qui se nouait dans le dos. Il la tendit à Aerin.

— Ça t'irait bien.

Aerin lui lança un regard circonspect et examina l'étiquette. Quand elle la leva devant elle, la couleur éclaira aussitôt son teint pâle.

— Sublime, approuva Madison.

— Oui, je n'aurais pas cru, avoua Aerin en avisant Brett avec un grand sourire.

Maddox leva les yeux au ciel.

— Purée, t'es une vraie gonzesse, Brett.

Ce dernier se contenta de hausser les épaules.

— Que veux-tu que je te dise ? Le style, j'ai ça dans le sang.

— J'espère pour toi vu qui était ta grand-mère, souligna Aerin.

Maddox hocha la tête, méditant maintenant sur la véritable identité de Brett. La dynastie des Grady était légendaire… mais quelle épreuve elle avait traversée ! En un sens, Maddox se sentait un peu naïf d'être entouré de trois personnes qui avaient subi la perte d'un proche dans des circonstances aussi atroces, comme si elles pigeaient des choses qui lui échappaient. Mais remarquez, au fond, est-ce qu'il aimerait être à leur place ? Oh, que non.

— Choisis m'en une, demanda Seneca à Brett en indiquant la penderie du doigt.

Brett opta pour une robe en satin rouge qu'il lui tendit. Tandis qu'elle se contemplait dans le miroir, Maddox, au comble de son impatience, s'éclaircit soudain la voix :

— Bon, on peut mettre le défilé de mode sur pause ? Comment est-ce qu'on va entrer à cette soirée, Brett et moi ?

Brett releva les yeux des chaussures qu'il était en train d'étudier et fit claquer ses doigts.

— J'ai ma petite idée : toi et moi on va jouer les serveurs.

Aerin fronça le nez.

— Tu veux dire que vous allez distribuer à boire ?

— Exactement. Ma famille faisait tout le temps appel à des traiteurs. On circule avec des plateaux, on bichonne les invités, on se mêle à la fête. Les riches ne font jamais attention au petit personnel. Kevin lâchera peut-être une info devant l'un de nous, qui sait ? Ou alors on le fait boire et on le cuisine une fois qu'il est soûl.

Madison haussa les épaules.

— Ça peut être marrant.

Brett lui décocha un clin d'œil, l'index pointé vers elle d'un air de dire *toi et moi on va bien s'entendre.*

— Je trouve aussi, approuva Seneca. Mais comment est-ce que tu comptes te faire embaucher là-bas à la dernière minute ?

— On va prendre la place de quelqu'un, tout simplement, suggéra Brett.

— Et comment on va faire ça ? renchérit Maddox.

Brett sortit de son sac une bouteille de tequila Patrón.

— Je suis preneuse ! s'écria Madison en se jetant dessus.

Brett écarta la bouteille et la rangea.

— Pas touche, c'est pour les serveurs. On la leur

offrira en disant qu'on prend leur place mais qu'ils toucheront quand même leur chèque, et on sera bons.

Maddox s'assit sur la couette Hello Kitty qui recouvrait le lit de sa demi-sœur. Cette idée lui paraissait un peu dingue, mais ce n'était pas comme s'il en avait une autre à proposer.

— OK, je suis partant.

Brett et lui se tapèrent dans la main, et du coin de l'œil, Maddox remarqua le sourire de Seneca. Toutefois, quand il se tourna vers elle, elle regarda ailleurs, la bouche pincée, comme s'il venait de la surprendre en train de faire une bêtise.

Bien, bien. Seneca commençait enfin à apprécier l'équipe… mais ça, elle n'était pas près de l'admettre.

Chapitre 13

Quelques heures plus tard, Brett pénétra dans le vestiaire des hommes du country club de Dexby qui sentait le cirage et l'après-rasage de petits vieux. Il remonta la braguette du pantalon de smoking emprunté au serveur et grimaça. Il était trop court et tellement moulant qu'on aurait dit des collants.

Alors il regarda Maddox et étouffa un grognement. Le costard qu'il s'était dégoté, *lui*, lui allait comme un gant.

— Tu m'expliques pourquoi tu ressembles à James Bond alors que moi, j'ai un costume de nain ?

Maddox l'avisa et éclata de rire.

— Disons que j'ai eu de la chance.

Il se tortilla face au miroir pour s'admirer.

Brett se consola en voyant que son plan avait fonctionné, c'était le principal. Pendant que les filles se préparaient, il avait fait le trajet jusqu'ici en voiture avec Maddox. À leur arrivée, ils avaient croisé une bande de serveurs en pause cigarette devant l'entrée des cuisines. Deux d'entre eux dénommés Jeffrey et Tim avaient accepté avec enthousiasme de troquer leur smoking contre la bouteille de tequila, et étaient ensuite partis dans une voiturette de golf en chantonnant un air traditionnel en espagnol, dont Brett se souvenait pour l'avoir appris en seconde durant les cours de Señorita Florez.

Le portable de Maddox bipa et Brett jeta un œil au texto envoyé par Seneca : *On est là.*

Le vestiaire débouchait sur un long couloir flanqué de part et d'autre de plaques aux noms des champions du tournoi de golf sur invitation du Dexby Country Club depuis 1903. Dehors s'étiraient des vues panoramiques sur le green, la piscine et les courts de tennis.

— Au fait, pourquoi cette soirée a lieu un mardi ? demanda Brett en remontant clopin-clopant le couloir comme un pingouin.

Il avait du mal à respirer dans ce pantalon.

— Parce que ce week-end, c'est le gala de Pâques, répondit Maddox. Une grosse soirée déguisée au domaine Morgenthau. Personne n'oserait programmer autre chose le même week-end.

Brett haussa un sourcil.

— Tu y vas ?

— Peut-être. Je ne sais pas encore.

— Pourquoi pas ? Je parie qu'il y aura de belles petites meufs…

Maddox ne dit rien, mais Brett sentit chez lui un certain malaise.

— T'as du mal avec les filles ?

— Tu plaisantes ou quoi ? balaya Maddox d'un revers de main.

Brett esquissa un sourire en coin.

— Tu dois les repousser à coups de bâton, c'est ça ?

C'est alors qu'il avisa les filles au bout du couloir.

— Waouh, murmura-t-il, ébloui.

Madison ressemblait à un bonbon dans sa robe rose vif et ses talons jaune banane. Quant à Seneca, ses cheveux attachés mettaient en valeur ses grands yeux, son menton pointu et ses pommettes saillantes. Sans ses couches de vêtements superposées, ses jambes paraissaient plus longilignes et ses bras, sculpturaux. Et Aerin… *purée.* Elle portait la robe mordorée que Brett lui avait choisie, et ses cheveux relevés en chignon révélaient son long cou gracieux.

Brett s'efforça de regarder ailleurs. Depuis le début il la trouvait canon, bien sûr, mais ce soir, bien apprêtée, elle faisait… plus mûre. Plus appétissante. Terriblement sexy. Le genre de fille qu'on ne se contentait pas de draguer, mais qu'on poursuivait avec assiduité. Il cueillit dans un vase une rose qu'il lui tendit sans prononcer un mot.

Aerin fit tournoyer la tige entre ses doigts.

— Je me croirais dans un épisode du *Bachelor.*

Seneca observa Brett d'un air curieux.

— Qu'est-ce qu'il a, ton pantalon ?

Madison gloussa.

— On dirait des leggings.

— Ouais, je sais, j'ai l'air d'un clown, ronchonna Brett, agacé.

La défaillance de son costume cassa l'ambiance.

— Bon, on y va ?

Le groupe remonta d'un pas lourd un escalier de service qui aboutissait dans une salle à manger. Brett, qui fermait la marche, tenta de contenir son soudain coup de cœur pour Aerin. *Garde ton sang-froid*, se dit-il. Ce n'était pas la première fois que ça arrivait : il tombait follement amoureux et finissait blessé. Il devait faire marche arrière. Respirer un coup.

Au sommet de l'escalier se trouvait un immense hall bourré de monde. Les tenues de soirée et les robes étaient somptueuses, les sourires d'une blancheur éclatante étaient aveuglants. Au milieu de la foule apparut un visage devenu familier à force d'avoir passé des heures devant les informations. Kevin Larssen était plus grand que Brett ne l'avait imaginé, son menton fuyant contrastait avec son regard bleu électrique et calculateur. En l'espace de quatre secondes, il embrassa la joue d'une dame d'un certain âge, secoua vigoureusement la main d'un type bedonnant à la toison argentée, et salua d'une longue étreinte une femme plus jeune. Pour autant ses yeux continuaient de parcourir la salle avec avidité.

Seneca s'approcha en vitesse d'une table pour y subtiliser trois coupes de champagne, et elle en tendit une à Aerin et à Madison.

— Où est Macie Green ? chuchota-t-elle en référence à la fiancée de Kevin.

Madison les avait briefés cet après-midi : Macie était une héritière de Dexby, première de la classe, diplômée de son pensionnat à Middlebury, qui portait des lentilles souples et s'affichait le week-end avec ses champions de lévriers irlandais, etc., etc.

— Là.

Brett pointa du doigt vers une grande blonde élancée qui s'était approchée de Kevin. Macie avait un visage oblong et de petites oreilles, et elle souriait la bouche fermée. Sa robe argentée semblait confectionnée sur mesure, et l'énorme diamant de sa bague de fiançailles étincelait. Tournant légèrement le dos à Kevin, elle parlait d'un ton animé à une dame plus âgée avec un gros collier de perles.

Le bruit de la soirée redoubla subitement ; Brett se rapprocha des filles.

— Hé, souffla-t-il à Seneca.

Elle leva le nez vers lui.

— Excuse-moi, je n'aurais pas dû me renseigner sur toi. Et encore moins évoquer ce qui s'est passé. Je ne voulais pas te…

— Je sais, coupa-t-elle avec un regard clément. C'est pas grave.

Brett eut le sentiment qu'elle était sincère. Il la regarda de façon intense, cherchant quoi ajouter et comment réparer son erreur, mais c'est alors qu'on lui tapota sur l'épaule.

— Dis donc, mon petit.

Une femme large d'épaules, cheveux crépus et monosourcil au front lui lança un regard mauvais. Sur sa veste de tailleur, un badge en laiton avec son nom indiquait *Sandy.*

— Je ne te paie pas pour rester là à reluquer les invités, *Jeff,* siffla-t-elle. Alors prends ton plateau et commence à faire le service.

Brett l'évalua rapidement. Elle lui donna l'impression d'une petite dame fatiguée et surchargée de travail, qui ne serait sans doute pas contre un bon massage des pieds et un compliment. Il la salua d'une courbette.

— À vos ordres, madame. On vous a déjà dit que vous ressembliez à Anjelica Huston ? En plus jeune, bien sûr.

Le masque renfrogné de Sandy se fendit un tout petit peu.

— Je *déteste* la plupart des célébrités, mais je dois reconnaître qu'elle, elle me dérange pas.

Elle réfléchit un instant avant de se pencher vers lui d'un air de conspirateur.

— Demande des Martini à Doris de ma part. C'est plus facile à débarrasser que les canapés.

Dans la cuisine pleine de vapeur s'affairaient commis et sous-chefs. Brett entra d'un pas nonchalant et rassembla des Martini sur son plateau. De retour dans la salle de bal, Maddox le suivit, tourbillonnant entre les invités. Deux ou trois filles le matèrent avec intérêt. Il leur adressa un sourire amical, quoique un peu froid.

En contournant une gigantesque table couverte de crevettes et d'huîtres, Brett passa devant un groupe de femmes qui parlaient d'avoir recours à une injection de Botox dans leurs vagins – dans *quoi ?* Mais c'est là qu'il aperçut Kevin appuyé contre un bar en acajou dans une arrière-salle. Une bande de mecs l'entourait ; Brett en reconnut pas mal d'après les photos de groupe des Jeunes du Connecticut publiées en ligne. Le cœur battant, il s'approcha tranquillement en prenant soin de ne pas renverser ses verres pleins.

Kevin était occupé à parler.

— D'après eux, j'ai toutes mes chances comme

sénateur, donc on verra. J'ai une très bonne équipe qui bosse sur la campagne et…

— Un Martini ? l'interrompit Brett.

Kevin haussa les épaules et en prit un.

— Pourquoi pas.

Il décocha un sourire pincé à Brett avant d'en boire une petite gorgée. Puis il reposa le verre sur le bar.

Brett s'éclaircit la voix.

— Vous devriez le boire tant que c'est frais, suggéra-t-il doucement. La glace fait ressortir le goût de la vodka.

Se sentant obligé, Kevin but encore une gorgée, puis se détourna pour raconter une histoire de séjour en camping où il était allé avec des copains de sa classe de terminale. Brett tendit l'oreille à l'affût du nom d'Helena, mais apparemment, ils étaient juste partis entre mecs. Tout en bavardant, Kevin continuait d'épier la salle du coin de l'œil comme s'il attendait quelqu'un.

Son attitude déteint sur Brett qui pivota sur lui-même en cherchant Aerin dans la salle. Elle s'était éloignée de Madison et Seneca, et rapprochée d'une petite brune. La fille en question lui chuchota quelque chose en montrant du doigt un type près du bar à crustacés. Brett essaya de comprendre qui était ce mec. Avec son menton en galoche et sa pomme d'Adam proéminente, il avait tout l'air d'un lycéen ordinaire. Brett le surclassait sans problème.

Il ramassa son plateau et proposa tour à tour des Martini à une blonde qui était sûrement mineure, à une vieille dame en déambulateur, couverte de diamants, et à un grand costaud qu'il était certain d'avoir vu avec une chevalière du Super Bowl au doigt. À l'autre bout de la salle, il retrouva Maddox qui était cerné d'invités assoiffés.

— Débarrasse-toi, conseilla-t-il après leur départ, lui montrant d'un geste une table vide où poser son plateau.

Maddox suivit son conseil et souffla un coup, les joues rouges. Brett s'adossa au mur en évaluant la foule.

— C'est un peu le carré VIP de Dexby, cette soirée, non ?

— Ouais, confirma Maddox. Tu connais quelqu'un ?

Brett le regarda d'un air ahuri.

— La plupart habitent sans doute Greenwich, ajouta Maddox.

Brett fit non de la tête.

— Ça fait un moment que j'ai quitté ce milieu. En revanche, *elle*, j'aimerais bien la connaître.

Il désigna Macie Green.

— J'aime bien les blondes glaciales, moi.

Ils la regardèrent choisir calmement une tranche de melon enrobée de prosciutto sur un plateau qui traînait, puis entrer sans bruit dans la pièce où se trouvait Kevin. Kevin, qui avait déjà fait un bon sort à son Martini, lui fit signe d'approcher pour lui parler à l'oreille, les sourcils froncés. Macie tourna brusquement les talons et se retira. L'embarras se lisait sur son visage. Brett s'aigrit. En matière de femmes, certains ne savaient vraiment pas y faire.

Maddox désigna un grand monsieur qui passait devant eux.

— Ce ne serait pas James Gorman ? Le sénateur

pour qui travaillaient les Jeunes du Connecticut ? Visiblement, Kevin et lui ont gardé contact.

Brett plissa les yeux.

— Eh bien, Kevin se présente comme candidat. Peut-être qu'il a son soutien.

Quand Brett jeta un nouveau coup d'œil au Martini de Kevin, le verre était vide.

— Un autre ? proposa-t-il en se glissant jusqu'à lui.

Kevin accepta volontiers.

— Bien vu pour le fait de le boire frais, c'est meilleur.

Il examina Brett avec attention, sans toutefois remarquer son pantalon feu de plancher.

— J'ai l'impression de t'avoir déjà vu. Tu travailles ici le dimanche ?

— Du tout.

Malgré le picotement nerveux qu'il ressentit, Brett en rajouta une couche.

— Je ne suis là que pour la soirée.

Kevin jeta un bras sur ses épaules.

— Bois un coup avec moi, alors.

Brett objecta.

— Impossible. Je suis en service.

Kevin fit mine que ses lèvres étaient scellées.

— Je ne dirai rien à personne.

Brett attendit les quelques secondes de rigueur.

— Bon, puisque tu me forces la main, décida-t-il en attrapant un verre. Alors, je crois savoir que des félicitations s'imposent ?

Kevin leva son verre de Martini pour en boire une longue gorgée.

— Merci. Je suis impatient.

Il en avait tout sauf l'air.

Au même moment, Maddox qui approchait tranquillement écarquilla les yeux en découvrant le verre dans la main de Brett.

Brett lui donna une tape sur l'épaule.

— Je te présente mon pote. Ça t'ennuie s'il se joint à nous ?

— Bien sûr que non, acquiesça chaleureusement Kevin en ouvrant grand les bras.

Brett attrapa un verre sur le plateau. Maddox sembla un peu gêné au début, mais au bout de quelques lampées, il se détendit. *C'est ça, vas-y mon petit*, pensa Brett.

— Il paraît aussi que tu te présentes aux élections ? reprit Brett en se prenant le menton d'une main comme si le sujet l'intéressait réellement.

Kevin se lança dans une description de sa position en tant que sénateur et des causes qu'il soutenait. Tout du long, Brett hocha la tête d'un air attentif, même s'il avait décroché depuis longtemps. Quand Kevin eut fini son discours, il s'écarta.

— Mais attends, je sais d'où je te connais. Tu sortais avec cette fille au lycée, pas vrai ? Celle qui s'est volatilisée ? Comment elle s'appelait, déjà ?

Maddox lui décocha encore un regard, mais Brett l'ignora.

Kevin posa son verre sur le bar, la mine soudain sombre.

— Euh, Helena Kelly.

— C'est ça, fit Brett en acquiesçant avec gravité. Bon sang, comment tu as vécu ça ?

Kevin étudia le portrait d'un personnage grassouillet

derrière le bar. Dans la salle voisine, l'orchestre se mit à jouer *New York, New York.*

— Tu es journaliste ou quoi ? finit-il par demander.

— Non, pas du tout ! se défendit Brett en levant les mains. Merde – oublie ma question. Ça ne me regarde pas.

Un long silence s'ensuivit. Puis Kevin reprit son verre, s'en renversant un peu sur la manche.

— C'était une gentille fille.

Brett le regarda d'un air incrédule. *Une gentille fille ?* On aurait dit une remarque qu'aurait pu sortir sa grand-mère.

— Vous étiez proches ?

— Oui, répondit Kevin d'une voix nouée. Mais…

Il ne termina pas sa phrase.

— Mais quoi ?

Kevin agita mollement la main.

— Entre nous ce n'était pas vraiment sérieux. Juste une amourette de lycéens.

— Parfois c'est au lycée qu'on trouve l'amour, le vrai, glissa Maddox.

Kevin remua pensivement sa boisson. Un sourire s'ébaucha sur ses lèvres.

— Alors je présume que ma relation avec Helena était en partie *fausse*, murmura-t-il.

Piqué de curiosité, Brett pencha la tête.

— C'est-à-dire ?

Kevin releva le nez en clignant des yeux comme quelqu'un sortant d'une transe. L'espace d'une fraction de seconde, derrière son air soûl, une lueur menaçante traversa son regard, transformant ses traits. Brett retint son souffle.

— Je suis sûr que d'autres invités ont soif, tu ne crois pas ? conclut Kevin en lui tapotant l'épaule.

Et sur un sourire qu'on ne pouvait que qualifier de glaçant, il leur tourna le dos.

Chapitre 14

À une époque, Aerin avait assisté à des fêtes fabuleuses, et celle-ci ne faisait pas exception avec son immense cascade de chocolat suisse, l'orchestre de swing à neuf instrumentistes, et la clique habituelle de m'as-tu-vu qui, à les entendre, connaissent la terre entière et posent dès que possible pour le photographe en redoublant d'effort pour paraître irréprochables. Ce soir, James Gorman, le sénateur du Connecticut, était présent, ce qui ajoutait une touche de classe. Il avait un menton à la Abraham Lincoln, un sourire à la George Bush, et un air fanfaron à la Bill Clinton. Aerin verrait bien son portrait sur une pièce de monnaie.

Elle se tenait dans un coin avec Amanda Bettsworth, une amie qui était à la soirée de Tori mais qui avait échappé aux flics. Amanda, qui buvait à grands traits une vodka tonic qu'elle avait fait passer deux fois pour une simple limonade au gingembre à sa mère, donna un petit coup de coude à Aerin.

— Il y a O'Neill qui te mate depuis le yacht en fruits de mer.

À l'abri derrière son verre, Aerin le regarda furtivement. En effet, Brian O'Neill, cheveux en bataille et regard ténébreux, chemise blanche impeccable et cravate à rayures, la scrutait en douce derrière un mât entièrement constitué de pinces de crabe. En classe de seconde, Aerin lui avait montré son soutien-gorge dans les vestiaires et il ne s'en était jamais remis. Pendant des mois, Brian lui avait envoyé des textos fleuves, faisant sonner dix fois de suite son téléphone faute de pouvoir faire tenir tous les caractères en un seul message.

Parfois Aerin regrettait d'être si effrontée et entreprenante.

Amanda la poussa encore du coude.

— C'est qui, ces gens avec qui tu es venue ? Je reconnais Madison. Lui, c'est son demi-frère, non ? Le futur athlète olympique, je crois ? Ce sont tes amis ?

— En quelque sorte, répondit Aerin qui ne voyait pas comment les désigner autrement.

Mais au fond, l'étiquette d'*amis* ne leur allait peut-être pas si mal. Elle s'était prise de sympathie pour Seneca, et elle avait toujours trouvé que Madison valait plus que la somme de tous ses côtés « I love Hello Kitty ». Brett était transparent quant à ses sentiments, mais elle était un peu tentée de l'emmener chez Sparrow, la plus belle boutique de Dexby, pour voir ce qu'il lui choisirait. Elle était même sensible au fait qu'avec le temps, Maddy soit sorti de sa phase ringarde et lourde pour devenir un mec vaguement sexy et séduisant. Et en passe d'être un athlète olympique ? Impressionnante, cette rumeur, même si c'était un peu exagéré.

Donc oui, ils étaient amis. Et à la réflexion, la petite bande de *Classés sans suite* en savait plus sur elle, se souciait plus de ses intérêts que n'importe qui ici présent, à savoir les gens qu'elle connaissait depuis toujours.

Elle grimaça en sentant quelqu'un lui tapoter l'épaule, craignant de voir réapparaître une énième conquête du passé. Marissa Ingram lui fit un grand sourire.

— Aerin ! Quelle belle surprise !

Marissa portait une robe en soie verte et un ras-de-cou serti de pierres précieuses si grosses et bombées que c'était étonnant que son cou décharné n'ait pas rompu net sous leur poids. À ses côtés, Skip faisait tournoyer dans son verre une liqueur brunâtre. Son nœud papillon trop serré donnait l'impression qu'il s'étranglait, mais après un instant de flottement, il réussit à décrocher un sourire chaleureux à Aerin. C'est alors qu'apparut derrière eux leur fils Heath, en costume noir bien ajusté et cravate grise.

— Salut Aerin ! s'exclama-t-il en lui claquant une bise sur la joue. Ça fait un bail !

— Salut, répondit-elle, gênée.

Lui, ça lui faisait particulièrement drôle de le revoir : autrefois, Helena, Aerin et lui étaient très liés. Elle l'aurait bien taquiné sur sa tenue guindée ; à l'époque, il s'amenait aux manifestations officielles du country club en pantalon de treillis crasseux et mocassins troués. Pour ça, elle l'avait toujours tenu en haute estime.

Marissa parcourut des yeux la foule.

— Est-ce que ta mère est là ?

— Elle… euh…

Tout à coup, Aerin fut incommodée par l'odeur envahissante de la viande de bœuf qui se répandait depuis le poste de découpage.

— Il faut que j'y aille, marmonna-t-elle, avant de s'éloigner en coup de vent, faisant un signe de la main à Amanda au passage.

Ce n'est pas qu'elle n'aimait pas la famille Ingram. Seulement, rester là, à faire semblant de frayer avec des gens de la haute, ce n'était pas son genre.

Elle sortit sur une terrasse déserte. Au pied de la colline se trouvait un kiosque à musique blanc bien connu, lieu de prédilection à Dexby pour les coups d'un soir. Pour des raisons qu'Aerin ne connaissait que trop, on le surnommait surtout la « Boîte à baise ».

Elle entendit chuchoter dans son dos. Les poils dans sa nuque se dressèrent ; elle eut la sensation qu'on l'épiait. Mais en se retournant, elle constata que ce n'était que Macie Green qui passait dans un nuage de Coco Chanel. Son portable collé à l'oreille, elle parlait d'une voix engluée, comme si elle avait pleuré : « Tu ne vas pas le croire si je te dis qui est là. Je vais le tuer. » Aerin tendit l'oreille pour entendre la suite, mais le vent tourna, portant sa conversation ailleurs.

C'était la soirée de fiançailles la plus étrange qu'elle ait vue.

— Aerin ?

Cheveux ras et pommettes saillantes, un mec dont

le visage lui disait quelque chose se tenait près de la porte-fenêtre. Thomas Grove, comprit Aerin. Le flic croisé dans le jardin, chez Tori… et au gala de Pâques.

— Salut, dit-il en s'approchant. Je me demandais justement si tu viendrais. Tout le gratin de Dexby est là, pas vrai ?

Aerin cligna des yeux face à son regard bleu perçant et ses traits réguliers. Il était bien plus mignon quand il n'était pas occupé à interpeller des gens dans le jardin de son amie. Moins dégingandé. Moins pâle. Elle n'avait pas souvenir non plus qu'il mesurait presque quinze centimètres de plus qu'elle – et pourtant elle faisait un mètre soixante-treize.

— Tu es ici en tant qu'invité ? s'enquit-elle.

— Non, je fais des extras comme voiturier. Tu n'imagines pas les pourboires qu'on te file dans ce genre de soirée.

Il lui fit un clin d'œil, plutôt adorable.

— Tu es très jolie ce soir, soit dit en passant.

Aerin contempla sa robe en rougissant. Tout le monde n'arrêtait pas de lui dire qu'elle était *superbe*. Comme si elle avait une sale gueule d'habitude. Bande de connards.

— Ça te dit de retourner à l'intérieur ? proposa Thomas. Je suis en pause. On pourrait aller au buffet. Les crevettes sont excellentes.

— En fait, je me cache, dit-elle avec une moue. Ces gens me donnent de l'urticaire.

Thomas arqua un sourcil.

— Dans ce cas, je connais la planque idéale.

— Ah oui, laquelle ?

— Surprise. Mais promis, ça va te plaire.

Aerin hésita. L'hiver dernier, un moniteur de la station de ski du coin lui avait sorti la même tirade, mot pour mot, pour la convaincre de venir jeter un œil à son chalet. La surprise en question – et quelle surprise ! – fut son pénis. Ils étaient à peine entrés qu'il avait fait tomber son caleçon. Vraiment dégueu.

Mais enfin, elle avait le sentiment que, quand bien même il essaierait, Thomas Grove ne pourrait pas être un sale type.

* * *

— Vise un peu ça, chuchota Thomas en déverrouillant une Ferrari 458 Spider rouge surbaissée – Aerin connaissait le modèle uniquement car Thomas venait de le répéter avec déférence au moins six fois.

La voiture était garée tout au fond du parking du country club ; la voiturette de golf du gardien était le seul autre véhicule à proximité. Le propriétaire de la Ferrari, M. Levine, préférait qu'elle soit garée à distance, expliqua Thomas.

Thomas se glissa côté conducteur sur le siège en cuir brun clair et agrippa le volant en mimant des bruits de moteur qui s'emballe comme un gamin de trois ans. Aerin gloussa gentiment.

— Depuis quand les flics font des virées dans des voitures volées ?

— C'est pas mon intention.

Thomas agita les clés.

— Mais aucune loi n'interdit de s'asseoir dedans. Je pourrai toujours dire à M. Levine qu'on vérifiait juste qu'elle n'avait rien.

Il tapota le siège à côté de lui.

— Allez, monte.

Aerin apprécia que Thomas ne soit pas contre l'idée de faire une entorse au règlement. Elle fit le tour du véhicule et s'installa au fond du siège dont le dossier était piqué d'un blason à l'effigie d'un étalon cabré. Même la ceinture de sécurité, un harnais cinq points qui lui assurait un maintien total, rappelait les voitures de course.

— Il y a cinq cent quarante-neuf chevaux sous ce capot, expliqua Thomas avec respect. Il passe de zéro à cent en, genre, trois secondes. Je tuerais père et mère pour m'acheter un bolide pareil.

— Je crois que vous n'avez pas choisi le bon métier pour en avoir les moyens, monsieur l'agent, plaisanta Aerin.

Thomas soupira.

— Je sais. Mais je peux toujours gagner au loto. Ou épouser une grosse fortune.

— Pas faux.

Aerin n'osait rien toucher à l'intérieur, tout était trop beau et en parfait état. Son père n'avait jamais eu une bagnole aussi classe.

Ils se turent, contemplant fixement le terrain de golf. Le soleil avait disparu derrière les collines verdoyantes tandis qu'une voiturette solitaire descendait le chemin en serpentant. Aerin jeta un coup d'œil furtif à Thomas, mais le silence entre eux n'avait pas du tout l'air de le déranger. C'était agréable, pour une fois.

Au bout d'un moment, elle s'éclaircit la voix.

— En fait, je me suis un peu incrustée à cette soirée.

Thomas suivit du doigt la couture sur le volant.

— C'est curieux que tu sois venue à la base, si les riches te donnent des boutons.

— De l'urticaire.

— Exact.

Aerin poussa un long soupir.

— En fait, j'enquête sur la mort de ma sœur.

Elle le jaugea du regard, envisageant d'expliquer que l'affaire avait abouti à une impasse, mais c'était sans doute idiot. Tout le monde à Dexby le savait déjà.

Thomas parut intrigué.

— Tu as trouvé quelque chose ?

— J'ai des soupçons sur Kevin Larssen. Son alibi pour le week-end où Helena a disparu est un peu mince. Il n'y a aucune photo de lui à l'événement, et d'après un journaliste, il n'est pas venu pour le discours qu'il devait prononcer.

Une expression difficile à déchiffrer passa sur le visage de Thomas.

— Hmm.

Aerin se redressa.

— Quoi, « hmm » ?

Il regarda au loin. Avec le soleil couchant qui éclairait les contours de son visage, Thomas fut tout à coup d'une beauté alarmante, ses grands yeux encore plus bleus. Il avait presque le crâne rasé, ce qui faisait ressortir ses petites oreilles et une minuscule cicatrice sur son front. Aerin se serait bien penchée pour l'embrasser. L'espace d'un instant, elle s'imagina la scène, le cœur battant. Ce serait plus agréable que de parler d'Helena, nettement plus.

Mais avant qu'elle n'en ait le courage, Thomas s'éclaircit à son tour la voix.

— Je pense à un truc le concernant, que j'ai lu dans le dossier d'Helena.

Il sembla penaud.

— Après t'avoir croisée l'autre jour, je l'ai feuilleté un peu.

— Qu'est-ce que ça disait ?

Thomas sourit d'un air contrit.

— Je ne peux pas te le dire.

— Est-ce que tu peux au moins me dire s'il est suspect ?

— Je n'en sais rien, répondit-il, le regard fuyant.

— Comment ça, tu n'en sais rien ?

— Excuse-moi. Je n'aurais même pas dû en parler.

Il haussa les épaules, et c'est alors qu'elle percuta : en tant que flic, Thomas avait accès à pas mal d'infos. Quels autres détails renfermait ce dossier confidentiel ?

Thomas se tourna vers elle.

— Ça te dirait qu'on sorte un de ces soirs ?

Aerin le dévisagea.

— Quoi ?

Ses yeux brillaient.

— Je suis sûr que je pourrais trouver un restau sympa qui sert de la bouillie d'avoine.

— Ah, ah, très drôle.

Aerin fut agréablement surprise qu'il se souvienne de cette blague. Décidant de changer de sujet, elle indiqua les commandes.

— Démarre un coup. Rien qu'une minute.

Thomas recula brusquement.

— Sûrement pas !

— Allez, le taquina Aerin. Tu n'auras qu'à dire à M. Levine qu'on vérifiait que tout allait bien.

Thomas retroussa sa lèvre du bas.

— Et si quelqu'un nous voit ?

— Si ça t'inquiétait tant que ça, on ne serait pas assis là, non ?

Thomas effleura le bouton de démarrage, mais sans appuyer.

— Mauviette, souffla Aerin en se penchant devant lui.

L'épaule pressée contre son torse, elle sentit l'odeur fruitée et suave de son shampooing – *Herbal Essence*, pensa-t-elle. Elle enfonça son doigt sur le bouton, et la voiture démarra dans un vrombissement si enthousiaste qu'ils sursautèrent en même temps. Toutes sortes de voyants s'allumèrent. Des avertissements défilèrent sur un écran central. Un morceau de Led Zeppelin retentit dans les enceintes de la radio dont le volume était à fond.

Thomas appuya sur le champignon. La Ferrari gronda. Il accéléra encore, et l'aiguille du compte-tours fit un bond. Ils échangèrent un sourire malicieux. *Marche arrière*, articula-t-elle en silence pour se faire comprendre malgré le boucan.

Thomas approcha la main du levier de vitesses quand quelque chose attira son attention dans le rétroviseur. Sursautant, il enfonça d'un geste frénétique le bouton de démarrage pour couper le moteur. Aerin pivota sur elle-même. Un véhicule de police remontait au pas la route principale qui longeait le country club.

— Baisse-toi, chuchota-t-il en lui ordonnant de faire comme lui.

Sous la pression de sa main chaude sur son épaule, elle s'exécuta, osant à peine bouger jusqu'à ce que la voiture de ses collègues soit à bonne distance. Puis elle éclata de rire.

— Dire que je commençais juste à te respecter en tant qu'agent de police, chuchota-t-elle.

Ils ouvrirent leurs portières et s'extirpèrent gauchement. Juste avant de s'éloigner sur le parking, Thomas lui lança un dernier regard.

— Je suis sérieux pour ma proposition de tout à l'heure.

Aerin haussa les épaules.

— Un jour, peut-être, quand tu auras un de ces gros engins, dit-elle en tapotant le capot de la Ferrari.

Sur ce, elle s'éloigna d'un pas nonchalant, roulant des fesses de manière exagérée, en espérant que Thomas regardait.

Au moment où elle rentrait dans le hall, Brett et Maddox passèrent en trombe devant elle. Brett dérapa et s'arrêta net en lui faisant signe.

— On te cherchait ! s'écria-t-il. Tu n'aurais pas vu Kevin ?

— Euh, non.

Aerin esquissa un geste vers la terrasse.

— Par contre, j'ai croisé sa fiancée en larmes.

Maddox l'entraîna dans un couloir annexe.

— On était à *ça* de tirer des aveux, mais finalement, il s'est dégonflé.

Seneca et Madison les rejoignirent. Les garçons leur racontèrent l'étrange remarque de Kevin sur l'aspect en partie « faux » de sa relation avec Helena.

— À votre avis, ça veut dire quoi ? demanda Madison.

— Aucune idée, répondit Maddox. Peut-être qu'il faisait allusion à leurs sentiments respectifs, sous-entendu qu'il l'aimait sincèrement, mais pas elle. Ça pourrait signifier qu'elle fréquentait quelqu'un d'autre.

Ils étaient arrivés au bout du couloir. D'un coup d'œil furtif, ils inspectèrent un salon plus petit où des mecs étaient massés devant un match de qualification de hockey, puis une autre salle à manger, et enfin un grand auditoire où trônaient un piano et une harpe. Pas de Kevin. D'autres pièces défilèrent rapidement sous leurs yeux : l'une d'elles renfermait de nombreux trophées de chasse, une autre abritait une table de billard, une autre encore était remplie de livres reliés et de fauteuils de lecture. Le couloir était sombre à cette extrémité : il manquait quelques ampoules à l'un des somptueux lustres au plafond. Aerin plissa les yeux avec inquiétude en avisant le panneau de sortie lumineux au bout du couloir.

— Retournons dans la salle principale, suggéra-t-elle.

Mais c'est alors qu'en se retournant, elle percuta une grande silhouette massive.

— Aïe, souffla-t-elle en s'écartant.

Lorsque son regard croisa celui de l'individu en question, ses nerfs lâchèrent.

Kevin.

Chapitre 15

Le cœur de Maddox battait la chamade. Face à eux, Kevin se tenait de tout son haut, le visage tout juste éclairé par la lueur rouge sinistre du panneau de sortie. Alors que sa vue s'accommodait, il aperçut d'un côté du couloir une porte indiquant *Toilettes pour hommes.*

Comme à point nommé, elle se rouvrit d'un coup. Tout le monde s'écarta pour laisser passer une seconde personne. À sa toison poivre et sel et son pin's du drapeau américain, Maddox reconnut le sénateur Gorman. Levant la tête, l'homme vit la petite bande et leur adressa un sourire forcé, tout en diplomatie. À son passage, Maddox sentit une forte odeur d'eau de Cologne. Une odeur démodée, comme il n'en porterait jamais.

Kevin allait lui emboîter le pas quand il lança un regard au groupe et remarqua la présence d'Aerin. Il l'observa, surpris de la voir là, mais au final, il se contenta de hocher la tête avant de s'éloigner dans le couloir.

— Attends, le retint brusquement Aerin. Est-ce qu'Helena te trompait ?

Kevin s'arrêta net.

— Ta sœur ?

— Tu connais une autre Helena ?

Kevin afficha un sourire réservé, possiblement dangereux. Sa contenance mettait Maddox à cran. Il pourrait bien faire partie de ces gens parfaitement calmes en apparence, mais qui explosent de colère de manière imprévisible.

— Tu as dit à mes amis que ta relation avec Helena était en partie fausse, développa Aerin. Qu'est-ce que tu sous-entendais ?

Kevin scruta Brett et Maddox d'un air accusateur, comme s'ils l'avaient trahi.

— Rien. Rien du tout. Maintenant si vous permettez, je retourne à ma soirée.

Contournant le reste du groupe, il repartit sur sa lancée, accrochant au passage l'épaule de Seneca d'un coup plutôt brusque. Elle recula, un peu déséquilibrée, massant d'une main l'endroit où il l'avait cognée. Maddox allait lui courir après en le traitant de connard, quand Seneca eut soudain l'air d'avoir une révélation. *Quoi ?* lui dit-il en remuant les lèvres silencieusement. Mais elle s'en tint à lui décocher un sourire entendu.

— Kevin ? lança-t-elle en le rattrapant.

Il se retourna, méfiant, tandis qu'elle s'approchait pour lui renifler le col, effleurant presque du nez son cou dénudé.

Kevin eut un mouvement de recul.

— Mais qu'est-ce que tu fais ?

Seneca se redressa en reculant d'un pas.

— Intéressant cette eau de Cologne que tu portes. C'est quoi, le nom ?

Kevin la dévisagea comme si elle était folle.

— Je ne m'en rappelle pas.

— Tu ne t'en rappelles pas ou tu ne sais pas ?

Sa mâchoire se crispa. Le malaise de Maddox décupla. Ils feraient peut-être mieux de laisser ce mec tranquille.

— Ça s'appelle Bay Rhum, précisa Seneca.

Elle eut un petit rire avant d'ajouter :

— Tu ne connais vraiment pas le nom de l'eau de Cologne que tu as mise ce soir ?

Kevin leva le menton.

— C'est Macie qui me l'a choisie.

— Je pensais que Macie aurait meilleur goût, rétorqua Seneca. Mon père aussi porte Bay Rhum, d'ailleurs le vendeur de la boutique où il l'a achetée a affirmé que c'était un parfum pour les hommes mûrs et qu'il ne risquait pas de croiser un type de moins de quarante ans avec le même.

Kevin la toisa.

— Je porte un parfum de vieux. Et alors, qu'est-ce que ça peut faire ?

Maddox observa Seneca, curieux de savoir où elle voulait en venir.

— Tu sais pourquoi c'est intéressant ? Le sénateur Gorman porte le même : je l'ai senti à sa sortie des toilettes. C'est fort comme odeur. Drôle de coïncidence…

Une lueur vive passa dans les yeux de Kevin.

— Qu'est-ce que tu insinues ?

— Rien du tout, fit Seneca, clignant des yeux en toute innocence.

Maddox la fixa en faisant enfin le rapprochement. Ça y est, il avait capté. Il lança un regard aux autres qui semblèrent aussi surpris que lui. Kevin et le sénateur… *ensemble ?*

Kevin brandit le poing.

— Je ne vous ai pas invités. Vous n'avez rien à faire ici. Je vais appeler la sécurité.

— Inutile, on va s'en aller, répondit tranquillement Seneca. Mais avant, on va répandre la nouvelle. À mon avis, le sénateur appréciera moyennement que tout le monde sache ce qu'il fabrique avec son petit protégé. C'est sa femme qui va être contente.

— Et ta promise aussi, d'ailleurs, railla Maddox.

Kevin eut l'air furieux. Un éclat de rire retentit depuis la salle de restaurant. Il ferma les yeux.

— C'est ma soirée de fiançailles. Toute ma famille est là, dont mon grand-père de quatre-vingt-dix ans ultra conservateur.

Il prononça ce dernier mot d'une voix trébuchante.

— Il faut juste que j'en finisse avec ça, d'accord ?

Qu'il en finisse avec ça ? Quelle étrange formule pour un événement censé être joyeux. Remarquez, Kevin n'avait peut-être aucune envie d'épouser Macie. Il en désirait un autre, mais celui-ci était inaccessible.

Maddox repensa à son profil Facebook. Tous ces liens enthousiastes que Kevin publiait pour mettre en avant l'activité des Jeunes du Connecticut. Toutes ces photos de lui avec le sénateur Gorman. Ils étaient toujours côte à côte.

— En fait, avança Maddox en le pointant de son index, c'est toute ta relation avec Helena qui était fausse. Tu n'avais pas de véritables sentiments pour elle.

Aerin le dévisagea.

— Mais qu'est-ce que tu racontes ?

Seneca hocha la tête, visiblement du même avis que Maddox.

— Aerin, ce truc que tu m'as raconté hier, comme quoi tu surnommais Kevin « le Pantin », ce qui ne faisait pas du tout rire Helena ? Eh bien, tu avais vu juste.

— Tu crois ? balbutia Aerin, toujours perplexe.

Lucide, cette fois, Maddox glissa un coup d'œil à Seneca. Comme souvent lors de précédentes affaires, ils étaient sur la même longueur d'ondes. Il posa une main sur le bras d'Aerin.

— Helena était la caution hétéro de Kevin.

Aerin mit quelques instants à digérer la nouvelle. D'un regard, elle interrogea Kevin qui ne démentit pas.

— Mais c'est absurde. Ma sœur avait tous les mecs à ses pieds. Pourquoi elle en aurait choisi un qui ne voulait pas d'elle ?

Tous pivotèrent vers Kevin. Un verre se brisa, et quelqu'un s'esclaffa. Kevin tenta de s'éclipser mais Aerin le retint par le bras.

— *Explique-nous*, exigea-t-elle entre ses dents.

Kevin se dégagea d'un geste brusque.

— Bon ! *C'est vrai.* Elle fréquentait peut-être

quelqu'un autre. Mais elle ne voulait surtout pas que ça se sache.

Le cœur de Maddox fit un bond.

— Qui ?

Kevin prit un air hautain.

— *Ça*, je n'en ai aucune idée.

— Mais tu savais qu'il y avait quelqu'un d'autre ? insista Aerin d'une voix tremblante. Comment as-tu pu le garder pour toi ?

Soudain, elle se jeta sur lui avec colère. Maddox la rattrapa pour l'écarter. Il eut de la peine pour Aerin en entendant sa voix se briser. Pour elle, c'était plus qu'un simple rebondissement dans une affaire non élucidée.

— Du calme, lui souffla-t-il.

Kevin leur lança un regard mauvais.

— Tout ce que je sais, c'est que ce mec était plus âgé. Il bossait dans l'art, les musées. Je crois qu'il vivait à New York. On y est allés une fois, à l'automne. Elle a disparu quelques heures. Prétextant un tour dans une galerie d'art, mais je me doutais de ce qu'elle mijotait en vrai.

Brett se tapota la bouche du doigt.

— Ce n'était peut-être pas vraiment ta copine, mec, mais… de là à la laisser filer avec un *inconnu* ? Quoi, t'étais totalement relax avec l'idée qu'il gagne son cœur et l'invite à dîner dans son appart de l'Upper West Side ? Qu'il l'emmène faire des virées romantiques en calèche dans le parc ? Ça ne te dérangeait pas du tout qu'elle te fasse passer pour un abruti ?

— Je ne sais pas, bredouilla Kevin. Peut-être ?

— Mais tu ne pouvais pas le dire plus tôt ? À la police, par exemple ? s'emporta encore Aerin.

— Je pensais que c'était sans importance.

La voix de Kevin grimpait de plus en plus dans les aigus.

Sans importance ? Maddox trouva la formule vraiment limite. Kevin n'avait peut-être pas tout dit.

— Le week-end de la disparition d'Helena, pourquoi tu n'es pas venu prononcer ton discours au congrès des dirigeants ? enchaîna Seneca.

Kevin plissa les yeux.

— Tu insinues que je suis suspect ? J'ai un alibi. Il a déjà été vérifié.

— J'ai un scoop pour toi, intervint Brett : on n'a aucune confiance en tes copains.

— Dommage pour *toi*, parce que les flics oui, rétorqua Kevin en bombant le torse.

Maddox s'avança.

— Et ce message que tu as écrit en dédicace à Helena dans l'annuaire annuel ? On l'a décrypté. Ça disait…

— « Tu n'auras que ce que tu mérites, H. » ? s'empressa de réciter Kevin. C'était affectueux. Elle m'avait rendu un immense service en gardant mon secret. Je sous-entendais par là que le karma lui rendrait le fruit de ses bonnes actions.

— En quoi est-ce que ton secret est si terrible ? s'étonna Seneca. Tu es homo, et alors ? C'est pas la fin du monde.

Kevin détourna les yeux d'un air torturé, comme si son secret ne s'arrêtait pas là. Maddox assembla les dernières pièces du puzzle.

— À cause du sénateur, c'est ça ? Ça ne date pas d'hier. Voilà pourquoi tu ne pouvais pas en parler.

Kevin serra les dents en regardant fixement au loin.

— Ça alors… murmura Brett.

Madison planta les mains sur ses hanches.

— Alors c'est pour ça que tu n'as rien dit aux flics : parce que tu t'inquiétais de ta petite personne ?

— C'est ça, vous m'avez bien cerné, maugréa Kevin.

— Et Helena, elle était au courant pour le sénateur et toi ? reprit Aerin.

Kevin haussa les épaules.

— On n'entrait pas dans les détails. On se contentait d'être là l'un pour l'autre, pour que les gens ne posent pas de questions.

— Est-ce que quelqu'un d'autre savait que votre couple était bidon ? questionna Seneca.

— Non, personne.

Kevin releva les yeux vers Aerin d'un air sombre.

— Je suis désolé.

Sur ce, il tourna les talons et retourna à la fête d'un pas solennel, le dos droit, les mains le long du corps. Comparé à il y a quelques instants, il en imposait beaucoup moins, comme si révéler son secret lui avait fait perdre de sa superbe. Maddox eut pitié de lui.

Une fois que Kevin eut disparu au bout du couloir, Maddox pointa Seneca du doigt.

— Tu as lu dans ses pensées.

— Une intuition, c'est tout, dit-elle avec désinvolture, non sans un sourire satisfait.

Il se tourna ensuite vers Aerin qui se tenait mollement

adossée au mur, comme si on l'avait assommée avec un club de golf.

— Ça va ?

D'une main tremblante, Aerin sortit un poudrier et s'appliqua à remettre du rouge à lèvres.

— Je ne sais pas trop.

Elle lança un regard à Maddox, puis à Seneca.

— C'était impressionnant. Je ne pensais pas que vous étiez aussi doués.

Le visage de Maddox s'épanouit en un large sourire.

— Si Kevin dit la vérité, je dis bien *si*, Helena avait peut-être vraiment un petit ami à New York.

— Un type qu'elle aurait rencontré *avant* de commencer à sortir avec Kevin, sinon elle n'aurait pas eu besoin de ses services pour la couvrir, ajouta Brett. On devrait aller là-bas. Ça tient la route.

— Ne nous emballons pas, temporisa Seneca. Aerin, quand est-ce que Kevin et Helena se sont mis ensemble ?

Aerin plissa les yeux avec un air songeur.

— En juillet, je crois.

— Et cet été-là, est-ce que ta sœur est allée à New York ?

Aerin eut un regard médusé.

— Elle a participé à une université d'été à NYU, en juillet. C'est peut-être là qu'elle a fait la connaissance de cet homme ?

— Tu vois ? insista Brett. Tous les indices nous mènent à New York. On saute dans un train, et on y va.

Si Kevin était parti l'air un peu hébété, tous se doutaient que d'ici quelques minutes il reprendrait ses esprits et appellerait la sécurité. Ils trouvèrent une porte de sortie donnant directement sur le parking bondé de voitures. Brett chercha du regard les deux serveurs qui avaient accepté leur bouteille de Patrón, mais ils n'étaient pas revenus. En fait, le parking était étrangement désert.

— Et puis merde, décida-t-il en tombant la veste. On n'a qu'à laisser les smoks sur le bord du trottoir.

Il déboutonna sa chemise, laissant voir de belles tablettes bien dessinées, puis entreprit de retirer son minuscule pantalon. Poussant un soupir de soulagement, il resta planté là sur le parking, en boxer noir.

Madison le siffla tandis que Maddox resta bouche bée ; il était peut-être un athlète, mais jamais il ne serait aussi bien gaulé.

— Magic Mike sort de ce corps ! murmura Aerin avec amusement.

Brett prit deux secondes la pose façon strip-teaseur, puis il ramassa ses vêtements en boule pour les jeter à l'arrière de la Jeep.

— Quelqu'un peut me reconduire à l'hôtel ? demanda-t-il avec nonchalance.

— Je t'y déposerai après Madison, proposa Aerin qui continuait de le reluquer.

Brett esquissa un mouvement pour grimper dans sa voiture, mais Aerin gloussa.

— Par contre, tu veux bien te rhabiller d'abord ?

— Pas de problème.

Brett enfila vite fait son tee-shirt, profitant qu'il levait les bras au-dessus de la tête pour bander ses abdos tout en fermeté. *Quel frimeur*, pensa Maddox avec bonne humeur.

Madison se glissa sur la banquette arrière.

— Là, il me faut : une clope, des chips et mon lit.

— J'hallucine que vous soyez prêts à rentrer, dit Seneca. Moi je suis beaucoup trop tendue.

— Pareil, acquiesça Maddox. On va faire un tour ?

Seneca pivota vers lui d'un air surpris.

— Euh. Oui. Pourquoi pas.

Aerin démarra et monta le son sur *Firework* de Katy Perry. Très vite, le parking retrouva son calme, troublé par le seul bourdonnement des criquets. Maddox attrapa son jean, alla se cacher derrière une voiture et se débarrassa à son tour de son smoking.

— Je t'envie, soupira Seneca d'un ton maussade. Toi tu peux te changer, alors que moi je suis encore coincée là-dedans.

Mal à l'aise, elle se tortilla dans sa robe étroite, dont la jupe voleta.

— Mais tu es très bien comme ça, assura nonchalamment Maddox avant de se rappeler que c'était à Seneca qu'il s'adressait : elle n'allait sans doute pas apprécier qu'il la traite comme une des cruches de sa fac qui cherchent toujours les compliments.

Seneca releva vivement la tête.

— La *robe* me va bien, tu veux dire.

Maddox ne sut pas trop comment répondre à cela : est-ce qu'il était vraiment censé admettre que oui, c'était la robe qui était jolie, et non Seneca elle-même ? Mais il n'eut pas le temps d'enfoncer le clou qu'il entendit un grand claquement derrière lui. Attrapant Seneca par le bras, il fit volte-face en scrutant la rangée de voitures. Il perçut un battement d'ailes, puis un murmure. L'obscurité se propagea. La lune alla se cacher derrière un nuage.

— Qu'est-ce que c'est ? siffla Seneca avec des yeux ronds.

— Je ne sais pas, dit Maddox qui eut soudain la désagréable sensation d'être épié.

Il lui jeta un regard de biais.

— Je n'arrête pas de repenser à l'incendie. Et à cette voix que tu as entendue à travers la porte. Je crois que ça me fait un peu flipper.

Seneca allait répondre quand, tout à coup, quelque chose passa en flèche au-dessus d'eux. Une forme gigantesque plongea vers la tête de Maddox qui esquiva en poussant un cri. Lorsqu'il releva les yeux, deux grandes ailes majestueuses déployées battaient vers le ciel.

Le hibou se posa sur une des cimes du toit et les scruta de ses yeux jaunes et ronds luisant dans la nuit. Cramponnés l'un à l'autre, Maddox et Seneca retinrent leur souffle. Puis, avec un petit rire gêné, Maddox se dépêtra peu à peu de Seneca. Faute de savoir où regarder, il continua de surveiller le hibou.

Après un battement de paupières sage et grave, le rapace décolla du toit et s'éloigna à tire-d'aile.

Chapitre 16

Seneca et Maddox remontèrent deux ou trois pâtés de maisons dans un silence tendu. Elle sentait bien que ce hibou avait terrifié Maddox. Mais le plus pitoyable, c'est qu'elle avait un peu flippé aussi.

— Personne ne nous surveille, affirma-t-elle pour se rassurer autant que lui. C'est n'importe quoi.

— Mais il se peut qu'on soit sur la bonne voie. Le mec d'Helena essaie peut-être de nous faire taire.

— Si Helena avait effectivement un petit ami caché, qui nous dit que ce n'était pas un type bien ?

Non qu'elle en était convaincue. Néanmoins, elle ne pouvait pas se résoudre à l'idée que quelqu'un les surveillait, et encore moins qu'on leur voulait du mal.

Le country club était niché dans un quartier où chaque propriété abritait une résidence d'au moins six cent cinquante mètres carrés de superficie, entourée d'un jardin de quatre hectares parfaitement dessiné. Quelques mètres plus loin, des chevaux hennirent le long d'une clôture. À un stop devant eux, une voiture de sport gronda dans un clignotement de feux arrière. Finalement, à la hauteur d'un remblai, Maddox désigna un vaste parking bordé tout du long de granges d'un club 4-H qui semblaient avoir surgi de nulle part[1].

— Regarde ça.

Une fête foraine s'était installée sur le parking. Seneca devait vraiment être perdue dans ses pensées car tout à coup, comme réveillée en sursaut, elle perçut la musique discordante de l'orgue à vapeur et l'odeur sucrée des beignets. Une grande roue dont les rayons semblaient aussi fragiles que des bâtonnets de glace tournoyait. Une attraction en forme de vaisseau spatial aux néons clignotants propulsait en l'air des gamins hystériques. On entendait crier aussi depuis le manège des tasses. Au loin scintillait une grande structure baptisée *La machine à remonter le temps. Découvrez le futur !* vantait un néon planté au sommet.

Un tiroir s'ouvrit dans la mémoire de Seneca, qui lança alors un regard à Maddox.

— C'est le carnaval des pompiers de Dexby, non ?

Maddox pencha la tête, étonné.

— Tu es une vraie encyclopédie ambulante.

Seneca réagit d'un simple haussement d'épaules.

— J'ai fait mes devoirs avant de venir, c'est tout.

Pour être honnête, Helena en parlait souvent sur Facebook.

1. Aux États-Unis, les clubs 4-H sont une association éducative pour jeunes ruraux.

— C'est une vraie bouffée d'air frais après ce country club. Tout ce luxe m'angoissait.

Maddox désigna l'allée centrale d'un geste.

— Dans ce cas, va te mêler au peuple.

Seneca commença à descendre le remblai en faisant attention à ne pas se tordre la cheville sur les talons inconfortables de Madison. Quand elle disait qu'elle ne supportait pas sa tenue, elle ne plaisantait pas : elle se sentait à l'étroit dans cette robe guindée et ces escarpins. Toutefois, elle s'efforça d'en faire abstraction et se laissa plutôt bercer par la mélodie du carrousel. Sur la droite se trouvait un chapelet de jeux kitsch mais marrants tels que *Devinez votre poids*, le *Lancer d'anneaux* et l'*Éclate ballons*. Sans doute amusés par sa tenue trop habillée, des gens sourirent au passage de Seneca, qui leur sourit à son tour avec fatalisme.

— Quelle soirée, soupira-t-elle.

Elle était partagée entre l'envie d'attraper Maddox par le bras et de ressasser la situation en disant par exemple : « J'hallucine que Kevin ait craqué, pas toi ? » ou bien « À ton avis, ils se sont embrassés tout à l'heure, aux toilettes ? » Mais en fin de compte, elle ne voulait pas paraître surexcitée devant lui. Mieux valait qu'elle joue les filles habituées aux interrogatoires ! De plus, elle ne savait encore pas trop où en était sa relation avec lui. Elle avait été sensible à la bière qu'il lui avait offerte l'autre soir. Et qu'ils aient abouti en même temps à la même conclusion sur Kevin était aussi un point positif. Alors, étaient-ils amis ? Co-enquêteurs ?

Comme ils passaient devant un grand stand de

tee-shirts aux inscriptions ringardes, Maddox lâcha brusquement :

— Purée, c'était tendu tout à l'heure. Je ne pensais pas que Kevin cracherait le morceau.

Seneca eut un large sourire ; à croire qu'il avait lu dans ses pensées.

— J'ai de la peine pour lui. Ça doit être terrible d'être obligé de cacher un aspect aussi important de sa vie.

Ce constat émis, elle se reprit aussitôt. N'avait-elle pas fait pareil en taisant la vérité sur sa mère ? Elle jeta un coup d'œil à Maddox en se demandant s'il avait fait ce lien aussi, mais son visage ne trahissait aucune émotion.

— J'imagine qu'Helena a menti aussi, répondit-il.

Seneca réfléchit. Depuis le début, elle soutenait qu'Helena cachait sûrement quelque chose, mais au fond, elle avait espéré se tromper. Helena était d'apparence si insouciante et candide. Si cette fille avait été capable de garder de lourds secrets, alors n'importe qui l'était. Même sa mère.

À cette différence que Seneca connaissait sa mère mieux que personne. Collette chantonnait souvent quand elle cachait quelque chose, et si elle était tracassée, elle griffonnait. Ce matin fatidique, détendue et calme, elle avait joué au Sudoku. Pas de gribouillis noirs abstraits sur son agenda, ni fredonnements embarrassés. Si Seneca devait faire une supposition éclairée, Collette ignorait qu'elle allait trouver la mort en se garant devant ce supermarché. À l'origine, c'était une journée… comme une autre.

Un hurlement s'éleva de l'une des attractions.

Encore à cran depuis leur confrontation avec Kevin et l'épisode du hibou au cri lugubre, Seneca se retourna brusquement. Maddox avait traversé l'allée centrale pour aller leur acheter deux énormes barbes à papa. Il en tendit une à Seneca qui en prit d'emblée une grosse bouchée. Le sucre fondit sur sa langue.

— *Aïe*, je sens déjà les caries se former, gloussa-t-elle.

— Mais tu vas quand même la manger en entier, je parie.

Il parcourut des yeux la foule.

— Tu vois quelqu'un ici, qui a une tête de barbe à papa ?

Seneca lécha le bout de sucre collant qu'elle avait sur la lèvre. Maddox faisait allusion au jeu de bonbons qu'ils avaient inventé, mais trouvant la question trop intime sur le coup, elle ne répondit pas.

— Allez, insista Maddox en lui donnant un petit coup de coude. Moi je dis : *elle*.

Il pointa du doigt une blonde de l'autre côté de l'allée centrale, perchée sur des talons compensés dans une minuscule robe blanche qui lui couvrait tout juste le derrière. Seneca éclata de rire. Elle ressemblait beaucoup à la fille du train, celle qui lisait le magazine à potins.

Seneca accepta finalement de se prêter au jeu.

— Et lui ce serait son pendant masculin, renchérit-elle en désignant un type costaud aux traits ciselés, assis sur un banc près du stand de tee-shirts.

Vêtu d'un jean taille basse moulant et de baskets montantes sophistiquées, il avait une mèche bleue dans les cheveux et ne quittait pas des yeux son énorme iPhone.

Maddox eut l'air surpris.

— C'est Chase Howard, un mec de mon école. Ses parents possèdent une baraque dans cinq pays différents. Pour lui, j'aurais plutôt parlé d'un truc élaboré peu connu du grand public. Genre, un bonbon japonais au thé vert.

Seneca regarda le mec jeter des coups d'œil suffisants dans tous les sens. On aurait dit qu'il vérifiait si les gens le mataient.

— Il ne m'a pas l'air très profond, comme garçon.

Maddox gloussa.

— Zut, moi qui allais te le présenter. J'aurais cru que c'était ton genre.

Seneca sourcilla. C'était bizarre de parler de ça, non ? Ou bien était-ce juste dans sa tête, parce que Maddox était un garçon et que tout à l'heure il avait laissé entendre qu'il la trouvait jolie ? Enfin, elle ferait peut-être mieux de ne pas y attacher trop d'importance. Il n'y avait sûrement que le côté talons-robe qui lui plaisait.

Elle haussa le menton.

— Tu n'as aucune idée de qui est mon genre.

— Dans ce cas, éclaire-moi, la taquina Maddox. Déjà, je sais que ce n'est pas un amateur de foot !

Seneca sentit ses joues s'empourprer. Elle n'en revenait pas qu'il se souvienne de cette discussion qu'ils avaient eue.

— Excuse-moi de préférer quelqu'un qui s'occupe de moi plutôt que du programme télé, rétorqua-t-elle.

— D'accord, mais ce n'était pas le week-end du Super Bowl ? objecta Maddox.

— Si, et ?

— Et c'est ça que tu ne piges pas sur les hommes, conclut Maddox en faisant claquer sa langue. C'était la grande soirée foot de l'année ! Évidemment qu'il allait être scotché à son écran ! À ta place, je serais flattée qu'il ait même consenti à rentrer chez lui.

Il lui agrippa gentiment l'épaule.

— C'est rassurant de voir que même arrivée en fac, les filles ont encore du mal à comprendre certains trucs. Mais ne t'inquiète pas : vous êtes dures à cerner aussi.

Seneca faillit s'étrangler de rire. Comme si Maddox avait déjà eu du mal à draguer !

— Je parie que j'aurai plus de chances de définir ton genre, que toi le mien.

Maddox planta les mains sur ses hanches.

— Vas-y. Essaie.

— Très bien.

Seneca promena son regard sur la foule. Une blonde aux longs cheveux lisses, grands yeux marron, tee-shirt rose minuscule et short en jean blanc effiloché avançait dans une file en compagnie de trois copines moins jolies mais habillées exactement comme elle.

— Elle. La blonde au milieu.

Maddox retint son souffle.

— Oh. Ça c'est Tara.

Le prénom fit écho chez Seneca.

— Tara, *le beau petit cul* ? La coureuse ?

— Crie-le encore plus fort, grommela Maddox.

— Pourquoi, tu es gêné ?

Seneca se retint difficilement de sourire.

— Elle te plaît ?

Il n'eut pas le temps de répondre que la tête de Tara pivota vers eux. Agitant les doigts à l'attention de Maddox, elle accourut avec grâce. Elle ne devait pas être du genre à trébucher en talons, *elle*, songea Seneca avec autant de dédain que de jalousie.

— Maddy ! s'écria Tara une fois arrivée à leur hauteur. Je ne savais pas que tu venais.

Maddox haussa les épaules.

— Ça s'est décidé à la dernière minute.

Il désigna Seneca d'un geste.

— Je te présente mon amie Seneca.

Tara détailla sa robe et ses talons puis revint brusquement à Maddox. Elle effleura les bribes de barbe à papa qui restaient sur son bâtonnet.

— Tu as mangé tout ça ? Je croyais que ton corps était un temple ?

Riant comme une gamine, elle se rapprocha. Maddox recula un peu, mais de façon explicite. Seule Seneca perçut son air affligé… et celui enamouré de Tara. Et c'est là qu'elle comprit : cette fille superbe était *folle de lui*.

Elle essaya de poser sur Maddox le même regard que Tara. Il était beau garçon, ça ne faisait pas de doute. Ses yeux verts brillaient légèrement sous l'éclairage indirect de la fête foraine, et l'humidité de l'air accentuait l'ondulation de ses mèches courtes. Les néons de la fête soulignaient les contours anguleux de sa mâchoire et de ses pommettes, et même s'il n'était pas aussi baraqué que Brett, il avait les épaules larges. Même le tee-shirt gris clair des Giants contre lequel il avait troqué son smoking parut tout à coup sexy à Seneca, alors que jusqu'ici, elle le trouvait un peu insipide et basique. Elle s'acharna à cligner plusieurs fois des yeux pour essayer de retrouver l'ancienne image qu'elle avait de Maddox, mais en vain, à croire que la présence de Tara avait déteint sur elle : à présent elle ne voyait plus que le Beau Gosse en lui.

Tout en parlant d'une course de cinq kilomètres, Tara lui toucha encore l'avant-bras. Une fois de plus, Maddox se décala. Malgré le sourire poli qu'il conservait, il n'arrêtait pas de se frotter le pouce et le majeur, un tic nerveux que Seneca avait déjà remarqué chez lui. Elle profita d'une pause opportune pour se glisser tout près de lui.

— Euh, Maddox ? Je crois que j'ai un peu trop tiré sur le joint. Tu veux bien me ramener ?

Maddox lui décocha un coup d'œil confus avant de saisir.

— Bien sûr.

D'un signe de tête, il dit au revoir aux copines de Tara et à cette dernière.

— À plus. Amusez-vous bien.

— Appelle-moi ! cria Tara dans leur dos.

Seneca le tira par le bras en contournant une succession de stands et finit par s'arrêter derrière une charrette qui vendait des strudels. Maddox s'appuya contre une poubelle en poussant un gros soupir.

— Joli réflexe. Tu fais un super acolyte.

Seneca se mordit la lèvre, un peu vexée d'être qualifiée d'acolyte, surtout après avoir été en présence d'une fille aussi ravissante.

— Si tu le dis. En vrai, j'en avais marre de ton numéro de cador du campus, marmonna-t-elle.

Il croisa les bras sur son torse.

— Ah bon, ça ne t'a pas subjuguée ?

— Non, le rembarra-t-elle. Les prétentieux, c'est pas mon truc.

Quoique consciente de son ton hautain, Seneca ne s'attendait toutefois pas à ce que Maddox prenne mal cette remarque.

— Je vois, rétorqua-t-il. J'imagine que pour une étudiante comme toi, je suis juste un abruti.

Seneca baissa les yeux. Elle ignorait ce qui lui avait pris de dire ça. Elle n'avait pas voulu le blesser.

— Pour être une « étudiante » comme tu dis, il faudrait déjà que je sois encore inscrite à la fac.

Maddox la dévisagea, perplexe.

— Attends, comment ça… Tu as abandonné tes études ?

Seneca scruta des fourmis en plein festin sur un reste de pastèque.

— Pas exactement. Mais laisse tomber.

Maddox lui fit les gros yeux.

— Allez, Seneca. Dis-moi. Avant tu me racontais tout.

Elle lui lança un regard. Justement, c'était *avant.* En ligne. À l'époque où elle le prenait pour quelqu'un d'autre. Subitement, elle éprouva l'envie de se confier. Elle avait besoin de parler. Et depuis leur entrevue avec Kevin, elle ne voulait plus passer pour une fille qu'elle n'était pas.

— Bon, tu te rappelles quand je t'ai raconté que j'avais du mal à suivre en cours ? soupira-t-elle. Eh bien… c'est *pire* que ça. Admettre que je suis nulle serait plus proche de la vérité. Mon conseiller pédagogique m'a prise à part avant les vacances de printemps, pour me suggérer de faire une pause le temps de me ressaisir, et de reprendre mes études à la rentrée prochaine.

Maddox se mordilla la lèvre.

— Merde. Tu l'as dit à ta famille ?

— Sûrement pas. J'ai mis mes affaires au garde-meuble pour ne pas être obligée de rentrer en pleines vacances et de l'annoncer à mon père.

Elle essaya de glousser, comme si toute cette histoire n'était qu'un malentendu idiot qui pourrait facilement s'arranger, mais le rire resta coincé dans sa gorge.

— Il a lui-même été étudiant à l'université du Maryland. Mon admission là-bas l'a rendu fou de joie – surtout quand j'ai décroché ma bourse. Après tout ce qu'on a traversé… je crois que pour lui, c'était une énorme victoire.

Maddox dodelina du cou. Manifestement, il avait envie de poser tout un tas de questions, mais Seneca fut contente qu'il ne cède pas à la tentation.

— Alors qu'est-ce que tu vas faire ?

— Je n'en sais rien, soupira-t-elle en tripotant son collier. J'ai voulu faire des études parce que ça semblait important. C'était son souhait pour mon avenir. Et celui de *tout le monde*, en fait.

Après tout, elle était la fierté de la famille. La fille qui en avait bavé mais qui avait aussi réussi à obtenir une moyenne annuelle de 16 sur 20 en secondaire, puis une note presque parfaite à l'examen d'entrée en fac, et une admission tous frais payés à l'université du Maryland.

Les mains tremblantes, Seneca lissa le devant de sa robe.

— Mais en réalité, je ne m'y sens pas du tout à ma place.

Maddox sembla sidéré de l'apprendre.

— Ce n'est peut-être simplement pas la bonne fac pour toi ?

Seneca aurait aimé que ce soit aussi simple. Si seulement il existait un endroit idéal où elle se sentirait… *elle-même.* C'est alors qu'elle prit conscience d'une chose : être ici, à Dexby, à interroger Kevin… *là* elle se sentait bien. Ce soir, la sensation de chaleur dans sa poitrine qui d'ordinaire ne la quittait pas s'était calmée, remarqua-t-elle pour la première fois. Cependant, ce n'était pas comme si elle pouvait en faire un métier et devenir une sorte de détective privé à la Veronica Mars ou quoi. La vie n'était pas une série télé.

Lorsqu'elle releva la tête, Maddox la fixait avec compassion, des plis au coin des yeux. Il semblait sur le point de lui dire un truc gentil, voire adorable, ce qu'elle n'était pas certaine de mériter en l'occurrence.

Du coin de l'œil, elle discerna une silhouette qui la fit bondir, bien contente de cette diversion.

— Tara à dix heures ! s'écria-t-elle en tirant Maddox pour qu'il se lève. Et elle vient par ici !

— Je me tire !

Maddox décampa dans l'autre sens. Hilare, Seneca lui courut après vers le château gonflable. Zigzaguant ici et là, ils contournèrent en vitesse « La machine à remonter le temps » sur laquelle figuraient des dessins vieillots de voitures volantes. Haletante, Seneca s'efforça de suivre le rythme et passa en trombe devant un Photomaton qui disait *Explorez le passé !*, où les visiteurs s'habillaient de jupes à crinoline, de fanchons à bavolet et de pantalons à bretelles.

Elle s'arrêta pour reprendre haleine, se retenant de rire. Elle venait littéralement de passer en flèche devant le futur *et* le passé. Comme si un dieu bienveillant essayait de lui donner une leçon en l'incitant à régler ses problèmes. Un jour peut-être. Mais pour l'instant, elle se sentait plutôt bien dans le présent.

Chapitre 17

Mercredi matin, en entendant du bruit dans la cuisine, Maddox se leva et descendit tranquillement au rez-de-chaussée. Assise à côté de Madison à la table, Seneca portait un tee-shirt gris chiné et un pantalon de pyjama bleu pâle à pois. Elle avait les cheveux attachés, et le tatouage éphémère du dauphin frétillant qu'elle s'était fait à la fête foraine était encore bien visible dans sa nuque. Sur un coup de tête, ils avaient choisi un motif humoristique l'un pour l'autre. Celui de Maddox, sur son biceps, représentait le petit garçon de la bd *Calvin et Hobbes* en train de faire pipi.

Vêtue d'un jean rose moulant et d'un haut noir léger et transparent qui sentait déjà la fumette, Madison se livrait à son numéro habituel des cinquante mille question à la fois, cuisinant Seneca sur un job étudiant puis sur ses groupes de musique préférés. Quand elle lui demanda si elle se plaisait à la fac, Maddox capta le regard de Seneca et haussa les sourcils.

Seneca le pointa du doigt en signe d'avertissement. *Motus*, articula-t-elle en silence derrière l'épaule de Madison.

Maddox leva les mains en l'air en signe de reddition.

— J'ai rien dit !

Puis il brandit la cafetière.

— Qui en reveut ?

Seneca tendit sa tasse.

— Moi, s'il te plaît. Il est tellement léger qu'on dirait du déca.

D'un air découragé, elle regarda le paquet de café en grains.

— En plus, il n'est pas issu du commerce équitable.

Maddox eut un rire moqueur.

— Parce que le beignet que tu t'es enfilé hier soir, c'était du commerce équitable, peut-être ?

— Après toutes les calories que j'ai brûlées en fuyant ta *chérie*, il fallait bien que je reprenne des forces !

Seneca coula un regard à Madison, roulant des yeux.

— Ne l'écoute pas.

Maddox prit un donut dans la boîte sur le plan de travail.

Madison resta sagement à table, tout sourires.

— Vous savez que vous êtes super choux, tous les deux.

— Tiens, qu'est-ce que je disais ! Merci Madison.

Maddox leva les yeux au ciel.

— Elle parlait de *nous*, Seneca. Toi et moi : ensemble.

— C'est ça, railla Seneca d'un rire étranglé.

Mais lorsqu'ils regardèrent à nouveau Madison, elle les fixait tous deux avec un petit sourire rêveur.

— Tu n'y es pas du tout, se défendit Seneca. Maddox préfère les jolis petits culs, ajouta-t-elle, moqueuse, en s'éclipsant dans la salle de bains.

— N'importe quoi ! s'écria Maddox.

Quand la porte de la salle de bains se referma, Maddox braqua un index critique vers sa demi-sœur.

— N'essaie pas de jouer les cupidons, d'accord ? Ça a suffisamment mal débuté entre elle et moi. Notre amitié revient tout juste à la normale.

Madison battit des cils d'un air innocent.

— Je n'ai rien fait.

— Non, mais je te vois venir.

Maddox s'était bien amusé avec Seneca hier soir ; ça faisait même un moment que ça ne lui était pas arrivé. Parce qu'ils étaient si différents, toute cette situation… le rassurait. Elle l'apaisait. Que Madison fiche tout par terre était bien la dernière chose dont il avait envie. Il doutait d'avoir déjà été aussi proche d'une fille dans sa vie.

— Tu ne la trouves vraiment pas mignonne, alors ? Même pas *un peu* ? s'écria Madison.

Maddox jeta un regard noir vers la porte de la salle de bains. Sa demi-sœur n'essayait même pas d'être discrète.

— Bien sûr que si, chuchota-t-il. Mais de toute façon, je ne suis pas son genre. On est trop différents.

Madison croisa les bras.

— Pourquoi, tu lui as raconté que tu craquais pour ton entraîneuse ?

Maddox fronça les sourcils, perplexe, avant de comprendre : Seneca avait dit qu'il préférait les jolis petits culs et Madison avait présumé qu'elle faisait allusion à Catherine. Il commença à la reprendre en expliquant que c'était Tara Sykes qu'il avait esquivée, mais ensuite Seneca ressortit de la salle de bains et le sujet sembla déplacé.

En parlant de Catherine ! Il avait entraînement avec elle dans une demi-heure ; il ne pouvait pas encore l'annuler. Comment devait-il la jouer sur ce coup ? Il n'avait encore jamais été confronté à la délicate situation d'être rejeté par une fille, et bon, d'accord, *peut-être* que ça le contrariait un peu et que l'incident du baiser avorté tournait en boucle dans sa tête comme un refrain merdique. Mais peu importe : Catherine ne remettrait pas ça sur le tapis. Ils passeraient à autre chose et, bientôt, chacun serait à nouveau à l'aise dans son rôle d'entraîneur et d'élève, et l'ordre des choses reprendrait son cours.

Pas de quoi s'inquiéter, en somme.

* * *

Vingt minutes plus tard, Maddox se gara sur le parking du centre sportif, vérifia son reflet dans le rétroviseur, puis descendit de la Jeep. Il faisait un froid glacial dehors, et il n'avait pas pensé à enfiler une couche supplémentaire par-dessus son tee-shirt. L'odeur vive des pins l'agressa.

Catherine apparut comme par magie de derrière les gradins, comme si elle avait guetté son arrivée.

— Allons à l'intérieur deux minutes, tu veux bien ?

suggéra-t-elle d'un ton neutre qu'il ne lui connaissait pas.

D'un geste, elle indiqua l'entrée de la piste couverte.

— Il faut qu'on parle.

Maddox se raidit. *De quoi, exactement ?*

Catherine ouvrit la marche d'un air grave. Toutes sortes de scénarios se bousculèrent dans la tête de Maddox. Et si son comportement lui avait attiré des ennuis ? Catherine avait peut-être tellement flippé qu'elle ne voulait plus l'entraîner ? Son avenir universitaire serait-il compromis ? Elle avait énormément joué de son influence pour convaincre l'entraîneur de l'Oregon de lui accorder une bourse ; sa famille avait des contacts dans cette fac, dont elle s'était servie pour convaincre l'homme de juger ses temps et de visionner un montage de ses meilleures courses.

La piste couverte était déserte, et le bruit de leurs pas résonna sur le revêtement de sol rouge caoutchouteux. Catherine, qui avait aussi officié ici en tant que directrice sportive, le conduisit à son bureau, une petite pièce dérobée dans le vestiaire des filles. Les murs étaient tapissés par les emplois du temps de l'équipe d'athlétisme qu'elle entraînait. Au fond se trouvait un petit bureau jonché de paperasse et quelques médailles s'entassaient sur une étagère poussiéreuse. Ça sentait le renfermé et l'astringent, type Ajax.

Catherine se jucha sur son bureau en le fixant.

— Tu as raté l'entraînement hier.

Maddox cligna des yeux, surpris.

— Désolé. Je courrai le double aujourd'hui.

Elle rejeta l'idée d'un revers de main.

— C'est pas grave. Je voulais juste m'assurer que… tu allais bien.

Elle afficha une expression attendrie à la limite de la condescendance, mais Maddox fit mine de ne pas remarquer et la rassura d'un sourire.

— Je suis au top. Je ne suis pas venu hier parce que j'avais un autre engagement. J'aurais dû te prévenir.

— La soirée de fiançailles de Kevin Larssen, c'est ça ?

Il arqua un sourcil avec étonnement.

— Oui. Comment tu sais ?

— Je suis membre du country club aussi. Ma famille connaît les Larssen.

Elle sourit.

— C'était une chouette fête, non ?

Maddox remua la mâchoire. Elle y *était* ?

— Je ne t'ai pas vue, répondit-il lentement.

Le sourire de Catherine ne vacilla pas.

— Je suis arrivée tard. Je t'ai aperçu sur le parking, tu étais sur le départ, je crois. Tu t'es bien amusé ?

Il haussa les épaules.

— Ça va.

— Tu y étais avec des amis ?

— Hum-hum. Et ma demi-sœur.

— Et cette Seneca ? Celle qui te préoccupait ?

— Oui…

— C'est la métis qui était avec toi sur le parking ? Vous êtes repartis ensemble ?

Il fut pris d'un soudain coup de chaud. Elle l'avait épié ? Et quoi, elle était jalouse, maintenant ?

— Elle est très jolie.

Cette fois, son sourire se déforma.

— Cela dit, je pensais que tu préférais les femmes plus mûres. Les figures d'autorité.

Elle battit des cils. Maddox s'efforça de décompresser. Avait-elle changé d'avis sur l'idée de sortir avec lui ?

— L'autre jour, quand je t'ai repoussé, j'avais peur, expliqua doucement Catherine dont le souffle chaud lui effleura la joue. Mais depuis, je pense sans arrêt à toi. Je n'arrête pas de me dire que j'ai eu tort de laisser filer quelque chose de peut-être exceptionnel.

Maddox jaugea son regard. Il n'y décela aucune espièglerie. Son expression était plutôt intense, voire aguicheuse.

— Euh, d'accord… bafouilla-t-il, retrouvant enfin sa voix.

D'un point de vue éthique, il était un petit peu tenté de lui demander si elle était sûre, mais d'un autre côté, cela faisait des années qu'il en rêvait, donc si c'était réciproque, pourquoi ne pas saisir sa chance ? Il se pencha plus près. Lui caressa les épaules. Combla la distance entre eux en l'attirant vers lui, glissa les mains dans son dos élancé puis sous le bord de son tee-shirt en la sentant se cambrer dans ses bras. Et finalement, il l'embrassa.

Il étreint sa bouche au goût de baume à lèvres tandis qu'elle gémit doucement contre lui. Très vite, elle intensifia leur baiser. Est-ce qu'il s'y prenait bien ? C'était la première fois qu'il embrassait une fille plus âgée que lui. Bien sûr, qu'il faisait ça bien. Elle n'avait pas coupé court, pas vrai ? Il ne pouvait pas la mettre en veilleuse pour une fois et simplement profiter ?

Comme ils s'écartèrent, essoufflés, Catherine lui

fit un sourire engageant qui l'incita tout de suite à l'embrasser encore. Cela faisait trop longtemps qu'il se prenait la tête pour tout et n'importe quoi. Il fallait qu'il perde cette mauvaise habitude.

Rien d'insurmontable, avec un peu d'*entraînement*.

Chapitre 18

Plus tard ce mercredi-là, à l'arrière de sa maison, Aerin descendit avec un bruit sourd les trois niveaux de la terrasse et s'avança à pas feutrés jusqu'au bord de la pelouse. Mais elle n'alla pas plus loin. Cinq ans plus tard, le fantôme d'Helena faisait encore la loi sur la propriété. Aerin la revoyait, près de la véranda, en train de rouler une boule de neige imaginaire ; ou près de la mangeoire à étages, en train de lui répondre que Frosties était un chouette nom pour un chiot. Elle repensa aux gants en cuir rouge qu'elle avait trouvés à la lisière des bois. L'Homme-Mystère les lui avait-il retirés d'un coup sec avant de les jeter dans la neige ? Il ne savait donc pas qu'ils avaient coûté trois cents dollars chez Bergdorf ?

Ding.

Texto de Thomas Grove : *Le mec de la Ferrari me la prête pour la soirée. Je passe te prendre à 19 heures ?*

Ah, ah, très drôle, répondit Aerin.

Son téléphone bipa encore. *Zut, je pensais que ça marcherait. Mais je suppose que ça t'aurait énervée de me voir arriver en moto.*

Quel modèle ? écrivit Aerin.

Une Norton. Elle appartenait à mon grand-père.

Aerin sourit. Elle avait un faible pour les motos de collection.

Re-bip. Cette fois une photo s'afficha. *Magic Mike, c'est moi*, disait le commentaire sous l'image montrant Brett qui gonflait ses pecs torse nu devant un miroir. Il plissait les yeux d'une façon qui se voulait sexy, mais en vrai, il avait juste l'air un peu constipé. Aerin gloussa.

Une Jeep entra dans l'allée. En tee-shirt noir, jupe en jean à volants et Converse rouges, Seneca descendit du côté passager. À l'arrière, une portière s'ouvrit et Brett apparut, suivi de Madison. Maddox pianotait sur son portable qu'il ne lâcha pas des yeux jusqu'au portail du fond.

Aerin ouvrit le loquet pour les faire entrer dans le jardin. Brett croisa son regard.

— Mon SMS t'a plu ?

Aerin baissa les cils.

— J'ai adoré, mon grand. Surtout ta grimace sexy.

Du bout des doigts, elle lui donna une légère tape sur les fesses. C'était marrant de flirter avec lui. D'autant plus qu'ils étaient sur la même longueur d'ondes à ce sujet : ils se chambraient à tour de rôle sans pression ni arrière-pensées. C'était vraiment agréable de fréquenter des garçons qui ne cherchaient pas uniquement à l'attirer dans leur lit.

Elle remonta sur le premier niveau de la terrasse

et se posa sur une méridienne. Maddox tapota une jardinière qui débordait d'impatientes.

— Bon alors, comment on va trouver l'identité de ce samouraï masqué ?

— Je vais appeler de vieilles connaissances de ma sœur, proposa Aerin. J'ai déjà commencé à dresser la liste de tous ceux dont elle était proche.

— J'ai passé un coup de fil à Becky Reed, raconta Seneca en parlant de l'ancienne meilleure amie d'Helena. Mais elle ne m'a rien appris. Elle a juste évoqué cette université d'été à laquelle Helena était allée à New York.

Aerin se souvint de ce mois de juillet-là. Elle avait souhaité aller la voir durant ces deux semaines, mais Helena avait répondu qu'elle serait trop occupée. Aerin en avait déduit que sa sœur ne voulait pas être vue à New York avec une gamine de onze ans, mais en fin de compte, ce n'était peut-être pas la seule raison. Helena avait peut-être rencontré quelqu'un dont elle ne voulait pas lui parler.

Seneca croisa et décroisa les jambes.

— Son petit copain secret était peut-être un nouvel étudiant comme elle.

— Kevin semblait penser que c'était un type plus âgé, souligna Maddox.

Aerin plissa les yeux.

— Un enseignant, par exemple ?

Seneca fit une grimace.

— Ça se pourrait. On n'a qu'à vérifier qui donnait cours.

Maddox dégaina son portable.

— C'est parti.

À l'écran s'afficha la page d'accueil du site de l'université de New York qui dispensait un cours d'été en cinéma et littérature comparée. Il cliqua sur la liste des assistants universitaires et fronça les sourcils.

— Eh bé, il y a un paquet d'hommes inscrits cette année. Mais comment savoir qui était de service il y a six ans ?

Seneca posa un doigt sur son menton.

— On les appelle.

— Ou on y va, enchérit Brett.

Seneca l'observa.

— On ne va se pointer là-bas comme ça, sans même savoir qui chercher. En ce qui me concerne, Kevin reste suspect. Et s'il avait tué Helena pour qu'elle n'ébruite pas sa relation avec le sénateur ?

— Je suis d'accord, intervint Maddox. Tant qu'on n'aura pas la preuve que Kevin était bel et bien à ce congrès, on ne peut pas le mettre hors de cause. Le fait qu'il partage un secret avec Helena ne l'innocente pas pour autant.

Aerin se mordilla la lèvre. Dans la Ferrari, Thomas avait fait allusion à un élément qu'il avait lu dans le dossier d'Helena. Était-ce au sujet de Kevin et du sénateur, ou bien de tout autre chose ?

Seneca lui lança un regard.

— Est-ce qu'on peut aller examiner la chambre d'Helena ?

Le ventre d'Aerin se noua. Elle s'était doutée que ce moment arriverait, mais ça n'en était pas moins désagréable.

— Si vous voulez…

Elle ouvrit la baie coulissante et s'engouffra dans

le salon avant de s'arrêter net. Sa mère était dans la cuisine ; Aerin la croyait déjà partie au travail. À côté d'elle, Marissa Ingram tenait à bout de bras une longue robe aux couleurs vives devant sa maigre silhouette.

— Skip va *a-do-rer* !

Aerin recula sur la pointe des pieds. En pivotant, elle se cogna contre les stores verticaux qui s'entrechoquèrent.

— Aerin, c'est toi ? fit Mme Kelly en tendant le cou.

Puis elle aperçut les autres, qui étaient fourrés pêle-mêle derrière sa fille.

— Qui sont ces gens ?

Seneca s'avança en tendant la main à Mme Kelly.

— Je m'appelle Seneca. Je suis le binôme d'Aerin.

Marissa porta une main à sa poitrine.

— Vous étudiez même pendant les vacances ?

Madison s'approcha à son tour.

— Et moi, c'est Madison. Je crois qu'on s'est déjà vues, madame Kelly… J'adore vos glaces.

Brett lui serra la main énergiquement en disant :

— C'est une bien belle maison pour deux belles dames.

— Euh, ravi de vous revoir, marmonna Maddox, mais Mme Kelly s'en tint à le dévisager, a priori sans faire le rapprochement.

Aerin s'abstint de lui rafraîchir la mémoire. Moins sa mère en savait, mieux ce serait.

Marissa effleura le coude d'Aerin.

— Ça m'a fait bien plaisir de te voir à la fête, hier soir.

Aerin grimaça. *Merde.*

La tête de sa mère pivota aussi sec.

— Quelle fête ?

— Voyons, la soirée de fiançailles de Kevin Larssen, couina Marissa.

Mme Kelly eut l'air stupéfaite.

— *Toi*, tu es allée à la soirée de fiançailles de Kevin ?

Aerin haussa les épaules en faisant mine d'être absorbée par la bougie parfumée qui trônait sur l'îlot central.

— C'était divin, Elizabeth, s'extasia Marissa. La cuisine… l'orchestre… de très bon goût. Tu aurais dû venir. D'ailleurs tu seras là chez les Morgenthau, n'est-ce pas ?

Mme Kelly continua d'interroger sa fille du regard. L'espace d'un instant, le seul bruit perceptible dans la cuisine fut celui de l'écoulement du réfrigérateur. Aerin se prépara à un éventuel affrontement, et au fond, c'était peut-être ce qu'elle voulait. Mais finalement, sa mère se retourna vers Marissa.

— Viens, je vais te monter les plantes annuelles que le jardinier a prévu de planter.

— Avec plaisir, accepta volontiers Marissa en la prenant par le bras.

Aerin comprit que c'était le moment d'emmener sa petite troupe à l'étage. Quelques minutes plus tard, elle entendit la fenêtre coulissante se rouvrir. D'un geste, elle indiqua aux autres une porte close au fond du couloir.

— Sa chambre est là.

Brett partit devant, mais il s'écarta pour laisser

Aerin tourner la poignée. Il avait dans l'idée que personne n'avait remis les pieds ici depuis un bon bout de temps.

La pièce sentait la poussière. Le lit d'Helena était fait, avec la même parure rose que le jour de sa disparition. Contrairement au souvenir qu'en avait gardé Aerin, le bureau n'était plus en fouillis ; la police avait laissé les lieux mieux rangés qu'elle ne l'avait trouvé. Son cœur se serra. Depuis la disparition de sa sœur, elle n'y était revenue qu'une ou deux fois. À présent, il ne lui restait plus que l'image lisse qu'avaient laissée les experts après avoir tout passé au peigne fin, à la recherche d'empreintes et de cheveux. D'un point de vue médico-légal, il restait encore tant de traces d'Helena ici : des pellicules de peau morte incrustées dans le matelas, des rognures d'ongles enfoncés dans la moquette, l'ADN que sa bouche avait déposé sur son bâton de rouge à lèvres. Si seulement tous ces atomes pouvaient fusionner à nouveau pour redonner chair à Helena.

Elle jeta un œil aux autres qui attendaient dans son dos.

— Venez.

Tous entrèrent en file indienne en regardant autour d'eux. Aerin traversa la chambre jusqu'à l'étagère d'Helena, promenant ses doigts sur la tranche des livres. *Twilight. Ne tirez pas sur l'oiseau moqueur.* Elle en piocha un intitulé *Saccage ce carnet* et le feuilleta rapidement, mais Helena n'en avait pas rempli une seule page. À côté, soigneusement rangé, se trouvait le journal intime dans lequel Aerin avait fouiné le jour où sa sœur s'était évaporée. C'était une des premières pistes que la police avait explorée dans l'espoir d'y recueillir des indices, mais hormis quelques paroles de chansons recopiées et une liste d'articles de luxe qui faisaient envie à Helena (sac Chanel matelassé, robe droite Pucci, boucle de ceinture en argent), le journal était vierge.

— Regardez, dit Aerin en leur montrant une brochure du programme d'été de la NYU d'il y a six ans.

Tout le monde s'approcha en cercle tandis qu'elle tourna les pages jusqu'au trombinoscope des professeurs. Tous les types qui dispensaient les cours de cinéma étaient un peu quelconques.

Brett sortit son téléphone.

— Je vais me renseigner. Peut-être que l'un d'eux a un casier. Ou alors on trouvera la preuve sur Facebook qu'ils aiment bien les petites étudiantes.

Aerin acquiesça, puis reprit ses recherches. Seneca farfouilla dans le placard. Sur le lit, Maddox avait ouvert l'ordinateur portable d'Helena, ce qui n'enchanta pas Aerin, surtout que les flics l'avaient déjà examiné. Brett éplucha tout Facebook mais, au bout de quelques minutes, il poussa un gros soupir.

— Pas un seul de ces profs n'a un profil Facebook. C'est improbable, non ?

— Si, mais tu sais la police a déjà retourné la chambre de fond en comble, répondit Aerin entre ses dents. Je ne sais pas ce qu'on espère trouver, au juste.

Elle s'approcha du bureau, ouvrant d'un coup sec le tiroir du haut. Il contenait trois ou quatre crayons aux mines usées, des gommes en caoutchouc roses, un marqueur bleu. Aerin effleura une vieille carte de fidélité chez Connecticut Pizza ; apparemment, Helena n'avait plus qu'à en acheter deux parts de plus pour en avoir une gratuite. C'est là qu'elle remarqua un talon de ticket coincé contre la paroi, qui aurait pu passer inaperçu. C'était un billet de concert pour un groupe appelé Gel Apocrypha, daté du mois de juillet qui avait précédé sa disparition. Plissant les yeux, Aerin lut l'adresse de la salle : Houston Street, New York. Elle retourna le ticket. *Appelle-moi*, disait une écriture peu soignée. Suivi du prénom *Greg*, d'un numéro de téléphone et de ces mots en abrégé : *Je t'M.*

Aerin devait faire une drôle de tête car Seneca s'approcha pour inspecter le ticket.

— Tu connais ce groupe ? demanda-t-elle.

Aerin fit vaguement non de la tête.

— Moi je m'en rappelle, intervint Maddox. C'était un des groupes que ta sœur écoutait en boucle. Elle m'avait conseillé de télécharger leurs chansons. Très mélancolique, comme son.

Aerin le regarda avec des yeux ronds.

— Et ce *Greg*, c'est qui ?

Maddox se retourna vers l'écran pour chercher sur Internet.

— Un des membres se prénomme Greg Fine. Et devinez quoi ? Ils se produisent toujours. Ils vivent à New York… comme à l'époque.

Aerin plissa attentivement les yeux.

— Greg Fine. Ce nom me dit quelque chose. Je crois qu'il a parlé aux flics.

— Il devait avoir *matière* à le faire, en déduisit Seneca, songeuse. Parce qu'on l'aurait vu avec Helena, par exemple. Quelqu'un savait peut-être qu'ils étaient ensemble ?

— Est-ce qu'il avait un alibi ? questionna Maddox.

— Son récit a dû suffire à lever les doutes, présuma Seneca en faisant claquer sa langue. Quelle fille ne rêve pas de sortir avec un musicien ? Elle l'a peut-être rencontré à l'université d'été… Houston Street, ce n'est pas loin de NYU, non ?

Brett pinça les lèvres.

— Par « type plus âgé et cultivé », j'avais plutôt compris « rat de bibliothèque », pas « rock star ». Mais bon, on ne sait jamais.

— On devrait au moins essayer de le joindre. Pour voir ce qu'il a à dire.

— Il a peut-être encore le même numéro, suggéra Maddox en le composant sur son clavier.

Il écouta un instant, puis haussa les sourcils.

— Répondeur. Mais c'est bien son nom sur l'annonce d'accueil.

Alors Brett leur montra le vieil iPhone blanc d'Helena.

— On pourrait vérifier si elle l'a appelé ?

— Si vous voulez, mais les flics l'ont déjà analysé à fond avant de finalement nous le rendre, soupira Aerin. Liste d'appels, SMS, tout y est passé.

— Ça ne coûte rien de vérifier une seconde fois.

Brett parcourut des yeux la chambre.

— Tu aurais un vieux chargeur ?

— Dans ma chambre, je crois, répondit Aerin.

À vrai dire, c'était une bonne excuse pour les faire sortir de là. Elle commençait à étouffer dans cette pièce.

Elle conduisit le petit groupe à sa chambre puis sortit de son bureau un chargeur qu'elle brancha au téléphone. L'icône de la batterie clignota et après un long blanc, l'écran d'accueil s'alluma, le fond illustré d'une photo souriante d'Helena et Becky. Tout en haut, l'icône de connexion au réseau affichait quatre barres pleines.

Aerin resta médusée.

— La ligne est toujours en service.

Seneca s'approcha.

— Tu crois que ta mère a oublié de la résilier ?

— Je pense surtout que contacter l'opérateur était au-dessus de ses forces à l'époque, souffla Aerin, se souvenant au passage que le *Teen Vogue* d'Helena avait continué d'arriver dans la boîte au moins un an après sa disparition.

Elle cliqua sur l'icône du répertoire et fit défiler la liste. Comme prévu, un dénommé Greg se trouvait parmi les contacts ; le numéro enregistré correspondait à celui griffonné sur le billet. Aerin parcourut la liste des appels émis et reçus, et le numéro de Greg apparut plusieurs fois. De quoi avaient-ils pu parler ?

Bzzz.

Aerin faillit lâcher l'appareil.

— J'y crois pas, chuchota-t-elle en fixant la phrase à l'écran : *Nouveau message vocal.*

Maddox se pressa dans son dos.

— Il vient d'arriver ?

— Je… je ne sais pas, balbutia Aerin, tremblante.

Maddox s'empara du téléphone, balaya l'écran dans un sens et dans l'autre, puis écarquilla les yeux.

— Il remonte au 27 janvier, il y a cinq ans et demi. Ça m'étonne même que l'opérateur ait conservé un message aussi ancien.

Il appuya plusieurs fois sur l'écran.

— Elle a aussi reçu un texto, ce jour-là. Ça dit juste : *Appelle-moi.*

— Greg Fine ? présuma Seneca, tout excitée.

— En fait, non.

Maddox eut l'air perplexe.

— Ça vient d'un numéro commençant par l'indicatif 917 enregistré sous Loren, sans nom de famille. L-O-R-E-N. Je me demande si c'est une fille ou un mec.

— Un membre du groupe ? enchaîna Seneca.

Maddox fit non de la tête.

— Je n'ai vu personne du nom de Loren sur le Wikipédia de Gel Apocrypha.

Il se tourna vers Aerin.

— Ce nom te dit quelque chose ?

— Jamais entendu de ma vie.

Maddox appuya sur la touche de raccourci vers le répondeur, puis mit l'appareil sur haut-parleur. Tous se rapprochèrent pour écouter. *Veuillez entrer votre code secret*, débita machinalement une voix.

Seneca lança un coup d'œil à Aerin.

— Une idée ?

Aerin sécha totalement. Elle prit quand même le téléphone pour essayer la date d'anniversaire d'Helena, mais ce n'était pas ça. L'année de son bac ? Leur adresse, 1564 Round Hill Lane ? C'est alors qu'elle pensa au chiffre idiot inscrit sur leur karaoké. *1045 chansons intégrées !* D'une main tremblante, elle tapa 1045. *Vous avez un nouveau message sur votre boîte vocale*, annonça une voix.

Le cœur d'Aerin se mit à cogner. Seneca l'encouragea d'un signe de tête. Brett lui pressa l'épaule en lui murmurant de ne pas s'en faire. Inspirant un bon coup, Aerin pressa la touche 1 pour écouter.

À l'autre bout de la ligne, d'abord un crissement. Des coups de klaxon. Puis la voix râpeuse d'un inconnu se fit entendre, agressive et pressante : « C'est Loren, salope. Il faut qu'on parle. Je t'attends chez Kiko, même adresse que d'habitude. T'as intérêt à venir. »

Clic.

Chapitre 19

Le jeudi matin, Seneca et les autres prirent un train de la ligne Metro-North à destination de New York. Le soleil brillait à travers les fenêtres encrassées. Les nuages dans le ciel azuré avaient l'air molletonnés et cotonneux, de ceux qui vous inspirent des formes d'animaux. À bord, cependant, Seneca se sentait morose et agitée, comme toujours lorsqu'elle avançait dans l'inconnu. Ils avaient laissé deux messages sur le répondeur de Greg Fine en se faisant passer pour les journalistes d'une gazette étudiante souhaitant interviewer le groupe, mais il n'avait pas rappelé. Quant à Loren ? *Lui*, il avait l'air dangereux. Seneca n'en revenait pas que les flics soient passés à côté de ce message. Ils auraient dû prolonger un peu les écoutes sur le portable d'Helena ; convoquer ce type pour le soumettre à un interrogatoire et lui demander pourquoi il était aussi furax.

Elle en vint alors à se demander ce qui avait échappé aux enquêteurs dans le cas de sa mère.

Son téléphone vibrant, elle reporta son attention sur l'écran. Une alerte Google concernant une dépêche relative à Dexby citait : « *Restful Inn : de nouveaux éléments dans l'enquête portent à croire qu'il s'agissait d'un incendie criminel.* »

Une sensation d'angoisse monta en elle. Elle cliqua sur la bannière pour lire l'article, mais il ne contenait pas tellement plus de détails : juste que l'installation électrique de l'hôtel était en parfait état et que la police réorientait ses recherches. Devait-elle leur parler de la voix grêle et âpre qu'elle avait entendue de l'autre côté de la porte ? Est-ce qu'elle ne l'avait pas *rêvée*, au moins ?

Pour faire taire ses inquiétudes, elle ouvrit l'énorme banque de données en ligne regroupant de vieilles interviews datant de la disparition d'Helena. Après en avoir sélectionné une au hasard, elle visionna une séquence tournée en extérieur devant Windemere-Carruthers. « *Tous les élèves se posent beaucoup de questions depuis la disparition de leur camarade Helena Kelly…* », expliquait une journaliste face caméra. Derrière elle était tapie une petite brune aux sourcils bien dessinés et aux lèvres roses charnues. Seneca tiqua. Des années auparavant déjà, elle avait remarqué cette fille : on la voyait aussi à l'arrière-plan de deux ou trois autres reportages. Il y avait chez elle quelque chose de peu engageant.

Elle donna un petit coup de coude à Aerin qui était assise à côté d'elle.

— C'est qui, elle ?

Aerin jeta un coup d'œil de biais à l'image.

— Ah. C'est Katie. Elle était dans la classe d'Helena.

Elle se tapota la bouche.

— Autrefois elles étaient amies, mais…

Seneca inclina la tête.

— Qu'est-ce qui s'est passé ?

— Je me souviens seulement qu'un jour ma mère a demandé à Helena si elle voulait l'inviter à son goûter d'anniversaire et ma sœur a eu une réaction du genre, *sûrement pas.* C'était pile à l'époque où elle avait commencé à changer… à s'habiller différemment, nous cacher des choses, tout ça, quoi.

Seneca regarda fixement l'écran. Elle avait mis la vidéo sur pause à un moment précis où la bouche de Katie était pincée d'un air malveillant.

— Tu crois qu'on devrait aller lui parler ?

Aerin fronça le nez.

— Elles n'étaient plus amies quand Helena a disparu. Et de toute façon, je me rappelle que les flics l'ont interrogée. Elle avait un alibi.

Seneca n'était pas convaincue. Mais elle laissa tomber ; ils avaient des suspects plus importants à interroger.

D'un geste, Aerin lui montra alors Maddox installé de l'autre côté du couloir. Il avait la tête renversée en arrière et les yeux fermés.

— Je ne sais pas comment il fait pour dormir dans un moment pareil. Moi je suis tellement à cran que j'arrive à peine à respirer.

— Tu m'étonnes.

Maddox renifla d'un air bourru dans son sommeil.

— Au moins, il sera en forme à notre arrivée, gloussa Seneca.

Un sourire diabolique au coin des lèvres, elle froissa en boule le talon de son billet de train et le lui jeta à la tête, visant sa bouche. La boulette rebondit sur la joue de Maddox qui se réveilla en sursaut.

En se tortillant sur son siège, il surprit le regard de Seneca et haussa les sourcils avec défiance.

Elle leva les yeux au ciel, puis se détourna vers sa fenêtre en espérant qu'il ne l'avait pas vue rougir.

* * *

Après un trajet cahoteux en taxi, si court qu'ils auraient sans doute pu l'effectuer à pied, le groupe s'arrêta dans la 26e Rue, dans le quartier de Chelsea. L'artère était balayée de rafales de vent. De grands immeubles bétonnés s'élevaient de part et d'autre, certains ornés d'échafaudages tapissés d'affiches de spectacles et de publicités. L'Hudson scintillait au bout du pâté de maisons. Un sentier de footing longeait le fleuve, où l'on se promenait aussi à vélo et à pied. L'endroit semblait très paisible. Pas de ceux qui abritent un assassin.

La veille, ils avaient décidé d'axer leurs recherches sur Loren. Le message menaçant sur le répondeur d'Helena le plaçait en tête des suspects. Après quoi, ils s'appliqueraient à retrouver Greg, le guitariste. Ils avaient cherché le numéro de téléphone de Loren dans Google, mais sans résultats. Après avoir réécouté une douzaine de fois son message, ils avaient établi qu'il prononçait bien le mot *Kiko*. Ils avaient donc épluché toutes les occurrences à New York, et il se trouve que des tas d'entreprises de ce nom étaient recensées dans la ville : une boutique qui vendait du maquillage de haute qualité ; un refuge pour animaux ; un restaurant de Chinatown qui, d'après ce qu'ils comprenaient, servait de la viande de chèvre ; un grossiste d'accessoires sans fil. Finalement, Brett trouva un résultat pour une galerie Kiko, située dans Chelsea. D'après son site, elle était spécialisée dans l'art asiatique des XXe et XXIe siècles. *L'art asiatique*, avait médité Seneca, de plus en plus électrisée. *Comme l'origami. Et les samouraïs.* Sans compter que d'après Kevin, l'amant caché d'Helena était cultivé. Si Loren était cet homme, Kiko était peut-être leur lieu de rendez-vous habituel. Ils se seraient disputés et Helena lui aurait dit qu'elle voulait mettre un terme à leur relation. Il aurait alors fait le déplacement jusque dans le Connecticut pour l'enlever dans les bois, ce fameux matin enneigé.

À mi-chemin du pâté de maisons, le mot *Kiko* apparut en lettres translucides dans la vitrine d'un bâtiment. Derrière, on devinait une salle au style dépouillé et, sur un piédestal au fond, une sculpture en bois clair en forme de grosse goutte. À l'accueil, une Asiatique était appuyée contre un pupitre avec une décontraction insolente.

— Comment on va faire pour l'éviter, elle ? souffla Aerin du coin de la bouche.

Au cours de leurs recherches, ils avaient découvert que la galerie Kiko était plus ou moins privée, accessible uniquement aux acquéreurs sérieux. Pour franchir l'entrée, il fallait signer un livre d'or. L'espoir était que Loren y ait laissé sa griffe… et peut-être une adresse. Encore fallait-il accéder à ce registre. La veille au soir, ils avaient débattu plusieurs idées : ils étaient détectives privés ; ils étaient les assistants personnels de Loren en charge de sa fiscalité et voulaient savoir à quand remontait sa dernière visite ; ils travaillaient pour une revue artistique qui souhaitait en savoir plus sur le profil des clients de la galerie. Rien ne semblait coller.

Un camion poubelle remonta la rue avec fracas. Seneca se balança d'un pied sur l'autre. Brett scruta la Japonaise derrière la vitrine, puis donna un petit coup de coude à Madison.

— Va lui parler.

— Pourquoi moi ? dit-elle en pointant le pouce vers elle.

— Les Asiates sont du genre à se serrer les coudes entre elles, non ? Tu n'as qu'à lui parler en chinois. Faire une démo de kung-fu. Elle nous fera entrer, c'est sûr.

— Brett ! rouspéta Seneca pour rire, bien qu'un peu horrifiée par ces clichés.

Madison eut l'air consternée.

— Je suis *Coréenne.*

— Ah, fit Brett, interdit. Merde. Désolé, ma belle.

Soudain il fit claquer ses doigts.

— J'ai trouvé ! Je sais comment on va entrer. Je suis un investisseur. Et j'arrive de Los Angeles – non, mieux : *Vegas.* Je suis blindé de thunes, mais aussi un grand angoissé de la vie.

Aerin le dévisagea, tête penchée.

— Mais où tu vas chercher des idées pareilles ?

Maddox se frotta les mains.

— Et tu fais partie de ces mecs qui n'achètent que des œuvres branchées que tout le monde s'arrache. Donc tu es prêt à débourser, mais tu veux d'abord consulter le livre d'or pour t'assurer que d'autres protagonistes influents sont dans le coup aussi. Car s'il n'y a que des anonymes sur cette liste, tu ne te feras pas avoir !

Brett leva la main pour taper dans celle de Maddox.

— Très bon raisonnement, mec.

Aerin se mit à rire.

— Vous êtes fous, tous les deux.

— Bah quoi ? s'étonna Brett. C'est parfait, comme plan.

— Comment vous comptez leur faire croire que vous êtes des collectionneurs milliardaires ? railla à son tour Seneca. Vous n'avez pas vraiment la tête de l'emploi…

— On pourrait vous confier un rôle aussi, proposa Maddox.

— Mais oui ! s'enthousiasma Brett. Toi Seneca, tu n'auras qu'à dire que tu es mon associée. Et Aerin…

Il se tourna vers elle.

— Tu peux jouer ma petite amie ?

Aerin tira la tronche.

— Et si j'étais ta petite amie *et* une autre associée ?

— Et moi je serais une jeune héritière que tu as ramassée en chemin ? surenchérit Madison avec excitation.

Seneca ramena les épaules en arrière et traversa la rue.

— J'ai une meilleure idée.

— Hé ! lança Brett dans son dos. On n'est pas prêts ! On n'a même pas encore parlé des pseudos !

Seneca appuya sur la sonnette pour qu'on lui ouvre, puis elle poussa la porte vitrée de la galerie. La salle était tellement climatisée qu'elle fut immédiatement parcourue de frissons. Les seuls sons qui comblait le vide était celui des doigts de la jeune femme qui tapotaient sur un clavier, et celui des semelles de Seneca qui claquaient sur le parquet. Finalement, l'hôtesse interrompit ce qu'elle faisait et lui décocha un regard de travers. À première vue assez jeune, elle portait un haut noir mat sophistiqué sur un pantalon en cuir qui moulait les jambes les plus maigres que Seneca ait vues de toute sa vie. Un exemplaire de *Cosmo* traînait dans son sac. Seneca jeta un coup d'œil discret à l'écran. Elle naviguait sur le site de rencontres OKCupid.

— Je peux vous aider ? dit la fille d'un ton snob.

— Bonjour.

Seneca s'efforça de faire abstraction de son cœur qui battait à tout rompre.

— J'ai rendez-vous ici avec un homme qui prétend être actionnaire de votre galerie. Est-ce que vous auriez la possibilité de me confirmer son identité ?

La fille releva les yeux du clavier.

— Navrée. Notre fichier clients est confidentiel.

Seneca s'attendait à cette réponse. Elle se pencha vers elle comme pour lui faire une confidence.

— Je l'ai rencontré sur ce site de rencontres pour les riches, et il s'est vanté d'avoir un fric considérable. Genre, jet privé et tout. Je veux juste vérifier qu'il est réglo avant d'aller plus loin.

Elle lui fit un sourire chaleureux et confiant.

— Vous ne voudriez pas que je me fasse arnaquer, si ?

La fille passa la langue sur ses dents. Au-dessus d'elles, le tic-tac d'un pendule résonna.

— Je ne peux rien vous promettre. Comment s'appelle-t-il ?

— Loren… quelque chose. Ça s'écrit L-O-R-E-N. Pour l'instant, je ne connais pas son nom de famille, donc je n'ai pas pu le googliser.

L'hôtesse s'étrangla doucement de rire.

— Je peux d'emblée vous certifier qu'on n'a aucun actionnaire du nom de Loren, en revanche, *moi* j'en connais un : Loren Jablonski. Il travaille ici, à la sécurité.

Elle secoua la tête d'un air atterré.

— Il vous a raconté tout ça ?

Intérieurement, Seneca faisait des bonds, mais elle s'appliqua à rester dans la peau de son personnage.

— Ou-oui, bredouilla-t-elle, feignant l'étonnement. Il est vigile ? Il n'a pas de jet ?

— *Ça*, j'en doute.

Seneca prit un air méprisant.

— C'est pas vrai ? Je… alors ça, c'est… Bon, merci de votre aide.

Elle se redressa pour partir, puis se retourna une dernière fois.

— Je vais le griller, comptez sur moi, et il n'est pas question que j'aille à notre rendez-vous ce week-end. Vous savez s'il travaille demain ?

La fille cliqua sur une touche du clavier.

— Demain matin, oui.

— Vous ne lui direz pas que je suis venue, hein ?

La fille lui lança un regard compatissant.

— Sûrement pas.

Au moment de pousser la porte pour ressortir, Seneca désigna d'un geste la grosse goutte au milieu de la salle en demandant :

— Pendant que je suis là : cette sculpture, elle représente quoi en théorie ?

La fille sourit.

— C'est le symbole de la force tranquille et inébranlable de l'essence féminine.

Seneca approuva d'un large sourire. Bien dit.

Elle traversa la rue dans l'autre sens sous les regards médusés des autres. Brett se précipita à sa rencontre.

— Qu'est-ce qu'elle t'a dit ? T'as fait le coup des investisseurs ?

— Loren est chargé de la sécurité ici, son nom de famille c'est Jablonski, il sera de service demain matin, et il ne saura pas qu'on vient, récapitula Seneca avec assurance, esquivant un taxi qui passa en trombe. En vous remerciant !

Madison laissa échapper un sifflement admiratif. Maddox et Aerin échangèrent un coup d'œil impressionné.

— Comme un chef, murmura Brett.

Bam, pensa Seneca d'un air triomphant. Parfois ça faisait du bien d'épater tout le monde.

Chapitre 20

Plus tard dans la soirée, Brett était confortablement installé sur une méridienne blanc cassé au beau milieu d'une immense suite du Ritz-Carlton situé sur Central Park South. Entouré de trois filles, il déployait toute son éloquence à propos de Vera Grady et l'empire de la mode qu'elle avait bâti. Sadie, la plus près de lui, pinça ses lèvres brillantes.

— Tu as déjà eu l'occasion d'assister à ses défilés à Paris ?

— Oui, deux fois, confirma Brett. C'était fantastique.

— Et tu connais des stars ? demanda la fille assise au bout.

— J'ai traîné avec Matt McConaughey un jour à un *after*, acquiesça Brett. Et j'ai déjeuné avec ce mec qui joue dans *Les Gardiens de la Galaxie*.

Les filles tombèrent en pâmoison. Alors qu'il levait les yeux, Aerin apparut parmi la foule tel un rayon de soleil perçant à travers un nuage orageux. Il trouva un moment opportun pour prendre congé des filles et se fraya un chemin parmi la multitude, esquivant un concours de break-dance. Attrapant sur le buffet une bouteille de champagne qu'on venait d'ouvrir, il se hâta de rejoindre Aerin.

— Je te sers une coupe ? proposa-t-il en faisant osciller la bouteille sous son nez à la manière d'un hypnotiseur.

Aerin tanguait un peu, en équilibre instable. Elle avait les yeux luisants, les joues toutes rouges ; Brett se demanda combien de verres elle avait déjà descendus.

— Ou pas, s'empressa-t-il d'ajouter.

Mais Aerin s'empara de la bouteille, et avant qu'il n'ait le temps de l'en empêcher, elle porta le goulot à sa bouche pour boire un grand coup. Après quoi, Brett lui indiqua un canapé en cuir dans un coin de la pièce. Il était à côté des enceintes, mais au moins, c'était plus ou moins isolé.

— Tu t'amuses bien ? cria-t-il pour se faire entendre malgré les rugissements de la musique.

— *Sans déc'*, marmonna Aerin d'une voix chargée.

Elle lui donna une tape d'un geste gauche.

— Pour toi, c'est assez banal, hein ? Organiser une fête à l'improviste ?

Brett haussa les épaules avec modestie.

— Oui, ça m'est déjà arrivé deux ou trois fois.

Il ne voulait pas s'attribuer tout le mérite, mais c'est vrai que c'était lui qui avait improvisé cette fête. Après avoir pris conscience qu'ils avaient une soirée entière à tuer avant d'aller voir le fameux Loren, il avait dégainé son téléphone, réservé une suite à l'hôtel, commandé dix bouteilles de Moët & Chandon, et appelé un chef du centre-ville pour élaborer le festin de malade qui était disposé sur une longue table de buffet dressée contre le mur. Il avait croisé des jeunes dans la rue, chez Starbucks ou en plein shopping sur la 5e Avenue, et invité tous ceux qui avaient l'air cool à venir faire la fête. Il avait même troqué sa tenue habituelle pour enfiler une chemise élégante sur un jean ajusté. À sa sortie de la salle de bains, Aerin l'avait sifflé.

Ce qui, bien sûr, était exactement la réaction escomptée.

— Qu'est-ce que tu fabriquais avec ces filles ? le taquina Aerin.

— Oh rien, j'ai inventé des conneries pour les impressionner, répondit humblement Brett.

— C'est ça, grogna Aerin, amusée.

Elle pointa du doigt les filles qui étaient encore massées sur la méridienne.

— Tu es sûr de ne pas vouloir retourner auprès de ton petit fan-club perso ?

— Elles sont jolies, mais elles ne m'attirent pas plus que ça, déclina rapidement Brett.

— Ah oui, pourquoi ? fit Aerin, sourcil arqué.

Si *ça*, ce n'était pas une question orientée, Brett n'y connaissait rien. Il saisit la bouteille de champagne pour se donner du courage. Il avait bien essayé de contenir ses sentiments pour Aerin et de se concentrer sur l'affaire, mais c'était impossible. Elle n'arrêtait pas de l'allumer. Il l'avait surprise en train de le mater quand il avait retiré son smoking au country club, et il voyait bien qu'elle était impressionnée par ses talents de styliste. Bon, d'accord, elle n'avait pas pris au sérieux son texto de lui posant devant le miroir, n'empêche que plus tard, elle lui avait renvoyé un selfie, le corps penché vers l'objectif, la bouche en cul-de-poule d'un air boudeur.

Elle l'aimait bien. C'était obligé. Et logique : ils avaient un tas de points communs. Tous deux avaient vécu un drame. Ils venaient du même monde.

Brett inspira un coup.

— Cette fête, elle est en ton honneur, tu sais ?

Aerin sourit du coin des lèvres.

— Tu veux dire… *rien* que pour moi ?

— Tu le mérites. Mille fois.

Tandis qu'elle contempla la foule d'invités, un petit muscle se contracta près de son œil.

— J'espère que tu as de quoi payer une équipe de nettoyage.

Ce qui dans sa bouche pâteuse ressembla plutôt à « une épique de nettoinage ».

— J'ai ce qu'il faut, t'inquiète pas.

En temps normal, Brett essaierait de contenir les invités ; les factures d'entretien des suites d'hôtel pouvaient coûter une fortune. Mais ce soir, ça lui était égal. Cette pagaille monstre était plutôt romantique, en fait, et ça ajoutait à l'ambiance.

Il revint à Aerin.

— Je suis sérieux, tu sais : c'est pour toi que j'ai improvisé cette fête. Tu t'amuses, au moins ?

Aerin le regarda en sourcillant, adorable avec ses joues toutes roses.

— Tu m'as déjà posé la question, Brett. Mais oui, je m'amuse bien. Merci.

Elle avait l'air sincère. Reconnaissante. Voire, sous le charme ? Son cœur s'emballa. Il esquissa un geste pour reprendre la bouteille de champagne en même temps qu'elle. Leurs mains se cognèrent. Brett ne s'écarta pas, elle non plus. Ils échangèrent un regard en riant. Le visage d'Aerin était si près du sien qu'il sentit de fines mèches de ses cheveux blonds lui effleurer la joue. *Vas-y*, souffla une voix dans sa tête. *Embrasse-la.*

— *Hello.*

Seneca s'assit lourdement à côté d'eux.

— Greg Fine est là.

Brett se mordit violemment l'intérieur de la joue, frustré. *Elle ne pouvait pas tomber plus mal.*

— C'est pas vrai ?

Aerin pivota la tête dans tous les sens.

— Où ça ? Pourquoi ?

— Maddox lui a laissé un second message pour l'inviter à venir faire l'interview ici, s'il était partant. C'est lui, là, près de la porte.

Elle désigna du doigt un maigrichon en jean serré : coupe mulet de rockeur, piercing dans le nez, et barbe de plusieurs jours.

Aerin commença à se ronger l'ongle du pouce.

— Qu'est-ce qu'on fait ?

Seneca tripota les bracelets qui cliquetaient à son poignet.

— Eh bien, on l'interviewe. On n'a qu'à faire comme avec Kevin : le faire boire et l'amener à parler d'Helena.

— Visiblement Madison est déjà sur le coup, murmura Aerin en la montrant du doigt.

Madison s'était glissée jusqu'à Greg pour lui proposer une bouteille de Moët. Le mec parut mal à l'aise et refusa d'un geste.

Croisant le regard de Brett, Aerin lui fit un clin d'œil complice. Tentant de ravaler son impatience, ce dernier se retourna à contrecœur vers Fine, qui était en train de murmurer à l'oreille du copain qui l'accompagnait, un autre rocker avec une coupe iroquoise. Quelques instants plus tard, une des filles qui avaient bavardé avec Brett lui tendit un gobelet. Une fois de plus, Greg déclina. Brett n'était pas expert pour lire sur les lèvres, mais même lui réussit à déchiffrer ce qu'il lui dit : *Désolé. Je ne bois pas d'alcool.*

Aerin, qui avait fait la même déduction, haussa les sourcils.

— Un rockeur qui ne boit pas, ça existe ?

Seneca se leva.

— Je vais tâter le terrain.

Elle s'éloigna de façon très théâtrale. *C'est pas trop tôt.* Brett se tourna à nouveau vers Aerin, plus détendu.

— Bon, on en était où, déjà ?

Elle lui fit un sourire effronté en se rapprochant un peu. Entre ses cheveux flamboyants qui encadraient son visage et ses grands yeux de biche, Aerin ressemblait à un ange. Le cœur de Brett se mit à cogner. *OK je me lance*, se dit-il. *J'ai rien à perdre.* Il pivota face à elle. Tendant le bras, il caressa une de ses boucles soyeuses qu'il enroula autour du doigt. On aurait dit des fils d'or. Bon sang, les blondes le rendaient fou.

Mais ensuite, il remarqua son regard vraiment vitreux. Bien qu'assise, elle tanguait toujours. Chaque fois qu'elle battait des paupières, elle mettait un certain temps à rouvrir les yeux, comme si elle luttait pour ne pas s'endormir. Il était clair qu'elle était disposée à l'embrasser, mais est-ce qu'elle s'en souviendrait, au moins ? Brett voulait que leur premier baiser soit mémorable. Et elle préférerait sûrement être sobre à ce moment-là.

— En fait, se ravisa-t-il en reculant pour lui montrer un coussin sur le canapé : si tu t'allongeais plutôt deux minutes ?

Somnolente, Aerin resta là à le fixer d'un air enamouré, il en était convaincu.

— Tu es vraiment adorable.

Bras tendus, elle bascula vers lui.

— Gentil Brett, marmonna-t-elle en lui tombant dans les bras.

Après quoi, elle lui vomit partout sur les genoux.

Chapitre 21

Assis sur la terrasse de la suite, Maddox admirait la vue de la ville. Pendant que tout le monde dansait, buvait et cassait tout à l'intérieur, il était là, à décortiquer les pensées qui tournoyaient dans sa tête. Catherine l'avait embrassé. Elle le désirait. Il devrait être content. Mais il ne l'était pas : pourquoi ? Pourquoi était-il juste un peu… *bof* ?

Il sortit son téléphone pour relire le texto qu'elle avait envoyé quelques minutes auparavant. *Salut beau gosse, ça va ?* Il savait qu'il devait lui répondre. Ça faisait des années qu'il mourrait d'envie de sortir avec elle. Et pourtant, chaque fois qu'il cliquait sur la barre vide pour rédiger une réponse, ses doigts devenaient raides, et son esprit vide.

La porte coulissante grinça, et Aerin sortit sur le balcon, chancelante, un sandwich à la main.

— J'ai vomi, déclara-t-elle d'une voix avinée. Mais maintenant je me sens mieux.

Maddox gloussa.

— Tant mieux.

Elle avait l'air encore bien bourrée.

Aerin se laissa tomber dans un fauteuil, étirant ses longues jambes nues devant elle.

— Devine avec qui Madison et Seneca viennent de discuter ?

Elle prit une bouchée de son sandwich.

— Greg Fine.

— Quoi ?

Maddox se redressa à moitié.

— Il est encore là ?

Aerin secoua la tête.

— Il a dit que cet endroit offrait trop de tentations.

Elle replongea le regard vers la soirée.

— C'est un ancien alcolo. Apparemment, il a passé plusieurs séjours en désintox, à commencer par l'automne qui a précédé la disparition d'Helena.

Elle fit des yeux ronds.

— Mais attends : il pourrait *bien* avoir un alibi, alors ? Le problème c'est qu'on n'a aucun moyen de le vérifier. Les dossiers des patients en désintoxication sont confidentiels.

Maddox réfléchit un instant.

— La police de Dexby est peut-être au courant.

— Et ? Qu'est-ce que tu veux qu'on fasse ? On ne va pas entrer en douce au poste et pirater leurs ordinateurs.

Maddox se fendit d'un grand sourire, visiblement très tenté de jouer les 007, mais Aerin fit non la tête ; le mouvement la fit chavirer un peu, et une partie de la garniture de son sandwich s'échappa.

— Tu as regardé trop de films.

— Est-ce qu'il a parlé d'Helena ? s'enquit Maddox.

Aerin secoua encore la tête.

— Je crois que Seneca n'a pas eu le temps d'aborder le sujet. Il a filé après avoir vu tout l'alcool.

— Est-ce qu'il t'a paru… douteux ? Tu l'as senti comment ?

Aerin médita la question un instant.

— Pas vraiment. Mais qu'est-ce que j'en sais ? À ce stade, je suis tellement à l'ouest que l'assassin d'Helena pourrait être ici, à cette soirée, je ne m'en rendrais même pas compte.

Maddox agita la main.

— Ne dis pas ça, c'est absurde.

À l'intérieur, deux jeunes qu'ils avaient rencontrés à l'Apple Store firent sauter le bouchon d'une autre bouteille de champagne, lequel voltigea à travers la pièce et fracassa une lampe. Tout le monde s'esclaffa d'un rire d'ivrogne. À présent coiffée d'un gros bonnet en peluche Hello Kitty qu'elle avait acheté à la boutique Sanrio dans l'après-midi, Madison, qui titubait légèrement, repoussa du pied des bouts de verre en un tas désordonné.

Aerin se retourna vers Maddox et posa sur lui un regard pénétrant, l'air subitement beaucoup moins ivre.

— Alors, comment va ta mère ?

Maddox cligna des yeux, surpris.

— Elle va bien. Et toi… ton père, il vit dans le coin ? répondit-il en désignant New York d'un grand geste du bras.

Le visage d'Aerin s'assombrit.

— Oui, dans le centre. Heureusement, c'est pas tout près.

— Tu ne comptes pas lui rendre visite ?

Aerin se moqua.

— Tu aimes bien voir ton père, *toi* ?

Maddox s'apprêtait à répondre que sa situation était différente – il ne savait même pas où celui-ci se trouvait – mais au fond, les foyers désunis étaient peut-être tous les mêmes : merdiques.

— Tu sais à qui je te comparais, avant ? reprit Aerin en pouffant. Tu me faisais penser à ce personnage dans *Moi, moche et méchant*. Gru.

Maddox resta sans voix.

— *Hein ?*

— Pour moi, tu étais ce gosse bizarre planté dans mon canapé, qui avait toujours l'air hyper en colère. Je pensais que tu mijotais un grand projet machiavélique.

Maddox tendit le bras pour reprendre son verre avant de se souvenir qu'il était vide.

— Je n'étais pas en colère.

Était-ce l'alcool qui la faisait divaguer ? Subitement, le passé lui parut très confus.

— Je sais. Je m'en rends compte aujourd'hui, reconnut Aerin en baissant les yeux. Je m'en veux de t'avoir accusé d'être lié à la disparition de ma sœur. Je n'aurais jamais dû dire ça.

Maddox opina, touché. Son accusation en public l'avait blessé.

— Merci.

Aerin tendit la main vers lui.

— Alors… amis ?

— Absolument, fit Maddox en la serrant. Content que tu ne me prennes plus pour Gru.

— Plus du tout, promis ! assura Aerin en levant son verre.

Après avoir repris un peu de champagne, elle l'embrassa sur la joue, rouvrit la porte coulissante, et repartit en dansant au milieu de la foule, remuant les hanches en rythme. Madison accueillit son arrivée par des cris de joie.

Maddox contempla la circulation en contrebas en tentant de se revoir dans le canapé des Kelly quand sa mère les gardait. Qu'avait-il en tête à l'époque, avant le meurtre d'Helena, avant qu'il n'intègre l'équipe d'athlétisme, que sa mère épouse son beau-père et que leurs vies ne changent à jamais ? Lorsque la porte coulissa à nouveau, ce fut Seneca, qu'il n'avait pas vue de la soirée. Son estomac se noua un peu ; c'est fou, sa présence continuait de l'intimider. Sans doute car il n'arrivait toujours pas à concilier cette fille superbe avec l'amie qu'il avait connue en ligne.

Elle se posa sur l'accoudoir d'un fauteuil à l'extrémité de la terrasse, près de la rambarde, d'où elle pouvait jeter des coups d'œil furtifs à la ville en dessous.

— T'es au courant pour Greg ?

Maddox acquiesça.

— Aerin m'a raconté. À ton avis, il était en désintox au moment de la disparition ?

— Je ne sais pas.

Le front plissé, elle pianota sur son téléphone.

— Je l'ai cherché sur Facebook, mais pour l'instant, ça ne donne rien. En revanche, devine qui j'ai retrouvé ? Loren Jablonski.

— C'est vrai ? Il reste quelque chose de l'époque d'Helena ?

Seneca serra les dents, les yeux rivés sur son écran.

— Je cherche. La page met des plombes à charger.

Maddox gloussa.

— Tu as le droit de te détendre un peu, tu sais.

Seneca leva le nez, une torsade de cheveux devant les yeux ; si Seneca savait combien ça la rendait craquante, Maddox était sûr qu'elle se recoifferait sur-le-champ.

— Profite de la vue. Bois un coup.

À peine formulée, la proposition lui sembla vaseuse. Mais pourquoi était-il encore déstabilisé en sa présence ? Il pensait pourtant qu'ils avaient passé ce cap.

— J'ai déjà assez bu comme ça, plaisanta Seneca qui rangea néanmoins son portable dans sa poche et reprit une gorgée de champagne dans son gobelet.

— C'est vrai que la vue est belle, admit-elle en contemplant les gratte-ciel et Central Park.

Maddox voulut regarder le panorama aussi, mais au lieu de cela, il se surprit à détailler la façon dont les lumières de la ville éclairaient le profil de Seneca dans l'obscurité.

— Tu sais à qui Aerin vient de me comparer ? raconta-t-il. Gru, le personnage dans *Moi, moche et méchant*. Quand on était petits et que je traînais chez elle, elle trouvait que je ressemblais à un super-méchant. Toujours de mauvais poil.

Seneca pencha la tête de côté, posant sur lui le regard intense qui la caractérisait.

— Et alors ? C'était le cas ?

— J'en sais rien, soupira Maddox en passant la

main dans ses cheveux. À l'époque, j'estimais que c'était elle qui était froide avec moi, mais au fond, c'était peut-être l'inverse.

Ils échangèrent un sourire. Entre la pénombre qui caressait son profil, ses joues roses et les petites mèches folles qui s'étaient échappées de sa queue-de-cheval et voletaient dans tous les sens, Seneca était plus que craquante, pensa Maddox. Mais qu'est-ce qu'elle faisait là, dehors, avec lui ? Pourquoi n'était-elle pas à l'intérieur avec tous ces mecs plus âgés et plus cool que Brett avait dénichés pour ambiancer sa soirée chicos ?

Seneca se tourna à nouveau vers la vue.

— Je suis venue ici avec ma mère un jour, il y a longtemps, confia-t-elle après un long silence.

Maddox se figea. On aurait dit qu'un courant d'air frais traversait la terrasse. Il s'était retenu de la questionner sur sa mère, pensant – peut-être à tort – qu'il valait mieux la laisser tranquille avec ça.

— Raconte, l'encouragea-t-il.

Le regard de Seneca oscilla de gauche à droite.

— Elle m'avait emmenée goûter au Plaza, c'était un peu rasoir, mais à la fin, quand le serveur est revenu avec la note qu'elle avait réglée avec sa carte de crédit, il lui a laissé un stylo magnifique pour la signer. Elle m'a regardée en chuchotant : *Si on le piquait ?* Elle l'a glissé dans sa poche et on est reparties avec.

Maddox rigola en la regardant avec circonspection.

— Ta mère a volé un stylo ?

— Presque, se mit-elle à glousser. On se dirigeait vers la sortie quand le même serveur – un vieux de quatre-vingts balais qui avait des petites cuisses de poulet – nous a rattrapées et interpellées en disant : « Madame ? »

Seneca prit une voix plus grave pour l'effet :

— « Mon stylo, je vous prie. »

— Elle a dû être bien embarrassée.

— Pas vraiment ! Elle lui a rendu en riant, c'est tout. Ma mère était insouciante. C'était tout elle. Rien ne l'atteignait. La vie était plus drôle à ses côtés.

Le visage de Seneca se décomposa.

Maddox se leva pour s'approcher de la rambarde contre laquelle elle était blottie.

— Hé… souffla-t-il. Ça va aller.

Seneca se voûta.

— Elle ne me quitte jamais, avoua-t-elle d'une voix étranglée.

Puis elle désigna le pendentif en P autour de son cou.

— Surtout grâce à ça.

— C'est elle qui te l'a offert ?

Seneca eut un rire âpre.

— Loin de là.

Elle rentra la tête, fixant ses genoux. Ne sachant absolument pas quoi dire, Maddox resta silencieux.

— Le jour où son corps a été découvert, mon père était parti à un congrès professionnel, et de mauvaises conditions météo avaient retardé son vol de retour. Je voulais la voir – je ne pouvais pas croire que c'était bien elle – alors j'ai menti au médecin légiste pour pouvoir l'identifier officiellement. J'avais déjà une fausse carte d'identité. J'ai dit que j'étais majeure.

Maddox la dévisagea, estomaqué.

— Donc bref, je me suis retrouvée là, à la morgue.

Sa mâchoire se contracta légèrement.

— Elle était allongée sur, tu sais, la table d'autopsie, avec ce collier autour du cou. Je ne sais pas ce qui m'a pris, mais dès que le médecin légiste a eu le dos tourné, je le lui ai pris.

Elle lança un regard à Maddox, comme pour le défier de porter un jugement.

— J'ignore si c'est illégal ou non. Mon père serait bouleversé s'il l'apprenait – il croit que je l'ai simplement trouvé dans sa boîte à bijoux. Il était déjà très perturbé qu'on m'ait laissée la voir comme ça. Il a incendié le médecin légiste et le flic en charge du dossier.

— Merde, Seneca, murmura Maddox qui se risqua à lui effleurer la main, qui était chaude malgré la fraîcheur nocturne. Je suis vraiment désolé pour toi.

— C'est rien, dit Seneca d'un ton distant, sans toutefois écarter sa main.

Puis, brusquement, elle se tourna face à lui.

— Merci.

— Mais… de rien.

Lorsqu'il posa les yeux sur elle, Seneca le regarda d'un drôle d'air. Avait-il encore dit quelque chose qu'il ne fallait pas ? Mais qu'est-ce qui clochait chez lui, à la fin ?

Seneca recula.

— Tu recommences.

Il sourcilla.

— Je recommence quoi ?

— Ce tic avec tes doigts quand tu les frottes l'un contre l'autre, décrivit Seneca en montrant sa main.

Maddox constata que son majeur et son pouce

étaient effectivement collés. Il les écarta immédiatement.

— Tu te sens… mal à l'aise ? demanda-t-elle.

— Moi ? *Jamais.*

Maddox replia la main incriminée dans son dos.

— Tu as le droit, tu sais, sourit Seneca d'un air hésitant. La Maddy que je connaissais en ligne était nerveuse, parfois. J'aimais bien.

Maddox la regarda dans les yeux. Les coups de klaxon dans la rue semblèrent tout à coup assourdis. Même la musique festive à l'intérieur s'affaiblit. Il eut la sensation que le champagne lui fouettait le sang, pétillant et chaud.

Sa peau se mit à fourmiller d'impatience.

— Hmm… marmonna-t-il, cherchant ses mots.

— Hmm… l'imita gentiment Seneca, le regard brillant.

Et alors, contre toute attente, elle lui prit l'autre main pour l'attirer vers elle. Leurs bouches s'unirent, d'abord en douceur. Le bout des doigts en feu, Maddox lui saisit délicatement la nuque. Leur baiser prit ensuite une tournure plus avide et pressante. Alors que Seneca glissait ses mains dans les siennes, d'un bras, il enlaça ses hanches et la hissa jusqu'à ce qu'elle se plaque avec passion contre lui.

— Je n'arrive pas à croire que c'est en train d'arriver, chuchota Seneca, croisant son regard un instant.

— Je sais, moi non plus, souffla Maddox.

Catherine ne lui faisait pas du tout cet effet, se rendit-il compte.

Catherine. Il s'écarta brusquement, le souffle presque coupé.

— Attends.

Seneca rouvrit les yeux, sondant son visage.

— Qu'est-ce qu'il y a ?

Maddox baissa les yeux.

— Je ne peux pas. Il faut qu'on arrête.

Seneca braqua sur lui un regard perçant comme un laser. Un petit son s'échappa de ses lèvres avant qu'elles ne se scellent avec sévérité.

— Quel est le problème ? finit-elle par demander en se dégageant de leur étreinte. Tu as déjà une copine ?

La tempe transpercée par une pointe acérée, Maddox sentit la migraine arriver.

— Disons que, c'est compliqué. Mais…

Les yeux comme deux fentes, Seneca le coupa d'un revers de main.

— *Compliqué.*

Sa voix se brisa. D'un coup sec, elle tira sur la poignée de la baie vitrée et retourna à l'intérieur, refermant la porte coulissante d'un violent mouvement du bras.

Seneca…

Maddox s'approcha de la vitre, mais elle s'était déjà fondue dans la foule. Il se laissa retomber sur une chaise en se prenant la tête entre les mains.

— Et merde, dit-il tout bas en fusillant des yeux son portable.

Il éprouva soudain une forte envie de le jeter pardessus bord.

Il resta assis là un moment, mais très vite, il se sentit trop à l'étroit sur cette terrasse. Il fallait qu'il sorte de là. Qu'il se vide la tête. Déterminé, il fendit la foule en bousculant les fêtards, cherchant à tâtons la poignée en argent de la porte ouvrant sur le couloir de l'hôtel. Il ne croisa personne dans l'ascenseur, dont la cabine émit un grincement caverneux qui résonna dans ses oreilles. Le hall, quoique somptueux, était étrangement désert ; même la réception semblait à l'abandon. Maddox observa avec méfiance la boutique de souvenirs fermée et le bar plongé dans l'obscurité. La pendule au mur indiquait qu'il était plus de 2 heures du matin. Il n'aurait pas cru qu'il était si tard.

À l'extérieur de la porte à tambour, une colonne de feux de circulation jalonnant la 59e Rue répandait une lumière verte continue. Des flâneurs traînaient le long de l'enceinte du parc. Assis sur le trottoir, un sans-abri braillait en gesticulant ; Maddox le contourna. Un taxi passa à vive allure, manquant de l'accrocher. Il fit un bond de côté, le cœur battant.

Puis il bifurqua pour remonter la 6e Avenue et passa en hâte devant un bistrot désert. Le métro trembla sous ses pieds, son souffle chaud et puant remontant à travers la grille d'aération ; il n'avait pas souvenir qu'il était aussi bruyant.

Lorsqu'une main lui couvrit les yeux, Maddox pensa d'abord que Seneca l'avait rattrapé pour lui parler. Il voulut se retourner, mais un bras d'acier lui sangla la poitrine. Il perçut une odeur de cuir et… d'essence ?

Quelque chose lui cogna les rotules et lui arracha un gémissement étranglé tandis qu'il s'écroulait aveuglément sur la chaussée. Il voulut crier encore, mais son agresseur l'avait suivi dans sa chute et lui couvrit la bouche, fouillant ses poches, le frappant dans le dos. L'individu lui semblait à la fois menu… et costaud. Maddox entendit une voix aiguë lui murmurer à l'oreille : *Arrête ou je te tue.* Un autre coup l'atteignit à la tête et une douleur fulgurante lui fendit le crâne. Mais que foutaient les flics ? Où était passé tout le monde ?

Les ténèbres l'enveloppèrent. Quand il rouvrit les yeux, des nuages chevauchaient une demi-lune. Les réverbères tournoyaient follement. Maddox essaya de remuer un doigt, puis un orteil. Avec hésitation, il se palpa le cuir chevelu en sentant une petite nappe de sang visqueuse, et quand il fouilla dans sa poche, son portable était encore là, mais son portefeuille avait disparu. Combien de minutes s'étaient écoulées… une, deux, dix ?

Il se redressa, assis par terre, et jeta un œil aux alentours. La rue était déserte. Devant lui, toujours ce bistrot vide, dernière chose qu'il se rappelait avoir vue. À l'intérieur, un employé essuyait le comptoir : il le dévisagea, sidéré qu'il n'ait pas réagi ou rien vu. Cette portion de trottoir était-elle trop mal éclairée ou l'homme n'en avait-il juste rien à faire ?

Mais qu'est-ce qui venait de se passer ?

Chapitre 22

Aerin ne s'était pas sentie aussi vaseuse après la fête de l'an dernier où, avec Anderson Keyes, elle avait picolé directement au fût de bière, la tête à l'envers, ni après la fois où elle avait bu des shots de Jägermeister avec Brad Westerfield au feu d'artifice du 4 juillet, ni même pendant cette horrible grippe attrapée l'hiver dernier, qui l'avait clouée au lit cinq jours d'affilée, hantée par des cauchemars délirants d'Helena ensevelie sous des monticules de neige. Qu'est-ce qui lui avait pris de descendre autant de coupes ? Pourquoi avait-elle continué à boire même après avoir dégueulé ? Mais qu'est-ce qui n'allait pas chez elle ?

Néanmoins, le vendredi matin, elle réussit à se bouger – les jets hydro-massants de la douche ne furent pas de trop –, à enfiler ses fringues de la veille, et à emboîter le pas aux autres dans Central Park

South. Il n'était pas encore 9 heures. Ils voulaient choper Loren dès son arrivée au travail.

C'était la seule lueur d'espoir dans son esprit. Toute cette histoire pourrait toucher à sa fin aujourd'hui. Loren était peut-être leur homme. Bien qu'Aerin n'eut aucune preuve concrète, son *intuition* lui faisait dire que Greg Fine n'avait pas le profil : hier soir, il s'était montré capricieux et mal dans sa peau. Elle voyait mal sa sœur tomber raide dingue de lui, et surtout, elle n'imaginait pas ce mec s'emporter au point de commettre un meurtre. Bien sûr, les gens changent sous l'emprise de l'alcool ; son amie Tori, par exemple, stoïque de caractère, pleurait la famine en Afrique dès qu'elle avait bu un coup de trop. N'empêche, Greg semblait encore plus passif que Kevin.

Mais avec un peu de chance, Loren était d'un tout autre genre.

Brett faisait la queue pour commander des sandwichs à l'œuf et quand il en tendit un à Aerin, il l'interrogea du regard un instant.

— Tu vas réussir à le digérer ? Ne le prends pas mal, tu es très sexy quand tu vomis, mais c'est mon dernier tee-shirt propre.

— T'inquiète pas, mon chou : la prochaine fois, je ferai en sorte de vomir sur quelqu'un d'autre, grommela Aerin.

Elle avait vaguement souvenir d'avoir vomi partout sur Brett la nuit dernière, mais, très gentleman, il l'avait emmenée se nettoyer dans la salle de bains, dont il avait chassé tout le monde, y compris Madison qui n'arrêtait pas de s'incruster en répétant qu'elle devait à tout prix faire pipi. Il avait passé le reste de la soirée à se balader torse nu, et elle se rappelait plus ou moins, par la suite, avoir pris ses abdos en photo… avant de tomber ivre morte sur le carrelage de la cuisine, pour finalement se réveiller ce matin au milieu d'une mare de bave. La grande classe.

Alors qu'un bus gigantesque passa en soulevant une violente rafale, Aerin donna un petit coup dans les côtes de Seneca.

— Ça va ?

Seneca haussa les épaules.

— Et toi, tu te sens comment ce matin ?

D'un bond, Brett retourna voir le portier de l'hôtel pour lui demander de héler un taxi. Comme un monospace jaune vif s'arrêta au bord du trottoir, Maddox le retint par le bras.

— On devrait peut-être arrêter.

— Sérieux ? sourcilla Brett.

— Mec, on m'a agressé hier soir, gémit Maddox. J'ai comme un mauvais pressentiment.

Le sang d'Aerin ne fit qu'un tour. Apparemment, pendant qu'elle dormait, un agent de la police de New York était arrivé avec Maddox qui s'était fait dépouiller dans la rue. Ça la faisait flipper de savoir que les agressions existaient encore. Cette ville n'était-elle pas censée être ultra sûre ?

Brett le rassura d'un geste.

— Tout va bien se passer, mon pote. Je t'assure.

Ils s'entassèrent dans le taxi jaune. Seneca grimpa à l'arrière.

— Madison, Aerin : venez vous asseoir avec moi.

Aerin s'exécuta, mais, intuitivement, elle sentit que ce n'était pas pour copiner que Seneca leur demandait cela.

On aurait plutôt dit qu'elle préférait éviter quelqu'un. Maddox… ? Est-ce qu'il s'était passé quelque chose entre eux ?

— Au croisement de la 26e et de la 11e, s'il vous plaît, indiqua Brett au chauffeur.

Le taxi roula lentement dans le centre-ville, s'embourba dans les bouchons de Time Square, puis à force de manœuvres, se faufila jusqu'au fleuve. Une fois à destination, Brett lui tendit quelques billets, et la petite troupe descendit. Pour les oreilles sensibles d'Aerin, le vacarme des travaux à proximité était presque assourdissant. Elle repéra la galerie Kiko. L'enseigne était éteinte, un rideau métallique abaissé sur la vitrine et la porte.

Madison repoussa d'une chiquenaude les pompons de son bonnet. Maddox surveillait la rue de long en large. Brett jeta l'emballage de son sandwich à l'œuf dans une poubelle.

— *C'est lui*, siffla Seneca.

Quelqu'un avait surgi au coin de la rue. Approchant la trentaine, l'homme portait un tee-shirt foncé et des Ray-Ban. Il avait les cheveux assez longs, le visage rond, une silhouette corpulente et la peau grêlée. Des auréoles apparaissaient sous ses bras. Même à cette distance, Aerin l'entendit souffler comme un bœuf. Il avait l'air du genre à être poilu dans le dos.

Une cigarette encore éteinte au coin de la bouche, le type s'arrêta devant la galerie et sortit une clé de sa poche.

Seneca planta ses ongles dans le bras d'Aerin.

— Tu crois qu'Helena et lui sortaient ensemble ?

Aerin fronça le nez. Aucune chance pour que sa

sœur ait fait des allers-retours en secret jusqu'ici pour un mec comme lui.

Seneca semblait partager son avis.

— Mais alors comment étaient-ils liés ?

— Il n'y a qu'un moyen de le savoir.

Brett traversa la rue, évitant de justesse un coursier à vélo.

— C'est toi, Loren ?

Le type leva la tête pour le regarder. Ses yeux étaient rougis et cernés.

— Qui le demande ?

L'œuf tapi au fond de l'estomac d'Aerin remua. C'était la même voix râpeuse que celle entendue sur la boîte vocale d'Helena.

— Je suis à la recherche d'une fille, répondit Brett. Elle s'appelait Helena Kelly. Elle a disparu en décembre, il y a cinq ans. Je crois que tu la connaissais.

Loren gratta son menton mal rasé.

— Ça me dit rien.

Seneca échangea un regard avec Aerin, puis traversa à son tour la rue.

— Eh bien, elle, elle te connaissait. Ton nom était enregistré dans son téléphone. Et au mois de janvier suivant, tu as laissé un message sur *son* répondeur. Ensuite, on l'a retrouvée morte.

Loren fronça le nez. Son visage n'exprimait aucun signe de culpabilité, mais il cachait peut-être bien son jeu. Il alluma la cigarette entre ses lèvres.

— Vous êtes flics ?

Brett lui assura que non de la tête. Loren se détendit un peu.

— Qu'est-ce qu'il disait, ce message ? demanda-t-il.

Les mains tremblantes, Aerin plongea la main dans sa poche pour en sortir le vieux portable de sa sœur. Après avoir entré le code à quatre chiffres, elle mit le haut-parleur et s'approcha du groupe. De près, la peau de Loren sentait étrangement la menthe. Sa voix vibrante de colère retentit à nouveau et la fit frissonner. À la fin de l'enregistrement, Loren jeta un coup d'œil dans la rue, puis vers le fleuve, en direction de l'ouest.

— Ça devait être une de mes clientes, justifia-t-il à voix basse. Je gère un service de livraison.

— Des livraisons de quoi ? fit Aerin d'un ton brusque.

— Tout dépend de la demande. Certains veulent des cachetons. D'autres du shit, des strip-teaseuses. On trouve de tout dans ma boutique.

Aerin en eut l'estomac retourné. Des *strip-teaseuses* ?

— Tu lui as peut-être laissé ce message par erreur ?

— Un message pareil, ça m'étonnerait.

Loren eut un sourire sordide.

Aerin afficha sur son propre téléphone une photo de sa sœur. Elle datait de Thanksgiving, juste avant sa disparition. Helena était à table, une bouchée de dinde en suspens dans l'air, le visage tourné vers l'objectif, ses traits gracieux et fins adoucis par l'éclairage aux bougies.

— C'était elle.

Loren fit claquer sa langue en l'examinant.

— OK, je vois. C'était bien une cliente. Je la livrais plusieurs fois par semaine.

— Des livraisons de *quoi* ? insista Aerin, avant de l'arrêter d'un geste de la main. Non, en fait, ne me dis pas. Je ne préfère pas savoir.

Madison se frotta le menton.

— Pour la livrer deux fois par semaine, c'est qu'elle avait forcément une adresse en ville, non ?

Loren jeta son mégot dans le caniveau.

— Je ne fais pas de livraisons au coin de la rue.

Seneca sembla enthousiaste.

— Tu te rappelles son adresse ?

Loren eut un petit rire qui vira vite à la quinte de toux sèche, qui dura plusieurs secondes. Il s'essuya les yeux.

— Vous serez peut-être surpris d'apprendre qu'il m'arrive de goûter mes produits. J'ai une mémoire de merde – incapable de me rappeler ne serait-ce que de la semaine *dernière*.

— Bon, mais tu as une liste de tes clients ? poursuivit Seneca.

Loren se remit à tousser.

— J'suis pas un cabinet médical, chérie.

— Tu sais quoi ? Je ne te crois pas, siffla Brett entre ses dents. Aucun souvenir de son adresse, pas de fichier clients, tu dis que tu ne la connais pas personnellement, et pourtant, ce coup de fil m'a l'air *bien* perso.

— Sans doute qu'elle me devait de l'argent. C'est le seul cas dans lequel je contacte directement le client, quand il oublie de régler la note.

Maddox se glissa jusqu'à Loren.

— Tu sais ce que je crois, moi ? Tu es allé chez elle pour essayer de la faire raquer. Mais elle n'avait pas d'argent, ça t'a rendu encore plus furax et les choses ont dérapé…

Loren bomba le torse.

— Je pourrais appeler les flics sur-le-champ. C'est une propriété privée, ici.

— Oui, mais tu le feras pas, sourit Brett d'un air narquois. Sinon ils découvriront ton petit trafic. Et ça n'arrangera pas tes affaires.

L'espace d'un instant, ils se toisèrent. D'une chiquenaude, Loren chassa de la cendre sur lui.

— Vous êtes sérieux ? Vous insinuez que j'ai fait quelque chose à cette fille, *moi* ?

Il partit d'un grand rire.

— Réfléchissez à ce que vous venez de dire : votre Helene, Helena ou je sais pas quoi, elle a disparu en décembre il y a cinq ans, c'est ça ? Et on présume qu'elle a été tuée à la même période ? Si vous vous étiez renseignés correctement, les jeunes, vous sauriez que ce mois-là, je me suis cassé les deux jambes, dont quatre fractures différentes pour l'une ; je faisais une cascade de fou qui s'est un peu mal finie.

Il sortit un iPhone de sa poche et appuya plusieurs fois sur l'écran pour leur montrer une vidéo. Elle datait du 16 décembre, cinq ans plus tôt. On y voyait un type dodu ressemblant trait pour trait à Loren se lancer en salto arrière depuis la transversale d'un but de foot. Il atterrit en plein dans une grande cuve bleue remplie de Gatorade, puis le truc se renverse et dévale une immense colline, droit vers le terrain où répète une fanfare de lycéens. Loren et son tonneau dégomment plusieurs trompettistes qui tombent comme des quilles de bowling. On entend le cameraman pousser des acclamations. Loren, lui, sort en rampant du tonneau, hurlant de douleur.

L'air halluciné, Madison le dévisage.

— Tu étais défoncé ou quoi ?

— Affirmatif, gloussa Loren. La vidéo a fait le buzz. On ne voyait que ça sur Facebook... Ils l'ont même diffusée dans la matinale du *Today Show* ! Alors, d'après vous : est-ce qu'un mec avec un plâtre à chaque jambe est en position de faire du mal à une mouche, qui plus est à une fille ?

Il roula les yeux.

— Vous êtes vraiment des amateurs.

Le vent mugit aux oreilles d'Aerin. Au loin, un concert de klaxons se fit entendre. Loren se retourna pour ouvrir la porte de la galerie. Il entra, referma à clé, et les salua d'un long signe de la main depuis l'autre côté de la vitre, le regard moqueur.

Brett se rua sur la porte en tapant dessus.

— Attends ! Dans ce cas, est-ce que tu sais si elle avait un mec ? Chez qui elle créchait à New York ?

Loren partit sans répondre.

Brett se retourna à nouveau face au groupe.

— Merde ! Comment on a pu passer à côté de cette vidéo ? Il a dit qu'on ne voyait que ça sur Facebook !

Seneca se cacha les yeux d'une main.

— *Facebook.*

— Pourquoi personne n'a regardé s'il avait un profil ? s'écria Aerin.

Maddox pointa Seneca du doigt.

— Tu ne l'avais pas trouvé hier soir ? Je croyais que tu avais vérifié ?

Seneca lui décocha un regard noir.

— J'allais le faire, mais ensuite je te rappelle que tu m'as sorti : « Tu as le droit de décrocher un peu ! Bois un coup ! » l'imita-t-elle d'une voix railleuse, à moitié bourrée.

— Ah, parce que maintenant c'est ma faute ?

— OK, ça va, on se détend.

Brett se mit à faire les cent pas.

— En résumé : Loren n'est pas notre homme. Mais on lui a quand même soutiré une info : Helena avait un point de chute ici. C'est énorme !

— Ou bien elle faisait des allers-retours réguliers à New York parce qu'elle ne pouvait pas se procurer de drogues à Dexby, nuança Maddox.

— On peut se fournir sans problème à Dexby, objecta Madison. Enfin, sauf si elle consommait du lourd…

— Elle ne partait pas de Dexby pour venir ici.

Rien que de l'admettre, Aerin eut le cœur serré.

— Que ce soit du shit ou autre chose, Loren a dit qu'il la livrait deux fois par semaine. Autrement dit, elle aurait été à New York deux fois par semaine. Cette année-là, je l'ai vue tous les jours, sauf quand elle est partie à son université d'été. Elle n'aurait pas pu sécher non plus : question présence, elle était irréprochable. Je le sais puisque leur secrétariat à la con lui a décerné un certificat d'assiduité posthume. Vu que ma mère est trop triste pour décrocher quoi que ce soit, il est encore avec le reste de son bazar.

Elle redressa les épaules.

— Loren a dû la confondre avec une autre.

— À moins que…

Seneca s'éclaircit la voix.

— À moins qu'Helena ne soit pas morte le jour où tu l'as vue pour la dernière fois. Elle est peut-être venue vivre ici quelque temps. C'est là que Loren l'a connue. Je veux dire, peut-être qu'il l'a aussi livrée deux ou trois fois avant ce jour de décembre, pendant cette université d'été par exemple, sinon il n'aurait pas eu son ancien numéro de téléphone. Mais le gros de ses livraisons, l'époque des deux fois par semaine, a peut-être eu lieu fin décembre, début janvier.

Le vent tourna, et une odeur d'ordures enveloppa rapidement la ville. Aerin lança un regard mauvais à Seneca.

— Mais de *quoi* tu parles ? Helena était avec moi dans le jardin. Et deux minutes plus tard, elle a disparu. On l'a *enlevée*, assassinée.

Ses paupières s'agitèrent.

— Elle ne s'est *pas* enfuie.

Seneca n'en semblait pas si sûre.

— Ce jour-là, quand tu l'as vue pour la dernière fois, elle t'a envoyée chercher un sac dans la maison. Pourquoi est-ce qu'elle n'y est pas allée elle-même ?

Aerin cligna des yeux, troublée par la question.

— Je ne sais pas.

— Elle a très bien pu t'envoyer à sa place pour avoir le temps de filer.

Aerin la dévisagea, interdite.

— Mais elle est partie sans rien, ni téléphone, ni fringues !

— Peut-être que son mec à New York avait une planque.

Un bruit de bousculade parvint aux oreilles d'Aerin.

— D'accord, imaginons que ce soit vrai, pourquoi

Helena m'aurait joué toute cette comédie pour construire un bonhomme de neige ? Pourquoi est-ce qu'elle n'a pas tout simplement choisi un moment où elle était seule à la maison pour filer ?

— Peut-être parce qu'ils avaient convenu d'une heure précise et qu'elle n'avait pas prévu que tu serais dans les parages.

— Oh, alors j'étais juste une indésirable à éliminer ?

Seneca se pinça l'arête du nez.

— Je ne sais pas, Aerin. Je ne la connaissais pas. Peut-être que toi non plus.

Cette fois, Aerin semblait estomaquée. Comme si Seneca lui avait assené un violent coup de poing. Elle interrogea les autres du regard.

— Vous êtes d'accord qu'elle se trompe, pas vrai ?

Madison agita nerveusement les pieds. Brett fourra les mains dans ses poches.

— *Pas vrai ?* répéta Aerin, la gorge serrée.

— Elle n'a pas forcément tort, mais elle n'aurait pas dû te l'annoncer comme ça, concilia Maddox.

Seneca pivota vers lui, les sourcils froncés.

— *Pardon ?*

— Allez, Seneca, insista gentiment Maddox. Aie un peu de compassion.

— Je suis d'accord, glissa Brett.

Seneca étouffa un grognement.

— Il serait peut-être temps que princesse Aerin soit un petit moins susceptible. Je veux dire : on enquête sur un *meurtre*. Elle s'attendait à quoi ? Au monde merveilleux des Bisounours ?

Aerin la fusilla du regard, prête à répliquer avec colère.

Maddox intervint.

— Hé ! C'est pas parce que tu t'en veux d'avoir zappé le profil de Loren sur Facebook que tu dois t'en prendre à Aerin.

Seneca sembla sur le point d'exploser.

— Et pourquoi tu ne l'as pas cherché, toi ? Pourquoi c'est toujours à moi de me démerder ? Pourquoi je suis la seule à bosser ici ?

— Hé ho. Tout le monde bosse ici, s'offusqua Brett.

— C'est vrai, ça, ajouta Madison.

Seneca le pointa du doigt.

— Vraiment, Brett ? Moi j'ai surtout l'impression que ce qui t'intéresse c'est de flirter avec Aerin. Quant à toi Madison : franchement, je ne comprends même pas ce que tu fais ici. C'est pour te rapprocher de ton frère ? Eh ben, tu veux que je te dise : arrête de perdre ton temps.

— Seneca, soupira Aerin avec lassitude.

D'un coup, toute sa colère s'évacua jusqu'à ce qu'elle n'éprouve plus qu'une immense fatigue.

— Sois sympa.

Seneca se tourna vers elle.

— Pourquoi tu défends Maddox, toi ? Il trouve que tu es une garce, je te signale.

Aerin cligna des yeux et, sous le choc, sentit les larmes monter. Elle s'empressa de les ravaler.

— C'est faux ! s'insurgea Maddox, mortifié.

— Oh, arrête ! Tu l'as répété plusieurs fois !

Brett croisa les bras sur son torse.

— Bon : temps mort. Tout le monde se calme.

— Toi, la ferme ! gueula Seneca.

Le front de Brett se plissa.

— Seneca, répéta-t-il d'un ton d'avertissement. Je suis sérieux. Calme-toi.

— Sinon *quoi* ? ricana Seneca, les mains sur ses hanches.

— Il faut que tu te détendes, ordonna Maddox. Fais une pause.

Elle fit volte-face et lui lança un regard noir.

— D'accord, je vais faire une pause. Après tout, pourquoi pas ? Je tourne en rond avec vous. Vous ne faites que me ralentir. Je me porterai mieux sans vous.

Elle tourna les talons et s'élança vers le fleuve. Madison voulut la suivre mais Maddox la retint par le bras en secouant la tête.

— Elle ne t'écoutera pas pour l'instant, soupira-t-il avec une pointe de tristesse. Laisse-la partir.

Ils restèrent silencieux un instant. Maddox regarda Aerin.

— Je ne te trouve pas garce du tout, laissa-t-il échapper.

Aerin prit une profonde inspiration, refoulant encore des larmes. La tension de cette étrange dispute l'avait bouleversée et emplie d'une gêne inattendue. Elle se fichait pas mal que Maddy Wright la prenne pour une garce – quoique. Et elle se fichait aussi que Seneca ait fait cette supposition au sujet de sa sœur ou qu'elle ait piqué une crise contre eux – quoique. Sa seule certitude était qu'elle se sentait encore plus paumée que jamais.

— Seneca a peut-être mis le doigt sur quelque chose, conclut-elle doucement. On devrait arrêter là.

— Quoi ? s'écria Brett. Fais pas ça, Aerin ! On est si près du but !

— Tu parles, fit-elle d'une voix brisée. On n'a pas avancé du tout. On ne sait rien.

À l'instar de Seneca, elle partit, bien qu'elle choisît la direction opposée, vers le centre de la ville. Heureusement, aucun membre du groupe, de moins en moins nombreux, ne lui courut après. Elle ne supportait pas qu'ils en sachent autant sur elle, que le linge sale, les failles et les imperfections de sa famille soient constamment au premier plan. L'idée de découvrir d'autres choses *horribles* sur sa sœur ne lui inspirait que du mépris.

Néanmoins, l'hypothèse de Seneca la travaillait. Ça la rendait malade rien que d'y penser mais… était-il possible qu'elle ait raison ? Qu'Helena ait *vécu*… en *pleine* forme… pendant quoi, des semaines ? Des *mois* ? À New York, fin décembre ? Pendant Noël et le nouvel an. Est-ce qu'il lui était arrivé de penser à sa famille, à Aerin ? Est-ce qu'elle avait regardé les informations du soir qui montraient les équipes à sa recherche en se moquant des appels désespérés de leurs parents pour que son ravisseur la ramène saine et sauve ? Comme si c'était une *blague* ?

C'était trop atroce pour l'envisager une seule seconde.

D'un pas décidé, elle traversa la rue juste devant une voiture aux vitres teintées. À travers le pare-brise, un visage flou la dévisagea et la coupa net dans son élan. On aurait dit que le conducteur l'épiait depuis le début.

Aerin jeta un œil dans son dos ; il n'y avait pas un chat dans ce quartier. Le vent soufflait en rafales au coin de chaque rue. Les grilles métalliques de boutiques fermées vibraient. Des papiers de bonbons s'envolaient dans le caniveau.

À l'intérieur du véhicule, une ombre remua pour ouvrir la portière côté conducteur. Le cœur d'Aerin fit un bond, elle s'écarta du bord du trottoir et se mit à courir. Mais, perchée sur ses semelles compensées, sa foulée était boiteuse et inefficace. Elle poussa un cri d'impuissance en entendant des bruits de pas derrière elle. Sa cheville se tordit et elle trébucha, manquant s'étaler de tout son long. Retrouvant tant bien que mal son équilibre, elle finit par bifurquer en hâte vers une avenue plus passante. Les gens allaient et venaient, affairés. Un commerçant qui accrochait des sacs à main sur un portant extérieur la regarda d'un drôle d'air.

Tu es ridicule, pensa-t-elle, inspirant et expirant à fond. *Personne ne te suit. Personne n'en a rien à faire de toi.*

Et en effet, lorsqu'elle regarda furtivement à l'angle, la voiture suspecte avait disparu. Elle n'avait peut-être même jamais existé.

Chapitre 23

Dans le train du retour, Seneca s'assit seule à l'écart, les pieds calés sur le dossier du siège devant elle. Bien qu'elle fût arrivée séparément des autres à la gare, ils s'étaient tous débrouillés pour monter à bord non seulement du même train, mais aussi du même *wagon* ; enfin, tous sauf Aerin, mais Seneca supposa qu'elle était rentrée en taxi. Typique. Maddox se trouvait deux rangées plus loin, et Brett à la même hauteur mais de l'autre côté du couloir, près de la fenêtre. Madison était au fond près des toilettes, casque sur les oreilles. On aurait dit qu'ils ne se connaissaient pas. C'était peut-être le cas, d'ailleurs.

D'humeur revêche, elle regarda fixement par la fenêtre les maisons coquettes qui défilaient à toute allure. Ça la soûlait de retourner à Dexby. En arrivant au guichet de Grand Central, elle avait envisagé d'acheter un billet pour Annapolis en laissant tout bonnement ses affaires ici – mais cette maudite gare n'était desservie que par des trains allant en direction du nord. Enfin, peu importe. Elle allait récupérer en vitesse son sac chez Maddox et partir. Elle ne se voyait pas rester chez lui une seconde de plus.

Sans compter qu'elle n'avait plus rien à faire à Dexby : à la gare, Brett lui avait glissé qu'Aerin avait mis fin à l'enquête. Seneca n'en revenait pas. L'hypothèse selon laquelle Helena aurait vécu au-delà de ce fameux matin de décembre jetait un nouveau jour sur l'affaire, c'était une vraie avancée. Ils avaient maintenant une toute nouvelle chronologie : Helena avait peut-être été tuée entre le jour de sa disparition et l'appel de Loren fin janvier, raison pour laquelle elle n'avait pas payé pour ses drogues. Ou alors, elle avait vécu au-delà de ce coup de fil et quitté de nouveau la ville, laissant ses dettes derrière elle, rejouant le coup de la fille de l'air. Les alibis pour le week-end où elle s'était volatilisée ne tenaient plus ; n'importe qui pouvait être à nouveau suspect. Kevin. Greg Fine. Bon, peut-être pas Loren avec ses jambes cassées, mais le petit ami mystère qui vivait quelque part à New York, oui.

Alors pourquoi Aerin voulait arrêter *maintenant* ? Elle ne mourrait donc pas d'envie de connaître la vérité ? S'ils avaient fait une découverte aussi énorme dans le cas du meurtre de sa mère, Seneca aurait été à fond.

Tasse de café à la main, une dame d'un certain âge passa, en équilibre instable. D'un petit sourire gentil, elle salua Seneca, qui fut bien incapable de le lui rendre. Elle était trop à cran. Pas seulement parce qu'elle avait été troublée au point d'en oublier de vérifier le profil Facebook de Loren. Mais à cause de la soirée de la veille aussi.

Le pire, c'est que Maddox n'avait même pas cherché à s'excuser. Hier soir, elle l'avait attendu pour rentrer, mais presque une heure s'était écoulée sans qu'il réapparaisse de la soirée. Sa colère folle n'en était devenue que plus incandescente au fil des heures. *Bravo, tu as bien esquivé, imbécile.* Et qui était à l'origine de sa situation « compliquée » ? Tara, sans aucun doute. Ils se voyaient sûrement régulièrement. Et pourquoi Maddox se *gênerait* ? Et Tara le considérait sûrement comme un petit ami, alors que lui la considérait comme un simple plan cul. *Voilà* pourquoi il avait préféré l'éviter à la fête foraine, et non parce qu'il ne l'appréciait pas. Et elle, comme une idiote, elle l'avait aidé !

Bon, d'accord, après il s'était ramené avec les flics en affirmant avoir subi une agression – ce qui était flippant. Mais étrangement, son cerveau rationnel n'arrivait pas à dominer sa rage. En outre, s'il s'était conduit en adulte et efforcé d'arranger les choses avec Seneca, il n'aurait pas eu besoin d'aller faire un tour, et à l'heure qu'il est, son portefeuille n'aurait pas disparu.

Bien sûr, elle n'aurait jamais dû l'embrasser non plus. Mais ce n'était pas comme si elle avait *calculé* son coup. C'était en quelque sorte arrivé… c'est tout. Après lui avoir révélé ce lourd secret au sujet de sa mère, elle s'était sentie en confiance. Leur baiser lui avait semblé vraiment parfait…

Le chef de train annonça à tue-tête leur arrivée en gare de Dexby. Seneca leva les yeux. Les autres étaient déjà debout dans le couloir, prêts à descendre.

Elle eut un pincement au cœur en fixant les épaules carrées de Brett, la queue-de-cheval guillerette de Madison, et même le petit tatouage à moitié désintégré sur le biceps de Maddox. Elle inspira à fond. Elle devrait s'excuser, même auprès de lui. Elle était fâchée à cause de ses mauvaises décisions et de la position si vulnérable dans laquelle elle s'était mise ; folle de rage d'avoir zappé de vérifier les antécédents de Loren ; en résumé, elle avait le sentiment de baisser de manière considérable. En solo, elle n'aurait jamais commis ces erreurs. Elle serait restée pondérée, n'aurait pas laissé son passé l'embrouiller, et encore moins un mec s'immiscer entre elle et la recherche de la vérité. Mais parce qu'elle ne pouvait pas vraiment *avouer* tout cela, elle s'en était prise violemment au groupe pour dissimuler ses incertitudes. Peut-être que si elle leur présentait des excuses et suppliait Aerin de changer d'avis, ils pourraient reprendre à zéro ? Non ?

Tout le monde débarqua du train et s'engagea sur le parking. Seneca les suivit nonchalamment, formulant ses excuses dans sa tête. Alors qu'elle dépassait la première rangée de véhicules, une voix l'interpella.

— Seneca.

En se retournant, elle discerna une silhouette dont la présence à Dexby était si incongrue qu'elle dut y regarder à deux fois. Elle avisa la Ford Explorer blanche avec sa bosselure familière sur l'aile arrière, puis la plaque minéralogique du Maryland, et jeta un nouveau coup d'œil. Un goût amer lui monta à la bouche.

— Euh… salut papa, bredouilla-t-elle.

* * *

M. Frazier toisa froidement Seneca par-dessus ses lunettes. Sa bouche était pincée. Ses épaules, crispées. Seneca avait l'impression d'être un mammouth au milieu du parking. Elle aurait aimé pouvoir se dissoudre en flaque et disparaître au fond d'une bouche d'égout.

— Comment m'as-tu trouvée ? finit-elle par demander puisque son père ne disait rien.

M. Frazier fit entendre un rire caustique.

— C'est une drôle d'histoire, à vrai dire.

La réponse fusa comme une bombe explosive. Seneca n'était pas certaine de l'avoir déjà vu si fâché.

— Tout a commencé ce matin, vois-tu, quand j'ai reçu une plainte de la bibliothèque de l'université du Maryland expliquant que tu avais des amendes en souffrance. Je les ai réglées – *de rien* – mais ensuite, je me suis connecté à ton compte courant pour m'assurer que tu payais bien tes autres factures.

Seneca cligna des yeux.

— Tu as accès à mon compte ?

— Je l'ai *cosigné* pour toi, Seneca. Évidemment que j'y ai accès. J'ai remarqué un retrait payant au DAB du Restful Inn à Dexby, Connecticut. Et là, je me dis, houlà, la carte de Seneca a été volée. Je ferais bien de l'appeler. Ce que j'ai fait, *plusieurs fois*, mais tu ne décroches pas.

Le ventre de Seneca se noua. Elle avait tellement la gueule de bois – et la rage contre Maddox – qu'elle avait ignoré son téléphone toute la matinée.

— Du coup, je compose le numéro que tu m'as donné pour contacter Annie, poursuivit son père.

Seneca ferma les yeux. *Oh non.*

— C'était si étrange, ajouta M. Frazier d'une voix de plus en plus aiguë. Une femme de ménage a décroché et m'a informé que la famille Sipowitz était dans le Maine pour les vacances de Pâques.

Il tremblait à présent.

— Alors j'ai pris la voiture et je suis parti pour le Delaware. Je ne savais pas où aller d'autre. À mi-chemin, je me suis souvenu de l'option permettant de géolocaliser les iPhone, et Dieu merci, c'est moi qui avais créé tes identifiants sur le cloud avant ton départ en fac. Ça m'indique que tu te trouves à New York. Puis le mouvement a repris, et là, je me suis douté de ta destination. Ensuite, comme par hasard, le petit point bleu s'est arrêté en gare de… Dexby.

Il se cambra en fixant les arbres au-dessus d'eux.

— La banlieue du Connecticut. Pas trop mal comme endroit où fuguer, j'imagine.

Seneca garda les yeux rivés au sol.

— Je n'ai pas fugué.

Son père avait l'air de vouloir frapper quelque chose.

— Toutes sortes de scénarios horribles m'ont traversé l'esprit, Seneca. J'ai pensé qu'on t'avait enlevée. Que tu étais morte. Ça a fait remonter un tas de souvenirs. Et pas des bons.

— Je te demande pardon, chuchota Seneca. J'aurais dû t'expliquer mais…

— Seneca, tu ferais mieux de lui dire la vérité.

Madison, qui s'était approchée, saisit la main de

Seneca et fit osciller leurs bras. Puis elle se tourna vers le père de Seneca.

— Eh bien bonjour, monsieur Frazier. Je suis vraiment ravie de vous rencontrer.

Perplexe, Seneca la dévisagea. M. Frazier aussi.

— Et vous êtes… ?

— Annie, fit Madison en ouvrant les bras.

Seneca observa son père tandis qu'il jaugeait cette Asiatique tout de rose vêtue et coiffée d'un bonnet Hello Kitty.

— Annie du Delaware ? reprit-il, incrédule.

— Ma famille est partie dans le Maine, mais je dors chez des amis qui vivent ici, expliqua Madison avec entrain. Seneca craignait que vous refusiez qu'elle vienne si loin. Je suis vraiment, *sincèrement* navrée. C'est qu'elle me manquait tellement. J'avais trop envie de la revoir.

Elle prit Seneca par le bras et la serra tout contre elle. Seneca s'efforça de ne pas la regarder bouche bée. Comment avait-elle fait pour improviser ça aussi vite ? Et est-ce que ça allait fonctionner ? Après tout, son père avait entendu parler d'Annie en long, en large et en travers, mais il ne l'avait jamais vue *en vrai*.

Le regard de M. Frazier rebondit d'une fille à l'autre.

— C'est *toi*, Annie ?

— H-huh, sourit Madison.

— Annie *Sipowitz* ?

Madison clignota des yeux.

— Je suis adoptée.

Ce qui était vrai, en théorie, mais le temps d'arrêt

qu'elle avait marqué avait été trop long : elle était démasquée. Le père de Seneca pesta bruyamment.

— Monte dans la voiture, ordonna-t-il à sa fille en indiquant l'Explorer.

— Et mes affaires ? s'écria Seneca. Elles sont chez elle, ajouta-t-elle en montrant Madison.

Du menton, M. Frazier désigna encore l'Explorer.

— Elle n'aura qu'à te les expédier. J'organiserai ça. En attendant, je veux que tu montes tout de suite dans cette voiture.

Seneca déglutit, une boule dans la gorge. Pour la première fois, elle jeta un œil au reste du groupe. Brett avait l'air sidéré. Les yeux de Madison étaient grands ouverts et pleins de gravité. Même Maddox semblait tiraillé. Toutefois, personne ne s'avança pour inventer une autre excuse. Mais bon, que pouvaient-ils dire ?

M. Frazier s'installa au volant en claquant sa portière et mit le contact. Seneca se glissa à côté de lui, fixant ses mains. Ils passèrent devant le Restful Inn qui n'avait pas encore rouvert. Le feu avait noirci une partie du revêtement extérieur. Mais, était-ce *vraiment* un incendie criminel ? Avertissement ou simple coïncidence ?

Tout à coup, elle repensa à Loren. Quelle adresse fournissait Helena pour ses livraisons ? Celle d'un petit ami secret ? Combien de temps était-elle restée en ville avant qu'on l'assassine ?

En tournant sur le grand boulevard bordé d'arbres, son père regarda droit devant lui. Les seuls gestes qu'il esquissa furent d'enclencher son clignotant et de porter son gobelet de café à sa bouche. Seneca observa les voitures sur la route. Devant eux se trouvait un pick-up Ford au plateau chargé de meubles. À côté, des gosses entassés dans un monospace. Et à côté encore, une limousine qui roulait au pas, les mots *Jeunes mariés* inscrits au savon sur les vitres et le pare-brise arrière.

Bzzz.

Elle consulta son portable. Texto de Brett : *Désolé que tu aies dû partir. Sans rancune.* Suivi de : *Je sais qu'Aerin veut qu'on arrête, mais j'ai repensé à l'inscription sur la grue en papier. Je sens que ça veut dire quelque chose.*

Seneca lui fut immensément reconnaissante d'avoir repris contact. *Genre quoi ?* pianota-t-elle sur son clavier tactile.

Je sais pas trop, répondit Brett. *Je pensais que tu aurais une idée.*

Seneca s'activa pour lui répondre, mais son père lui décocha un regard assassin. L'angoisse l'envahit de nouveau. Si seulement, hier soir, elle avait cherché Loren sur Facebook au lieu d'embrasser Maddox. Ce matin elle aurait eu les idées claires ; ils l'auraient peut-être interrogé quand même, mais ils n'auraient pas eu l'air de pauvres idiots. Elle aurait pu persuader Aerin de poursuivre l'enquête, soutenir qu'ils avaient encore un temps d'avance. Elle aurait entendu son téléphone sonner, pris l'appel de son père et arrangé les choses. Il ne serait pas venu en voiture jusqu'ici, affolé, et elle serait encore à Dexby, à analyser cette nouvelle chronologie, à réfléchir au mot sur la grue, à *tout*.

C'était sa faute. De A à Z.

D'un air malheureux, elle regarda encore par la fenêtre. Devant eux, la limousine avançait lentement, son message joyeux l'agaçant au plus haut point. Sous *Jeunes mariés* était dessiné un cœur percé d'une flèche. À l'intérieur, sans doute les noms du couple : *Kyle Brandon + Hayley Isaacs.* Les vitres latérales affichaient le même dessin, mais l'auteur du truc n'avait pas eu la place d'écrire les noms en entier et s'était donc contenté de leurs initiales : *K.B. + H.I.*

Une ampoule s'alluma dans son cerveau. Puis une autre. Seneca repensa à des petites lettres du même genre qu'elle avait vues ailleurs et…

— Arrête la voiture, dit-elle, haletante.

— Pardon ? grogna son père.

— Gare-toi.

Le cœur de Seneca battait la chamade.

— Je t'en *prie.* C'est urgent.

Son père lui décocha un regard appuyé, puis se rangea sur le bas-côté.

— Tu m'expliques ?

— Il faut que j'y retourne.

— *Quoi ?*

— Oui, il faut que j'y retourne. Que je parle à quelqu'un.

— Tu ne peux pas le faire par téléphone ?

Seneca était dans tous ses états.

— Écoute, je suis consciente de ne pas t'avoir donné beaucoup de raisons de me traiter en adulte ces derniers temps, mais pour le coup, fais-moi confiance. Je ne fais rien de tordu. J'ai juste besoin de deux jours. À mon retour, je te promets qu'on discutera. De tout.

M. Frazier l'observa attentivement.

— Je viens de faire quatre heures et demie de route pour toi.

— Je sais. Je t'expliquerai, promis. Mais accorde-moi encore quelques jours.

Il secoua la tête.

— Pas question. Sauf si tu me dis ce que tu fabriques.

Elle se pinça l'arête du nez.

— Je… c'est impossible.

— Désolé. Dans ce cas, tu rentres à la maison.

La gorge de Seneca se serra.

— Bon. Très bien. Une des personnes avec qui je traîne là-bas s'appelle Aerin Kelly, d'accord ? La fille dont la sœur a été enlevée juste dans le coin, à l'époque où maman…

Elle laissa sa phrase inachevée.

— On a fait connaissance en ligne. On est amies. Les autres que tu as aperçus en ont vu des vertes et des pas mûres, eux aussi.

Elle lui lança un regard.

— Être avec eux… ça me fait du bien.

M. Frazier eut l'air bouleversé, et Seneca éprouva une pointe de culpabilité. C'était la première fois qu'elle lui sortait la carte de la fille encore traumatisée par la mort de sa mère. C'était un super coup à jouer – et même pas du bluff – mais elle avait toujours résisté à cette tentation. Elle savait qu'en racontant la vérité, elle ferait ressurgir ce père maniaque, parano, rongé d'inquiétude, cet homme qui, tambour battant, faisait venir docteur sur docteur pour l'ausculter, qui restait assis devant la porte de sa chambre jour après jour pour surveiller qu'elle ne s'étouffe pas avec son oreiller, et qui l'appelait au lycée jusqu'à six fois par jour pour savoir si elle tenait le coup. Elle ne supporterait pas d'être un tel fardeau. *Encore.*

Cependant, ce n'était pas un mensonge. Seneca n'avait aucune intention de déconner avec la perte qu'avait subie Aerin, mais rien que de savoir qu'elle était passée par là – et Brett aussi, bien qu'à un moindre degré – lui apportait un réconfort salvateur. La vie d'Aerin n'avait pas été facile non plus. Elle luttait. Son aura pesante qui avait refroidi Seneca le jour de son arrivée lui semblait désormais plus familière et rassurante : ce n'était peut-être pas *grave* de traîner ce poids. Ni d'être en colère, à la ramasse, et pétrie de doutes. Et tout cela, Seneca l'avait appris au simple contact d'Aerin, en commençant à la connaître un peu. Si elle partait maintenant, si elle retournait chez son père et se cloîtrait dans son ancienne chambre, elle craignait de reprendre aussitôt ses vieilles habitudes. Il fallait qu'elle poursuive cette affaire et s'efforce de la résoudre. D'une certaine manière, c'était fondamental.

Près d'eux, les voitures défilaient en fendant l'air à toute vitesse. Un semi-remorque klaxonna. M. Frazier gonfla les joues avant de pousser un long soupir.

— Comment être sûr que tu ne me racontes pas de salades ?

— Appelle la mère d'Aerin. Je dors chez cette fille qui s'appelle Madison, mais j'ai eu l'occasion de rencontrer Mme Kelly.

— Pourquoi ne pas m'avoir simplement dit ce que tu faisais *vraiment*, au lieu de m'inventer cette histoire de séjour chez Annie ?

Seneca haussa les épaules.

— Parce que je ne voulais pas que tu flippes.

Il remua la mâchoire de gauche à droite.

— Pourquoi ? Tu crois que je t'aurais enfermée et interdit de parler aux gens ?

Seneca fixa le tableau de bord. *Non, papa, je pense plutôt que tu m'aurais m'obligée à reprendre des séances de psy horribles tous les jours*, pensa-t-elle en se gardant de le dire.

— Est-ce qu'il ne serait pas envisageable que tu continues à discuter avec cette Aerin par téléphone ?

Seneca haussa encore les épaules.

— On s'est disputées. C'est pour ça que j'aimerais y retourner. Pour m'excuser et m'assurer que tout va bien entre nous.

Ce n'est qu'à cet instant précis qu'elle se rendit compte à quel point c'était important pour elle. La percée dans le dossier d'Helena n'était peut-être pas la seule chose qui l'incitait à rester. Il y avait cette raison-là, aussi.

M. Frazier fixa le volant d'un air absent. Sa fille regarda l'horloge du tableau de bord passer de 15 h 34 à 15 h 35 jusqu'à ce qu'il reprenne la parole.

— Bon, je voudrais au moins le numéro de Mme Kelly.

— Bien sûr.

— Et je te donne deux jours de plus, si cette famille veut bien t'héberger jusque-là, mais c'est tout. Je te veux dans un train avant 20 heures le dimanche de Pâques.

Aux anges, Seneca hocha la tête.

— Merci *beaucoup*.

Il n'avait pas l'air ravi.

— Si je découvre qu'il se passe un truc louche, je reviens.

— Il n'arrivera rien, c'est promis.

Il acquiesça, puis la regarda en face. Ses yeux étaient embués de larmes, mais son sourire, encourageant.

— J'espère que tu trouveras ce que tu cherches.

Seneca baissa les yeux. Il lui vint à l'esprit qu'elle ne lui avait pas avoué le pire dans tout ça : ses études. Rassemblant son courage, elle poussa un soupir pour chasser son inquiétude. Il fallait d'abord qu'elle règle ce problème-là. Ensuite elle lui dirait tout.

— J'espère aussi, murmura-t-elle.

L'air encore tiraillé, M. Frazier enclencha la marche avant, déboîta, et fit demi-tour. Tandis qu'ils rebroussaient chemin, Seneca aperçut à nouveau la limousine, à présent stationnée dans l'aire de repos de l'autre côté de la grande route. Elle se concentra sur les noms des amoureux dans le cœur. *Kyle Brandon. Hayley Isaacs.*

H.I.

À part « salut[1] », à quoi d'*autre* pouvait correspondre cette abréviation ?

1. *Hi*, en anglais.

Chapitre 24

Même après avoir engouffré une livre de noix de cajou, après s'être dopé au Red Bull et forcé à avaler trois aspirines, Maddox avait encore un mal de crâne épouvantable. Assis à la table de la cuisine, il regarda fixement les marguerites que Seneca avait offertes à ses parents. Les fleurs étaient encore belles et fraîches. Elles avaient tenu plus longtemps que leur amitié.

Ding ! C'était encore un texto de Catherine. *J'ai fait un rêve torride cette nuit. Et tu étais dedans.*

Maddox posa la tête sur la table. Il n'avait pas envie de lui répondre. Quoi qu'il dise, ce serait déloyal. Et pourtant, c'était lui qui l'avait embrassée le premier. Toujours se méfier de ses désirs, se rappela-t-il avec sarcasme.

Il entendit tousser, et Madison apparut dans l'embrasure de la porte. Sans un mot, elle traversa la pièce, tira une chaise en la faisant racler par terre, et s'assit. Maddox sentit sur lui son regard scrutateur.

— Quoi ? questionna-t-il impatiemment.

— Tout est ta faute, affirma-t-elle d'un ton grave.

Maddox plaqua les mains sur ses yeux.

— Comment ça ?

— Seneca n'aurait pas réagi comme ça, si tu ne l'avais pas repoussée. Et puis, quand son père a débarqué, tu es resté là comme un con, et tu l'as laissée partir.

— Tu voulais que je fasse quoi ? se renfrogna Maddox. Que je me batte à coups de poing avec lui ?

Madison planta les mains sur ses hanches.

— Tu aurais pu trouver un prétexte.

— Elle m'a poignardé dans le dos !

— On sait tous les deux pourquoi. Je vous ai vus sur la terrasse hier soir. Je t'ai entendu. Qu'est-ce qui t'a pris ?

— C'est compliqué.

Il grimaça. Sans le vouloir, il venait d'employer la même formule que la veille.

— En quoi c'est « compliqué » ? se moqua Madison.

— Je ne peux pas…

Il ne termina pas sa phrase.

Il avait eu l'intention d'exprimer ce qu'il ressentait à Seneca – et que ces sentiments n'avaient fait que fusionner au moment où ils s'étaient embrassés, et qu'en réalité il était plutôt réglo dans cette histoire car il ne voulait tromper personne –, chose que les filles appréciaient, en principe, non ? Mais ensuite, il y avait eu cet… incident dans la rue. *Arrête ou je te tue.* Cette étrange voix râpeuse de femme – ou bien était-ce un mec camouflant sa voix ? Ou alors c'était un agresseur lambda, tel que le lui avaient assuré les flics, et il gambergeait beaucoup trop ? Ils avaient promis de l'appeler avec un rapport d'enquête s'il attrapait le coupable, mais jusqu'ici, il n'avait aucune nouvelle.

Bref, après tout ce qui s'était passé, il avait jugé avoir l'esprit trop dispersé pour parler à cœur ouvert avec Seneca. Il s'était juré de le faire ce matin, mais arrivé là, c'était déjà trop tard. Elle ne daignait même pas le regarder.

Il releva le nez. Toujours là à lui lancer des regards mauvais, Madison attendait une explication.

— Pourquoi tu l'as plantée hier soir ? demanda-t-elle encore d'un ton impérieux.

— Parce que je sors déjà avec quelqu'un, d'accord ? admit-il. Et j'essaie d'être un mec bien en restant fidèle.

Madison fronça le nez.

— Mais tu n'as *pas* de copine.

Comme par hasard, son portable émit un autre *ding !*

Oh ! Y a quelqu'un ? avait écrit Catherine.

Madison jeta un œil à l'écran avant qu'il ait le temps de l'éteindre. Elle écarquilla les yeux.

— Oh, mon Dieu, tu déconnes. Pas elle !

Maddox fut tout à coup sur la défensive.

— Et pourquoi « pas elle », Madison ?

Cette dernière roula des yeux.

— Parce qu'elle est folle. Genre, *bonne à enfermer.*

— Mais qu'est-ce que tu racontes ?

Une expression coupable passa sur le visage de Madison. Elle rapprocha sa chaise.

— Je ne voulais pas t'en parler parce que c'est

ta coach et tout, mais je connais certaines filles de l'association d'étudiantes à laquelle elle appartenait à l'époque où elle allait à UConn. Elles m'ont dit que Catherine était cinglée. Surtout pour ce qui est des mecs.

Maddox eut un rire moqueur.

— C'est horrible de dire un truc pareil.

— Pourquoi des filles de sa propre communauté mentiraient ?

— Parce que les filles mentent pour tout et n'importe quoi, non ? rétorqua mollement Maddox, mais Madison était déjà partie sur un haussement d'épaules dans les escaliers.

— Débarrasse-toi d'elle, Maddox ! Elle est toxique !

Il agita les bras comme un fou dans son dos en laissant entendre un grognement énervé, puis reposa avec un bruit sourd sa tête sur la table.

Juste au moment où il rassemblait ses forces pour se lever, on sonna à la porte. Maddox se redressa d'un bond, les sourcils froncés. Seneca ? Elle avait peut-être trouvé le moyen de convaincre son père. Son cœur s'emballa à cette perspective, et il se dirigea vers la porte en préparant ce qu'il allait dire.

À la place, c'est le visage de Catherine qui apparut de l'autre côté de la vitre. Sursautant, Maddox ouvrit en tirant d'un coup sec sur la poignée, et toisa son entraîneuse.

— Ou… ouah, balbutia-t-il.

Catherine portait une robe rose foncé ajustée qui effleurait le haut de ses cuisses. Ses cheveux étaient bouclés, ses lèvres brillantes, et elle sentait le citron, une des odeurs préférées de Maddox. Seulement, il y avait comme une drôle de lueur dans son regard, comme si elle avait fait une nuit blanche et qu'elle était shootée au café. Et elle avait l'air super énervée.

— Salut, commença-t-elle en tripotant une mèche. Voilà, je passais dans le coin en voiture et je me suis dit que j'allais m'arrêter pour voir ce que tu devenais.

Elle s'éclaircit la voix, puis fixa ses chaussures, les escarpins noirs les plus sexy que Maddox ait jamais vus.

— Tu ne m'as pas donné de nouvelles. Tu es sorti hier ?

— Euh…

Des images de New York lui traversèrent fugitivement l'esprit : la fête, sa conversation avec Seneca, leur baiser.

— J'avais un truc de famille, répondit-il.

— Ah bon ! Ça explique que tu n'aies pas pu m'écrire.

Elle eut un rire nerveux.

— Je commençais à me sentir vraiment minable.

Maddox ferma les yeux. Quel salaud il faisait. Il était en train de faire marcher cette superbe fille. Elle ne méritait pas ça.

— Écoute, reprit-il avec pondération. Je crois, disons… qu'on a peut-être commis une erreur.

Catherine arqua un sourcil.

— Pardon ?

Sa voix était cassante. Maddox sentit son ventre faire des remous.

— Ce que tu disais l'autre jour était juste. Tu es mon coach, et moi ton client. Si on commence un truc tous les deux, j'ai peur que mon entraînement en pâtisse.

Ça lui semblait être un motif valable, qui ne risquerait pas de la blesser.

Un rire mauvais s'échappa des lèvres de Catherine.

— Depuis *quand* tu te préoccupes de ton entraînement ?

Il fut piqué au vif.

— Mais depuis toujours !

— Oh, arrête. C'est à cause de cette Seneca, n'est-ce pas ?

Ses narines se gonflèrent.

— Pas du tout, mentit Maddox, horrifié par la tournure que prenait cet échange. Je t'assure. C'est juste que…

Il déglutit.

— Je ne peux…

Catherine croisa les bras, un masque sinistre sur le visage.

— Ton entraînement ne souffrira pas de notre couple, Maddy. Promis. En revanche, tu sais quoi ? Si tu *t'avises* de me larguer, c'est fort possible.

Elle brandit le portable qu'elle tenait à la main.

— Tu as sûrement oublié que je suis très amie avec l'entraîneur qui t'a octroyé ta bourse. Je peux lui suggérer de retirer son offre.

Maddox fut estomaqué.

— Tu ne vas pas faire ça !

Elle lui sourit gentiment.

— Évite de me tester, d'accord ?

Elle se pencha pour l'embrasser à pleine bouche.

Lorsqu'elle recula, un sourire satisfait et hautain étirait ses lèvres.

— On est bien d'accord ?

Le cœur de Maddox battait à tout rompre dans sa poitrine comprimée. Il réussit péniblement à lui répondre d'un tout petit, petit signe de tête.

— Parfait, conclut Catherine en lui serrant les mains.

Puis elle pivota sur ses talons, sa jupe se soulevant de manière provocante.

— On se voit demain, à l'entraînement ! lança-t-elle par-dessus son épaule, avant de redescendre l'allée d'un pas nonchalant.

Chapitre 25

Vendredi soir, Aerin versa dans son verre la fin de la bouteille de rouge sans se fatiguer à éponger les gouttes qui tombèrent sur le tapis. Debout dans l'embrasure de la porte de la chambre de sa sœur, elle contempla la pièce. Sur le pêle-mêle d'Helena, il y avait ce certificat d'assiduité en classe de terminale. À côté, des photos d'elle avec Kevin à bord du voilier familial. Par terre, la besace qu'Aerin avait achetée à Helena pour Noël, l'année de sa disparition. Pendant un temps, la famille avait laissé ses cadeaux sous le sapin dans l'espoir de son retour. Au mois de mars suivant, à peu près à l'époque où son père quitta la maison, les cadeaux furent finalement déplacés dans la chambre d'Helena. À l'été, Aerin y était entrée et avait déchiré tous les paquets en jouant à faire semblant d'échanger des commentaires avec sa sœur comme si c'était vraiment Noël. *Oh Helena, cette palette d'ombres à paupières est magnifique ! Je pourrai te l'emprunter un de ces jours ?* Puis, *Un mini iPad ! La chance !*

Est-ce qu'Helena aurait pu être présente ce Noël-là ? Est-ce qu'elle aurait pu ouvrir elle-même ses cadeaux ?

Aerin jeta un nouveau coup d'œil à son téléphone et se renfrogna. À part Madison qui lui avait envoyé un texto disant que le père de Seneca avait débarqué de manière imprévue et l'avait emmenée sans ménagement, personne ne lui avait fait signe. Elle avait espéré mieux de leur part. Maddox aurait pu la rassurer encore une fois en jurant qu'il ne la prenait pas pour une garce. Brett aurait pu lui envoyer une photo d'adieu de son torse. Et Seneca alors ? Son père lui avait aussi confisqué son téléphone ? Leur séparation avait été très brutale, comme une série télé dont elle se serait enfilé tous les épisodes et qu'on aurait subitement déprogrammée avant la fin.

Sans doute un peu bouchonné, le vin avait un goût métallique. Mais elle était *vraiment* décidée à laisser tomber l'affaire, non ? Ils piétinaient. Et mieux valait laisser le passé d'Helena où il était, à l'abri au fond d'un carton. Aerin était surprise d'être si blessée par ce qu'elle avait appris. Dire que pendant toutes ces années, elle s'était crue proche de sa sœur. Elle avait confiance en elle, elle l'admirait. Jusqu'à ce dernier jour où Helena s'était montrée si douce avec elle, si gentille et ouverte. Mais en fait, elle s'était servie d'elle, l'envoyant chercher un truc idiot dans la maison pour pouvoir mieux s'éclipser.

Helena était-elle vraiment si malheureuse pour gâcher sa vie et s'enfuir avec le premier venu à New York ? Elle devait être éperdument amoureuse.

Peut-être qu'elle ne comptait partir que quelque temps, puis revenir. Qu'elle avait rejoint M. New York dans les bois, tel que l'avait suggéré Seneca, mais qu'ensuite il s'était révélé méchant et brutal. Helena était tombée naïvement amoureuse d'un Dr Jekyll et avait écopé de Mr Hyde.

Et si Aerin était bel et bien coupable de l'avoir laissée toute seule dehors ce jour-là ? Si à la place, elle avait rechigné et obligé Helena à aller récupérer ce sac elle-même, peut-être que tout cela ne serait jamais arrivé. Et pourquoi n'avait-elle jamais songé qu'Helena lui avait peut-être délibérément demandé de rentrer ? Encore pire : pourquoi les *flics* n'y avaient pas pensé ? Dès les premiers interrogatoires, Aerin aurait peut-être dû avouer qu'elle avait fouiné dans la chambre de sa sœur. Au lieu de prendre pour argent comptant le fait qu'elle sortait avec Kevin, ça aurait pu les amener à creuser davantage son jardin secret, à se renseigner sur un éventuel amoureux caché, à cibler quelqu'un d'autre et à la retrouver avant que... eh bien, avant que son corps ne réapparaisse dans les bois trois comtés plus loin.

Génial, encore un truc pour lequel Aerin pouvait s'en vouloir.

Elle porta le verre à sa bouche, mais il était déjà vide. Donc bon, d'accord, elle n'en avait peut-être pas totalement fini avec Helena. Seulement, comment remonter aux origines de ce qui s'était passé ? Il y avait forcément un autre moyen de dénicher des infos. Si seulement elle était omnisciente et capable de lire dans les pensées de tout le monde. Si elle avait un accès privilégié aux mobiles et alibis de chaque suspect – pour savoir, par exemple, si Kevin s'était réellement rendu à ce congrès, si Greg Fine avait bien été en désintox, ou si une autre personne à laquelle elle n'avait pas encore pensé avait eu un emploi du temps un peu vague.

C'est alors qu'elle percuta. Cet accès privilégié était là : au commissariat de Dexby. Et elle connaissait quelqu'un qui y travaillait.

Juste au cas où sa mère s'inquiéterait, elle griffonna à la va-vite sur un Post-it qu'elle rentrerait plus tard. Puis elle tapa *Thomas Grove, Dexby, CT* dans la barre de recherche Google. Il figurait dans l'annuaire. Aerin sourit. Ça, pour elle, c'était un signe.

* * *

Thomas habitait un appartement donnant sur le fleuve, à proximité d'un restaurant qui se vantait de servir le meilleur sandwich au homard de tout le Connecticut. Entre les lucarnes, les tourelles et les moulures délicates, tout était fait pour donner l'impression que les immeubles dataient de l'époque victorienne. Des jonquilles commençaient à fleurir dans les jardins de devant, et la façade était peinte dans un jaune joyeux. Plusieurs en véhicules étaient stationnés sur le parking, parmi lesquels Aerin remarqua une Norton. Elle était curieuse de savoir si c'était la moto de Thomas.

Elle monta jusqu'à l'appartement n° 4 et sonna, oscillant en équilibre instable sur ses talons. Elle vérifia sa tenue, qui se composait d'un pull moulant et d'une minijupe en tweed sur des jambes nues. Ses cils formaient des paquets de mascara qu'elle avait généreusement étalé, et ses lèvres surchargées de gloss semblaient visqueuses.

La porte s'ouvrit en grand. Thomas apparut en jean taille basse et tee-shirt gris portant l'inscription *University of Connecticut Basketball.* Ses yeux s'arrondirent comme deux soucoupes.

— Ça alors. *Salut.*

Aerin leva une bouteille de vin en l'air.

— Ça te dit de la partager avec moi ? On pourrait aller s'asseoir dans un des yachts du port et faire semblant que c'est le nôtre ?

Le regard de Thomas passa de la bouteille au visage d'Aerin.

— Attends, je reviens dans une seconde.

Il referma doucement la porte. Le bruit de ses pas s'estompa. Un instant plus tard, il rouvrit la porte. Il s'était recoiffé et changé pour enfiler une chemise à manches longues. Son jean aussi était différent – délavage plus sombre, pas de trous aux genoux –, et il avait troqué les chaussettes jaunies qu'Aerin avait aperçues contre une paire de New Balance. Il embaumait une eau de Cologne musquée.

Elle dissimula un sourire.

Thomas ouvrit la porte en grand.

— Si tu entrais, plutôt ? Il gèle dehors, proposa Thomas.

L'appartement était petit mais très bien rangé ; Aerin se demanda s'il avait aussi remis de l'ordre en vitesse. Le salon était tout juste assez grand pour accueillir un canapé en tweed brun. Un fauteuil inclinable d'un autre siècle s'effondrait dans un coin. Une grosse télé carrée était posée sur un casier à bouteilles de lait. Aerin la regarda en plissant les yeux : soit elle était plus soûle qu'elle ne pensait, soit le match de base-ball à l'écran était en noir et blanc.

— C'est bien ici… commenta-t-elle avec hésitation.

— Oh, te fatigue pas.

Thomas emporta la bouteille de vin dans la cuisine.

— C'est un vrai taudis. Mais ça ne me dérange pas. J'ai la vue sur l'eau, et c'est sympa d'être indépendant.

Aerin observa le reste de la pièce. Une peinture à l'huile représentant un coucher de soleil dans le désert était accrochée au-dessus du canapé. Les lampes de part et d'autre n'allaient pas ensemble et étaient aussi laides l'une que l'autre dans le genre abat-jour plissé et pied en imitation or. Une couverture en laine d'aspect rêche faite au crochet traînait sur le dossier du vieux fauteuil en tissus écossais, et plusieurs figurines en céramique étaient exposées sur une étagère. Un petit garçon jouait au base-ball, un autre aux airs de vagabond portait un sac musette sur le dos, et un dernier arborait un grand sourire auquel il manquait deux dents sur le devant. Aerin eut un pincement au cœur. Pour ses six ans, Helena lui avait offert le même genre de figurine, celle d'une ballerine. Elle avait longtemps chéri cette petite fille, mais après la disparition de sa sœur, elle l'avait rangée, son sourire innocent étant devenu insoutenable.

— Qui s'est occupé de la déco ici… ta grand-mère ? lança-t-elle.

— À vrai dire, oui. J'ai vécu avec mes grands-parents

pendant quinze ans. Ma grand-mère m'a aidé à m'installer ici. C'est elle, là.

Aerin contempla une photo au mur. Thomas se tenait blotti, un bras autour du cou d'une vieille dame en robe ample et bariolée avec de grosses lunettes sur le nez. Elle avait l'air du genre mamie enjouée qui préparait la bolognaise maison, nourrissait les chats errants et aimait la bière. Pas comme la grand-mère d'Aerin, qui sortait très peu de son appartement en copropriété en Floride et passait sa vie à se plaindre auprès de quiconque lui prêtait une oreille.

— Tu as vécu avec tes grands-parents ? s'étonna Aerin.

— Ouaip.

— Où étaient tes parents ?

Il fit sauter le bouchon de la bouteille de vin.

— Je n'étais pas en sécurité avec eux. Ils avaient des problèmes. Qu'ils ont toujours, d'ailleurs.

Aerin voulut placer que c'était pareil pour ses parents, mais elle eut comme l'impression que les siens ne ressemblaient en *rien* à ce que Thomas laissait entendre.

— Des problèmes de drogue, tu veux dire ?

— Exactement.

Thomas sortit deux verres à vin dépareillés.

— Ils prenaient quoi ?

— À peu près tout ce qu'on trouve sur le marché.

— Ça a été… dur pour toi ?

Thomas haussa les épaules.

— Mes grands-parents sont des braves gens. Ils ont assisté à mes matchs de foot, ils m'ont aidé à faire mes devoirs, emmené voir des films qui ne les intéressaient absolument pas. Tous les étés, on partait au Cap. Mon grand-père était flic aussi. À Norwalk.

Aerin fut surprise. Elle aurait pensé que tous les habitants de Dexby – surtout ceux qui allaient à Windemere-Carruthers – avaient la belle vie. Elle se demanda quel effet cela faisait de grandir avec deux épaves en guise de parents. Thomas avait l'air de très bien s'en sortir.

Elle cligna des yeux pour se ressaisir. Elle était ici pour chercher le moyen d'entrer dans le poste de police, pas pour se rapprocher de lui.

Elle fouilla du regard la pièce à la recherche de solutions. Le manteau de Thomas était pendu à une patère près de la porte ; ses poches paraissaient pleines. Il y avait également une coupelle dans la cuisine qui semblait contenir du bric-à-brac. Mais peut-être rangeait-il ses effets personnels, tels que clés, carte magnétique ou code secret, dans des endroits bizarres, à l'instar de ses parents qui gardaient de la petite monnaie dans un pot de fleurs vide près du garage ?

Thomas la fixait comme s'il venait de lui poser une question.

— Pardon, tu disais ?

— Tu devrais peut-être manger un morceau avant de boire davantage. Tu as l'air un peu chancelante. Une tranche de pain, peut-être. Ou un sandwich au fromage fondu ?

Cette idée-là était extrêmement tentante. À quand remontait la dernière fois où quelqu'un avait proposé de lui préparer *un sandwich au fromage fondu* ?

— Laisse-toi tenter, insista Thomas. Je prépare les meilleurs de toute la résidence.

Aerin ne put s'empêcher de rire.

— Je ne sais pas trop si je dois être impressionnée ou pas.

Thomas s'approcha, la prit par les mains et la fit asseoir à la table. Ils furent si près, tout à coup. Elle sentait d'ici l'eau de Cologne dont il s'était aspergé. Dans n'importe quelle autre situation, elle se serait penchée pour l'embrasser sans hésiter. Non qu'elle ne le trouvât pas mignon – à vrai dire, il l'était bien plus que la plupart des garçons qu'elle avait embrassés dans sa vie. Plus gentil, aussi. Et elle savait *déjà* qu'il embrassait bien. C'était sans doute un des aspects du problème.

Thomas s'écarta pour s'asseoir en face d'elle.

— Alors, c'en est où pour Helena ? Du nouveau ?

— Nan, j'ai décidé de laisser tomber.

Sa voix résonna trop fort.

— Ah bon ? s'étonna Thomas en tripotant le bouchon. J'espérais que tu résoudrais l'affaire.

Aerin regarda par la fenêtre. Thomas disposait d'un petit balcon à l'arrière, meublé d'un unique fauteuil.

— La police avait raison. Toutes les pistes ne mènent qu'à des impasses.

Silence. Aerin attendit dans l'espoir que Thomas révèle spontanément quelque chose, un secret tiré des fameux dossiers. Ça lui faciliterait tellement la tâche. C'était peut-être une très mauvaise idée d'être venue ici.

Elle se leva de table, une nouvelle idée en tête.

— Tu sais quoi ? Après tout, je ne serais pas contre de manger un bout.

Thomas bondit vers le réfrigérateur.

— Alors, je te propose… *merde.* Pas grand-chose. Un œuf dur ? Du salami ? Du fromage blanc ?

— Du fromage blanc ?

Aerin tira la langue.

— Et des Cheetos, tu as ?

Thomas lui jeta un coup d'œil par-dessus la porte du frigo.

— Chester Cheetah et moi, on ne fait pas bon ménage.

— J'ai vu un distributeur dans la propriété…

Elle l'aguicha en battant des cils.

Thomas referma la porte du frigo.

— Je vais voir ça.

Il désigna le canapé d'un geste.

— Allonge-toi un peu.

Elle s'exécuta. Thomas étala sur elle la couverture en laine qui était en fait bien moins rêche qu'il n'y paraissait. Il la remonta jusque sous son nez, et elle gloussa, avant d'éprouver une pointe de tristesse : il était en train de la border. Elle n'avait pas souvenir de la dernière fois où quelqu'un s'était montré aussi attentionné envers elle.

— Je reviens vite, d'accord ? fit Thomas. Ne te sauve pas.

La porte se ferma en faisant trembler les murs du petit deux pièces. Aerin compta jusqu'à dix. Puis elle repoussa la couverture, se releva d'un bond et se planta au milieu de la pièce. Elle se précipita d'abord vers les manteaux, pour fouiller les poches. Rien. Elle détala dans la cuisine pour ouvrir tiroirs et placards mais elle n'y trouva que des plats à emporter, des couverts et du fourbi. Sa salle de bains, qui possédait un minuscule lavabo et sentait le pot-pourri, ne contenait rien d'intéressant. Sa chambre abritait un petit bureau près de la fenêtre. Sans trop savoir pourquoi, elle opta pour un tiroir du bas, dans lequel elle trouva un iPad dans un étui noir. Elle l'ouvrit et examina les applications. iTunes. Netflix. Notepad. Elle cliqua sur Notepad, et une liste s'afficha. Le temps que sa vue s'accommode, elle prit conscience de ce qu'elle avait sous les yeux. *Chase Bank : XCX1934. Gmail : NorthxNorthwest87.* Et ainsi de suite.

C'était une liste de mots de passe.

Aerin la parcourut d'un regard avide. Au bas figurait une entrée dénommée *Base de données Dexby PD.*

Bingo.

Il y avait deux mots de passe pour le site, et une sorte de numéro d'identification chiffré – trop compliqué pour l'apprendre par cœur. Aerin attrapa son téléphone et prit une photo de l'écran en entier. En se relevant, elle croisa son reflet dans le miroir au-dessus du bureau. Son mascara avait coulé. Elle avait du rouge à lèvres sur les dents. Son chemisier était de travers, si bien qu'on voyait la moitié de son soutien-gorge.

— Mais qu'est-ce que tu *fais* ? murmura-t-elle à son reflet.

La serrure de l'entrée émit un bruit sec. Paniquée, Aerin rangea l'iPad dans le tiroir et repartit en courant vers le canapé, se jetant juste à temps sous la couverture.

Thomas apparut dans le minuscule salon, les bras chargés de paquets de chips.

— Ils n'avaient que la version générique des

Cheetos, alors comme je ne savais pas si tu étais une puriste et s'il te fallait les vrais, j'ai aussi pris des Doritos, des Fritos, un assortiment de biscuits salés et des bretzels.

Il les déposa sur la table basse, puis dévoila une bouteille de Coca à la cerise.

— Je me suis dit que tu pourrais apprécier aussi. C'est ce que je prends toujours quand j'ai trop bu.

Les pensées d'Aerin se bousculèrent. Et si Thomas était revenu alors qu'elle était encore à fouiner dans son iPad ? Ça aurait été la catastrophe. Il fallait qu'elle parte d'ici. Elle devait absolument se connecter à ce site, et *vite.*

Elle se redressa en lui adressant un sourire faiblard.

— Je me sens plus mal que je pensais. Je ferais bien de rentrer.

Le visage de Thomas s'affaissa.

— Tu ne veux pas goûter au meilleur pique-nique de distributeur automatique de tout Dexby ?

— Non, je suis vraiment fatiguée.

Aerin se leva sans un regard pour lui. Elle sentait d'ici le regard désapprobateur de Mamie Grove. *Je regrette, d'accord ?* hurla-t-elle silencieusement à la vieille dame. Il y avait maintenant peu de chances pour qu'elles deviennent amies un jour.

Thomas s'écarta pour la laisser se diriger vers la porte.

— Je t'aurais bien raccompagnée en voiture, mais je n'ai que la moto et ça risque de te retourner l'estomac encore plus. Je t'appelle un taxi, d'accord ?

Ce dernier arriva en moins de quelques minutes. Thomas lui emballa les biscuits dans un sac et l'aida à descendre l'escalier. Il s'avança pour tendre une liasse de billets au chauffeur, mais Aerin retint son geste.

— J'ai ce qu'il faut. Désolée de t'avoir dérangé.

— Ça m'a fait plaisir que tu passes.

Thomas lui donna une tape sur l'épaule.

— Remets-toi bien, OK ?

Dans le taxi, Aerin observa nerveusement les bateaux qui dansaient sur l'eau dans le port. Une fois loin de la rue de Thomas, elle tapa le nom du site de la police de Dexby dans son téléphone. D'une main tremblante, elle entra les mots de passe d'après la capture d'écran, suivant l'ordre dans lequel Thomas les avait inscrits. Son cœur cogna tandis que la petite roue tourna sur elle-même. Et si elle ne les avait pas entrés correctement ? Si les flics localisaient son portable et venaient l'arrêter ?

Mais c'est alors qu'un message s'afficha. *Bienvenue, T. Grove.*

Aerin cliqua sur une case indiquant *Affaires antérieures*, puis sélectionna l'année où Helena avait disparu. Un dossier intitulé *H. Kelly, Affaire n° 23566* apparut.

Une boule dans la gorge, elle l'ouvrit. Il contenait des dépositions, un avis de recherche et des informations sur la décomposition du cadavre d'Helena. Aerin vit un sous-dossier nommé *Témoins et suspects potentiels* et se jeta dessus. Le premier nom était celui de Kevin Larssen. Dans ce fichier, le premier élément qui figurait était des photos qu'Aerin n'avait jamais vues. Elle cliqua sur chacune d'entre elles pour les agrandir, puis retint son souffle. La première photo montrait Kevin et le sénateur Gorman se donnant l'accolade. *Centre de congrès des Jeunes du Connecticut* lisait-on sur un panneau derrière eux. Une date au tampon indiquait 8 décembre : le jour de la disparition d'Helena. Un autre tampon sur la photo précisait *Confidentiel.*

Ainsi, Gorman était bel et bien présent à ce congrès, et Kevin l'accompagnait. Cela expliquait peut-être pourquoi il avait manqué son discours, mais aussi pourquoi il insistait sur son alibi. Aerin était prête à parier que Gorman avait soudoyé les flics pour qu'ils gardent ces photos pour eux. Il ne voudrait surtout pas que cette information soit divulguée.

Il y avait aussi d'autres photos de Kevin prises à la suite de ce week-end : Kevin en cours, à la librairie, dînant avec Gorman en ville. Les flics avaient dû le suivre de manière obsessionnelle, peut-être pour voir s'il faisait quelque chose de suspect. Au moins, c'était rassurant – Aerin doutait qu'il aurait pu filer en douce pour assassiner Helena durant cette période. Elle n'avait jamais souhaité que Kevin soit coupable, pas vraiment.

Son regard balaya les autres suspects. Greg Fine en faisait partie aussi, toutefois, dans le fichier le concernant se trouvait un rapport du centre de désintoxication Halcyon Heather déclarant qu'il avait été hospitalisé du mois novembre de cette année-là jusqu'en mars. Alors était-il hors de cause aussi ?

Le taxi atteignit sa rue et s'arrêta devant sa maison.

— Nous y voilà, annonça le chauffeur en tournant dans la voie privée. On dirait que vous êtes attendue.

Aerin releva brusquement la tête. Une silhouette était assise sur les marches devant chez elle, mais il n'y avait aucune chance pour que ce soit sa mère. Elle regarda plus attentivement, avisant les cheveux assez longs, la robe drapée, les boots de dure à cuire.

Seneca.

Elle fila quelques billets au chauffeur et remonta en hâte le chemin, étonnamment folle de joie. Seneca se leva d'un bond.

— Je suis vraiment désolée, Aerin.

— Tu en as *mis* du temps ! s'exclama Aerin au même moment.

Les filles s'arrêtèrent en se faisant un large sourire. Puis, laissant échapper un gémissement, Seneca serra Aerin dans ses bras.

— Je suis une abrutie, marmonna-t-elle contre son épaule. Je n'aurais pas dû te parler sur ce ton, ni balancer ça sur Maddox. Il ne t'a jamais prise pour une garce, je te le jure.

— Ça m'a rendue malade que tout le monde s'en aille d'un coup, répondit Aerin dans son cou. Je ne veux pas abandonner l'affaire… je n'aurais pas dû me sauver.

Seneca rompit leur étreinte en reculant.

— Tu ne veux plus abandonner ? demanda-t-elle.

Aerin fit non de la tête.

— Eh bien, tant mieux, car je crois que j'ai trouvé un truc.

Aerin avait la langue chargée de vin.

— Ça me soulage, car tous les suspects qu'on pensait sérieux n'ont plus l'air si douteux.

Seneca la regarda en plissant les yeux, mais Aerin n'avait pas envie de lui expliquer dans l'immédiat.

D'un moulinet impatient des mains, elle exhorta Seneca à lui en dire plus.

— Ce mot, *hi*, sur la grue en papier, enchaîna cette dernière. Ça ne signifie pas « salut » : ce sont des initiales. H.I. À mon avis, soit celles du petit ami secret, soit celles du nom qu'aurait porté Helena si elle l'avait *épousé*.

Aerin cligna des yeux à toute vitesse. Son cerveau embrumé tournait au ralenti. Elle passa en revue l'entourage de sa sœur : amis, petits amis, oncles, professeurs. Elle repensa aux visages croisés au country club, aux habitués de chez Scoops. Mais peu de personnes avaient un nom de famille commençant par un *i*. Soudain ses yeux s'écarquillèrent. Elle connaissait quelqu'un dont les initiales étaient précisément celles-ci.

Un frisson lui parcourut le dos. Elle effleura le bras de Seneca.

— Heath Ingram ?

Seneca hocha la tête.

— C'est à lui que je pensais moi aussi.

Chapitre 26

Non seulement Aerin était d'accord pour rouvrir l'affaire, mais en outre, elle avait mis Seneca au courant de son incursion dans le site Internet de la police de Dexby. Le lendemain, après une bonne nuit de sommeil et une douche, Seneca avait eu son père par FaceTime et lui avait présenté Aerin et sa maison pour lui prouver que tout allait bien. Une fois qu'elle fut blanchie de tout soupçon, les filles se mirent en route pour la résidence des Ingram.

Seneca connaissait un peu cette famille, notamment parce qu'ils étaient amis avec les Kelly et avaient contribué au lancement de la première boutique Scoops. Il y a des années, sur Facebook, Heath Ingram avait été identifié sur certaines photos d'Helena. L'une d'elle avait été prise à une soirée de Noël ; tous deux en uniforme écossais, Helena et lui faisaient des grimaces. Sur une autre, ils étaient assis à l'arrière d'une calèche, blottis dans une étreinte amicale. Ou peut-être, *plus* qu'amicale ?

— Je n'en reviens pas que Heath habite encore chez ses parents, chuchota Aerin, naviguant sur les routes de campagne une main sur le volant.

Elle portait une robe à l'imprimé noir et rose, très près du corps, et des talons couleur chair.

— Au lycée, il conduisait une vieille Subaru. Il achetait ses fringues dans des dépôts-ventes. Quand on était petits, il avait inventé ce jeu appelé *Mlles Blaireau et Renarde ont un plan*, qui raconte l'histoire de ces personnages qui incendient la maison de leurs parents pour que le feu réchauffe la ville. Helena tenait le rôle de Mlle Blaireau, moi j'étais Mlle Renarde, et Heath jouait la maman qui nous suppliait de ne pas brûler ses sacs à main et ses chaussures. Et quand il venait dormir chez nous, Heath déclarait qu'on devait faire semblant de vivre dans un taudis et qu'on était obligés de dormir dans le même lit.

Seneca lui décocha un regard curieux.

— Vous dormiez tous dans le même lit ?

Aerin tordit la bouche comme si elle prenait seulement conscience de l'étrangeté de la chose.

— C'est peut-être pour ça qu'Helena cachait sa possible relation avec lui. Au fond, on nous a élevés comme frères et sœurs.

Seneca arrondit les yeux.

— Un jour dans une interview, j'ai entendu ta mère parler de lui presque comme de son fils.

Aerin lâcha des yeux la route un instant.

— C'était *quelle* interview ?

Le souvenir changea de forme.

— Non, en fait, c'était une vidéo YouTube de ta mère en train de préparer des glaces. Heath et quelqu'un d'autre – je ne me rappelle plus qui – faisaient de la figuration.

Aerin parut très perplexe.

— Je croyais que ma mère avait supprimé ces vidéos depuis longtemps.

Ce qu'avait sans doute fait Mme Kelly : Seneca les avait visionnées tout de suite après la disparition d'Helena.

— La chronologie concorde aussi, s'empressa-t-elle de poursuivre. Heath est allé à Columbia l'hiver où Helena a disparu. En janvier de cette année-là, il a abandonné ses études pour déménager dans le Colorado et s'installer au Ritz à Beaver Creek, où il a appris le snowboard.

— Je trouvais qu'il avait trop de chance, se souvint Aerin. Le Ritz de Beaver Creek est dément.

— Sauf que j'ai appelé le Ritz ce matin, et aucun cours de *snow* le concernant n'était enregistré dans leurs fichiers. Il aurait appris tout seul ?

— Non, déjà qu'il était empoté sur les petites pistes vertes des environs… Il aurait eu besoin d'un moniteur, c'est sûr.

— Dans ce cas, peut-être qu'il n'a pas du tout fait de snowboard, voire qu'il n'est même pas descendu au Ritz ?

Seneca jeta un coup d'œil à son portable.

— J'ai demandé un service à MissMaïs, une femme que je connais de *Classés sans suite*. Elle travaillait au service de police de Seattle avant, elle va lancer des vérifications d'identité pour Heath dans le Colorado, pour voir s'il a loué un appartement, s'il s'est fait délivrer un permis de conduire ou inscrire sur la liste électorale. Je lui demanderai de se renseigner aussi pour New York, ainsi que deux ou trois autres États. On remontera sa trace. Quant à cette visite, on verra bien ce qu'il nous raconte. On va la jouer détendues et aimables.

Le visage d'Aerin s'assombrit.

— Si tout ça est vrai, je ne me sens pas trop d'humeur à être aimable.

— Je comprends. Bien souvent, on ne connaît jamais tout à fait les gens.

Ce n'est qu'à la fin de sa phrase que Seneca perçut l'aigreur de son ton. Aerin s'éclaircit la voix.

— Qu'est-ce qui s'est passé avec Maddy ?

Les joues de Seneca s'enflammèrent.

— Il a plus ou moins une copine dont il a oublié de me parler.

Aerin renâcla.

— Qui ça ?

— Cette Tara. Elle est magnifique.

Aerin roula des yeux.

— Tant pis pour lui.

Seneca fit mine d'observer attentivement une grange rouge qui défila à toute allure. Aerin avait probablement raison. Considérer les choses sous cet angle était bien mieux que de se complaire dans la tristesse. N'empêche qu'elle avait honte : la nuit dernière, elle avait *rêvé* de Maddox. Ils étaient à nouveau sur la terrasse de cette suite, et il l'avait attirée contre lui en affirmant que c'était terminé entre sa copine et lui, qu'il la choisissait elle. Seneca n'en revenait même pas d'être capable de faire des rêves aussi gamins et mièvres. Pire, elle s'en voulait de l'euphorie qu'elle avait ressentie durant ces quelques secondes de flottement juste après le réveil, avant que la réalité ne ressurgisse.

— On y est, annonça Aerin d'une voix éteinte en s'arrêtant devant une grille en fer forgé.

Toute en pierre, ardoise, fer et colonnes massives, la maison ressemblait à une forteresse. Elle avait deux cheminées, du lierre qui rampait le long des murs, une serre, et un petit champ de vignes. Un jardinier creusait les parterres de fleurs à l'avant. À l'écart se trouvait un garage qui avait la place d'accueillir au moins six ou sept véhicules.

— C'est quand la dernière fois que tu es venue ici ? demanda Seneca.

La bouche d'Aerin se tortilla.

— À Noël. Ils ont organisé une grosse soirée. Mais du vivant d'Helena, on venait ici presque tous les week-ends.

— Pour dormir dans son lit, la taquina Seneca avec malice avant de se rétracter en grimaçant.

Aerin se prit la tête dans les mains.

— Je ne suis pas du tout préparée à le voir.

— Je sais, acquiesça Seneca. Merci d'avoir accepté d'y aller aujourd'hui.

Elle lui avait expliqué qu'elle n'avait que deux jours devant elle avant de devoir rentrer et qu'elles devaient absolument passer la seconde sur cette affaire.

Aerin poussa un soupir et enfonça le bouton de l'interphone.

— Oui ? fit une voix grêle avec un accent.

— Bonjour ! s'écria joyeusement Aerin. C'est Aerin Kelly. Est-ce que Heath est là ?

— Euh...

Il y eut un blanc. Puis la voix répondit :

— Oui, entrez.

Le portail s'ouvrit en coulissant. Aerin s'engagea sur le long chemin sinueux. Elle lança encore un regard à Seneca.

— Je pense qu'il faut qu'on remette les mecs sur le coup. C'est pas pour être sexiste ou quoi, mais dans des moments pareils, ce serait pas mal d'avoir des costauds dans notre camp. Et Madison, aussi, c'est bien de l'avoir parmi nous.

Seneca se voûta, bien qu'elle comprît le raisonnement d'Aerin.

— Allez, finissons-en avec Heath, d'accord ? Ensuite tu appelleras les autres si tu veux.

Elles se garèrent dans l'allée et descendirent de voiture. Aerin les guida vers la porte d'entrée, qui s'ouvrit à leur approche. Un grand mec d'une vingtaine d'années aux cheveux ondulés apparut. Il portait un tee-shirt gris froissé, un pantalon de treillis et des mocassins aux semelles usées jusqu'à la corde. Son poignet était orné de trois bracelets tressés. Il avait un sourire charmeur de vilain petit garçon, que deux dents de devant de travers rendaient encore plus craquant. Seneca ne voulait pas le reluquer, mais c'était dur de se retenir.

— Mademoiselle Renarde ! s'exclama Heath en se glissant vers Aerin à bras grands ouverts. Comment tu vas ?

— Bien.

Aerin toucha le bras de Seneca.

— Je te présente mon amie Seneca. On a une question à te poser – j'ai songé à t'appeler, mais comme on était dans le coin, je me suis dit qu'on n'avait qu'à passer.

— Tu es toujours la bienvenue.

Heath regarda Seneca des pieds à la tête, de longs cils abritant ses yeux verts. Elle sentit sa peau s'échauffer. Il avait quelque chose de sexy et fier de l'être. Le genre de mec qu'on n'hésiterait pas à embrasser à un festival de musique.

Heath les conduisit dans un immense vestibule orné d'un sol en marbre et d'un escalier à double volée. Sur une table était posé un vase qui mesurait la moitié de la taille de Seneca ; des lys en dépassaient. Près des escaliers figurait un portait de Marissa Ingram assise sur un divan, le visage de profil, les jambes étendues, un chat blanc à poils longs blotti contre elle.

Ils bifurquèrent pour traverser un petit salon abritant des quantités de livres anciens, du mobilier en cuir, des tapis d'Orient et des tables en bois aux contours délicats sur lesquelles étaient étalés des puzzles à moitié achevés. Tous les tableaux aux murs représentaient un homme à cheval. Finalement, Heath s'arrêta dans une pièce plus petite. Elle disposait d'une cheminée majestueuse, mais celle-ci regorgeait plutôt de livres reliés. Un fauteuil œuf était suspendu près de la fenêtre. Les rideaux étaient en soie impression cachemire, et dans l'angle se dressait un énorme cactus Saguaro dans un pot.

Aerin regarda autour d'elle.

— Ce n'était pas le bureau de ton père, avant ?

— Si, mais il a pris une chambre à l'étage. J'ai relooké l'endroit.

Alors qu'Heath se laissait tomber dans un canapé d'angle en cuir, son iPhone sonna.

— Salut maman, répondit-il patiemment. Papa ? Non, je ne sais pas où il est…

Seneca examina les livres dans la cheminée. *Le Meilleur de vous-même. Triompher de tout. Apprendre à faire contre mauvaise fortune bon cœur.* La mauvaise fortune de Heath pouvait-elle être en lien avec Helena ?

Heath raccrocha en ronchonnant.

— Ma mère a beau tout essayer, mon père est complètement à la masse.

Il se cala au fond du canapé.

— Alors, quoi de neuf, mademoiselle Renarde ? Est-ce que Lupita peut vous servir quelque chose à boire ? De l'eau ? Un punch ?

Il eut un petit rire espiègle.

— Il est un peu tôt, mais le sien est fameux.

— Non merci, ça ira, dit Aerin en se rapprochant de Seneca. J'ai raconté à mon amie que tu étais allé à Columbia car elle envisage de changer de fac pour s'inscrire là-bas et elle se demandait ce que tu en pensais.

— C'est génial.

Heath eut l'air nostalgique.

— J'aurais bien aimé y rester plus longtemps, mais à l'époque, la fac et moi, ça faisait deux. Tu cherches un contact sur place ? Je pourrais sans doute glisser un mot en ta faveur au doyen des admissions : il doit un service à mon père.

Seneca ouvrit grand les yeux. Si seulement elle

pouvait le prendre au mot. Ça amortirait sûrement le choc quand elle devrait annoncer au sien ce qu'il en était de l'université du Maryland.

Aerin changea de position, nerveuse.

— D'ailleurs, tu n'avais pas fait visiter Columbia à Helena ?

Un pli se creusa sur le front de Heath. Apparemment, tout le monde par ici se hérissait quand on citait ce nom. Mais après tout, qui avait envie qu'on lui rappelle un tel drame ? Après la disparition de la mère de Seneca, personne n'osait prononcer son prénom non plus.

— Helena avait plus l'étoffe d'une étudiante de NYU, expliqua Heath.

— Alors vous avez visité NYU ensemble ?

Heath secoua la tête.

— Je ne l'ai pas vue à New York. Et si elle a effectivement visité Columbia, c'est sûrement avec son Kevin.

Il gloussa.

— Mais enfin, qu'est-ce qu'elle lui trouvait ?

Le pied d'Aerin remuait si furieusement que Seneca craignait qu'il se dévisse.

— Je ne sais pas trop s'il lui plaisait vraiment, en fait. Elle ne t'en a jamais parlé ?

— Non…

Heath pencha la tête, toujours souriant.

S'il savait quelque chose, il le cachait bien. Seneca décida de changer de tactique.

— Tu es allé dans quelle fac après Columbia ?

Heath laissa échapper un mélange de rire et de toux.

— Vous n'êtes pas au courant ? J'ai abandonné les études, ma mère en a fait tout un scandale.

— Tu as fait quoi à la place ?

— Je suis parti dans le Colorado. Pour décompresser. Apprendre le *snow*.

— Ah oui, c'est vrai, reprit Aerin. Tu logeais au Ritz à Bever Creek, c'est ça ?

— Oui, oui.

Il se frotta le nez avec acharnement, comme s'il essayait d'effacer ses taches de rousseur.

— Je ne suis allée au Ritz qu'une fois, pour déjeuner, raconta Seneca. Je n'ose pas imaginer ce que c'est que *dormir* là-bas !

— Les chambres sont assez jolies, confirma Heath.

— Et c'est à quelques minutes des pistes en navette, pas vrai ? continua Seneca, se rappelant les recherches qu'elle avait effectuées sur le Ritz le matin même.

Heath secoua la tête.

— Même pas : il y a un téléphérique sur place. Le ski au pied du lit !

Seneca remua le pied. C'était vrai.

— Et je suppose que tu as rencontré Phinneas ?

Heath sourcilla.

— Phinneas ?

— Mais si, tu l'as forcément croisé, insista Seneca. C'est un peu une légende au Ritz.

— Ah, *Phinneas*, se reprit Heath après une pause. Ouais. Le barman le plus incroyable de tous les temps.

La porte s'ouvrit en grand. Tout le monde sursauta. Mme Ingram fit irruption. Elle portait un fourreau crème avec de gros C comme Chanel entrelacés à la ceinture. Elle traînait derrière elle son mari qui regardait d'un mauvais œil quelque chose sur son téléphone.

— Heath, ça me ferait vraiment plaisir que tu viennes déjeuner avec nous, commença-t-elle avant de subitement marquer un temps d'arrêt. Aerin ! Ça alors, *bonjour*, ma chérie !

Aerin fit mine de lui faire la bise, puis serra M. Ingram dans ses bras.

— Désolée de passer à l'improviste. On avait juste une question à poser à Heath à propos de Columbia, pour mon amie.

M. Ingram prit un air revêche.

— Mon fils ne vous sera pas très utile. Il n'est jamais allé en cours.

Marissa lui décocha un regard, puis sourit à Seneca.

— Vous habitez Dexby ? On se connaît ?

Les yeux de Seneca pivotèrent d'un membre de la famille à l'autre. Le sourire de Marissa était tout en gencives. M. Ingram avait reporté son attention sur son téléphone. Heath ignora sa mère ; son regard était rivé sur Seneca, perçant comme un laser, glacial. Seneca jeta un coup d'œil à sa main : il agrippait si fort son accoudoir que des veines bleues ressortaient.

Aerin le remarqua aussi. Elle se leva d'un bond.

— Bref, on ne va pas retarder votre déjeuner.

Marissa eut un rire moqueur.

— Ne dis pas de bêtises. Joignez-vous donc à nous, toutes les deux ! Nous avons réservé au club nautique.

— Merci beaucoup, mais ça ira.

Aerin était déjà à la porte. Elle remua les doigts à l'attention de Heath, mais il ne lui offrit que l'ombre d'un sourire. Une veine palpita dans son cou.

Ce n'est qu'une fois à l'abri à bord de la voiture d'Aerin que Seneca relâcha un soupir.

— Je crois qu'Heath est un peu désorienté.

— Pourquoi ? s'étonna Aerin avec des yeux ronds.

— Phinneas ? La légendaire mascotte du Ritz ? Je me suis renseignée sur lui aussi, ce matin. Contrairement à ce qu'affirme Heath, ce n'est pas un barman.

Seneca haussa les sourcils d'un air qui en disait long.

— C'est le *chien* de l'hôtel.

Chapitre 27

Brett s'écroula sur le canapé en cuir dans le salon de Maddox. L'écran de démarrage de *Battlefield 4* s'affichait sur la télé, mais ni lui ni Maddox n'avait attrapé de manette de jeu. La pièce sentait les pieds, les crackers et le shit – Madison les avait rejoints d'un pas nonchalant et lisait un *Vogue* sur la méridienne.

Il n'était pas prêt à repartir de Dexby, alors après avoir erré dans la ville, il avait pris un taxi pour retourner chez Maddox.

— Je peux rester un peu ? avait-il demandé en arrivant.

Il était heureux que Maddox l'ait laissé entrer car son plan drague à deux doigts d'aboutir avec Aerin le rongeait et il avait besoin d'un point de vue de mec.

— J'étais à *ça* de conclure, expliqua-t-il à Maddox, racontant qu'Aerin avait l'air de vraiment bien l'aimer. Mais c'était pas le bon moment, tu vois ?

— Attends qu'elle soit soûle, suggéra Madison depuis le canapé. Ça le fera mieux.

— Exactement.

Brett se détendit, tout sourires. Il allait conclure avec elle. C'était sûr.

Le portable de Maddox bipa. Il consulta l'écran en faisant une drôle de tête. Brett se pencha vers lui ; depuis son arrivée, le téléphone de son pote n'arrêtait pas de sonner. Un texto disait : *Tu fais quoi, là ?*

Il donna un petit coup à Maddox dans les côtes.

— C'est qui, cette Catherine qui te harcèle ?

— Personne. Une fille… répondit évasivement Maddox.

Encore un bip. Brett jeta un coup d'œil à l'écran. *Hé, c'est quoi ce silence ?* disait un nouveau message. *Tu as oublié notre accord ?*

— Elle est pas un peu collante ? murmura-t-il.

— Je t'avais bien dit que Catherine était cinglée, commenta Madison sans lever le nez de son magazine.

Maddox marmonna quelque chose que Brett ne parvint pas à distinguer.

— Tu devrais appeler Seneca, le titilla Madison d'une voix chantante.

Maddox reposa son téléphone, écran vers le bas, sur le canapé.

— Pour quoi faire ?

— Je suis sûr qu'elle serait sensible à des excuses, supposa Brett. Peut-être qu'elle aussi aimerait t'en faire. Moi elle m'a déjà envoyé un texto pour s'excuser.

Maddox ferma les yeux.

— Je sais pas trop…

Brett haussa les épaules.

— Appelle en masqué. Ou sers-toi du mien.

Il balança son portable en travers des coussins, lequel atterrit sur les genoux de Maddox.

— Allez. Brise la glace.

Soupirant, Maddox ramassa le téléphone et fit défiler les contacts de Brett. Au bout d'un moment, il pressa le portable contre son oreille.

— Mets sur haut-parleur, l'enjoignit Brett.

Maddox lui décocha un regard.

— Pas question !

Mais il finit par appuyer quand même sur la touche du haut-parleur. À la troisième sonnerie, Seneca décrocha.

— Salut Brett, retentit sa voix sérieuse. J'allais justement t'appeler.

— En fait, c'est Maddox, s'annonça ce dernier dans le micro.

Il y eut un blanc.

— Ah, fit-elle, glaciale. Bon, j'imagine que ça te concerne aussi.

— Attends, la coupa Maddox. J'aimerais discuter d'abord.

Brett l'encouragea d'un signe du pouce.

— Je suis vraiment désolé. Pour… ce que tu sais. J'ai merdé grave.

Sa voix semblait pleine de regret.

Seneca mit du temps à réagir, mais elle finit par soupirer :

— D'accord, Maddox. Moi aussi, je suis désolée. Et à vrai dire, on a encore du boulot sur cette affaire.

— Tu n'es pas rentrée dans le Maryland ? lâcha Brett à l'arrière-plan.

Maddox lui coula un regard de travers.

— Salut Brett, lança Seneca. J'ai fait faire demi-tour à mon père. En fait, je suis avec Aerin et on est en train de se garer devant chez Maddox.

Le ronronnement d'un moteur se fit entendre dans l'allée. Brett, Maddox et Madison se dirigèrent à grands pas vers l'entrée juste au moment où Aerin et Seneca descendaient de voiture. Ravi, Brett serra Seneca très fort dans ses bras.

— C'est bon de vous revoir !

— À mon tour ! s'exclama ensuite Aerin.

Brett la fit tournoyer dans ses bras, regrettant de ne pouvoir la basculer en arrière de façon romantique pour l'embrasser sur-le-champ.

Mais déjà, Seneca remontait l'allée, très absorbée.

— On a exclu Kevin et Greg.

— Pour quelle raison ? questionna Brett en les suivant.

— Peu importe, résuma Seneca en jetant un regard comploteur à Aerin. Mais ton texto à propos de la grue en papier m'a fait réfléchir, Brett. Et si *Hi* était en fait des initiales : *H.I.* ? On a une correspondance : Heath Ingram.

Brett fut fier de lui.

— Je savais que cette grue était un indice. Mais c'est qui, ce type ?

— Un ami de la famille Kelly, intervint Madison.

Seneca lança un regard à Maddox.

— Tu te rappelles l'avoir croisé chez les Kelly ?

— Plus ou moins, répondit-il lentement. Il est passé avec Helena, une fois. À un moment elle est sortie de la pièce et il s'est tourné vers moi en me disant…

Maddox laissa sa phrase en suspens.

— En te disant quoi ? insista Seneca.

Maddox soupira.

— Il m'a sorti des trucs du genre : « Elle te plaît Helena, hein ? Je vois bien la façon dont tu la regardes. Tu l'espionnes. »

— Et c'était le cas ? dit Aerin.

— Bah, *non*, bougonna Maddox. Ce que je veux dire, c'est qu'il avait l'air parano. Genre, peut-être qu'il voulait vérifier que je ne soupçonnais rien.

Seneca prit place à la table de la cuisine et sortit un ordinateur portable de son sac.

— On l'a pris en plein mensonge ce matin.

Elle regarda Aerin.

— *Tout le monde* au Ritz connaît Phinneas le chien. On ne parle que de lui sur TripAdvisor : les clients peuvent le promener, il traîne tout le temps à la réception, c'est limite si on ne trébuche pas sur lui en arrivant à l'hôtel. Et il y a cinq ans, à l'époque où Heath était soi-disant là-bas, il était encore bien en vie. S'il avait réellement séjourné au Ritz, il aurait entendu parler de ce chien.

— Heath a prétendu que Phinneas était barman, précisa Aerin au groupe.

— Mais alors, qu'est-ce qu'il fabriquait ? s'enquit Brett, intrigué.

— On ne sait pas, murmura Aerin.

Seneca se mit à pianoter sur son clavier.

— À mon avis, il y a cinq ans, il est revenu dans

le coin, à New York. Il cachait Helena. J'ai mis MissMaïs sur le coup.

— La fille du forum ? siffla Brett, impressionné. Elle a accès à toutes sortes de bases de données.

— Attendez deux secondes, lâcha subitement Maddox.

Seneca leva le nez, le front plissé.

— Qu'est-ce qu'il y a ?

Maddox inspira un coup.

— Il y a un truc que je ne vous ai pas dit à propos de mon agression dans la rue.

Sa pomme d'Adam s'agita.

— Je me souviens que quelqu'un a surgi au-dessus de moi et m'a menacé en disant qu'il fallait que j'arrête sinon j'allais mourir. Je sais, ça paraît improbable… mais, et si c'était lié à l'affaire ? Si c'était sous-entendu : *Arrêtez de remuer le passé* ?

Madison blêmit.

— Tu déconnes ?

Brett le regarda fixement.

— Tu es sûr d'avoir entendu ça ?

Maddox tira sur le col de son tee-shirt. Son portable recommença à sonner de façon intempestive, mais il l'ignora.

— J'en ai bien l'impression.

— Pourquoi tu n'as rien dit à la police ? s'écria Aerin.

Maddox fixa pensivement ses mains.

— Parce que… ça semble dingue.

— N'empêche, reprit Seneca la bouche tordue. C'était peut-être quand même un agresseur lambda.

Le type sous-entendait : *Arrête de gigoter, ou tu vas te faire tuer.* Ou bien : *Arrête de crier.*

Aerin fit signe du bras.

— Je suis d'accord.

On sentait cependant à sa voix qu'elle était tendue, pas si convaincue que ça.

Brett observa Maddox. Et si son pote avait raison et que quelqu'un en avait après eux ? Mais les filles étaient déjà affairées sur l'ordinateur de Seneca.

— Hum ! fit Seneca alors qu'elle faisait défiler le profil Facebook de Heath.

Elle se laissa aller en arrière sur sa chaise, examinant la photo les yeux plissés.

— Voilà le week-end du 8 décembre, il y a cinq ans, quand Helena a disparu. Heath a indiqué dans une publication qu'il était à Aspen… mais il n'y a pas de photo.

Brett se pencha vers l'écran.

— Si on pouvait mettre la main sur la facture détaillée de ses communications à cette période, on pourrait prouver où il se trouvait réellement. Je mise tout sur lui.

Madison semblait perplexe.

— Mais où sont-ils allés avec Helena ? Pas chez lui à Dexby. Ni dans sa chambre à la résidence de Columbia : il a abandonné dès le premier semestre.

— Peut-être qu'ils ont pris un appart en ville, suggéra Brett. N'oublie pas qu'ils étaient forcément à New York, puisque Loren les a livrés.

Crac.

Brett se redressa, sur le qui-vive.

— C'était quoi, ce bruit ?

Les autres haussèrent les sourcils en penchant la tête.

— J'ai rien entendu, dit Madison.

Nouveau bruit, pareil à un bruissement de branches, pourtant il n'y avait pas de vent. Cette fois Maddox se leva pour aller jeter un coup d'œil à la fenêtre.

— Il y a quelqu'un dehors.

— Je vais voir, décida Brett.

— Non, objecta Maddox avec un sursaut. Je m'en occupe.

— On y va tous les deux, décréta Brett en bombant le torse.

Prudemment, ils avancèrent vers la baie vitrée du salon. Le crépuscule était tombé, le ciel était d'un pourpre tirant sur le jaune. Tout au fond de la propriété, un pneu qui servait de balançoire oscillait à un rythme hypnotique.

L'air était vif et imprégné de l'odeur boisée persistante du feu de jardin. Des oiseaux pépièrent bruyamment comme en signe d'avertissement.

— Il y a quelqu'un ? lança Brett au moment où ils firent coulisser la porte.

Le portable de Maddox tinta encore, le bruit assourdi dans sa poche.

L'atmosphère était d'un calme ostensible, comme si quelqu'un essayait de toutes ses forces de rester immobile. Maddox et lui échangèrent un signe de tête, puis s'éloignèrent pas à pas du patio. Brett partit à gauche. Rien dans l'allée qui bordait la maison. Un tuyau d'arrosage enroulé. La bâche sur le barbecue.

C'est alors qu'il prit un coup sec sur le côté de la tête. Sonné, la bouche en sang, il tomba à genoux.

Puis il reçut un second coup, cette fois dans le dos. Il tenta de se retourner, de comprendre, mais il était paralysé.

— Brett ? entendit-il Maddox l'appeler au loin.

Son pote apparut au-dessus de lui, mais il était flou. Brett s'efforça de s'asseoir et de s'essuyer les yeux. Ses doigts touchèrent une substance visqueuse.

— Brett ? cria Maddox. Mais dis quelque chose !

Brett ouvrit la bouche, mais fut incapable d'articuler. Sa tête picotait comme s'il allait s'évanouir. Il jeta un œil autour de lui pour essayer d'analyser ce qui s'était passé – et si c'était susceptible de se reproduire. Une ombre traversa son champ de vision, quelqu'un vêtu de noir. Ses yeux s'accommodèrent. La silhouette était tapie de l'autre côté de la rue derrière la voiture stationnée d'un voisin. Brett leva le bras pour tenter de le signaler à Maddox mais, pris de vertiges, il s'écroula sur la pelouse.

— Brett ! hurla Maddox dans ses oreilles. Reste avec moi, mon pote !

Mais Brett ne pouvait plus lutter. Il ferma les yeux, les élancements dans sa tête étaient si violents qu'il avait la sensation d'avoir un gros clou enfoncé dans le crâne. Il se sentit alors partir, loin, très loin, tout au fond d'un puits de ténèbres. Le dernier son qu'il perçut fut le tintement acharné du portable de Maddox.

Chapitre 28

Dans la salle des urgences du Dexby Memorial Hospital, Seneca était assise sur une chaise en plastique rouge dans un minuscule box fermé par des rideaux. Dans le lit, Brett était étendu les yeux bien fermés, quoique ses lèvres ne cessaient de se contracter. Une perfusion par intraveineuse lui coulait dans le bras, il avait un bleu violet tirant sur le noir à la mâchoire, et un paquet de sang séché dans les cheveux. Chaque fois qu'elle posait les yeux dessus, elle se sentait mal. Avant de lui montrer le cadavre de sa mère, le médecin légiste s'était appliqué à la nettoyer, mais elle aussi était couverte de sang séché.

La porte s'ouvrit en grinçant. Aerin et Maddox entrèrent avec des cannettes de soda achetées au distributeur.

— Comment il va ? s'enquit tout bas Aerin en tendant à Seneca une boisson gazeuse aromatisée.

Cette dernière haussa les épaules.

— Il n'a pas bougé depuis votre départ. Mais le docteur est repassé pour dire qu'il n'avait pas de commotion. Ils n'ont pas besoin d'effectuer d'autres examens. Il va s'en tirer.

Quand les garçons étaient sortis voir ce qu'il se passait dehors, Seneca avait senti les poils dans sa nuque se dresser. Et si Maddox avait raison ? Si elle n'avait pas rêvé cette voix qu'elle avait entendue de l'autre côté de la porte de sa chambre d'hôtel ? Si ça n'était pas une simple agression comme tant d'autres à New York ? Quelqu'un en avait-il après eux ? Supposant qu'elle s'inquiétait pour rien, elle était quand même partie voir où ils en étaient dans le jardin. En apercevant Brett étendu dans l'herbe, inconscient, et Maddox penché sur lui, elle avait d'abord cru à une hallucination. Ce n'était pas *possible*. On n'en avait pas *réellement* après eux. Puis elle s'était sentie coupable. Elle aurait dû prendre Maddox plus au sérieux.

Un son rauque leur parvint du lit. Seneca se retourna et vit les paupières fermées de Brett se plisser, puis s'ouvrir. Il fixa son regard sur les silhouettes au-dessus de lui, et ses lèvres sèches s'entrouvrirent. Aerin fut la première personne qu'il contempla. Il tenta de sourire.

— Contente de te revoir, s'exclama Madison en pressant ses mains.

— Cool, mec, reste allongé surtout, ajouta Maddox. Tu es à l'hôpital.

Brett se tortilla, gêné par sa position.

— On m'a frappé.

Tout le monde échangea un regard. Ça, ils l'avaient à peu près déduit.

— Tu as pu voir qui c'était ? l'interrogea Seneca.

Brett fixa la perfusion dans son bras.

— Pas vraiment.

Aerin ouvrit le rideau pour jeter un œil dans la salle des urgences bien remplie.

— On doit prévenir les flics.

— Impossible.

Seneca referma le rideau d'un coup sec.

— Ils voudront savoir pourquoi quelqu'un en voudrait à Brett. On sera forcés de leur raconter ce qu'on fabrique.

— Mais il a été agressé ! On est censés faire comme si de rien n'était, et c'est tout ?

Maddox bougea avec embarras.

— Aerin, ce qu'on a découvert sur Kevin, l'inscription sur la grue, même notre discussion avec Loren : le fait de ne pas en avoir fait part à la police pourrait être considéré comme de la rétention de preuves. On pourrait avoir de gros ennuis. À la réflexion, c'est peut-être bon signe qu'on nous menace. Ça signifie qu'on brûle, voire qu'on a mis dans le mille. Quelqu'un est en rogne.

— Je n'ai pas envie que quelqu'un d'autre se fasse tabasser ! s'écria-t-elle.

Seneca mâchonna son collier. Elle était d'accord que les flics poseraient sûrement trop de questions.

Elle se tourna vers Brett.

— Il faut qu'on s'en tienne à ta version. Quand on t'a amené ici, on a raconté au toubib qu'avec Maddox, vous vous amusiez à imiter les boxeurs d'*Ultimate Fighter* et que les choses avaient dégénéré. Si par hasard un flic t'interroge, surtout, tu n'en dis pas plus.

Brett grimaça.

— Est-ce qu'au moins on peut dire que j'ai mis une raclée à Maddox ? Je ne voudrais pas qu'ils croient que ce gringalet m'a envoyé à l'hosto.

— Je pourrais te battre sans problème, mec, plaisanta Maddox.

— Vous pouvez nous épargner votre numéro de machos ? les coupa Seneca.

Elle se rapprocha de Brett.

— Donc, tu ne te rappelles pas *du tout* qui t'a frappé ? Pas le moindre signe distinctif ?

— Tout ce dont je me souviens, c'est qu'il était habillé en noir. Je l'ai vu de l'autre côté de la rue. J'ai essayé de te prévenir, Maddox, mais tu étais focalisé sur moi.

Maddox sourcilla.

— Celui qui m'a agressé en ville était aussi tout en noir. Et ton agresseur, il était du genre, taille moyenne ? Voix aiguë ? Le mien ressemblait plutôt à… bref, c'était peut-être le même.

— Quoi, une *femme*, tu veux dire ?

Brett parut horrifié.

— Sûrement pas. C'est pas une gonzesse qui m'a assommé.

— À vrai dire, moi aussi j'ai eu l'impression qu'il s'agissait d'une femme au Restful Inn, avoua Seneca.

Épuisée, elle se laissa retomber en arrière dans sa chaise.

— Pourtant, ça ne peut être que Heath Ingram. Comme par hasard, on lui a rendu visite *hier*. On l'a questionné à propos d'Helena. Peut-être qu'il a juste déguisé sa voix… ?

Aerin jeta sa cannette de Sprite dans la petite poubelle au pied du rideau.

— Si seulement on avait une preuve. Sans parler d'un *mobile*. Pourquoi Heath aurait-il brusquement entraîné Helena à New York pour ensuite la tuer ?

— Peut-être qu'elle le trompait ? suggéra Maddox.

— Si seulement elle en avait parlé à quelqu'un, maugréa Seneca. Sur un blog ou dans un journal intime. Elle se creusa la tête en repensant à Facebook pour essayer de trouver la moindre petite idée, le moindre indice prouvant qu'Heath et Helena sortaient ensemble, mais en vain, elle ne trouva rien.

— Les flics ont cherché partout pour trouver si elle tenait ce genre de trucs, indiqua Aerin. Ça n'a rien donné.

L'air songeur, Brett se redressa en appui sur les oreillers.

— Aerin : Helena ne t'avait pas parlé d'une histoire de « secrets » le jour où elle est partie ?

Aerin plissa le front.

— Non…

— Tu es sûre ? Tu n'avais pas raconté à Seneca avoir fureté dans sa chambre, et aussi que ta sœur t'avait dit un truc bizarre.

Le regard d'Aerin changea.

— *Ah*, oui. Quand je lui ai dit qu'elle me manquait, Helena a répondu qu'elle m'en dirait plus, mais que certaines choses devraient rester top secrètes. C'est à ça que tu pensais ?

Brett la pointa du doigt.

— Précisément.

Seneca fronça le nez.

— Aerin l'a déjà dit à la police. C'est pas nouveau.

Brett joignit les mains derrière la tête.

— Elle essayait peut-être de te faire passer un message, surtout si elle avait prévu de s'enfuir. Par « top secrète », elle faisait peut-être allusion à un lieu confidentiel que vous affectionniez, un restaurant, par exemple ?

Aerin cligna des yeux.

— Hein ?

— Est-ce que quelqu'un de ta connaissance était du genre discret, à ne pas se faire remarquer ? demanda encore Brett. Ou bien, je ne sais pas... est-ce que ça pourrait être le titre d'un film, d'une série ?

— Ça devient un peu tiré par les cheveux, Brett, se moqua Seneca.

— Oh, mais attendez, j'y pense ! glapit Madison. *Top Secret*, c'est le nom d'une appli. Vous croyez qu'il y a un rapport ?

Seneca fit volte-face vers elle.

— C'est vrai ?

Madison confirma d'un signe de tête.

— C'est un genre d'Action ou Vérité : on publie ses secrets en ligne, et les internautes attribuent des notes.

— Jamais entendu parler, admit Seneca, dubitative.

— Elle n'a pas décollé. Le nom était nul, et il existait plein d'autres applis du même genre dotées d'une meilleure interface, expliqua Madison en haussant les sourcils. Mais celle-ci avait aussi la caractéristique de permettre aux gens de se confier des secrets en privé. Les couples s'en servaient pour s'envoyer des sextos et parler des trucs cochons qu'ils allaient se faire après les cours. Impossible pour les parents de tomber sur ces messages.

Les yeux d'Aerin s'écarquillèrent.

— Oh, mon Dieu. Effectivement, je me souviens qu'Helena avait insisté là-dessus : « Certaines choses devront rester top secrètes… *Dans nos téléphones.* » Peut-être bien qu'elle cherchait à me mettre sur la voie !

Dans la tête de Seneca, ce fut un feu d'artifice.

— En gros, *Top Secret* est un moyen pour les couples de se parler en privé, sans laisser de trace, ni risquer de se faire griller par les parents ?

Madison acquiesça.

— C'est ce que je viens de te dire.

Seneca regarda Aerin d'un air excité.

— Il nous faut l'ancien portable d'Helena.

* * *

Vingt minutes plus tard, Seneca et Aerin revinrent munies de l'iPhone d'Helena. Seneca avait assuré aux autres qu'elle attendrait avant de l'examiner, cependant, dans la voiture, elle ne put s'empêcher de faire défiler la liste d'appels d'Helena. Il y en avait des tas vers le numéro de Heath. Des textos aussi. Mais ça n'avait rien d'étonnant : ils étaient amis. En outre, les textos étaient tous amicaux et banals, la plupart retraçant scène par scène des épisodes de *Walking Dead.* Comme ça, pour voir, elle chercha dans le répertoire le nom de Katie, la vieille rivale d'Helena. Il n'y avait qu'un message venant d'elle, daté de six mois avant la disparition d'Helena : *Trop sympa de ta part.* Helena n'avait pas répondu. Qu'est-ce que cela signifiait ? Remarquez, ça ne valait peut-être pas le coup d'approfondir, Katie avait déjà été disculpée.

Elle se tourna vers Aerin.

— Est-ce que tu te souviens avoir vu le nom de Heath dans le dossier d'Helena sur le serveur de la police ?

— Oui, mais ça disait juste qu'il était dans le Colorado. Le compte-rendu était très court ; les flics ne lui ont quasiment pas posé de questions.

Aerin renifla.

— Peut-être parce que cette année-là, les Ingram ont en partie financé la rénovation en grande pompe du poste de police.

À leur retour aux urgences, Brett, qui semblait en bien meilleure forme, jouait à *Candy Crush* sur son téléphone assis bien droit contre ses oreillers. Après quelques minutes passées à fouiller le vieil appareil d'Helena, Maddox ronchonna.

— Pas de *Top Secret* téléchargé là-dessus.

— Tu es sûr ? s'étonna Seneca, déçue.

— J'ai cherché partout. Dans les dossiers et les sous-dossiers dissimulés sous des noms d'applis différents…

— On peut cacher des applis sur un téléphone ? intervint soudain Aerin. J'ignorais ça.

— Fais chier, marmonna Madison. Cette piste avait l'air vraiment prometteuse.

C'est alors que le portable de Seneca bipa.

— C'est MissMaïs.

Elle prit connaissance de l'email reçu.

— « *Aucune trace d'un Heath Ingram à New York ou dans le Connecticut aux dates en question* », lut-elle à haute voix.

Brett se hissa un peu plus droit sur son lit d'hôpital.

— Sérieux ?

Le message ne s'arrêtait pas là.

— « *Il y a des occurrences pour un Heath Ingram correspondant à l'âge et la description fournis qui vivait dans le Colorado il y a cinq ans. Le 1er janvier de cette année-là, il a fait une demande de permis de conduire dans l'État du Colorado. Il y a aussi un certificat de mariage.* »

Elle s'arrêta net.

— Attends, *quoi* ?

Aerin cligna des yeux à toute vitesse.

— Heath a épousé Helena ?

— Non. Il s'est marié à une dénommée Caitlynn Drexler.

Seneca leur montra la photo en pièce jointe. C'était une brune aux grands yeux gris et au sourire terne, coiffée de toutes petites tresses. Elle avait aussi une grosse pâquerette dessinée sur la joue – Seneca espéra pour elle que ce n'était pas un tatouage.

— MissMaïs s'est renseignée sur elle aussi. Apparemment, elle est membre recruteur du Temple de l'Esprit Animal.

Seneca releva les yeux.

— Ce n'est pas une secte ralliée par des hippies qui vous piquent tout votre argent ? J'ai vu un reportage à ce sujet, il y a quelque temps.

Aerin la regarda avec des yeux ronds.

— Tu crois que *Heath* en faisait partie ?

— Ce serait une bonne raison pour inventer cette histoire de snowboard et de Ritz, murmura Seneca. À son retour à Dexby, est-ce que Heath a tout de suite réemménagé chez lui ?

Aerin fit claquer ses doigts.

— Il n'a peut-être pas eu le choix. Cette fille lui a peut-être piqué tout son fric pour la secte !

— Tu crois qu'ils sont encore mariés ?

Seneca parcourut le compte-rendu sous ses yeux.

— Je ne vois pas d'annulation…

— Alors Heath n'a *pas* tué Helena ? résuma lentement Brett.

— J'en sais rien, répondit Seneca.

Bzz.

Seneca se redressa brusquement, pensant que c'était son téléphone et peut-être un nouveau message de MissMaïs. Mais c'était le téléphone d'Helena. Il indiquait un appel entrant. Sa respiration se coupa.

Tout le monde fixa l'appareil comme s'il était ensorcelé. Aerin s'en empara, les mains tremblantes.

— Ça provient d'un numéro masqué, chuchota-t-elle.

Le téléphone continua de vibrer. Personne ne bougea. Finalement, Brett s'en empara d'un geste vif.

— Allô ? répondit-il d'une petite voix.

Silence. Un pli se creusa sur son front. Il cligna des yeux une fois, puis deux, avant de répondre :

— Oui. Oui. D'accord. Merci, mec.

Il raccrocha.

— C'était Loren.

— Le dealer ? s'étrangla Seneca.

Brett acquiesça distraitement.

— Il se souvenait de l'adresse pour Helena. Ça lui est revenu comme ça, qu'il dit, du jour au lendemain, et il avait conservé ce numéro.

À sa voix, Brett semblait halluciné.

— Elle se faisait livrer devant l'immeuble où John

Lennon a été abattu. À l'angle nord-ouest de la 72e Rue et de Central Park.

Maddox jeta des regards nerveux de gauche à droite.

— C'est le Dakota Building.

Aerin eut un mouvement de recul, le front plissé.

— Je ne connais personne qui habite là…

— Loren s'est rappelé un autre détail aussi, ajouta Brett. Le nom du compte clients n'était pas celui d'Helena. C'était *Ingram*.

Seneca frappa dans ses mains.

— Donc c'était bien Heath !

Maddox se laissa retomber sur l'oreiller.

— Comment est-ce qu'il aurait pu se trouver à la fois dans le Colorado et à New York ?

— Il y est peut-être allé *après* avoir tué Helena, hasarda Seneca.

— Ou alors, il a fait la navette entre les deux, proposa Brett.

— Non.

Seneca se retourna. Aerin se tenait mâchoire pendante, près de la porte.

— Ce n'est pas Heath.

— Mais Aerin, c'est forcément lui, insista Seneca.

Aerin secoua lentement la tête. On aurait dit qu'elle était sur le point de vomir.

— Il existe un autre Ingram, qui avait indéniablement un point de chute à New York. *Skip* Ingram. Alias, Harris Ingram : *H.I.*

Elle plaqua une main tremblante sur sa bouche.

— Je crois qu'Helena était avec le père de Heath.

Chapitre 29

Quel salaud, pensa Aerin, hébétée, assise à l'arrière d'un taxi new-yorkais. On était dimanche matin, et avec les autres, ils remontaient à toute allure l'avenue Central Park West en direction du Dakota Building. Il fallait qu'ils pénètrent dans l'appartement de M. Ingram et trouvent une preuve sérieuse.

Quel sale égoïste et vieux dégueulasse. Pareils à une pulsation cardiaque, les mots traçaient des sillons en continu dans son cerveau. M. Ingram – elle était incapable de l'appeler *Harris*, et encore moins *Skip* – était leur homme, c'était sûr. Il collait au profil. C'était lui, le coupable.

Il était plus vieux – la différence d'âge était même choquante. D'une élégance nonchalante, cultivé… grand collectionneur d'art. Aerin n'avait pas souvenir qu'il fût féru d'œuvres asiatiques en particulier, et pour cause : sa collection comptait de *tout* ; avec le père d'Aerin, ils passaient leur temps dans les ventes aux enchères comme d'autres assistent à des événements sportifs. Son père rentrait avec de vilaines peintures abstraites et statues tribales en bois à l'époque, qu'il avait aujourd'hui emportées en camion dans son affreux appartement new-yorkais. M. Ingram en avait vraisemblablement fait autant.

Il allait maintenant de soi qu'Helena avait dû embaucher Kevin Larssen dans le rôle du petit ami fictif pour cacher sa liaison avec un homme *marié*. Quant à l'appartement au Dakota ? Même *ça*, avec du recul, Aerin s'en souvenait : il y a des années, Marissa avait radoté pendant des jours à ce sujet. Elle était « réticente » à l'idée que Skip prenne un pied-à-terre en ville, mais quitte à acheter, autant que ce soit un bien haut de gamme. L'immeuble du Dakota, se vantait-elle, était géré par l'un des syndicats de copropriétés les plus exigeants de New York.

Ah, et le nombre de fois incalculable où M. Ingram et Helena s'étaient côtoyés à Dexby ! Barbecues, dîners informels, soirées somptueuses, séances au cinéma du coin. Toutes ces fois où Aerin les avait vus discuter dans la cuisine sans rien imaginer de particulier. Elle s'était juste dit : *Ouah ! Manifestement, Helena a hérité du gène de la courtoisie dans la famille, parce que moi, je ne sais pas du tout m'adresser aux adultes.* Et pendant tout ce temps, M. Ingram matait les seins de sa sœur. Ça la rendait malade. Leur seule liaison était un délit répugnant. Helena n'avait même pas dix-huit ans.

Cependant, Aerin avait quand même du mal à imaginer M. Ingram dans le rôle du meurtrier. Lors d'un des premiers réveillons organisés chez Scoops, le père Noël qu'ils avaient engagé avait attrapé la grippe et il s'était de suite proposé pour le remplacer, revêtant le costume rouge et poussant des *ho, ho, ho* avec bonne humeur. Mais à présent, même cet épisode la crispait : elle s'était assise sur ses genoux. Le souvenir était si vif qu'elle eut envie d'aller se laver les fesses sur-le-champ.

Comment avait-il réussi à convaincre Helena de s'enfuir à New York avec lui ? Qu'est-ce qu'il avait bien pu lui sortir avec sa voix de baryton et son accent de Boston à la Kennedy ? « *Pars avec moi* » ? « *Je pourrai te cacher dans mon appartement* » ? « *Je t'achèterai de beaux vêtements* » ? « *Mais tu ne devras jamais revoir ta famille* » ?

Et ensuite, il l'avait tuée comme un animal.

Le téléphone d'Aerin tinta entre ses mains et la fit sursauter si fort qu'elle faillit le faire tomber. Le nom de Thomas s'afficha à l'écran. *Salut, la revenante. Comment ça va ? Il te reste des Cheetos ou tu as tout mangé ?*

Aerin éprouva un accès de culpabilité. Elle s'en voulait d'avoir utilisé ses identifiants pour s'introduire en fraude dans le système de la police. Pour autant, elle y était retournée ce matin, afin de vérifier l'alibi de M. Ingram. Il avait affirmé qu'il était en voyage d'affaires à Washington. Ces débiles de flics n'avaient pas cherché plus loin.

Elle avait envie de répondre à Thomas, mais dès l'instant où elle le ferait, elle craignait de se trahir en racontant sa vie. Elle éteignit son portable et le rangea dans une poche zippée de son sac.

Brett, qui était assis à l'avant, une poche de glace

sur son visage encore tuméfié, se tourna vers le chauffeur de taxi.

— Euh, vous voulez bien prendre le raccourci vers la 5e Avenue ?

Le chauffeur le regarda d'un drôle d'air.

— Je croyais que vous alliez à l'angle de la 72e et de Central Park ?

— On va plutôt faire un petit tour tranquillement. Ça nous donnera un aperçu de la ville.

Le chauffeur secoua la tête, mais s'exécuta. Aerin pivota et contempla la berline verte juste derrière eux. Elle croisa le regard de Brett. *On est suivis ?* articula-t-elle en silence.

Brett mordilla sa lèvre inférieure déjà meurtrie et haussa les épaules.

Elle en eut mal à l'estomac. Sur le chemin de la gare, Brett avait imposé à Aerin, qui conduisait, de prendre l'itinéraire le plus détourné possible pour semer d'éventuels individus à leurs trousses. Parce qu'une femme les regardait de manière suspecte, ils étaient tous descendus d'un train et avaient attendu le suivant pendant vingt minutes. Ensuite, juste par précaution, ils étaient descendus à la station de Harlem, et de *là*, ils avaient pris le métro jusqu'à la 86e Rue, avant de finalement monter dans un taxi. Ce trajet de quarante minutes en temps normal leur avait pris deux heures.

Après être resté bloqué dans les embouteillages de la légendaire 5e Avenue, le taxi bifurqua dans une artère transversale qui traversait Central Park, et remonta la 71e rue.

— Arrêtez-vous ici, indiqua Brett, montrant d'un

geste l'angle de la 72e et de Columbus, à un pâté de maisons du Dakota Building.

Tout le monde descendit dans la bousculade, sac de paquetage sur les épaules. Brett mit un moment à débarquer. Aerin ne savait même pas si on avait bien fait de le laisser sortir de l'hôpital ; il avait l'air encore dans les vapes. Maddox désigna du doigt un café.

— On se changera dans les toilettes. Prêts ?

Ça sentait le café brûlé à l'intérieur. L'endroit était bondé de parents avec leurs mômes endimanchés aux doigts poisseux ; assis au fond, un employé déguisé en lapin distribuait des œufs en chocolat. Aerin n'avait pas calculé qu'on était le dimanche de Pâques ; autrement dit, elle devrait se rendre à la soirée déguisée tout à l'heure – sa mère ne la manquait sous aucun prétexte.

Ils se dirigèrent en droite ligne vers les toilettes, dont le sol était jonché de papiers. À l'intérieur d'une cabine, Aerin enfila une des blouses roses qu'ils avaient piquées à l'hôpital après que Brett eut été autorisé à partir. Madison sortit d'une cabine également vêtue d'une blouse, mais Seneca, elle, avait gardé le tailleur Calvin Klein bleu marine qu'ils avaient déniché dans la penderie de la mère d'Aerin. Sa figure était pâle.

— J'ai envie de tout laisser tomber, souffla Aerin d'une voix mal assurée.

Seneca secoua la tête.

— On ne va pas renoncer maintenant, après avoir fait tout ce chemin !

Dans la salle du restaurant, un bébé s'était mis à hurler. Après avoir enfilé eux aussi une blouse, Maddox et Brett émergèrent des toilettes. Dans l'un des sacs de paquetage, Brett farfouilla derrière des produits nettoyants et lança des fichus à Aerin et Madison. Elles allaient jouer le rôle des femmes de ménage. Brett s'était débrouillé pour charmer la secrétaire particulière de Skip Ingram et lui soutirer que ce dernier se trouvait aujourd'hui à Dexby, où il profitait d'un brunch en famille pour Pâques. Elle leur avait aussi communiqué le nom de la personne que Skip employait pour nettoyer son appartement new-yorkais.

Seneca avait alors appelé la femme de ménage en se faisant passer pour la secrétaire à laquelle Brett venait de parler, afin de l'informer que M. Ingram avait décidé de faire appel à un autre prestataire et qu'elle devait rendre son double de clés. Elles avaient convenu d'un rendez-vous au Dakota Building à 9 h 45 ; il était maintenant 9 h 40.

Ils ressortirent dans la rue. Aerin jeta un coup d'œil à l'artère très fréquentée, retournant d'un air mauvais les regards que les passants lui lançaient en la croisant. Ou était-ce simplement *elle* qui s'imaginait des choses ?

Sans qu'elle sache comment, ses jambes flageolantes réussirent à la porter jusqu'au point de rendez-vous. Une femme d'un certain âge au teint mat attendait devant l'immeuble. Lorsque Seneca s'approcha, la femme se leva. Elles échangèrent quelques mots, puis la femme lui remit une enveloppe. Aerin fut sidérée. Elle n'avait même pas demandé de pièce d'identité à Seneca. Elle fila rapidement, rabattant sa capuche sur sa tête.

Seneca se réfugia dans une ruelle, ouvrit l'enveloppe et en sortit une clé.

— Parfait.

Ils s'élancèrent vers l'imposant bâtiment qui dominait de très haut le parc. Aerin observa ses fenêtres très ornées et ses ferronneries. De nombreuses familles de sa connaissance possédaient un pied-à-terre dans cette ville ; avant leur séparation, ses parents avaient même envisagé d'en acheter un. Helena avait investi dans le projet, déclarant qu'elle aimerait beaucoup un bâtiment de grès brun dans le Village, un loft dans le quartier de Tribeca. Cet endroit, par comparaison, paraissait très guindé et classique. À l'image de Kevin Larssen : pas son style.

Remarquez, qu'est-ce qui faisait croire à Aerin qu'elle connaissait encore les goûts de sa sœur ?

Ils franchirent une porte cochère ouverte et s'avancèrent jusqu'à un petit poste de contrôle sur la droite. À l'intérieur, au moins dix écrans vidéo diffusant diverses vues de la propriété tapissaient les murs. Deux vigiles mesurèrent le groupe du regard avec méfiance.

— Vous avez rendez-vous ? questionna le plus grand et le plus revêche.

— Nous sommes la nouvelle équipe de nettoyage de M. Ingram.

Seneca lui montra la clé.

— Il nous a demandé de venir faire le ménage en prévision d'un dîner qu'il organise demain. Vous pouvez vérifier auprès de sa secrétaire, si vous le souhaitez.

Aerin retint son souffle tandis que les deux hommes les étudièrent de la tête aux pieds. Tardivement, elle se rendit compte qu'entre l'œil au beurre noir de Brett, les cheveux en bataille de Seneca, l'allure de golden-boy de Maddox et l'ombre à paupières gris métallisé de Madison, ils n'avaient pas du tout la tête de l'emploi. *Faites qu'ils n'appellent pas la secrétaire*, pria-t-elle intérieurement.

— Allez-y, montez, décida le plus petit des deux au bout d'un moment, en les faisant entrer d'une pression sur un bouton.

On leur indiqua de traverser une cour pavée ornée en son centre d'une immense fontaine entourée de bancs. Des carillons éoliens tintinnabulaient, l'air était pur. Madison effleura le bras d'Aerin.

— C'est beau, cet endroit, souffla-t-elle.

Aerin lui jeta un regard.

— Tu veux dire que c'est mieux que si elle s'était cachée au fond d'un sous-sol ?

C'était pour elle toujours aussi déconcertant d'inclure Helena dans ce tableau. Assise à la fontaine, attendant le retour de son chéri… *beurk.* Jetant des pièces dans l'eau en faisant un vœu pour M. Ingram… *répugnant.* Mais peut-être était-ce une vision insensée. La disparition d'Helena avait fait la une de tous les médias : si quelqu'un l'avait reconnue, M. Ingram aurait eu de sérieux ennuis. Il lui avait sans doute donné pour consigne de ne jamais sortir de l'appartement.

Aerin serra les poings, de nouveau prise d'une colère folle.

D'après le cadastre du bâtiment, Ingram était propriétaire de l'appartement 8B. Après avoir pris l'ascenseur, Aerin s'arrêta devant la porte et se demanda, concentrée, si elle serait capable d'affirmer, d'une certaine manière, si sa sœur était venue ici.

Pour l'instant, elle ne ressentait rien du tout.

Seneca enfila une paire de gants et enfonça la clé dans la serrure. Le verrou s'enclencha avec un déclic et la porte s'ouvrit. La lumière traversait un petit salon, rempli de meubles massifs et onéreux. Des tentures en soie étaient accrochées aux grandes fenêtres qui s'élevaient du sol au plafond. Le bruissement de la circulation était le seul bruit distinct.

Jusqu'à l'alarme.

Un bruit perçant à en déchirer les tympans d'Aerin. Elle se plaqua les mains sur les oreilles. Seneca devint livide.

— Un système d'alarme ? C'est une blague ? hurla Maddox.

— On n'a pas le code ! paniqua Aerin.

Seneca retourna l'enveloppe en la secouant. Rien, elle était vide.

— Je… je ne pensais pas en avoir besoin. C'est un immeuble sécurisé, avec un concierge à l'entrée.

— Et aussi un des plus chics de la ville ! brailla Aerin.

Brett enfila à son tour des gants, se rua sur un panneau au mur et souleva la petite trappe pour examiner le pavé numérique.

— Ma famille est équipée du même dispositif. Il y a moyen de l'arrêter.

Il entra une série de chiffres. L'alarme s'arrêta, mais à vrai dire, le silence était pire.

— OK, on a environ cinq minutes avant que l'entreprise de sécurité appelle Ingram pour l'informer d'un cambriolage. Mais si on arrive à ressortir d'ici avant, je pourrai réarmer le système et on sera bons.

— Comment veux-tu qu'on trouve quoi que ce soit en *cinq minutes* ? gémit Madison.

Aerin se retourna vers la porte d'entrée.

— Il faut qu'on se tire d'ici.

Seneca fit volte-face, jetant des petits coups d'œil d'une pièce à l'autre.

— On a le temps de trouver quelque chose. Il faut juste qu'on réfléchisse bien. Mets des gants, Aerin. Allons-y.

Elle fonça vers une pièce au fond. Aerin et Madison suivirent. S'enfonçant dans l'appartement, Aerin ressentit des picotements, comme si M. Ingram allait lui sauter dessus depuis le plafond, façon Spiderman. Elle était consciente d'en rajouter un peu et de l'absurdité de sa réaction, pour autant, elle continua de sursauter au moindre petit bruit suspect.

La vaste chambre du fond contenait un lit de très grand format recouvert d'une couette en soie satinée ; Aerin ne put s'empêcher d'imaginer Helena allongée dessus. Seneca se rua vers un bureau à l'autre bout de la pièce et ouvrit le tiroir du haut, puis celui d'en dessous. Secouant la tête, elle fronça vers le grand placard et ouvrit les portes. Pendues à des cintres, des chemises et des cravates. Alignés par terre : mocassins, richelieus, derbys.

Madison fit la moue.

— Il a mauvais goût, question accessoires.

— Quatre minutes ! lança Brett.

Seneca le frôla en traversant la cuisine ; traînant les pieds, Aerin la suivait comme son ombre. Madison ouvrit un placard et montra à Aerin une tasse *I Love NY*.

— Ça te parle ?

Aerin se borna à hausser les épaules.

Dans un bureau, les filles passèrent en revue des étagères de livres mais n'y trouvèrent que des biographies et des manuels. Aerin inspecta un appui de fenêtre, espérant y trouver les petites figurines de chiens en verre qu'affectionnait Helena, un bol qu'elle aurait fabriqué en cours de poterie, voire une autre grue en papier. Rien. Sur un mur opposé, cependant, étaient exposés trois longs sabres aux manches très élaborés. Des caractères japonais étaient gravés sur les lames.

Elle lança un regard à Seneca.

— Des sabres de samouraïs ?

— Je pense, oui, murmura Seneca.

Elles les examinèrent dans tous les sens dans l'espoir de trouver un indice en lien avec Helena, mais elles ne découvrirent que leur propre reflet dans le métal luisant. Seneca rabattit brusquement les bras le long de son corps.

— Ça confirme que c'était sûrement lui son « *samouraï* », mais ce n'est pas une preuve suffisante.

— Deux minutes et quinze secondes, avertit Brett en jetant un œil à sa montre.

Aerin entra à pas feutrés dans la salle de bains carrelée de blanc et ouvrit une armoire à pharmacie. Hormis des flacons de comprimés, rien d'intéressant. Des crèmes pour peau sèche. Du paracétamol, des vitamines. Sous le lavabo, elle ne trouva pas le moindre tampon, ni bouteille de Proactiv contre l'acné ou de ces papiers buvards japonais que sa sœur utilisait pour dompter son front gras. Dans la douche, plusieurs bouteilles de shampooing Selsun Blue, de la crème à raser. Pas même un rasoir rose. Mais pourquoi il y en aurait un ? La présence d'Helena ici remontait à *cinq ans.*

— Une minute ! annonça Brett.

Seneca apparut dans le couloir.

— Alors, Maddox ?

— Rien.

Un goût aigre monta dans la bouche d'Aerin.

— Tout ça est ridicule. Il n'y a rien ici.

Seneca planta les mains sur ses hanches.

— Qu'est-ce que garderait Skip que personne n'irait chercher ?

— Une lettre, suggéra Maddox. Un livre. Une photo.

— Une culotte, lança Madison.

Elle lança un regard à Aerin.

— Désolée.

Brett ouvrit un placard du couloir rempli de manteaux sombres.

— Un parapluie ?

Seneca jeta un coup d'œil à l'alarme.

— Il nous reste trente secondes. On ferait mieux d'y aller.

Mais Aerin scruta l'intérieur du placard, examinant rapidement les manteaux sur les cintres, des chapeaux sur des crochets. Sur l'étagère du haut, entre un melon et une capuche à fourrure amovible était fiché un bout de tissu marron et mou. Aerin tira dessus, pressant entre ses doigts gantés le daim souple. Elle ne pouvait pas le croire.

Brett se campa devant la porte d'entrée.

— On a à peu près douze secondes avant que je doive réarmer.

Maddox et Madison filèrent dans le couloir. Le regard de Seneca était arrêté sur Aerin.

— Qu'est-ce que c'est ?

Aerin tenait le feutre avec délicatesse, comme si c'était un œuf. Aerin se souvenait avoir froncé le nez le jour où Helena était rentrée avec de la friperie. Ce chapeau était juste *trop* chelou, rien à voir avec ce que porteraient les jeunes de leur âge. C'était comme si sa sœur était devenue une étrangère. Une fille qui portait des chapeaux bizarres, qui osait se singulariser, qui avait plongé dans l'âge adulte en laissant Aerin loin derrière. Symbole du gouffre considérable qui s'était creusé entre sa sœur et elle, Aerin avait donné à ce chapeau beaucoup trop d'importance. Elle avait détesté ce vieux machin.

Jusqu'à aujourd'hui. Car le chapeau était là, dans l'appartement de M. Ingram, et leur fournissait tout ce qu'il leur fallait de preuve.

Chapitre 30

Plus tard ce dimanche-là, assis sur le canapé du salon chez Maddox, ce dernier, Madison, Brett et Seneca ouvraient d'un air hébété des sucreries de Pâques, le regard rivé sur la télé. Aerin était rentrée pour être auprès de sa mère. Maddox s'imagina les deux femmes de la famille Kelly regardant les informations dans cette immense maison dont le luxe n'atténuerait en rien le choc de l'atroce vérité.

Découverte capitale dans l'affaire Helena Kelly, titrait un bandeau sur CNN. Visage grave, une journaliste se tenait devant le Dakota Building : « Les informations continuent de nous parvenir, mais d'après nos sources, un témoin a révélé qu'à l'époque de la disparition de Mlle Kelly, il y a cinq ans, Harris Ingram, dit Skip, entretenait une liaison avec la jeune fille. Des inspecteurs ont fouillé son appartement de New York où ils ont trouvé plusieurs affaires personnelles de Mlle Kelly, ainsi que des traces ADN et de sang.

Les analyses sont toujours en cours, mais les autorités s'attendent à ce que le sang corresponde à celui de Mlle Kelly. Le corps de cette dernière n'avait été retrouvé que l'an dernier dans le nord du Connecticut, et bien que les enquêteurs cherchent encore à expliquer comment il est arrivé là-bas, le rapport établi entre M. Ingram et ce crime non éclairci constitue une avancée capitale. »

À l'écran apparurent d'autres images du Dakota Building, puis de la résidence Ingram à Dexby qui était en cours de perquisition. Maddox et le reste du groupe s'étaient inquiétés de la réaction qu'allait susciter la découverte du feutre dans l'appartement de Skip Ingram. Lorsqu'ils avaient conseillé à Aerin d'abandonner le chapeau par terre, de sortir de là et d'appeler la police en leur disant qui elle était et en leur faisant part de ses soupçons, elle avait secoué la tête :

— Je ne peux pas révéler mon identité !

— Mais si, lui avait assuré Brett. Dis que tu t'es souvenu d'un truc. Débrouille-toi pour les inciter à fouiller l'appartement.

C'était risqué : les flics auraient pu lui rire au nez. Ils n'auraient peut-être pas été en mesure d'obtenir un mandat de perquisition. Aerin aurait pu s'attirer des ennuis. Mais en fin de compte, tout s'était arrangé.

Maddox se tourna vers Seneca.

— Je n'en reviens pas qu'ils aient trouvé son sang.

Brett eut un rire moqueur.

— C'était son premier meurtre, il a bâclé le travail.

— L'eau de Javel pour nettoyer du sang : *ça ne*

marche pas, chantonna lentement Maddox, se rappelant leurs échanges sur *Classés sans suite*.

Il existait un produit chimique que les flics utilisaient pour neutraliser l'effet d'un nettoyage à la javel car il décelait jusqu'à la plus petite trace de rhésus sanguin.

Aux informations, on évoquait à présent le fait que M. Ingram venait d'avouer avoir eu une liaison avec Helena. Il pourrait être accusé d'abus sexuels sur mineure et de délit grave pour avoir hébergé de façon illégitime une mineure *et* pour avoir caché des preuves à la police. Enfin, ça, c'était s'il n'était pas d'office accusé de meurtre au premier degré.

— M. Ingram conteste toute accusation de meurtre, déclara face caméra un homme identifié comme étant l'avocat de Skip. Il n'a même jamais souhaité qu'Helena coupe les ponts avec sa famille. Il envisageait de quitter sa femme, et comptait, après cela, rentrer à Dexby avec Helena. Il maintient que c'est Helena qui insistait pour s'installer en ville. Il était contre cette idée.

Seneca serra les poings.

— Dans ce cas, tu n'avais qu'à *refuser*, mec. C'était toi l'adulte dans cette relation.

Madison grommela.

— Et puis quoi ? Il espérait qu'à leur retour à Dexby, les gens les inviteraient à dîner au country club avec Helena comme si de rien n'était ? Il est barjo, ce type.

Le portable de Maddox vibra dans sa poche arrière ; il souleva une fesse pour l'attraper et y jeter un œil. *Il faut que je te voie*, avait écrit Catherine.

À propos de *barjo*. Sa migraine ne l'avait pas lâché de tout l'après-midi, mais il ne savait pas trop si c'était dû aux informations en boucle à la télé ou au nombre de textos reçus de Catherine depuis vingt-quatre heures. Cent vingt-six, exactement. D'une certaine manière, ça devait être un record.

Il ne savait pas comment réagir. Si, ne serait-ce qu'une heure s'écoulait sans qu'il réponde, elle le relançait systématiquement. Un coup sur iChat. L'autre sur GChat. Ou alors elle lui envoyait un mail, voire elle l'appelait. *Tu traînes encore avec cette Seneca ?* questionnait-elle sans relâche. En outre, il jurerait avoir vu la voiture de Catherine passer plusieurs fois devant chez lui aujourd'hui.

Maddox se sentait pris au piège. S'il lui annonçait une fois pour toutes que c'était fini entre eux, ce qu'il voulait faire à tout prix puisqu'il ne ressentait plus rien pour elle, est-ce qu'elle retirerait vraiment sa bourse d'études ? Il avait bossé dur pour l'obtenir. Et il était trop tard pour faire une nouvelle demande. Cela porterait un coup terrible à sa mère.

Son attention se reporta brusquement sur la télé, dont l'image montrait des policiers escortant Skip Ingram hors du country club de Dexby. Vêtu d'un costume brun clair d'aspect coûteux, il avançait les épaules voûtées. L'espace d'une fraction de seconde, il regarda la caméra. Ses yeux étaient humides.

Maddox ronchonna.

— Pourquoi est-ce qu'ils nous font toujours le coup des larmes ?

— Une déclaration, monsieur Ingram ? cria un journaliste.

La caméra se braqua de nouveau sur lui. Il ouvrit la bouche, l'air prêt à s'exprimer, puis il jeta un coup d'œil à quelqu'un qui se trouvait hors-champ, et se ravisa, lèvres scellées.

Maddox pivota vers Seneca.

— On l'a eu. C'est nous qui l'avons identifié. C'est génial, non ?

La bouche de Seneca se contracta.

— Je ne sais pas. J'ai le sentiment que c'est trop facile…

D'un geste douloureux et saccadé, Brett agita sa main encore bandée.

— Tu plaisantes ou quoi ? C'est notre homme, c'est sûr. Arrête de te prendre la tête.

— Mais on ne sait pas *réellement* si c'est lui qui l'a tuée… ni pourquoi.

— On s'en fiche de savoir pourquoi, rétorqua Brett. On a retrouvé du sang dans l'appartement. C'est lui, le coupable.

Indécise, Seneca fixa le coussin brodé au point de croix qu'elle tenait serré contre elle. Maddox ne put s'empêcher de remarquer les mèches qui s'étaient à moitié échappées de sa queue-de-cheval et de se rappeler leur sensation au contact de ses doigts. Il eut un petit rire penaud.

— Si je comprends bien, dit-il pour plaisanter gentiment, tu es énervée quand tu as tort et malheureuse quand tu as raison, c'est ça ?

Il se risqua à lui faire une pichenette sur la cuisse.

— J'ai du mal à te suivre.

En représailles, Seneca lui envoya un œuf au beurre de cacahuète qui lui atterrit dans l'oreille. Amusé,

Maddox riposta en jetant un petit lapin en chocolat qui lui rebondit sur la poitrine. Les yeux plissés d'un air narquois, Seneca attrapa le panier d'œufs de Pâques dont elle lui déversa avec enthousiasme tout le contenu sur la tête.

— Hé ! protesta Maddox avec un petit cri aigu.

Mais en son for intérieur, ça ne le dérangeait pas, au contraire. Il était bien content qu'elle lui accorde à nouveau son attention et qu'elle soit, en fin de compte, redevenue elle-même.

À l'autre bout du canapé, Madison se leva et s'étira.

— Il faut que j'aille me préparer pour le gala de Pâques.

Elle lança un sourire entendu à Maddox.

À son tour, Brett se leva lentement.

— Et moi, je vais, euh… voir le temps qu'il fait dehors.

Ils s'éclipsèrent. Au moment où apparut à l'écran une publicité pour Kim, un restaurant du coin, Maddox lança un coup d'œil furtif à Seneca. Elle le regarda d'un œil prudent.

— C'était calculé ?

— *Non*, se défendit Maddox en toute honnêteté. Mais disons que j'avais l'intention de te parler seul à seul. Je voulais te redire à quel point j'étais désolé.

Seneca plissa le front.

— Tu l'as déjà dit. Et je t'ai pardonné.

— Même pour l'incident sur la terrasse ?

— Oui. Tout va bien.

Elle regarda droit devant elle.

— Non, ça ne va pas. Je le vois bien.

Seneca haussa les épaules et lui lança un bref regard.

— On ne peut pas faire comme si tout était redevenu comme avant entre nous. Ça ne marche pas comme ça dans la vie.

Maddox acquiesça avec une pointe de tristesse.

— Je sais, et c'est dommage, soupira-t-il. Je veux juste qu'on redevienne amis. Tu es différente de toutes celles que je connais. En *mieux*, j'entends.

Elle le gratifia d'un regard circonspect.

— Tu sors cette tirade à toutes les filles ?

Maddox secoua la tête. Ce n'était pas une phrase toute faite pour l'attirer dans son lit. Ce qu'il désirait vraiment, comprit-il, c'était elle, rien d'autre : la voir, passer du temps avec elle, discuter. Même si pour cela, il devait s'en tenir à une amitié platonique.

— Je t'aime beaucoup, ajouta-t-il. Depuis le jour de notre première conversation. Je te trouve drôle, intelligente, et chaque fois que j'en découvre un peu plus sur toi, je t'apprécie davantage.

Il s'éclaircit la voix.

— Même au sujet de ta mère. Et de ton année scolaire foirée.

Seneca fit une moue boudeuse.

— Merci pour cette liste flatteuse de mes meilleurs attributs.

Mais ensuite, Seneca fixa le sol.

— J'avoue que, tu es un garçon très surprenant, Maddox. Ça m'a déstabilisée au début. Mais au fond, ça ne me dérange peut-être pas tant que ça.

Maddox sentit ses joues rosir et, intrigué, il se tourna pour la regarder dans les yeux. Elle le fixa sans ciller, le visage ouvert, vulnérable. Est-ce qu'elle…

La porte d'entrée claqua. Maddox s'écarta vivement,

le cœur battant. Ce n'était que sa mère, Betsy, qui apparut dans l'embrasure de la porte.

— Alors Maddy, frais et dispo ? demanda-t-elle d'une voix flûtée.

Maddox cligna des yeux.

— Dispo pour quoi… ?

— Eh bien, pour ton entraînement. Avec Catherine.

L'espace d'un instant, Maddox resta muet de stupeur.

— Est-ce que… elle est là ?

Il s'imagina Catherine campant devant chez lui dans le jardin. L'espionnant par la fenêtre. Est-ce qu'elle les avait surveillés, Seneca et lui ?

Sa mère enfila ses espadrilles bleues. Son regard s'arrêta sur l'écran allumé et une étrange expression balaya ses traits ; ils n'avaient pas encore discuté d'Helena.

— Non, répondit-elle lentement. Elle m'a appelée, c'est tout. D'après elle, tu as manqué deux ou trois entraînements, mais si tu veux rattraper ton retard, elle a du temps cet après-midi. Je t'ai laissé un mot. Tu ne l'as pas vu ?

Maddox cligna encore les yeux, ahuri. Il n'avait rien vu du tout.

— Je vais devoir t'y conduire car j'ai besoin de ta voiture pour passer prendre des fleurs à apporter chez tante Harriet.

Elle s'essuya les mains sur son pantalon.

— Bien, allons-y.

Maddox s'empressa de trouver une excuse.

— Je me sens un peu crevé, dit-il d'une voix faiblarde.

Sa mère planta les mains sur ses hanches.

— C'est important que tu respectes le programme.

Il avait une énorme boule dans la gorge. Il fallait qu'il trouve un argument pour ne pas y aller. Il n'avait aucune envie de voir Catherine maintenant. Oui, mais : comment justifier cela ?

Il lança un regard à Seneca qui haussa les épaules en toute indifférence.

— Vas-y. Ça ne me dérange pas.

Acculé, Maddox se leva. Dans la voiture, il ne trouva rien à dire à sa mère, pas même au sujet d'Helena. Ses sentiments étaient contradictoires. Il devait affronter Catherine la tête haute. Et lui dire – tiens, justement, que comptait-il lui dire ? Est-ce qu'il pouvait vraiment se permettre de faire une croix sur l'Oregon ? D'un autre côté, est-ce qu'il avait vraiment envie de rester prisonnier de cette mythomane ?

Le parking du centre sportif était vide, à l'exception de deux véhicules : une camionnette bleue qui semblait ne jamais bouger de là, et la Prius de Catherine. Maddox la vit assise à sa place de prédilection dans les gradins, au bord de la piste. La nervosité le gagna.

Reste calme, psalmodia-t-il en silence à la descente de la Jeep. *Contente-toi d'être sincère.* À son approche, Catherine se mit debout, les yeux exorbités. Maddox inspira un coup pour tenter de garder son sang-froid.

— Catherine…

Maddox eut le plaisir d'entendre sa voix retentir avec fermeté.

— Il faut qu'on parle.

Chapitre 31

La pénombre avait peu à peu envahi la cuisine où se trouvait Aerin, pour autant, elle n'avait pas allumé la moindre lumière. Assise à la table, elle tournait et retournait dans sa main une salière en forme de pomme. La télé était éteinte, l'écran de son ordinateur portable abaissé. La nouvelle faisait la une – sur toutes les chaînes, peut-être même sur Planète Animaux. Ça allait recommencer comme avant, elle le savait. Les regards appuyés. Les questions. Les messes basses.

En entendant le moteur dans l'allée et une portière claquer, elle reposa la pomme sur la table et scruta la porte qui donnait sur le garage. Sa mère entra dans la maison d'un pas agité, tel un ballon à la trajectoire imprévisible. Ses mains tremblaient. Elle avait des cernes sous les yeux. Remarquant la présence d'Aerin, elle s'arrêta au beau milieu de la cuisine, les bras ballants.

Aerin se leva.

— J'ai essayé de te joindre. Ça sonnait toujours occupé.

Mme Kelly chercha à tâtons le dossier d'une chaise.

— Je sais. J'étais en ligne avec Kinkaid… puis la police de New York… et ton père.

Elle lança un regard à sa fille.

— D'après eux, c'est une source anonyme qui les a informés de cette… liaison. C'était toi ?

Aerin eut le ventre noué.

— C'est le commissaire qui te l'a dit ?

Kinkaid, le chef de la police auquel Aerin avait parlé, avait juré de garder son identité secrète, mais comme elle était mineure, ça ne valait peut-être pas pour les parents.

Mme Kelly secoua la tête.

— Je m'en suis douté.

Elle ferma les yeux.

— Tu as mené ta petite enquête, hein ? Raison pour laquelle tu es allée à la soirée de fiançailles de Kevin, n'est-ce pas ? Marissa a d'ailleurs fait mention du fait que tu étais passée chez elle hier, sans prévenir. Mais… es-tu bien sûre que Skip…

… *l'a tuée ?* compléta-t-elle en silence à sa place.

Lors de brefs moments de répit entre la haine viscérale qu'elle portait désormais à M. Ingram et son envie de le tuer, Aerin était effectivement un tout petit peu taraudée par le doute, notamment car Ingram avait affirmé de manière catégorique son innocence et l'amour sincère qu'il avait voué à Helena. Et s'il disait la vérité ? Un souvenir lui était revenu il y a quelques heures : un été, Carotte, la chatte des Ingram, avait déposé une souris au pied de la porte à l'arrière de la maison, et M. Ingram avait eu une peur folle ne serait-ce que d'y toucher. En fait, c'était même Heath qui avait ramassé le machin pour aller le mettre aux ordures.

Toujours à propos de Carotte, M. Ingram était fou de cette minette, au point de dépenser des milliers de dollars en chimiothérapie coûteuse lorsqu'elle eut une tumeur osseuse car il ne supportait pas l'idée de la perdre. C'était même devenu une plaisanterie dans la famille : *Papa aime plus Carotte que nous.* Était-ce là le portrait d'un homme qui aurait asséné des coups si violents à sa petite amie que ses os en décomposition en portaient le trauma ?

Naturellement, si elle en venait à croire M. Ingram, Aerin devrait aussi adhérer à la version selon laquelle c'était Helena qui avait insisté pour filer de Dexby et venir vivre chez lui… *et* qu'il comptait par la suite la ramener auprès des siens. Elle essaya de se les imaginer en train de régler les détails et négocier leurs projets. Sa sœur avait-elle vraiment pu penser : *J'ai besoin de passer du temps tranquille avec cette personne, ce ne sera que pour quelques mois, et ensuite tout redeviendra comme avant ?* N'avait-elle pas réfléchi au fait que sa famille serait morte d'inquiétude ? Pourquoi n'avait-elle pas au moins cherché un moyen de prendre contact avec eux pour les rassurer ? Bien des fois Aerin avait entendu dire qu'on en faisait, des bêtises, par amour, que c'était une drogue puissante. Mais elle voyait mal sa sœur aînée, une fille intelligente et têtue, se laisser réellement prendre à ces conneries. Aerin, elle, n'était jamais tombée dans le panneau.

Consciente que sa mère continuait de la dévisager, elle s'éclaircit la voix.

— Je suis désolée que ce soit lui, murmura-t-elle.

Mme Kelly eut un mouvement de recul comme si sa fille lui avait donné un coup de pied.

— Ne sois pas *désolée*, dit-elle d'un ton cassant. Il lui a fait du mal. Il *nous* a fait du mal. Il n'aurait pas dû. C'était une enfant.

Les yeux d'Aerin s'emplirent de larmes, et durant quelques minutes, mère et fille pleurèrent en silence. Lorsque Aerin releva la tête, sa mère la contemplait d'un air dévasté et plein de tendresse qu'elle ne lui avait pas vu depuis une éternité.

— Je travaille trop, admit Mme Kelly de façon complètement inattendue. Je fais mine de ne rien voir, mais je ne suis pas dupe : je vois bien ce qui se passe dans ta tête, et je pensais tout savoir aussi pour ta sœur. J'aurais dû le sentir venir, non ?

— Ne dis pas n'importe quoi.

Les larmes de Mme Kelly continuaient de couler sans bruit.

— Mais je l'ai reçu *chez moi*. Je les ai laissés seuls ensemble ! Quelle mère fait ça ?

Aerin s'apprêtait à répondre, mais c'est alors que sa mère s'effondra pour de bon. Alors elle se glissa jusqu'à elle et enroula timidement les bras autour de son corps secoué de sanglots. Mme Kelly s'appuya si lourdement contre elle qu'Aerin faillit chavirer. Son épaule fut instantanément trempée de larmes.

Elle la laissa pleurer un moment jusqu'à ce que ses sanglots se changent en gémissements. Puis Mme Kelly releva la tête, inspira deux ou trois fois pour se calmer, et essuya ses joues.

— Ton père va bientôt arriver. Et il y a une

conférence de presse demain matin. Je tiens à ce que tu m'accompagnes.

Aerin poussa un gros soupir. Qu'est-ce qu'elle croyait, qu'elle n'allait *pas* y aller ?

— Compte sur moi.

— Et tout à l'heure, on ira au gala de Pâques, *en famille*.

Aerin se rassit sur sa chaise.

— Tu n'es pas sérieuse ?

Mme Kelly haussa le menton.

— On doit se montrer fortes. Et poursuive le cours de notre vie. Même ton père sera présent.

— Parce que c'est ça qui t'importe ? Je crois que les gens comprendraient qu'on n'y aille pas, tu sais.

Sa mère repoussa des mèches folles derrière ses oreilles.

— Je suis passée récupérer ta robe chez le couturier. Elle est encore dans la voiture. Mon coiffeur vient à 17 heures. Préviens-moi si tu souhaites qu'il te fasse un brushing.

Sur ce, elle se leva et partit sans bruit dans sa chambre telle une princesse à l'esprit un peu dérangé. Aerin suivit sa mère du regard, attendant qu'elle revienne en avouant qu'elle l'avait fait marcher, qu'elle n'était pas sérieuse. L'eau de la douche se mit à couler, et la chaîne Cuisine, que sa mère allumait toujours lorsqu'elle se préparait pour une sortie, à brailler.

Alors Aerin se leva et s'en alla dans sa propre chambre, où elle ouvrit en grand sa penderie pour examiner ses paires de chaussures. Elles étaient toutes affreuses. Mais comment allait-elle réussir à se *motiver* pour cette fête ?

Elle n'avait pas du tout les idées claires, elle était

tendue, et très angoissée. N'était-elle pas censée se sentir mieux maintenant que l'assassin de sa sœur était sous les verrous ? Le moindre bruit la faisait toujours tressaillir. Chaque fois que son portable sonnait, elle se raidissait, s'attendant à une horrible nouvelle. Au demeurant, tous ces coups de fil n'étaient que des curieux qui voulaient avoir son avis sur M. Ingram.

Bon sang, elle aimerait tant avoir quelqu'un à qui se confier. Elle sortit son téléphone et parcourut sa liste de textos, cliquant finalement sur le nom de Thomas. *J'ai pensé à toi en mangeant un sandwich au fromage ce midi*, disait un message qu'il avait envoyé hier après-midi. Suivi quelques heures plus tard de : *En direct de l'épicerie, je viens de voir du bortch en rayon.* Puis : *Si envie d'un pique-nique, ça a l'air extra.* Elle sourit en repensant à la montagne de sachets de chips qu'il lui avait rapportée l'autre soir.

Elle se redressa, saisit son téléphone à deux mains et composa un numéro.

— Police de Dexby, bonsoir, répondit à la seconde sonnerie une voix rauque qu'elle connaissait bien et qui lui fendit le cœur.

Elle marqua un temps d'arrêt, respirant en rythme.

— Allô ? dit Thomas à l'autre bout du fil. Allô ?

Aerin raccrocha et attrapa son manteau. Elle ne pouvait pas lui parler au téléphone. Il fallait qu'elle le fasse en personne.

* * *

Il n'y avait aucune voiture de police garée devant le poste, et la moitié du bâtiment était éteinte. Aerin s'imagina la plupart des agents déjà rentrés chez eux, en train de manger un jambon de Pâques. Non, attendez. Un bon nombre d'entre eux était peut-être en train de parler de sa sœur dans un bureau new-yorkais… ou alors de perquisitionner la propriété des Ingram. C'était étrange de penser que toute cette foutue ville était une fois de plus en effervescence à cause d'Helena.

La montre d'Aerin indiquait 18 heures. Le gala de Pâques débutait dans une heure. Sa robe était pendue à un crochet à l'arrière de sa voiture, et ses escarpins rangés dans le coffre. Avant de la laisser partir, le coiffeur de sa mère lui avait brushé les cheveux façon poupée Barbie, coiffure qui contrastait de manière particulièrement grotesque avec son jean déchiré et son tee-shirt blanc moulant.

Il pleuvait désormais à verse, alors elle se couvrit la tête et courut à toutes jambes de sa voiture à l'entrée du poste. Étant donné le nombre de fois où elle avait été convoquée ici, elle savait qu'après 19 heures, les portes étaient verrouillées ; auquel cas, il fallait une carte magnétique pour entrer. Elle se demanda où se situait le bureau de Thomas au sein du bâtiment. Devait-elle l'appeler ?

— Aerin ?

Thomas se matérialisa derrière elle sous la pluie, un gobelet Starbucks à la main. On aurait dit que le simple fait de penser à lui l'avait fait apparaître.

— Sa… salut, balbutia-t-elle, mal assurée.

Thomas s'avança sous la marquise.

— Tout ce qui se dit à propos d'Helena… ça va, tu gères ?

Elle haussa les épaules.

— Je ne sais pas trop. Je crois que oui. Ou peut-être pas du tout.

— C'est toi qui as prévenu la police ? Comment tu as deviné ?

Elle se balança d'avant en arrière. Le groupe lui avait recommandé de ne jamais dire à *personne* qu'ils s'étaient introduits dans l'appartement du Dakota Building.

— Par hasard. Je me suis rappelé un détail qui reliait Helena à M. Ingram. Et je savais qu'il avait un pied-à-terre à New York.

Il passa la main dans ses cheveux mouillés.

— J'ai essayé de te joindre. J'avais moi aussi une intuition concernant Skip Ingram.

— Ah *bon* ?

— J'ai épluché tous les dossiers concernant ta sœur. Des images de caméras de surveillance montrent Helena durant les jours et semaines ayant précédé sa disparition : à l'épicerie, au DAB, au lycée. Les collègues ont suivi toutes sortes de pistes pour essayer de se renseigner sur sa vie. Dans une séquence datant de mi-novembre, on la voit devant le Coldwaters Spa. Tu connais cet endroit ?

— Bien sûr.

C'était dans cet établissement thermal que les filles de la classe d'Aerin allaient se faire bichonner avant la traditionnelle fête de leurs seize ans. Sa mère s'y rendait chaque semaine, mais entre le service à thé en argent et les napperons à gogo, Aerin trouvait l'endroit trop guindé.

— Helena est allée là-bas ?

— La caméra de surveillance l'a filmée montant à bord d'une voiture qui n'était pas la sienne. Quelqu'un est passé la prendre, mais ce n'était pas tes parents. J'ignore pourquoi mais l'inspecteur de l'époque n'a pas cherché à savoir qui était le propriétaire du véhicule. J'ai creusé un peu pour identifier la marque et le modèle : c'est une BMW banale, sauf qu'elle a des jantes personnalisées et des pneus plus gros. Je suppose que mes connaissances étendues en matière de voiture ont été payantes.

Il haussa les épaules.

— Bref, elle appartenait à Ingram. Je comptais t'en parler… mais apparemment, tu avais un temps d'avance sur moi.

Aerin en resta sciée.

— Tu allais me révéler une info *confidentielle* de la police ?

Un coup de tonnerre retentit. Thomas jeta un d'œil au ciel, puis revint à elle.

— J'estimais que c'était peut-être nécessaire. Je savais que tu cherchais à en savoir plus et que tu posais pas mal de questions autour de toi. Je voulais m'assurer que tu ne craignais rien.

Aerin frissonna, et ce n'était pas à cause du froid humide.

— Eh bien, merci.

— De rien, mais ce n'est pas comme si tu avais vraiment eu besoin de mon aide, donc…

De l'autre côté de la rue, Aerin aperçut une jonquille jaune vif solitaire qui dépassait de la platebande. Cette vision lui procura un regain d'optimisme. Peut-être que les choses allaient finalement s'arranger.

Elle sourit d'un air espiègle, se balançant d'un pied sur l'autre.

— Ma mère m'oblige à aller au gala de Pâques.

— C'est vrai ? s'étonna Thomas. Le timing est un peu… délicat.

— Comme tu dis.

Aerin fut confortée par sa réaction, elle s'était doutée qu'il compatirait.

— Tu veux m'accompagner ? proposa-t-elle, confiante.

Thomas sourit avec regret.

— Je suis de garde ce soir. J'étais juste sorti m'acheter un café.

— Tu ne peux pas te faire remplacer ?

Elle battit des cils dans sa direction.

— Comme ça, on vérifiera si les Morgenthau mangent toujours de la bouillie d'avoine ! On pourrait même emprunter une voiture de service pour y aller ; je l'ai jamais fait.

Thomas s'avança jusqu'à elle. Aerin embrassa du regard son uniforme bien ajusté et son visage délicatement ciselé. Il restait un petit endroit dans son cou qu'il n'avait pas rasé. Elle eut envie de l'effleurer.

Elle inclina le visage en arrière et ferma les yeux tandis qu'il posait délicatement la main sur son épaule pour l'attirer plus près. Les gouttes de pluie avaient une sonorité musicale. On aurait dit que l'univers retenait son souffle.

Mais ensuite, elle sentit les doigts de Thomas se crisper.

— Désolé, pas de remplacement pour moi ce soir : je ne suis pas en odeur de sainteté. Le chef croit que j'ai filé mes codes d'accès à quelqu'un pour qu'il s'introduise dans le serveur.

Aerin rouvrit brusquement les yeux. Thomas ne souriait plus.

— Ah. Oh… bafouilla-t-elle.

Il la fixa avec insistance, d'un regard froid.

— Je sais que c'était toi, Aerin.

Elle eut un mouvement de recul.

— Je ne vois pas de quoi tu…

— Chaque fois qu'on se connecte au serveur et qu'une recherche est effectuée, le système garde une trace, la coupa-t-il sèchement. La première connexion a eu lieu juste après ton départ de chez moi l'autre soir, et les seuls fichiers ouverts concernaient ta sœur. La seconde s'est produite durant une réunion de service à laquelle j'étais présent, d'où le fait que Kinkaid pense que quelqu'un d'autre connaît mon mot de passe. Il me soupçonne de l'avoir donné de mon plein gré.

Thomas sortit une carte magnétique de sa poche, se tourna et la fit glisser sur le boîtier. Un bip se fit entendre et la porte se déverrouilla.

— Après ton départ, j'ai aussi remarqué que mon appli *Bloc-Notes* était ouverte dans mon iPad. À la page contenant tous mes mots de passe.

Aerin grimaça.

— Je regrette, Thomas. Sincèrement.

Il l'observa un instant, son regard plein de désir… et de déception.

— Ouais, moi aussi, répondit-il tristement.

Il ouvrit la porte d'un geste vif et la franchit.

Puis il la lui claqua au nez.

Chapitre 32

Le cœur de Seneca battait très fort. Les yeux rivés sur le poussin en guimauve dans sa main, elle n'arrêtait pas d'écrabouiller sa petite tête molle. Elle n'avait pas bougé du canapé de Maddox, absorbée qu'elle était à tenter d'analyser ce qu'il venait de se passer.

Était-ce de la folie d'avoir, l'espace d'un court instant, envisagé d'accorder une nouvelle chance à Maddox ? Tout son discours sur le fait qu'il l'aimait beaucoup était-il sincère ? C'était la première fois qu'un garçon lui disait quelque chose d'aussi gentil. Comment allait-elle réagir ?

Elle sentit un sourire niais s'étirer sur son visage. Bon, donc elle l'aimait bien. Beaucoup, même, en dépit de tout. Ses sentiments la surprenaient, et tout ce que cela impliquait la terrifiait ; certes, elle reconnaissait qu'elle avait du mal à s'attacher. Mais le fait qu'elle l'appréciait vraiment – et qu'elle acceptait cette idée – signifiait peut-être qu'elle commençait à évoluer. Voire, à guérir. Elle pourrait tenter le coup.

Elle regarda encore un peu les reportages consacrés à l'arrestation de M. Ingram. Le débat des journalistes portait essentiellement sur la version de Skip selon laquelle Helena et lui avaient soi-disant prévu de revenir à Dexby durant l'hiver. C'était sûrement un énorme mensonge, n'est-ce pas ? Car si Skip avait vraiment de grands et beaux projets avec Helena, pourquoi avait-elle fini en sang chez lui ? Ça ne tenait pas debout.

Entendant le bruit d'un moteur au-dehors, Seneca se redressa en sursaut, persuadée qu'il s'agissait de Maddox. Jetant un coup d'œil par la fenêtre, elle vit une berline noire passer lentement sans s'arrêter. Déçue, elle retourna s'affaler dans le canapé. Mais enfin, qui avait entraînement d'athlétisme le jour de Pâques ? Cette entraîneuse le faisait vraiment trimer.

Tant par ennui que par inquiétude, Seneca ouvrit Google sur son téléphone, puis écrit dans la barre de recherche : *Catherine + athlétisme + Dexby, Connecticut.* Une liste de résultats pour une dénommée Catherine Markham apparut. Seneca cliqua sur le premier lien, un portrait de la jeune femme sur le site du centre sportif de Dexby. Ça devait être elle. En haut figurait la photo d'une petite brune tout en muscles et en sueur, prenant la tête d'une course de dix kilomètres organisée par la ville de New York, et une autre photo d'elle la montrait, médaille au cou, sur un podium, les bras levés en signe de victoire. Seneca fit défiler la page et remarqua un gros plan de Catherine, cette fois vêtue d'une chemise en coton oxford, les cheveux lâchés sur les épaules. Elle était bien plus jolie comme ça qu'en tenue de course. Et d'ailleurs… il lui sembla l'avoir *déjà vue* quelque part.

Ça lui revint presque aussitôt. Ce n'était pas Katie ? La fille qui cherchait à tout prix à passer à la télé durant tous les reportages sur Helena ? Sa rivale de toujours, d'après Aerin ?

Sa tête se mit à tourner. Elle repensa au texto de Katie qu'elle avait découvert dans le téléphone d'Helena : *Trop sympa de ta part.* Puis à l'anecdote que lui avait racontée Aerin : sa sœur avait refusé de manière catégorique d'inviter Katie à son dîner d'anniversaire quand leur mère avait proposé. Qu'est-ce qui s'était passé entre ces deux-là ?

La gorge sèche, elle afficha le numéro de Becky Reed, l'ancienne meilleure amie d'Helena que le groupe avait déjà sollicitée plusieurs fois, et elle lança l'appel. Par miracle, Becky décrocha.

— Est-ce qu'Helena avait une Katie Markham dans sa classe ? lâcha de but en blanc Seneca après s'être excusée de la déranger le jour de Pâques.

Il y eut un long silence.

— Euh… oui, répondit Becky.

— Et est-ce qu'Helena était brouillée avec elle ?

— En quelque sorte, confirma Becky. Elle nous a laissées tomber. Apparemment, elle nous détestait. J'ai toujours pensé que ce n'était qu'une banale embrouille entre amis, mais par la suite, elle nous a fait des coups un peu flippants.

Seneca sentit son ventre se nouer.

— Dans quel genre ?

— Elle débarquait chez nous sans y être invitée,

elle envoyait des textos désagréables, elle nous incendiait sur Facebook, ce genre de choses.

Becky se racla le fond de la gorge.

— Tu ne crois quand même pas que… ?

Elle ne termina pas sa phrase.

— Tu n'as pas entendu parler de cet Ingram ? C'est lui, le coupable : les infos ne parlent que de ça.

— Tu as sûrement raison, s'empressa d'abréger Seneca avant de raccrocher.

Elle eut l'impression que le sol se dérobait sous ses pieds. *Elle nous a fait des coups flippants*, résonna la voix de Becky dans sa tête. *Elle débarquait chez nous sans y être invitée.*

Et Maddox qui était en ce moment même avec Katie ! Était-il au courant de tout ça ? Sans doute que non… sinon il l'aurait évoqué. Pourquoi avait-elle tenu à ce qu'il vienne s'entraîner aujourd'hui ? Que savait-elle de lui et de ses activités quand il ne courait pas ?

Elle a un alibi, se raisonna Seneca, mais elle ne fut pas rassurée pour autant. Les alibis n'étaient pas la preuve suprême de l'innocence.

Les doigts tremblants, Seneca composa le numéro de Maddox, mais il sonna dans le vide. Le nœud dans son ventre commença à lui faire mal. Pour la énième fois, elle se remémora l'incident du premier soir à sa chambre d'hôtel. Cette voix féminine, râpeuse et vibrante de colère : *Rentrez chez vous.* D'après Maddox, son agresseur lui avait semblé être une femme aussi.

Et s'ils s'étaient trompés sur le compte de Skip ? S'ils devaient plutôt se méfier de quelqu'un d'autre ?

Seneca se précipita dans l'allée. Vide ; même la voiture

de Madison avait disparu. Pivotant sur elle-même, elle pénétra en coup de vent dans le garage et en ressortit sur un vélo rouge. Les pneus étaient dégonflés et la selle trop basse, mais ça ferait l'affaire, pas le choix.

* * *

Treize minutes plus tard, désormais bien trempée, Seneca arriva en pédalant devant le centre sportif. Elle laissa le vélo sur le râtelier et fit le point. Il y avait une piste d'athlétisme à l'arrière. Elle s'y rendit en vitesse et parcourut des yeux les véhicules sur le parking. Personne ne courait sous la pluie. Essoufflée, elle recomposa le numéro de Maddox. Boîte vocale. Elle réessaya de joindre aussi Brett, Madison et Aerin : même résultat.

Elle se retourna, fouilla du regard les courts de tennis, un terrain de sport désert, et un immense bâtiment indiquant *Gymnase & Piscine.* Elle repartit comme une flèche et poussa les lourdes portes qui s'ouvrirent en grinçant, révélant une piste couverte et un alignement de cerceaux de basket. Vers le fond, un homme en turban s'entraînait à mettre des paniers. Dans un couloir de la piste, une dame d'un certain d'âge marchait en parlant au téléphone.

Une plaque murale attira l'attention de Seneca.

Services, lisait-on, suivi d'une liste des employés du centre. À mi-chemin figurait une certaine Catherine Markham ; son bureau se trouvait en salle 107. Seneca traversa l'immense salle en hâte, laissant derrière elle la trace de ses chaussures mouillées. Consciente que c'était absurde, elle ne pouvait cependant pas s'empêcher d'imaginer Catherine en train de ligoter et bâillonner Maddox avec du sparadrap dans son bureau, tout en lui racontant qu'il était allé trop loin dans cette enquête…

Éclairé par des néons crus, le couloir de bureaux sentait des pieds. Le sol et les murs en béton amplifiaient tous les sons ; Seneca s'entendait respirer, haletante. Finalement, au bout du couloir, elle remarqua une lumière filtrant sous une porte. *Catherine Markham*, indiquait une plaque à côté de la poignée. Jetant un coup d'œil par la vitre, elle entraperçut deux formes indistinctes à l'intérieur. Un spasme nauséeux lui serra davantage le ventre. C'était sûrement Catherine, alias *Katie*, et Maddox.

Elle essaya de tourner le bouton : il n'était pas verrouillé. Alors elle ouvrit la porte d'un coup sec et son regard pénétra un bureau rempli de trophées. Maddox était dos à elle, indemne ; ni ligoté ni bâillonné comme elle l'avait imaginé. Face à la porte, Catherine se tenait près de lui. Mais Seneca dut y regarder à deux fois car, en fait, elle n'était pas simplement assise près de lui : elle l'embrassait.

Et Maddox se laissait faire.

Seneca émit sans doute un petit cri étouffé malgré elle, car Catherine leva les yeux en s'écartant.

— Euh, je peux vous aider ? dit-elle gentiment.

Maddox se retourna, et se leva d'un bond maladroit, empêtré dans les pieds de sa chaise.

— J'y crois pas. Seneca… souffla-t-il, déconfit.

Cette dernière essaya de dire quelque chose, mais fut incapable d'articuler la moindre syllabe. Plantée dans l'embrasure de la porte, elle se sentit de trop.

De nouveau, elle regarda longuement les jambes fines de Catherine, sa poitrine généreuse, son joli minois. Soudain, la scène lui sembla tout à fait logique. Tara n'était pas la seule jolie fille à courir après Maddox.

Elle tourna les talons et s'en alla.

— Seneca ! cria Maddox pour la retenir.

— Ne t'avise pas de partir, Maddy ! menaça Catherine.

Mais Maddox n'avait pas dû en tenir compte car Seneca entendit le bruit de ses pas dans son dos.

— Attends !

Seneca ne s'arrêta pas ; en passant devant un chariot rempli de ballons de basket, elle envisagea de le renverser. Hébétée, elle poursuivit son chemin, foulant d'un pas lourd et bruyant un gros sceau de l'État du Connecticut enchâssé dans le sol du gymnase. Finalement, les bruits de pas se rapprochèrent et Maddox l'attrapa par le bras. *Évidemment*, pensa-t-elle, amère : *on ne distance pas comme ça une star du sprint*. Alors elle fit volte-face, furieuse.

— Ce n'est pas ce que tu crois, assura-t-il.

Seneca se contenta de le fusiller du regard en dégageant son bras. Derrière Maddox, Catherine avait émergé à son tour du couloir, les mains sur les hanches, et le visage tout rouge.

Maddox lui jeta un coup d'œil nerveux, puis enchaîna.

— On réglait… un truc, bredouilla-t-il. J'ai essayé de lui expliquer que je n'étais pas intéressé. C'est toi qui me plais. Mais elle m'a menacé de me retirer ma bourse d'études si je la larguais.

Seneca le dévisagea, atterrée.

— Tu ne veux quand même pas que je te plaigne ?

— Mais non ! se défendit Maddox. Pas du tout ! J'ai fini par lui dire que je m'en fichais, que l'Oregon n'en valait pas le coup.

Il lança un regard mauvais à Catherine.

— Et que par ailleurs, je pouvais très bien signaler son comportement déplacé au directeur du centre sportif. J'ai des tas de messages venant d'elle qui sont plutôt loin d'être professionnels.

— Parce que tu crois que j'ai peur de toi ? fulmina Catherine à distance.

— Je vais y aller, lâcha Seneca entre ses dents.

Une querelle d'amoureux était bien la dernière scène à laquelle elle avait envie d'assister.

— Non, attends ! insista Maddox. Je lui ai dit tout ça, je te le jure, et j'étais prêt à partir mais… il a fallu qu'elle m'embrasse encore. C'est pile à ce moment-là que tu es arrivée.

Sentant un contact, Seneca baissa les yeux. Maddox avait trouvé moyen de saisir ses mains durant cette dernière tirade. Il y a encore une heure, la vue de leurs doigts entrelacés l'aurait enchantée, mais à présent ils ne lui inspiraient que du dégoût.

Elle s'écarta. Que ce soit dans ce gymnase qui résonnait ou dans son propre corps, elle étouffait.

— En fait, si je suis venue, c'est uniquement car je craignais qu'elle te fasse du mal, Maddox, dit-elle à haute voix, sans trop se soucier que Catherine entende. Tu savais qu'elle était la rivale d'Helena au lycée ? Catherine la détestait.

Maddox parut surpris. Il scruta Catherine, qui avait reculé de quelques pas.

— Vous m'avez *espionnée* ? s'indigna-t-elle avec hargne.

Seneca l'ignora, fixant son attention sur Maddox.

— Mais je crois que ce n'est pas après *nous* qu'elle en a, n'est-ce pas ? Et ça a l'air d'aller pour toi. Mieux que ça, même.

Sur ce, elle se détourna avec un sourire pincé et regagna calmement la sortie.

— À plus.

Maddox la rattrapa encore.

— Attends ! Tu es en colère contre moi ?

Par réflexe, Seneca eut envie de hurler, mais elle usa de toutes ses ressources pour se retenir et rester impassible.

— Non, assura-t-elle avec désinvolture. C'est ta vie, Maddox. Je ne suis qu'une copine virtuelle. Tu n'as pas à te justifier vis-à-vis de moi.

Médusé, Maddox ne sut pas quoi répondre. *Laisse tomber*, pensa Seneca. Tant qu'il avalait son mensonge, elle se fichait du reste.

Dehors, la nuit tombait et la pluie avait cessé. Sur la chaussée mouillée, seuls résonnaient les pas de Seneca. Lorsque quelqu'un l'attrapa par le bras, elle se débattit, supposant que c'était Maddox.

— Hé ! Détends-toi !

Brett apparut soudain face à elle.

— Mais qu'est-ce que tu fais ici, toi ? s'écria Seneca, le cœur battant.

— Tu m'as appelé, tu te souviens ? Sur ton message tu disais que tu allais au stade, que Maddox avait des ennuis ?

Son regard oscilla entre l'entrée et la tête sinistre que Seneca était consciente de faire.

— Il va bien ?

— Très bien, fit-elle froidement.

Seneca marcha jusqu'aux courts de tennis éclairés par d'énormes projecteurs aériens et s'accroupit le dos voûté, en fixant d'un air interdit les filets. La porte du centre sportif s'ouvrit en grinçant, et Maddox sortit en regardant autour de lui. Seneca rentra la tête en se cachant le visage, priant pour qu'il ne la voie pas. Au bout d'un moment, il s'en alla au petit trot.

Brett se glissa à sa hauteur, suivant des yeux la silhouette de Maddox qui s'éloignait.

— Quel imbécile.

Seneca serra les dents.

— Pas la peine d'en parler.

Brett pianota des doigts sur ses genoux.

— OK, dit-il gentiment. Message reçu.

Son indulgence inattendue accabla d'autant plus Seneca qui sentit la tristesse et le désespoir la submerger.

— Bref, peu importe, abrégea-t-elle avec rudesse. De toute façon, je devais rentrer ce soir. Je comptais prendre le train dans quelques heures.

C'était faux : en réalité, elle avait rédigé un brouillon à l'attention de son père pour grappiller un ou deux jours de plus. Elle était bien contente de ne pas l'avoir envoyé.

— D'accord, mais ne laisse pas Maddox gâcher notre succès, conseilla Brett. On a attrapé un meurtrier, je te rappelle. C'est plutôt énorme. Je parie que ça va lui changer la vie, à Aerin.

Puis une expression pensive balaya ses traits.

— Si seulement on pouvait en faire autant pour ta mère, hein ?

Seneca éprouva un vif agacement. Sérieux, il voulait vraiment aborder ce sujet *maintenant* ? Remarquez, ce serait toujours mieux que de parler de Maddox. Sans compter que, en un sens, Brett avait raison.

— Encore une fois, excuse-moi de t'avoir pris au dépourvu à ce sujet l'autre jour, au café, poursuivit Brett. Je voulais juste bavarder avec quelqu'un qui était passé par là, tu vois ? Mais c'était égoïste de ma part. Si tu avais eu envie d'en parler, tu l'aurais fait. Je m'en rends compte, à présent.

À la lumière du crépuscule, les bleus sur le visage de Brett avaient mauvais aspect, d'un violet criard. Seneca enfonça le doigt dans l'un des maillons du grillage. Pas une fois elle n'avait demandé à Brett comment il avait surmonté la mort de sa grand-mère. Son désintérêt lui parut cruel ; au fond, c'était peut-être elle, l'égoïste.

— Tu penses souvent à ta grand-mère ? demanda-t-elle.

Brett rabattit sa casquette sur ses yeux.

— Tout le temps. Et toi ? Ta mère ?

— Évidemment.

— Tu sais ce qui me ferait hyper plaisir ?

Brett contempla les arbres qui se découpaient sur le ciel assombri.

— Passer une dernière journée avec elle. Une journée toute simple. On prendrait le petit déjeuner, je l'accompagnerais à sa séance de marche sportive et on irait voir les chevaux. On lirait le journal, je la regarderais broder, tout ça.

Seneca eut un rire léger.

— Ta grand-mère, la diva en manteau de fourrure, avait une passion pour le crochet ?

— Ça ou autre chose, c'était un exemple, s'empressa de répliquer Brett. Bref, tu as compris. Rien qu'une journée supplémentaire pour la serrer dans mes bras, lui dire que je l'aime, toutes ces conneries. Je donnerais n'importe quoi en échange de ça.

Seneca sentit les larmes lui monter aux yeux. Elle rêva à son tour sur cette idée d'une dernière journée avec sa mère. Une journée ordinaire serait parfaite. L'occasion d'échanger des futilités. De regarder une cérémonie de remise de prix à la télé. De plier du linge ensemble. De lui cuisiner son plat préféré, des *linguine alle vongole.*

Brett s'adossa contre le grillage qui protesta avec un bruit métallique.

— Ils n'ont jamais eu le moindre indice sur l'assassin de ta mère ? Je ne suis pas son dossier sur les forums.

Seneca fit non de la tête.

— Aucun. Tout allait bien chez nous, même mon père l'a attesté. Ma mère n'avait reçu aucun appel bizarre, et rien n'indiquait qu'un détraqué l'avait suivie. Pendant les mois qui ont précédé, on ne peut même pas dire qu'elle ait eu un comportement différent, comme si elle avait peur de quelqu'un. Sa mort est juste… insensée.

Elle lâcha un soupir.

— Inexplicable.

Brett pointa du doigt le P de son pendentif.

— Heureusement, tu as récupéré ce souvenir d'elle, pas vrai ?

Les doigts de Seneca se refermèrent dessus.

— C'est ce que je me dis.

Lentement, avec hésitation, elle laissa le passé affluer dans son esprit, en particulier cette dernière image de sa mère à la morgue. On l'avait recouverte d'un drap jusqu'à la taille, mais Seneca avait quand même bien vu que plusieurs parties de son corps n'avaient pas une position naturelle là-dessous, qu'elles n'étaient pas assemblées comme un squelette normal. Quelques mois plus tard, quand elle s'était connectée sur *Classé sans suite* pour la première fois, elle avait enfin lu le rapport du médecin légiste. Ses conclusions étaient si atroces qu'elle n'avait jamais eu le courage de rouvrir l'affaire. Ça disait entre autres que certains os des membres inférieurs avaient été très grièvement fracturés – *fracassés*, avait écrit le spécialiste. Vraisemblablement des suites de coups violents.

Submergée par la douleur, Seneca laissa un cri plaintif s'échapper du fond de sa gorge.

— T'en fais pas, la consola Brett en la prenant dans ses bras. Ça va aller.

Quoique l'étreinte fût réconfortante, Seneca éprouva tout de même un désir vain, inassouvi. Un spasme lui serra le crâne, une sensation bizarre mais sans doute due au désordre qui régnait dans son esprit suite aux péripéties de la journée, à la montagne russe d'émotions en tout genre par laquelle elle était passée. En outre, elle était contrariée de se rendre compte que, même si elle aimait bien Brett, elle aurait préféré les bras d'un autre. Elle jeta un regard mauvais dans la rue qu'avait empruntée Maddox pour rentrer chez lui. *Arrête de perdre ton temps avec lui*, pensa-t-elle avec colère.

Il fallait qu'elle l'oublie pour de bon.

Chapitre 33

Installée à l'arrière de la limousine, Aerin était en route pour le gala de Pâques sous une pluie torrentielle. Les bretelles de la robe dos nu qu'elle avait choisie des mois auparavant, un modèle noir Narciso Rodriguez, l'étranglaient comme un nœud coulant, et le corsage la serrait autant qu'une camisole de force. Sa mère était assise près de la vitre, impeccable dans une robe blanc cassé, ce qui n'empêchait pas Aerin de remarquer ses cordes vocales crispées, le tressautement inquiet qui agitait les contours de sa bouche, et le tremblement de sa main lorsqu'elle porta la flûte de champagne à ses lèvres. Près de la vitre opposée, superbement vêtu d'un smoking noir, se tenait son père, les mains croisées sur les genoux. Ainsi formaient-ils à nouveau une jolie petite famille… en apparence. Ses parents n'avaient pas échangé un mot de tout le trajet. Même le chauffeur leur avait décoché des regards curieux, se demandant sans doute pourquoi ils faisaient tous des têtes d'enterrement alors qu'ils se rendaient à la plus grosse fête de l'année.

Ils arrivèrent au domaine Morgenthau, un manoir grandiose érigé sur une large étendue de pelouse vert vif. Des projecteurs tournoyaient dans l'allée. On avait même déroulé jusqu'au perron un tapis rouge couvert sponsorisé par le magazine *Dexby Living* avec, écrit en travers de la verdure en toile de fond, le nom officiel de la soirée : *Vente aux enchères et Gala caritatif de Pâques du domaine Morgenthau.* Les invités sortaient de limousines et coupés sportifs qui attendaient en file indienne et posaient sur le tapis pour les photographes comme s'ils étaient vraiment influents. Aerin les détestait, tous autant qu'ils étaient.

Dans le jardin, quelques filles coiffées d'oreilles de lapin, en robes très courtes et très décolletées, couraient sous la pluie vers la dépendance en titubant un peu. Parmi elles, Colin Woodworth et Reed Cristensen, deux terminales de Windemere, blotties sous un parapluie, bouteilles de bière à la main. Et là, Dax Shelby, un garçon qui d'après la rumeur se fournissait en ecstasy auprès de son éminent père, P-DG d'une industrie pharmaceutique ; Dax organisait toujours une chasse aux œufs remplis de pilules qu'il cachait un peu partout dans le domaine. L'an dernier, il s'était glissé jusqu'à Aerin en agitant un œuf pour l'appâter. « Tu veux chercher mes œufs ? » lui avait-il sorti. Dieu merci, Aerin avait entraîné Thomas dans le cellier. À part lui, dans ce milieu, c'était tous de vrais losers.

Thomas. Cette pensée lui fit de la peine, mais elle la refoula.

Le chauffeur ouvrit la portière à la famille d'Aerin. Minnie Morgenthau, qui avait un long visage chevalin et les lèvres pulpeuses d'une bouche refaite, les accueillit sous un parapluie.

— Elizabeth. Derek.

Minnie prit leurs mains dans les siennes.

— Doux Jésus, vous n'étiez pas obligés de venir après tout ce à quoi vous avez été confrontés aujourd'hui.

C'est bien ce que je leur ai dit, faillit répliquer tout haut Aerin.

— On ne voulait pas manquer ça, répondit sa mère en faisant semblant de faire la bise à Minnie.

Au même moment, Tori et Amanda se ruèrent sur la voiture pour en faire sortir Aerin qu'elles étreignirent longuement. L'une et l'autre sentaient vaguement l'alcool, et Aerin remarqua que Tori portait la bague en diamants quatre carats qui avait appartenu à sa mère, avant que celle-ci ne rachète la même en plus gros.

— Tu es vraiment courageuse, Aerin, murmura Amanda. On t'aime très fort, tu sais.

Aerin se dégagea de leur étreinte en se tortillant désespérément. Alors maintenant, elle était une sorte d'héroïne ? Pourtant, ce n'était pas comme si ses amies savaient que c'était *elle* qui avait résolu le meurtre d'Helena. C'était cette tragédie qui les fascinait, c'est tout.

— Je ne veux pas y penser pour l'instant, maugréa Aerin qui les entraîna par la main en se dirigeant d'un pas lourd vers la dépendance, sans se soucier que sa robe finisse trempée.

Au moment de franchir l'entrée grande ouverte, elle baissa la tête, mais on la dévisagea quand même. *Allez tous vous faire voir,* pensa-t-elle en contournant d'autres filles attifées d'oreilles de lapin.

Amanda lui tendit une bière piochée dans une vasque remplie de glace dans la cuisine. Aerin voulut la remercier, mais en croisant son regard un peu effrayé, elle s'abstint. Elle se détourna et descendit sa bière d'un trait, sans la savourer.

C'est alors qu'elle entendit chuchoter à proximité.

« *Il paraît qu'il a reconnu avoir eu une liaison avec Helena* », dit une voix.

« *Je sais,* répondit une autre. *C'est vraiment ignoble, tu n'es pas d'accord ? En revanche, il soutient qu'il ne l'a pas tuée. Moi je le crois.* »

« *Tu es vraiment idiote, Frances. Bien sûr qu'il l'a tuée. Il s'est sûrement lassé d'elle et il a voulu s'en débarrasser, voilà.* »

« *Impossible. Il joue tout le temps au golf avec mon père. Il est très gentil.* »

Aerin devait avoir l'air furieuse car Tori se leva en serrant les poings.

— Je vais les tuer, ces pétasses, grogna-t-elle en s'élançant vers la pièce voisine.

— Tori, non, protesta mollement Aerin en la suivant.

Elles traversèrent la galerie et coincèrent Brooklyn Landers et Frances Hamilton, deux élèves de seconde qu'Aerin ne connaissait même pas, assises sur un long canapé, gin tonic à la main. Tori se dirigea droit vers elles.

— Vous voulez bien lui répéter tout ça en face ?

À la vue d'Aerin, les filles blêmirent. Frances prit Brooklyn par la main, et elles filèrent s'enfermer dans les toilettes pour dames. Tori lui lança un regard.

— Tu veux que je bloque la poignée avec un manche à balai pour qu'elles restent coincées dedans ?

— Non, ça ira, répondit distraitement Aerin qui avait la sensation d'avoir bu non pas une, mais six bières.

Balançant sa cannette vide dans la poubelle, elle fit signe à Amanda et Tori qu'elle avait besoin de s'isoler un moment et sortit faire un tour sur la terrasse couverte à l'arrière. Elle s'effondra dans un fauteuil de jardin et fixa les bois d'un air absent.

Si elle était tout à fait honnête avec elle-même, elle comprenait le point de vue de Frances. Pourquoi M. Ingram aurait-il tué Helena ? Sa sœur lui avait peut-être adressé un ultimatum ? Les médias avaient aussi révélé que M. Ingram fumait parfois de l'herbe : ils avaient peut-être partagé quelques joints ensemble ? Peut-être aussi qu'ils avaient touché à des drogues plus dures, demandé à Loren de leur livrer des cachetons, un truc auquel ils étaient accros.

Soudain, elle repensa au commentaire d'Helena sur ces choses qui devraient rester « top secrètes » entre elles. Cette appli lui avait semblé être une très bonne piste, tout s'était recoupé. Et si Helena l'avait bel et bien téléchargée quelque part, mais pas sur *son* téléphone ? Auquel cas, est-ce qu'elle avait voulu insinuer qu'Aerin devrait la télécharger ? Si seulement Helena avait joint l'acte à la parole, ce jour-là. Après tout, elle s'était bien servie du téléphone d'Aerin pour consulter la météo et voir s'il allait encore neiger.

Un déclic se fit dans sa tête. Et si Helena avait *effectivement* téléchargé cette appli sur le portable d'Aerin ?

Elle avait dû étouffer un cri de stupeur car Chase Grier, un footballeur qui jouait en équipe première, se retourna en la regardant d'un drôle d'air.

— Tout va bien ?

Les pensées d'Aerin se bousculaient à toute vitesse, mais elle parvint à hocher la tête.

— Oui, ça va.

Chase ne bougea pas. Tout à coup, Aerin se sentit trop exposée. Elle partit en coup de vent et longea la dépendance, ses chaussures s'enfonçant dans l'herbe humide. Une fois seule dans un coin, elle se débattit pour sortir son portable de sa pochette de soirée et cliqua sur l'App Store. Puis elle perçut un bruit dans l'obscurité. Elle releva la tête, sa vue floue. À quelques mètres de là, éclairée de derrière par un spot, une ombre rôdait.

— Qui est là ? lança-t-elle comme la silhouette se rapprocha.

— C'est moi, Aerin ! répondit une voix. Qu'est-ce que tu fais ici ? Pipi... ?

La silhouette émergea de la lumière. C'était Madison, resplendissante dans sa robe de bal rose bonbon, avec ses longs cheveux bruns brushés et lisses comme des baguettes. Aerin avait totalement oublié qu'elle comptait venir. Et c'est là qu'elle comprit une chose : Madison tombait à pic.

Le cœur battant, elle l'attira plus près.

— J'ai un truc à te montrer, souffla-t-elle, tout excitée. Il faut absolument que tu voies ça.

* * *

Comme Madison était encore plus parano qu'Aerin, elle lui prit la main et l'entraîna sur un sentier à travers les bois derrière la propriété des Morgenthau. La pluie s'arrêtait enfin, mais les arbres et les plantes étaient couverts de gouttes et sentaient l'humus. Aerin sentit le bas de sa robe se gorger de boue, mais elle n'en avait un peu rien à faire.

Elle raconta sa découverte à Madison.

— J'ai repensé à l'appli *Top Secret*. Helena ne l'a pas téléchargée sur son téléphone… mais sur le mien.

Madison changea d'appui.

— Pourquoi elle aurait fait ça ?

— Parce que la police n'allait pas fouiller mon téléphone pour trouver des indices sur elle. Elle pouvait communiquer avec M. Ingram sans que personne ne le sache. Helena avait la manie d'égarer son portable – du moins, c'est ce qu'elle essayait de faire croire. Elle m'empruntait toujours le mien pour des petites choses comme consulter la météo ou envoyer un texto. Maintenant que j'y pense, ça se produisait tous les jours. Mais en fait, elle allait sur *Top Secret*, pour parler à Ingram.

— D'accord, dit Madison d'une voix traînante. Mais comment ça se fait que tu n'aies jamais remarqué l'appli ?

— Sans doute car elle était cachée dans un sous-dossier, comme l'a suggéré Maddox. Mais il y a deux minutes, je suis allée dans l'App Store pour la télécharger. Apple m'a indiqué qu'elle était déjà enregistrée dans mon cloud, ce qui signifie que quelqu'un l'a achetée pour moi, sur un ancien téléphone, et ce n'était pas moi, c'est sûr. Donc ça ne peut être qu'Helena.

Elle tapota sur l'écran pour qu'il reste allumé.

— Je suis en train de la réinstaller sur ce téléphone. Mais j'ai besoin de toi pour me montrer comment ça marche.

— Pas de problème, acquiesça Madison, impressionnée.

Quelques secondes plus tard, l'icône de *Top Secret* illustrée par un *T* et un *S* entremêlés s'afficha à l'écran. D'un doigt tremblant, Aerin cliqua dessus. *Heureux de vous revoir SamuraïGirl 10930.* Ça devait être le nom d'utilisateur d'Helena.

Un message invitant à entrer le mot de passe apparut. Les doigts d'Aerin hésitèrent au-dessus du clavier.

— Skip ? hasarda-t-elle à haute voix en tapant le mot.

Erreur, signala l'appli en lettres rouges. Elle tenta des noms de groupes qu'écoutait Helena, et même *Kevin.* Sans succès. Alors le ventre noué, elle saisit *HelenaIngram. Bienvenue*, annonça un message.

— On y est, chuchota-t-elle.

Un jingle joyeux accompagna la connexion qui s'ouvrit sur une page de navigation. À la droite de l'écran, une barre verticale proposait différentes rubriques : *Messages reçus, Messages envoyés, Nouveau message* et *Indiscrétions.* Madison opta pour *Messages envoyés.*

— Voyons voir ce qu'elle racontait.

Un paquet de fichiers se chargea. Les publications lui rappelaient Instagram : d'abord une photo, ensuite une légende. Madison fit défiler la page jusqu'au bas de la liste et ouvrit le message le plus ancien. C'était un selfie d'Helena assise sur son lit, le décor de la chambre identique à celui d'aujourd'hui. Aerin tendit le bras pour effleurer l'image à l'écran ; Helena semblait si vivante.

Je n'arrive pas à croire que je vais vraiment me lancer, disait le commentaire sous la photo. Rien de plus. Madison tapota sur le lien *Plus d'infos.* Des données surgirent à l'écran.

— Il n'y a qu'un compte qui a reçu ce message, expliqua Madison. HAR1972.

— Ingram, tu crois ? chuchota Aerin.

— Qui d'autre ça pourrait être ?

Une boule dans la gorge, Aerin consulta les autres messages envoyés par sa sœur. Dans le suivant, Helena s'était prise en photo dans le miroir de sa salle de bains. Elle portait un débardeur et un short de sport qui mettait ses longues jambes en valeur. *Je pense tout le temps à toi,* révélait la légende, là encore adressée à ce seul et unique compte. D'autres racontaient qu'elle rêvait de lui la nuit, qu'elle était hyper heureuse qu'ils soient ensemble, ou encore qu'elle repensait sans cesse à leur dernier rendez-vous.

— Tout ça remonte à l'été et l'automne de sa disparition, précisa Madison en vérifiant l'horodatage des photos.

Puis elle cliqua sur un message au milieu de la liste. Nouveau selfie d'Helena assise sur son lit, cette fois vêtue d'un pull violet familier sous un manteau blanc, et coiffée du fameux feutre brun. Elle avait un regard déterminé. *Je suis prête*, déclarait la légende.

— Celle-ci date du *jour* de sa disparition, murmura Madison.

Mais ce n'était pas le dernier message qu'avait envoyé Helena. Le suivant montrait l'image d'une rose rouge soulignée d'une inscription : *Tu me manques.* Il avait été publié une semaine plus tard. Apparaissait ensuite le dessin d'un chaton flanquant un coup à son réveil, légendé de : *Je compte les minutes jusqu'à ton retour.* 18 décembre. Aerin inspira profondément. Seneca avait donc raison. Helena avait bel et bien continué à vivre *après* la fatidique matinée de sa disparition.

Des rayures rouges et blanches façon sucre d'orge servaient de toile de fond à un message ultérieur : *Joyeux Noël à nous.* La date à laquelle il avait été envoyé était le 26 décembre. Aerin se mordit violemment la lèvre. Noël. Pour finir, elles découvrirent aussi quelques messages qui n'étaient pas adressés au compte d'Ingram, ni à aucun autre. *Tu es là ?* disait l'un d'eux. Puis : *Ne crois pas que je t'oublie.* Suivi de : *Tu me manques, Aerie. Mais ne t'en fais pas. Je serai bientôt de retour. Le 2 février, très exactement : le Jour de la Marmotte !*

Le cœur d'Aerin s'arrêta. Il arrivait à Helena de l'appeler Aerie. Elle aurait donc tenté d'entrer en contact avec elle via cette appli ? Alors Skip disait la vérité : ils comptaient vraiment revenir à Dexby ? Et lui, quitter sa femme ?

Le seul message qui contenait une photo d'Helena *après* sa disparition était le tout premier de la liste. Son visage apparaissait en gros plan, ses yeux écarquillés, ses lèvres pincées en une moue boudeuse, ses cheveux plus longs et plus hirsutes. Difficile d'identifier l'endroit où elle se trouvait – la photo était très retouchée et l'arrière-plan estompé – mais en tout cas elle semblait triste, pas effrayée. *Ça va s'arranger*, disait le commentaire. C'était adressé à M. Ingram.

Madison pointa du doigt la légende.

— *Qu'est-ce* qui va s'arranger ?

— J'en sais rien, murmura Aerin.

Madison quitta les messages envoyés pour aller dans *Messages reçus*. Des tas d'images issues du compte HAR1972 chargèrent. Parmi elles, aucun selfie de M. Ingram, et tant mieux car Aerin n'aurait sans doute pas supporté de voir sa tête. C'était plutôt des messages en surimpression sur fonds unis ou des images extraites du domaine public. Le premier remontait au début de l'été de la même année. *Moi aussi je suis vraiment content*, avait-il écrit. Puis : *Tu étais ravissante cet après-midi.* Et : *Je pense à toi.* Aerin eut un haut-le-cœur. Helena s'était enflammée pour *ça* ?

À mesure que la date de la disparition d'Helena se rapprochait, M. Ingram avait écrit des choses telles que : *Je sais que c'est dur pour toi. Je te soutiendrai quelle que soit ta décision.* Et : *Je t'aimerai toujours.* Ou encore : *Trop excité par nos projets.*

Madison renifla.

— Ça ne ressemble pas à un type qui s'apprête à tuer sa petite amie.

— C'est clair, murmura Aerin, qui continua à faire défiler.

Début janvier, quatre semaines après qu'Helena eut disparu, il écrivait : *Je suis prêt à la quitter.* Elle releva le nez.

— Qui, Marissa ?

Elle tenta de se rappeler l'attitude de Mme Ingram à l'époque : peut-être était-elle au courant ?

— Regarde ça, poursuivit Madison en remontant vers le haut.

Le message suivant datait du 24 janvier. Il ne contenait qu'un écran blanc, pas de photo. En guise de légende, M. Ingram avait écrit : *Je me fais du souci pour elle. Peur qu'elle fasse une bêtise.*

Le 24 janvier était la date à laquelle Helena avait écrit : *Ça va s'arranger.* D'un clic, Aerin revint aux messages envoyés, mais celui du 24 était son dernier.

— Tu crois que c'est ce jour-là qu'elle… ?

Madison haussa les sourcils.

— C'est aussi à cette période que Loren a cherché à la joindre. S'il dit la vérité, elle ne l'a jamais rappelé. *Peut-être* qu'il lui était arrivé quelque chose ?

Aerin revint aux messages reçus sur le compte d'Helena, s'attendant à ce qu'il n'y en ait plus d'Ingram, et pourtant d'autres messages succédaient à celui du 24 janvier. À commencer par le 30 janvier : *Je t'en prie, reviens.* Puis, en date du 2 février : *C'était censé être le grand jour aujourd'hui. Pourquoi tu me fais ça ?* 6 février : *Je t'aimerai toujours. Peu importe où tu es partie ou le temps dont tu as besoin, ce n'est pas grave.* 8 février : *Dis-moi juste où tu es. Je suis inquiet.*

Aerin replia ses genoux.

— Mais qu'est-ce qu'il raconte ? Comment se fait-il qu'il ne sache pas où elle est ?

— Elle se serait enfuie du Dakota ? avança Madison. Pour quitter la ville ?

— Et le sang dans l'appartement, tu l'oublies ?

Toutefois, Aerin comprenait sa question.

— Pourquoi Ingram aurait écrit à Helena s'il savait qu'elle était morte ? Pour brouiller les pistes au cas où les flics tomberaient là-dessus ?

Madison fronça le nez.

— Sur une appli *hyper* confidentielle, ça m'étonnerait.

— Bon, mais alors, c'est quoi l'autre option ? Il ne savait vraiment pas où elle était ?

Les yeux de Madison s'agrandirent.

— Tu crois qu'elle avait le double de son appart à New York, *l'autre* ?

— Qui ça ? Helena ? répondit Aerin, interloquée.

Madison secoua la tête et revint au précédent message d'Ingram : *Je me fais du souci pour elle. Peur qu'elle fasse une bêtise.* Lorsqu'elle croisa le regard de Madison, un silence terrifiant habita soudain Aerin, balayant le doute qui l'avait jusqu'ici tenaillée.

— Marissa, chuchota-t-elle.

Madison confirma de la tête et jeta un coup d'œil à la propriété Morgenthau. Son visage blêmit.

— Quand on parle du loup, constata-t-elle en désignant d'un geste une limousine dans l'allée principale.

Une portière s'ouvrit, et Aerin regarda une brune émaciée en robe longue en dentelle et couverte de diamants sortir du véhicule et poser pour être prise en photo.

Je le crois pas, pensa Aerin. Cette *salope* était venue.

Chapitre 34

Assis dans le noir sous le porche devant chez lui, Maddox sentit son portable vibrer dans sa main. *Catherine*, indiquait l'écran. Il serra l'appareil, tenté de le balancer dans les arbres.

Une heure plus tôt, il s'était pointé au stade et lui avait tenu tout un discours comme quoi il n'allait pas se laisser manipuler, bla-bla-bla. Catherine l'avait dévisagé avec de gros yeux tout humides, avant de partir se réfugier en courant dans son bureau. Alors quoi ? Maddox n'aurait *pas* dû la suivre ?

À vrai dire, avec le recul, ça aurait été plus judicieux.

Assise au bord de son bureau, Catherine respirait à fond pour se calmer. Mais ensuite, son visage s'était métamorphosé.

« Très bien », avait-elle décidé d'un ton posé.

Elle avait dégainé son portable pour composer un numéro.

« Allô bonjour, j'aimerais parler à M. Leventhal, s'il vous plaît. »

Le cœur de Maddox avait fait un bond. Levanthal était l'entraîneur de l'université de l'Oregon. Elle allait vraiment le faire !

Catherine lui avait jeté un regard, le sourcil haussé d'un air de dire : *Il est encore temps de faire machine arrière.* Mais quoique peu assuré, Maddox avait campé sur ses positions.

« Vas-y, ça m'est égal », avait-il lâché d'un ton neutre.

Mais alors qu'il se levait pour partir, il avait senti une main sur son poignet. Catherine avait lâché son téléphone pour le retenir et lui planter un baiser sur la bouche.

Il n'avait pas eu le temps de dire ouf que Seneca avait débarqué… et tout vu. Vu et conclu, bien sûr, que Maddox était un bon gros salaud.

Quant à cette histoire sur Catherine qui aurait été l'ennemie jurée d'Helena ? Maddox n'avait pas souvenir de l'avoir déjà vue chez les Kelly… mais il faut dire aussi qu'il n'était pas fourré là-bas H24. En tout cas, manifestement, Catherine ne lui avait pas tout dit à son sujet. Et subitement, Maddox se rappela très clairement avoir évoqué Helena au cours de leur seconde séance d'entraînement, qui avait eu lieu le jour anniversaire de sa disparition.

« Tu la connaissais ? » avait-il demandé à Catherine. Mais cette dernière avait fait signe que non de la tête, le regard distrait.

La sonnerie de son portable s'arrêta puis repartit de plus belle. Maddox envisagea un instant de le jeter dans l'allée, mais il remarqua alors qu'un autre nom s'affichait à l'écran. *Madison.* Bon sang. Était-elle au courant du désastre avec Seneca ? Il n'était pas prêt pour un autre sermon.

En entendant un moteur gronder, il leva le nez. Au bord du trottoir, un taxi jaune s'était arrêté, dont Seneca descendit, suivie de Brett. Maddox fixa le portable qui continuait de sonner dans sa main, et finit par décrocher.

— Madison, pourquoi je vois Seneca devant chez nous ?

— Parce que je l'ai appelée, expliqua-t-elle à la hâte. Je lui ai demandé de passer te prendre pour que vous nous rejoigniez ici.

— Où ça ?

— Au gala des Morgenthau.

Maddox cligna des yeux, incrédule. Cette soirée de Pâques lui était complètement sortie de la tête.

Madison se mit à débiter à cent à l'heure :

— On croyait que c'était Skip Ingram, tu vois ? Eh bien en fait, non – c'est *Marissa* – parce qu'on s'est introduites dans le compte *Top Secret* d'Helena, on a trouvé tous les messages qu'elle a échangés avec Skip, et à la fin, il écrit qu'il se fait du souci pour quelqu'un, et c'était Marissa, c'est sûr. Tout est *logique* !

— Attends, la coupa Maddox.

Seneca et Brett s'étaient engagés dans l'allée. Brett avait les poings serrés, l'air blême, inquiet. Seneca examinait quelque chose sur son téléphone en secouant la tête.

Il prit le temps d'assimiler les informations que venait de lui donner Madison. Marissa Ingram ?

Ça se tenait. Si elle avait découvert la liaison de son mari avec Helena, elle avait un mobile pour la tuer. Peut-être même que c'était elle qui avait cherché à se débarrasser d'eux. Cet agresseur à New York, il avait justement eu le sentiment que c'était une femme…

Les images de Skip en état d'arrestation lui revinrent à l'esprit.

— On a mis la mauvaise personne en prison ?

— Oui, dit Seneca d'un ton brusque plein de colère, en arrivant en haut de l'allée et lui prenant le portable des mains.

— Tu ne l'as toujours pas retrouvée ? dit-elle dans le combiné.

Il y eut un blanc.

— OK, OK. Bon, continue de chercher. On arrive.

Elle raccrocha et rendit le téléphone à Maddox en évitant ostensiblement de croiser son regard.

— Je savais bien qu'il y avait un truc qui clochait chez Skip Ingram. Je le *savais*.

Brett posa la main sur le bras de Maddox.

— Quand Madison et Aerin ont compris que c'était Marissa, elles l'ont repérée à la soirée, expliqua-t-il. Et avant que Madison ait le temps de l'en empêcher, Aerin s'est lancée à sa poursuite. Elle a essayé de la rattraper, mais elle s'est volatilisée dans la foule.

— Aerin est une bombe à retardement, commenta sèchement Seneca. Il faut qu'on la retrouve avant qu'elle balance n'importe quoi à Marissa et que Marissa en déduise qu'on sait tout.

Elle souffla sur sa frange pour la repousser.

— J'hallucine que Marissa se soit pointée là-bas

après tout ce qui s'est passé aujourd'hui. Elle a des nerfs d'acier.

Elle fit signe au taxi qui les attendait au bord du trottoir.

Maddox redressa les épaules et s'engouffra à l'arrière. Marissa Ingram n'était pas la seule à devoir s'armer de courage ce soir.

* * *

Dix minutes plus tard, ils arrivèrent au manoir des Morgenthau. En haut de la côte, la première chose que Maddox aperçut fut un groupe de convives qui prenaient la pose en se tortillant sur un tapis rouge. Des flashes crépitèrent. Le photographe indiqua à certains de se tourner sur la gauche ou la droite. Maddox tendit le cou, curieux de voir s'il s'agissait vraiment de quelqu'un de connu – de nombreux joueurs des Rangers habitaient dans le coin, ainsi que des acteurs, d'éminents P-DG, et des écrivains célèbres. Mais tout ce qu'il vit, c'était des jeunes et des moins jeunes qu'il reconnut pour les avoir déjà croisés dans Dexby.

On toqua à sa vitre. Madison ouvrit sa portière d'un coup sec puis repartit sans traîner en direction de la maison.

— J'ai inspecté toutes les pièces principales, lança-t-elle par-dessus son épaule. Mais cet endroit est un vrai labyrinthe. Il y a toute une aile à l'arrière, des appartements à l'étage…

— Vous ne croyez pas qu'on devrait appeler les flics ? suggéra Maddox. Si jamais il arrivait quelque chose à Aerin ?

Seneca secoua la tête.

— Marissa pourrait voir les voitures de police et prendre la fuite avant qu'on puisse prouver sa culpabilité. Je suggère qu'on attende jusqu'à ce que ce soit absolument indispensable.

Ils pénétrèrent dans la grande salle de bal, qui grouillait d'invités en robes et smokings sophistiqués. Maddox se sentit un peu minable en jean-tee-shirt, mais remarquez, eux avaient tous l'air guindés et ridicules. Madison bifurqua dans un couloir qui donnait sur une autre salle encore plus bondée. Aux quatre coins de la pièce, le long des murs, on avait disposé de longues tables sur lesquelles étaient exposés les articles vendus aux enchères. Parmi eux se trouvaient un voyage autour du monde tous frais payés, une rivière de diamants d'une valeur de vingt-quatre mille dollars, l'usage illimité d'une limousine Rolls-Royce (avec chauffeur) pour une durée de six mois, et un an d'approvisionnement en lait maternel provenant d'une femme qui ne mangeait que des produits bio cultivés localement.

Madison avait allongé le pas, elle zigzaguait entre les invités, perçait des brèches dans les groupes, rasait de près des objets d'art très précieux. Les blondes défilaient les unes après les autres sous les yeux de Maddox, mais ce n'était jamais Aerin. Son ventre se noua peu à peu. Et si Marissa l'avait emmenée ailleurs ? Si elle était blessée ? Que penseraient tous ces invités s'ils savaient qu'une meurtrière se trouvait parmi eux ?

Dans une autre salle, dédiée à une vente aux enchères

de célibataires, la clameur monta. Les lumières baissèrent et un morceau de musique techno démarra.

— Soyez tous les bienvenus à notre gala de bienfaisance annuel ! retentit une voix dans une enceinte.

Le groupe traversa trop vite la pièce pour que Maddox ait le temps de voir la tête des célibataires en question.

Ils passèrent devant une pièce où des hommes fumaient le cigare, croisèrent des types jouant au billard, discernèrent un couple sirotant du vin dans une alcôve tamisée. Madison attrapa le bas de sa robe et monta une volée de marches menant à un autre niveau bordé de salles animées. Dans l'une d'elles, des convives bavardaient alignés les uns à côté des autres sur un long divan. Dans une autre, une bande de mecs formaient un cercle autour d'un simulateur de golf. Ce palier surplombait la salle de bal ; Maddox contempla les dizaines de têtes gominées en contrebas. L'espace d'un instant, la trompette de l'un des musiciens de l'orchestre accrocha la lumière et projeta un éclat aveuglant.

Ils s'engagèrent dans un couloir sombre et isolé. À mi-chemin, Madison s'arrêta et tendit l'oreille. Dans le brouhaha de la fête, c'est à peine si Maddox entendait quelque chose, mais là, il lui sembla percevoir la voix aiguë et mélodieuse d'Aerin. Seneca s'avança à pas de loup pour jeter un coup d'œil par une porte entrouverte. Maddox se hissa sur la pointe des pieds derrière elle. À l'intérieur, on devinait une immense salle de bains en marbre dotée de trois lavabos et de toilettes indépendantes séparées par une porte. Le reflet de Marissa apparut dans un miroir rond au mur.

Elle se tenait face à Aerin. Ce qu'il se passait entre elles n'était pas très clair.

Maddox recula vite dans l'ombre avant que Marissa le repère. Le petit groupe échangea des regards.

— *Merde*, murmura Seneca, les joues toutes rouges.

Madison regarda Maddox.

— C'est *bon* ? On peut appeler la police, maintenant ?

Même Brett ne discuta pas. Maddox sortit son portable et appela les secours.

— Bonjour, quelle est votre urgence ? retentit une voix crâne à l'autre bout du fil.

Maddox eut un mouvement de recul. Ce n'était pas discret, et sa propre voix le serait encore moins. Marissa allait forcément entendre.

— Euh, chuchota-t-il. Je suis à une fête, et j'ai besoin d'aide.

— Quoi ? râla la régulatrice. Vous êtes où exactement ?

Maddox tripota maladroitement son téléphone, qui tomba par terre. Il entendit la régulatrice qui continuait à demander des précisions, mais n'osa plus répondre, fixant l'écran avec impuissance. Et s'il envoyait plutôt un texto aux urgences ? Un message en morse ?

À côté, Marissa avait pris la parole :

— C'est vraiment un choc terrible, dit-elle en minaudant et en se rapprochant d'Aerin. Je n'ose pas imaginer ce que ta mère et toi endurez, ma chérie. J'ai beaucoup pleuré et prié…

Elle se pencha pour étreindre Aerin, qui resta droite comme un piquet, les bras raides le long du corps, une veine saillante dans le cou. Maddox lança un regard à Seneca en levant un sourcil. La situation était peut-être moins alarmante qu'ils ne l'avaient cru de prime abord. Apparemment, elles venaient de se croiser par hasard. Aerin n'avait peut-être encore rien dit.

Marissa recula tout en observant Aerin.

— Il paraît que ta mère est ici ce soir ?

Aerin ne put que hocher la tête de manière catatonique. Marissa posa une main sur son cœur.

— J'aimerais beaucoup lui parler, ma chérie. J'ai des… choses à lui dire. Mais elle ne répond jamais à mes appels.

Une expression d'un calme étrange passa sur le visage d'Aerin. Elle leva la tête pour regarder Marissa droit dans les yeux.

— C'est peut-être parce qu'elle sait que vous êtes une sale menteuse.

Maddox haleta ; Madison grimaça.

— Je te demande pardon ? lâcha Marissa d'une voix étranglée.

Aerin plissa les yeux. Elle tremblait de tout son être.

— Je sais ce que vous avez fait à Helena. Je sais ce que vous *êtes*.

— Aerin, dit Seneca en faisant irruption dans la pièce et en la prenant par le bras. Euh, il faut qu'on y aille.

Aerin la repoussa. Marissa pivota sur elle-même en les mesurant du regard à mesure que le petit groupe se réunit dans la pièce. Son front se plissa d'un air entendu, et avant que Maddox n'ait le temps de réagir, Marissa se jeta sur lui et l'envoya valser contre le bord d'un lavabo. Elle claqua la porte et se campa devant en éteignant la lumière. Brett poussa un cri, Seneca hurla aussi, puis on entendit du verre se briser. Maddox se battit pour atteindre la porte et réussit tant bien que mal à rallumer. Par terre gisait un miroir fracassé, des bouts de verre éparpillés partout.

Dans la main de Marissa, un tesson accrocha la lumière. De ses bras maigres, elle enlaçait Aerin de manière presque amicale, un fragment de miroir pressé contre sa jugulaire. D'un air de folle furieuse, elle toisa le groupe qui était pétrifié.

— Faites ce que je vous dis, chuchota-t-elle d'une voix rauque mais ferme. Sinon votre copine est morte.

Chapitre 35

Cloué contre la coiffeuse, encore ankylosé suite à son agression deux jours plus tôt, Brett ne put s'empêcher de remarquer que la pièce sentait à présent un mélange âcre de sueur et de parfum écœurant – celui de Marissa, à la rose. Sans pouvoir intervenir, il scruta cette femme tandis qu'elle pointait le tesson sur la gorge d'Aerin. Il avait tellement envie de l'étrangler qu'il était prêt à tout. Malgré ses blessures, il était presque sûr de pouvoir y arriver, non… *certain* – mais Aerin leur jeta à tous un rapide coup d'œil alarmé, comme pour leur déconseiller de faire le moindre mouvement brusque.

En bas, le bruit sourd de la musique résonnait toujours. Les rires aussi. Brett entendit le crépitement du microphone aux enchères de célibataires, suivi d'applaudissements. Qui pourrait deviner qu'ils étaient retenus là-haut avec tout ce vacarme ?

La respiration de Marissa était hachée. Elle rajustait

sans cesse la position de son arme contre la gorge d'Aerin.

— OK, tout le monde, grogna-t-elle. Posez vos portables par terre et faites-les glisser jusqu'à moi.

Brett s'exécuta. Marissa ramassa les téléphones en vitesse et les fourra dans son sac à main.

— Personne ne bouge d'ici. Si l'un de vous tente de prendre la fuite, vous le regretterez, compris ?

Hochements de tête hésitants. Seneca s'éclaircit la voix.

— Ne faites pas ça, madame Ingram. Évitons que quelqu'un soit blessé. Vous n'êtes pas ce genre de personne. Ça se voit.

Marissa ricana avec mépris.

— Je fais ce que j'ai à faire. J'ai essayé de vous pousser à renoncer. Je vous ai *avertis* je ne sais combien de fois. Vous auriez dû saisir cette chance et comprendre que vous étiez complètement dépassés.

Brett sentit sa poitrine se serrer. C'était donc bien Marissa qui les avait harcelés.

— Mais vous n'avez tué personne lors de ces avertissements, continua Seneca d'un ton apaisant que Brett ne l'imaginait pas capable d'adopter. Vous n'êtes pas un monstre. Vous ne vouliez pas qu'on remue le passé, c'est ça ?

Marissa pinça les lèvres. Elle semblait un peu sous le choc, comme si, peut-être, elle n'en revenait pas d'en être arrivée là, ou qu'ils soient finalement remontés jusqu'à elle.

— Exact, concéda-t-elle d'une voix résignée. Mais de toute évidence, ce n'était pas la bonne tactique.

— Tout ce qu'on veut, c'est la vérité, plaida Seneca.

On n'est pas là pour vous nuire ou vous traquer. On sait que vous n'avez rien fait. On cherche juste à comprendre ce qui s'est passé.

Brett dévisagea Seneca. Comment ça « on sait que vous n'avez rien fait » ? À quel jeu jouait-elle ?

À croire que la méthode de Seneca fonctionnait car le visage de Marissa s'adoucit un peu.

— Vous pouvez nous le dire, l'amadoua Seneca pour l'encourager à parler. À nous et à Aerin surtout. Vous la connaissez depuis toujours. Elle a juste besoin de savoir une fois pour toutes ce qui est arrivé à sa sœur.

Marissa pivota de quelques centimètres, et abaissa un peu le tesson. Elle lui accorda un petit sourire penaud.

— Je regrette tant ce qui est arrivé, ma chérie ! s'exclama-t-elle comme si elle s'était retenue pendant des années. Je suis *sincèrement* navrée.

— Alors vous avez tué Helena ? lâcha Aerin, sur ses gardes.

Marissa eut l'air abasourdie.

— Jamais je ne ferais une chose pareille !

Elle était extrêmement convaincante. Son visage se décomposa de nouveau.

— J'ai senti qu'il se passait quelque chose entre elle et Skip cet été-là. Je ne les ai jamais pris sur le fait, n'ai jamais trouvé de textos, d'emails ou de lettres, mais… je le *savais*, c'est tout.

— Pourquoi ne pas en avoir parlé à ma mère ? s'écria Aerin.

Le regard de Marissa obliqua vers la droite.

— Parce que je n'avais aucune preuve. Lancer une

telle accusation contre la fille de quelqu'un, c'est grave. Cela aurait détruit notre amitié.

Brett eut envie de vomir. C'était ça qui l'avait surtout inquiétée ? Leur amitié ?

— Le jour de la disparition d'Helena, il se trouve que Skip avait disparu lui aussi. Pendant un week-end entier. J'étais affolée, mais j'ai raconté à tout le monde qu'il était en voyage d'affaires : à la police, à ta mère, d'autres amis, tous ceux qui participaient aux opérations de secours.

Elle regarda de nouveau Aerin.

— Il faut que tu comprennes, ma chérie : j'avais encore l'espoir de m'être fait des idées.

Brett serra les poings. Tous ces *ma chérie* que Marissa n'arrêtait pas de sortir comme si elle se souciait vraiment d'Aerin le perturbaient. Rien que pour ça, il avait envie de la démolir.

— Les jours ont passé, poursuivit Marissa. Les semaines ont passé. Helena n'était toujours pas revenue. Certes, on l'avait peut-être enlevée. Ou alors, elle s'était enfuie avec quelqu'un, ou toute seule. Mais au fil des jours, comme elle restait introuvable, j'ai eu le sentiment que Skip y était pour quelque chose.

Son expression était tourmentée.

— Le jour de Noël, il a affirmé qu'il devait passer au bureau. Mon mari travaille beaucoup, mais *jamais* à Noël. Cette fois-ci, je l'ai suivi à la trace grâce à l'appli GPS que j'avais installée sur son téléphone. Il se trouvait effectivement à New York, à l'appartement. C'est là que j'ai commencé à me demander s'il était là-bas avec elle. Si elle était en vie, indemne, et qu'ils profitaient en quelque sorte de ce… nid d'amour, acheva Marissa avec une moue.

— Mais alors pourquoi n'avez-vous rien fait ? demanda Aerin.

Marissa semblait perdue.

— J'attendais le bon moment, soupira-t-elle. J'essayais de comprendre *pourquoi*. En définitive, je lui ai laissé entendre par petites allusions que j'étais au courant. Il a nié de bout en bout, mais je voyais bien qu'il mentait. Alors un jour, je me suis rendue à l'appartement. J'ai déverrouillé la porte. Et c'est là que…

Elle s'arrêta au milieu de sa phrase et ferma les yeux, visiblement troublée.

Aerin pâlit.

— Que *quoi ?*

Il fallut quelques instants à Marissa pour répondre.

— C'est là que je l'ai vue étendue par terre. Morte.

Un frisson glacial parcourut le corps de Brett. Il regarda les autres échanger des coups d'œil, devinant ce qu'ils pensaient : ça ne collait pas du tout avec les messages sur *Top Secret*.

— Et… est-ce que Skip était là ? demanda Aerin. Est-ce qu'elle était morte depuis longtemps ?

Marissa secoua la tête, ses cheveux bruns lui battant les joues.

— Il était en voyage d'affaires. Quant à savoir depuis quand elle était morte, je n'ai pas trop eu le courage de la regarder.

— Pourquoi vous n'avez pas prévenu la police ? questionna Brett à son tour.

Marissa le dévisagea comme si c'était la question la plus insensée qu'on lui ait jamais posée.

— Je ne pouvais pas faire ça.

Brett comprenait. Elle avait sans doute imaginé en accéléré la suite des événements et la honte qui se serait abattue sur sa famille une fois l'affaire révélée. L'entreprise de Skip ferait faillite, ses clients partiraient voir la concurrence, et ils seraient en grande partie ruinés. L'avenir de Heath, qui était déjà un incapable, en serait gâché aussi. Et par-dessus tout, la vie de Marissa se détériorerait de façon très nette. Sa situation actuelle était plutôt confortable. Si elle appelait les flics, elle perdait tout.

— Alors vous vous êtes débarrassée du corps ? devina Brett. C'est vous qui l'avez emmené jusque dans ce parc au nord de l'État, n'est-ce pas ?

— Skip ne m'a même pas remerciée une seule fois.

Marissa voulut en rire, mais cela ressembla plus à un petit cri plaintif.

— Ne jamais révéler à personne ce que nous avions fait restait cependant l'option la plus sûre. Si on était amenés à être interrogés un jour, nous pourrions dire, non sans raison, qu'il ne m'avait jamais avoué son infidélité, ni moi que j'avais déplacé le corps.

Aerin remua avec gêne.

— C'est que Skip semblait penser qu'Helena s'était enfuie. Il lui a envoyé des messages disant qu'il était inquiet.

Marissa releva brusquement la tête.

— Des messages *où* ?

— Sur cette appli qu'elle utilisait. Ils s'écrivaient tout le temps. Il ne comprenait pas pourquoi ses affaires avaient disparu, il voulait juste s'assurer qu'elle allait bien. Apparemment, il était vraiment... très amoureux.

La colère inonda le visage de Marissa. D'un geste prompt, elle plaqua Aerin contre elle et pressa une fois de plus le tesson contre sa gorge.

— Tu es en train de dire que tu ne me crois pas, *c'est ça* ?

— Je ne sais pas ! s'écria Aerin. C'est juste que...

— Réfléchis bien avant de répondre, rugit Marissa, le visage collé à celui d'Aerin. Parce que je serai capable de te tuer Aerin. Je te tuerai sur-le-champ, sous les yeux de tes amis !

— Non ! protesta Seneca.

— Je vais le faire ! menaça Marissa d'une voix gémissante.

— Arrêtez ! hurla Brett.

Un craquement très net se fit entendre. Brett s'écarta d'un bond au moment où la porte de la salle de bains fut défoncée et s'écroula.

— Plus personne ne bouge ! gronda une voix autoritaire.

Plusieurs silhouettes apparurent dans le couloir.

— Police de Dexby ! Lâchez-la, madame Ingram !

Des agents envahirent la pièce, armes braquées sur Marissa. Cette agitation la prit au dépourvu, et le tesson lui glissa des mains. Brett bondit pour le récupérer par terre et le jeter dans le lavabo. Comme il se retournait, un flic plaqua Marissa au sol tandis qu'un collègue se mit à califourchon sur ses jambes. La lumière du plafonnier fit miroiter le métal des menottes. Tout le monde y alla de son cri, sa larme, son soupir de soulagement.

Brett jeta un coup d'œil à ses amis. Seneca était tombée à genoux sur le carrelage. Maddox comatait près du lavabo. Les mains plaquées sur les joues, Madison braillait aux flics que Marissa était coupable. Brett pivota sur lui-même en cherchant Aerin des yeux, mais dans la mêlée, il ne la vit pas tout de suite.

Puis il l'aperçut. Elle était près de la baignoire. Un autre agent se tenait devant elle pour la protéger. C'était un petit jeune, à peine plus vieux qu'Aerin elle-même. Brett pensa bien l'avoir déjà vu quelque part… au country club, peut-être ? Aerin n'avait pas discuté avec lui à un moment ?

Il s'élança, pressé de se jeter à son cou, de l'étreindre et lui souffler à l'oreille qu'il était vraiment désolé mais surtout heureux qu'elle n'ait rien. Ras le bol d'attendre le moment idéal pour l'embrasser, merde ! Il était *là* le bon moment, et il ne pouvait pas attendre plus longtemps. Il allait la serrer contre lui et elle aurait le sentiment d'être en sécurité, protégée. Avec lui, elle serait toujours en sécurité.

Mais quelque chose le coupa net dans son élan. Le jeune flic pencha la tête en arrière pour dire quelque chose à Aerin et leurs regards se croisèrent. De toutes les expressions que Brett lui connaissait, c'était la première fois qu'il vit Aerin sourire ainsi : c'était un sourire soulagé, admiratif, mais pas que. Il débordait de reconnaissance aussi. Et d'amour, un amour *sincère*, bien plus profond que les regards lascifs et aguicheurs qu'elle lui décochait à lui.

— Merde alors, lâcha Brett tout haut, quoique sa stupeur passa inaperçue dans le tumulte.

Soudain, il comprit. Quelque chose en lui devint glacial et dur comme de la pierre.

Aerin n'avait fait que s'amuser avec lui, le faire marcher. Rien d'autre.

Chapitre 36

Aerin se fondit dans un coin de la salle de bains et regarda la scène tandis que les flics, Thomas y compris, hissèrent Marissa debout en lui signifiant ses droits.

— Vous avez le droit de garder le silence… énuméra Thomas.

Sa voix grave et autoritaire était franchement sexy.

— Ne me touchez pas !

Marissa fut menottée les bras dans le dos. Elle se dévissa le cou pour décocher un regard furieux à Aerin.

— Dis-leur ce que je t'ai raconté. Ce n'est pas moi, la coupable ! Je n'ai rien fait !

Aerin eut une boule dans la gorge. Elle regarda la plus vieille amie de sa mère au fond des yeux pour essayer d'y trouver un peu d'humanité, mais elle ne vit que des pupilles sombres, des paupières maquillées, des faux cils. Choquante, révoltante et sans doute qu'à moitié vraie, l'histoire que Marissa lui avait racontée tournoya et se figea dans son esprit. Ce jour-là, à l'appartement, Marissa n'avait pas seulement trouvé le corps sans vie de sa sœur. Elle l'avait tuée. C'était la seule explication qui tenait vraiment debout au vu des autres preuves.

Peut-être Marissa avait-elle réussi à réécrire les faits dans sa tête, un mécanisme de défense pour l'aider à soulager sa conscience. N'empêche, même si elle s'était persuadé qu'elle n'était pas responsable de la mort d'Helena, elle l'avait quand même enterrée sans en souffler mot à personne. Commettre un tel acte et ensuite affronter la mère d'Aerin en faisant semblant de n'être au courant de rien était tout aussi monstrueux. Tout à coup, Aerin se souvint : une année, pour la Saint-Valentin, Marissa était passée apporter un colis plein de friandises à la mère d'Aerin. « Vous retrouverez Helena, je le sens, l'avait-elle entendue dire à sa mère. Tout ira bien, tu verras. »

Mais elle *savait* depuis le début ! Elle avait creusé un trou pour y enfouir son corps inerte !

Aerin regarda les flics.

— Si, elle est coupable.

Escorté par deux collègues, Thomas fit sortir Marissa de la salle de bains et l'emmena dans le couloir. Alors le calme revint dans la pièce.

Aerin se précipita vers ses amis pour les serrer dans ses bras. Elle les entendit lui murmurer des choses, mais les mots glissèrent sur elle sans faire leur effet. Au bout d'un moment, Madison se baissa pour récupérer leurs téléphones dans le sac de Marissa. Sans bruit, les mains tremblantes, elle fit la distribution. Aerin aurait presque aimé que quelqu'un éclate de rire pour détendre l'atmosphère… sinon il se pourrait bien qu'elle parte dans une crise de larmes sans fin.

Des murmures leur parvinrent du couloir. Aerin sortit de la salle de bains et jeta un coup d'œil par-dessus la balustrade. En bas, les invités du gala regardaient, médusés, Marissa être embarquée par trois agents de police dans sa robe chiffonnée et décoiffée, vers une voiture de patrouille qui les attendait dans l'allée principale. Quelqu'un avait eu la bonne idée d'éteindre la musique, mais les messes basses l'avaient remplacée. Des journalistes étaient déjà sur place, dont un cameraman qui s'appliqua aussitôt à faire un panoramique sur toute cette pagaille. Échevelés et visiblement drogués, des jeunes étaient sortis en masse de la dépendance. Elena Fairfield, qui était dans la classe d'Aerin, fit un large sourire à la caméra, posant coiffée de ses oreilles de lapin, mais ensuite M. Fairfield fondit sur elle et l'enveloppa de son blazer pour cacher sa robe minuscule.

Les jambes d'Aerin flageolaient encore lorsqu'elle entreprit de descendre l'escalier et de traverser la salle de bal. Tout le monde la dévisagea, y compris ses amies, mais elle eut à peine conscience de leurs regards, et n'entendit vraiment rien de ce qu'ils dirent. Le nom de *Marissa* résonnait comme une ritournelle dans sa tête. *Marissa. Marissa.* Son imagination se déchaînait. Elle la voyait trouver Helena, lui sauter à la gorge et la tuer là, dans l'appartement. Puis fourrer son cadavre dans une housse à vêtements et le traîner dans un ascenseur de service. L'enterrer dans ce parc, puis nettoyer la boue sur ses bottes à coups de bouteilles d'Évian.

Et ensuite… reprendre le cours de sa vie, tout simplement. Organiser des soirées, acheter des yachts. Commander une breloque sur mesure à son bijoutier. Profiter de *son* enfant, car Heath était encore en vie, *lui*. Profiter autant que possible de son mari même en sachant que c'était un salaud infidèle et amateur de mineures de surcroît, tout ça parce qu'elle était trop cinglée pour dire la vérité.

Prise d'un haut-le-cœur, Aerin enfonça les ongles dans ses paumes en attendant que ça passe. Elle n'avait surtout pas envie de dégueuler partout sur le parquet des Morgenthau. Jetant un œil dans son dos, elle chercha les autres. Seneca et Madison étaient blotties l'une contre l'autre, livides, au pied de l'escalier. Maddox était déjà dehors près des véhicules de police. Brett, lui, resta introuvable.

Un gémissement se fit entendre alors que les parents d'Aerin fendirent la foule pour se jeter au cou de leur fille.

— J'ai eu si peur.

Sa mère recula en la regardant, horrifiée, puis elle tourna la tête en direction des flics qui poussaient sans ménagement Marissa à bord d'une voiture. Ses diamants scintillaient sous les projecteurs. Elle dut relever les pans de sa robe pour qu'ils ne se prennent pas dans la portière. Une fois installée, elle croisa les jambes, exhibant ses talons aiguilles Jimmy Choo.

Une étrange expression mélancolique chiffonna le visage de son père ; trop lasse pour se soucier du fait qu'elle ne l'avait pas étreint depuis des années, Aerin posa la tête sur son épaule. Au bout d'un moment, elle fit pivoter sa mère pour se blottir dans ses bras.

Sans réfléchir, elle pressa du pouce la paume de sa mère. Leur code de toujours. À sa grande surprise, elle sentit sa paume s'enrouler fermement autour de la sienne. Puis vinrent les trois petites pressions successives, aussi faciles à déchiffrer qu'un code SKIP : *Je. Suis. Là.*

Elles restèrent comme ça un moment, laissant la foule, les caméras des journalistes et la police défiler autour d'elles. Puis, entendant quelqu'un s'éclaircir la voix à proximité, Aerin leva la tête. Thomas se tenait à l'écart sur sa gauche.

— Coucou… balbutia Aerin en se redressant.

Durant un long moment, ils restèrent là à se regarder. Sa mère lui lâcha la main et l'incita d'un petit coup de coude à aller le voir. Aerin s'avança de quelques pas, les jambes toujours en coton.

— J'ai bien cru que personne ne viendrait à notre secours, murmura-t-elle.

Thomas haussa les épaules.

— Les urgences ont reçu l'appel d'un type qui a juste eu le temps de chuchoter qu'il était au gala de Pâques. Mais comme la ligne n'a pas coupé, la régulatrice a pu entendre Marissa alors qu'elle vous menaçait.

Il sourit.

— On a pu enregistrer une bonne partie de ses aveux.

Aerin contempla l'allée par la fenêtre.

— Tu vas devoir retourner au poste ce soir ?

— Ouais. Entre les interrogatoires et le procès-verbal à dresser, la nuit va être longue, sans compter qu'on aura peut-être besoin de ton témoignage aussi.

Mais on ne t'accusera de rien, promis, ajouta-t-il avec un clin d'œil.

Il se rapprocha et s'éclaircit encore la voix avant d'ajouter tout bas :

— Je voulais te dire : je comprends, Aerin. À propos de… tu sais. Les mots de passe. Je n'aurais pas dû te reprocher ça tout à l'heure. J'aurais fait la même chose si ça avait été ma sœur.

L'intensité de son regard fit gonfler le cœur d'Aerin.

— Oh, eh bien… merci, chuchota-t-elle, émue.

Puis elle le serra dans ses bras. Elle mourrait d'envie de l'embrasser au passage, mais le moment était sans doute mal choisi. Toutefois, elle avait comme l'impression qu'il y aurait d'autres occasions. Peut-être même, plein d'autres.

Il n'y avait plus qu'à espérer.

Chapitre 37

De bonne heure le lendemain, sur le quai de la gare, Seneca regardait fixement les rails en contrebas. Le train avait vingt minutes de retard, et les voyageurs autour d'elle étaient nombreux. *Suis à la gare, juré*, écrivit-elle à son père. *Je serai bientôt à la maison.*

Elle avait craqué et lui avait raconté la vérité, à savoir que la veille, elle avait été à une soirée où une meurtrière avait été arrêtée, alors elle avait dû rester pour apporter son témoignage à la police. À cette nouvelle, son père avait voulu sauter dans sa voiture pour la retrouver dans le Connecticut, mais elle lui avait assuré que tout allait bien maintenant et qu'elle serait dans le premier train le lendemain matin.

Elle n'avait pas envie de partir, mais il fallait qu'elle parle avec son père, elle lui devait bien ça. Et, s'il l'y autorisait, peut-être qu'elle reviendrait bientôt à Dexby. Aerin lui avait déjà proposé sa chambre. Mme Kelly, avec laquelle Seneca avait longuement discuté la nuit dernière au poste de police, lui avait même dit de venir passer l'été prochain, si elle voulait.

Près d'elle, Aerin et Madison, qui l'avaient accompagnée au train, épluchaient les potins mondains du Connecticut, pleins de photos du gala de Pâques de la veille.

— Amanda a une tête affreuse, murmura Aerin en pointant une fille hébétée en robe blanche crasseuse. Et tu as vu les yeux de Cooper ?

— Il a l'air défoncé, dit Madison d'un air grave.

Seneca jeta un sourire pincé à Maddox qui consultait son téléphone, assis sur un banc à quelques pas de là.

— Tu peux y aller, si tu veux, suggéra-t-elle, tendue.

Maddox se leva.

— Sûrement pas.

Elle haussa les épaules et se retourna vers les voies, non sans sentir le regard de Maddox s'attarder sur elle. Il croyait sans doute que parce qu'ils avaient remporté une grande victoire la nuit dernière, elle allait passer l'éponge sur l'histoire avec Catherine, mais, non, elle ne commettrait pas cette erreur deux fois. D'accord, Maddox était peut-être particulièrement beau aujourd'hui dans son polo vert bouteille. D'accord, ce matin elle s'était rappelé une blague cochonne sur les blaireaux qu'il lui avait racontée à la fête foraine et avait rigolé toute seule sous la douche. Certes il lui avait envoyé un long mail expliquant qu'il avait annulé toutes ses prochaines séances d'entraînement avec Catherine en lui demandant de ne plus jamais le contacter. Il y écrivait aussi que d'après l'entraîneur de l'université de l'Oregon, sa bourse d'études l'attendait toujours, mais Maddox ne savait plus trop s'il allait l'accepter. Il n'en voyait plus l'intérêt. Apparemment, la seule chose qui valait la peine de se battre à ses yeux, c'était Seneca.

Alors oui, c'était sans doute la phrase la plus romantique qu'un garçon lui ait dite de toute sa vie. Néanmoins, ça ne changeait rien. La porte qui s'était entrouverte à l'intérieur de Seneca était désormais scellée. Ils pouvaient redevenir amis, peut-être, mais c'est tout.

— Eh bien, ce séjour fut un succès retentissant, déclara-t-elle sèchement en montrant son téléphone aux autres.

Une alerte Google venait de tomber au sujet de Marissa : cette fois, c'était un résumé éblouissant de son arrestation en direct sur CNN. Grâce au régulateur des urgences qui avait enregistré les aveux, la police était en mesure de la garder à vue sans libération sous caution possible. Pour l'instant, le couple Ingram était en prison, mais il se disait un peu partout que Skip serait sûrement relâché en fin de journée, dans la mesure où l'on pouvait raisonnablement douter de la version de Marissa selon laquelle il aurait tué Helena.

La veille, Seneca et les autres avaient chacun fait une déposition. Les flics avaient garanti qu'ils ne seraient pas poursuivis pour rétention d'informations. En fait, ils étaient plutôt impressionnés par leur travail de détectives. Le commissaire avait même demandé en rigolant s'ils seraient partants pour résoudre d'autres énigmes de la région, mais Seneca se doutait qu'il n'était pas sérieux.

Et le meilleur dans tout ça, c'est que la petite bande s'était vue attribuer le mérite de son travail. *Les recherches menées par une équipe de trois adolescents du coin et une jeune fille originaire du Maryland ont été décisives pour permettre l'arrestation de Mme Ingram.* Le journaliste s'était emmêlé les pinceaux sur le nombre réel de membres du groupe et il ne les avait pas cités nommément, mais *Classés sans suite* avait été évoqué, donc ils allaient recevoir les éloges de tout le monde sur les forums.

Aerin se pressa autour du portable de Seneca, et toutes deux contemplèrent la photo d'Helena en médaillon de l'article.

— Ils l'ont bien choisie.

Son fameux feutre brun sur la tête, Helena apparaissait en gilet à franges et pantalon ample devant la boutique Scoops de Dexby. Quelque chose dans le contre-jour et l'angle de champ de ce cliché lui vieillissait les traits et faisait ressortir ses cheveux blonds.

Seneca observa discrètement Aerin, remarquant les cernes sous ses yeux, la raideur de ses gestes. Elle n'avait pas fermé l'œil de la nuit, paria Seneca. Aujourd'hui Aerin détenait peut-être la vérité au sujet de sa sœur, mais ce n'était pas sans conséquences : elle était rongée, la réalité sans doute pire que tout ce qu'elle avait imaginé. Après tout, combien de milliers de nuits blanches Seneca avait-elle passées à revivre la découverte de sa mère étendue sur cette table d'autopsie ? Combien de fois s'était-elle réveillée d'un cauchemar dans lequel elle voyait sa mère se faire massacrer ? Aerin s'imaginait-elle Helena à l'agonie sur ce parquet ciré ? Se demandait-elle quelles avaient été ses dernières paroles et pensées ? Si elle avait souffert ? Seneca aurait bien aimé avoir quelques sages conseils à lui prodiguer ou pouvoir lui promettre qu'avec le temps, ces interrogations disparaîtraient. Mais c'était bien le problème : les siennes n'avaient pas disparu. Et elle n'aurait peut-être jamais de réponses.

Le vent se leva en bourrasques, il fit trembler les arbres et agita le foulard rose de Madison. Seneca attira l'attention des autres sur une ligne de ce nouvel article : *Mme Ingram soutient qu'elle n'est pour rien dans le meurtre de Mlle Kelly, qu'elle a uniquement trouvé son corps inanimé par hasard, après sa mort.*

— Je continue de bloquer là-dessus. Si ce n'est pas Marissa qui l'a tuée, ça veut dire que c'est Skip. Dans ce cas pourquoi tous ces messages sur *Top Secret* ?

— Marissa ment, affirma Maddox d'un ton plein de conviction.

Seneca se mordilla l'ongle du pouce. C'est que, hier soir, Marissa leur avait servi ce mensonge si facilement… Elle n'avait montré aucun signe révélateur laissant penser qu'elle inventait cette histoire de toutes pièces. Mais bon, elle devrait sans doute suivre le conseil de Brett : ils tenaient le coupable, il fallait qu'elle arrête un peu de se tourmenter.

Alors elle jeta un coup d'œil aux escaliers au bout du quai.

— Quelqu'un sait où est Brett ? Je lui ai envoyé un message pour le prévenir que je repartais aujourd'hui. Je pensais qu'il serait déjà là.

Aerin fit non de la tête.

— Je ne l'ai pas vu depuis hier soir.

— Il n'est pas allé en voiture au poste avec moi,

raconta Maddox. Je l'ai attendu pendant des plombes, mais il avait disparu.

— Est-ce qu'il a fait sa déposition ? questionna Seneca. Je ne l'ai pas vu chez les flics.

— Sûrement, supposa Aerin.

Seneca fourra les mains dans ses poches. De l'autre côté de la rue, des voitures démarrèrent sur le parking du Restful Inn.

— C'est dingue comme je le trouvais louche au début, dit-elle en se rappelant la première fois qu'elle l'avait aperçu dans le train. Preuve que les premières impressions ne sont pas toujours les bonnes.

Puis elle repensa à la conversation qu'elle avait eue avec lui la veille, devant les courts de tennis. Si seulement elle avait eu l'idée de le questionner plus tôt au sujet de sa grand-mère. Cet échange lui avait fait du bien.

À ce moment précis, une des roues dentées qui composaient l'engrenage complexe de son esprit se grippa. Un détail concernant cette fameuse conversation de la veille l'avait dérangée, et elle savait à présent de quoi il s'agissait. Elle se tourna vers Maddox.

— Pourquoi tu as parlé de ça à Brett ? demanda-t-elle en lui montrant son pendentif.

— Hein ? fit-il en grimaçant.

— Brett m'a dit, en parlant du collier de ma mère : « Heureusement, tu as récupéré ce souvenir d'elle. » Mais c'est la formulation que je trouve bizarre : comme s'il savait de quelle façon je l'ai récupéré.

Maddox cligna des yeux.

— Jamais je n'irai répéter un secret que tu m'as confié.

— Pourtant il n'a pas pu l'apprendre autrement.

— De quoi vous parlez ? demanda Aerin.

Seneca fut incapable de lui répondre. Une sensation reptilienne lui parcourut soudain le corps. Elle composa le numéro de Brett. Elle allait tout simplement lui poser la question, pas de quoi en faire un plat. Cela sonna une fois, puis un message enregistré retentit à travers l'écouteur : *Le numéro que vous avez demandé n'est plus en service.*

Elle regarda fixement l'appareil dans sa main comme s'il s'était transformé en serpent. Madison lui toucha le bras.

— Ça va ? Tu fais une tête hyper bizarre.

— Mais *qu'est-ce qui se passe* ? demanda encore Aerin.

Seneca se laissa tomber sur un banc. La tête lui tournait.

— Je suis sûre que ce n'est rien.

Mais ce n'était pas l'impression qu'elle avait. Il était impossible que l'histoire du collier de sa mère ait pu être portée à la connaissance du public, même pour ceux qui avaient leurs sources. Au moment où Seneca avait subtilisé le collier au cou de sa mère, le médecin légiste n'avait pas encore pris de clichés. À sa connaissance, l'inspecteur en charge de l'affaire n'avait pas non plus pris note du fait que sa mère le portait, et pour cause : le collier était rentré sous le tee-shirt de Collette, chaîne et pendentif cachés.

Elle ne l'avait pas dit à son père. Ni à aucun autre ami. Personne ne pouvait savoir que sa mère portait un collier au moment de sa mort, personne, sauf peut-être son…

Une idée saugrenue et atroce lui traversa l'esprit. *Non*, se dit-elle. Jamais de la vie. Elle nageait en plein délire.

Cela dit… ça ne lui coûtait rien de vérifier.

Elle lança une recherche pour Vera Grady sur son téléphone. Une page Wikipédia s'afficha, illustrée d'une photo de l'héritière tout en cheveux blond platine et fourrures. Cette femme n'était pas si vieille : elle avait une petite cinquantaine, tout au plus. Et qui plus est, c'était une cinquantenaire sexy au corps mince et ferme. D'un clic, Seneca revint alors à la photo d'Helena qu'elle venait de regarder dans l'article de CNN. Une angoisse lui noua le ventre. Elle avait les mêmes cheveux blond clair. Comme la mère de Seneca. Elle n'avait jamais pensé à faire ce rapprochement. Et en même temps, pourquoi l'aurait-elle fait ?

Tous les bruits autour d'elle s'évanouirent. Des picotements dans les doigts, elle fixa ses amis.

— Euh, comment se fait-il que Brett connaissait le moyen d'arrêter le système d'alarme du Dakota ?

Maddox haussa les épaules.

— Il a dit que sa famille avait le même.

— Pratique, comme excuse, non ?

Il la dévisagea comme si elle était folle.

— Hein ?

Seneca ne pouvait plus freiner ses pensées.

— Et quand on interrogeait Kevin, Brett a parlé d'un petit ami secret piquant Helena à Kevin, gagnant son cœur et l'invitant à dîner dans son appart de l'Upper West Side. Pourtant c'était avant notre découverte à propos de l'appart au Dakota Building.

Aerin fronça le nez.

— Je ne te suis pas.

— Moi non plus, ajouta Maddox.

De plus en plus de vilaines bulles continuèrent de remonter à la surface et d'éclater dans l'esprit de Seneca.

— Et cet appel, de Loren, à l'hôpital ? C'est Brett qui a décroché : il est le seul à lui avoir parlé. Qu'est-ce qui nous prouve que c'était bien lui ? Et pourquoi Brett insistait sans cesse pour qu'on aille à New York ? Pourquoi est-ce que, tout à coup, alors que j'allais repartir, il m'a reparlé de la grue en papier par texto ? Pourquoi c'est lui qui a ouvert la penderie du couloir où se trouvait le chapeau d'Helena ? *Pourquoi il n'est pas là ?*

Madison cligna des yeux à toute vitesse.

— Où est-ce que tu veux en venir ?

Maddox se mit à faire les cent pas.

— Brett est un des meilleurs détectives amateurs de *Classés sans suite*. Il est peut-être à moitié médium : c'est comme ça qu'il a su pour l'appartement dans l'Upper West Side.

— *À moitié médium*, non mais tu t'entends ? s'écria Seneca.

— Quant à Loren, bien sûr qu'il a appelé ce jour-là, continua d'argumenter Maddox. Je veux dire, tu insinues que Brett a bloqué son numéro, qu'il a appelé l'ancien portable d'Helena et qu'en fait de conversation, il n'y avait *personne* au bout du fil ? Et qu'il savait *déjà*, avant tout le monde, que Skip Ingram possédait un appart au Dakota ?

— Je ne sais pas, soupira Seneca, complètement sonnée.

Elle avait la sensation d'avoir du ruban adhésif autour de la gorge.

— Brett a ses entrées. C'est le petit-fils de Vera Grady. Il pourrait racheter la CIA, s'il voulait.

Mais même ça, Seneca n'en était plus si sûre. Elle consulta à nouveau la page sur Vera Grady. Le site comprenait aussi un arbre généalogique avec des photos. Effectivement, il y avait un petit-fils nommé Brett Grady. Sauf que…

Seneca rapprocha l'écran sous son nez, s'efforçant de trouver une explication logique à la minuscule image. Brett Grady avait un nez crochu et les cheveux bruns. Des yeux très écartés, des pommettes saillantes, et le teint terreux de quelqu'un qui ne faisait jamais de sport. La page indiquait qu'il vivait à Cupertino, en Californie, et travaillait chez Apple.

— Je ne comprends pas, souffla Madison, perplexe, en voyant aussi la photo.

Seneca tendit son téléphone à Maddox et Aerin qui lurent lentement chaque paragraphe. Le visage d'Aerin devint livide. Maddox eut l'air tout simplement hors de lui.

— C'est forcément une erreur, opposa-t-il. Wikipédia se trompe souvent, non ?

Mais à l'entendre, il n'en était plus si persuadé.

Seneca baissa les yeux vers le quai, un bruit assourdissant s'engouffrant dans ses oreilles. Comment était-elle passée à côté de ça ? Pourquoi Brett en savait-il autant ? Et *qui* était-il ? Elle le revit, avec son visage moyen et large, ses yeux de myope, ses cheveux blonds roux, ses gros pectoraux et ses biceps musclés…

De mémoire, elle récapitula les détails de l'affaire

d'Helena ainsi que ceux de sa mère. Puis elle releva la tête, le dos à nouveau parcouru de sueurs froides.

— Oh, mon Dieu. Aerin. Les ossements de ta sœur ont révélé la trace d'un traumatisme contondant suite à un choc très violent, c'est bien ça ?

Aerin la regarda d'un air ahuri.

— Oui…

— Autrement dit, quelqu'un de très costaud l'a tabassée avant qu'elle meure, n'est-ce pas ?

Sa voix tremblait.

— Quelqu'un de bien, *bien* plus costaud que Marissa. Rappelle-toi : à la soirée, c'est à peine si elle arrivait à t'empêcher de bouger avec son tesson.

— Tu veux dire que ce serait donc son mari qui a tué Helena ? demanda lentement Aerin.

Seneca fit non de la tête.

— Je ne crois pas. Je commence à penser que c'était peut-être… l'acte d'un tueur en série.

— *Quoi ?* s'étrangla Madison.

— Seneca, qu'est-ce que tu sous-entends, au juste ? dit Maddox, l'air horrifié.

Seneca eut une boule dans la gorge.

— Le bassin pelvien d'Helena a été fracturé de la pire façon qui soit, non ?

Une expression de terreur tordit le visage d'Aerin.

— Co-comment tu… ?

Seneca comprit sa stupeur : ce détail n'était pas dans le journal. Les médias ont dit que certains os d'Helena montraient des signes de trauma très violent, mais ils n'ont pas précisé lesquels. Il y a peut-être quelque chose de trop cruel et pervers à évoquer en public la région pelvienne d'une adolescente de dix-sept ans. Néanmoins Seneca connaissait la vérité car il y a quelques années, en échange d'un montant versé sur un site Internet douteux, elle s'était procuré illégalement un rapport du médecin légiste. À l'époque, elle s'était contentée de parcourir rapidement les mots *fractures multiples au coccyx, sacrum, pubis, ischion*, termes scientifiques pour désigner les os pelviens, sans en penser grand-chose. Mais peut-être était-ce la carte de visite d'un tueur en série.

Peut-être y avait-il une raison surnaturelle pour que l'affaire d'Helena ait autant éveillé l'intérêt de Seneca. Comme si l'univers essayait de lui faire passer un message. Comme s'il y avait un lien sordide entre ces deux morts.

Elle releva la tête vers Aerin, les yeux embués de larmes.

— Le bassin de ma mère était défoncé aussi. Exactement de la même façon. Et je parie que si on consulte le rapport de Vera Grady, on lira la même chose.

Le train entra en gare dans un crissement lugubre, mais Seneca remarqua à peine sa présence. Avec Aerin, elles restèrent là à se fixer, aussi submergées l'une que l'autre par le caractère sinistre, singulier et profondément injuste de cette ultime découverte. Ce ne fut qu'après l'arrêt complet du train que Maddox osa prendre la parole du bout des lèvres :

— On l'a laissé s'enfuir ?

Seneca ne put que hocher la tête. Oui, il était fort possible qu'ils aient commis cette erreur terrible et dévastatrice.

PLUS TARD

C'est plutôt sympa d'être Brett Grady, pensa-t-il en prenant place au *diner* en face du Restful Inn pour une dernière tasse de café. Brett Grady avait fait du bon boulot. Brett Grady avait roulé tout le monde, même Seneca, elle qui faisait toujours mine que rien ne lui échappait. À vrai dire, peut-être bien qu'il allait continuer encore un peu à se faire passer pour lui. Et pourquoi pas, tiens ? Ce nom avait du poids.

Ainsi, « Brett Grady » jeta un coup d'œil à son reflet dans la vitrine miteuse. Il s'était déjà raccourci les cheveux d'un coup de ciseau à la chambre d'hôtel et il avait retiré cette casquette de base-ball grotesque qu'il avait portée toute la semaine. Il avait remis ses lunettes ; c'était bien agréable de recouvrer la vue ; les lentilles de contact n'avaient jamais été son truc. Il avait enlevé le maillot et le baggy trop grands et criards, remplacé ceux-ci par une chemise à rayures et un pantalon en toile beige, relevé le col, enfilé des mocassins. Voilà, il était redevenu le Monsieur-tout-le-monde du Connecticut : BCBG, insipide, invisible. Le genre de type qui se fondait parfaitement dans la masse. Celui que les filles ne regardaient pas puisqu'elles ne le *voyaient* pas.

Ça le mettait vraiment en rogne quand elles l'ignoraient. Et quand il était en rogne, il faisait des bêtises.

Le sifflement d'un train retentit. Celui de la Metro-North en direction du sud, sans doute. *Tout est bien qui finit bien*, pensa Brett. L'idée que ce soit plutôt l'épouse qui endosse la responsabilité ne l'emballait pas trop, mais ça s'en rapprochait assez. C'était un soulagement de savoir que Skip Ingram était derrière les barreaux. À présent tout le monde savait que c'était un pédophile. Finies, les invitations aux soirées chics.

N'empêche. Si seulement les gens n'étaient pas aussi stupides ! S'il n'y avait pas autant de salopards dans ce monde, on vivrait mieux. Il n'y aurait pas besoin qu'il arrive des malheurs.

— Je vous ressers ?

La serveuse qui se tenait devant lui était la blonde aux seins protubérants qui l'avait servi tous les jours. Elle n'avait jamais eu un sourire pour lui. Jamais ri à ses blagues. Et hier matin, en le voyant entrer ? Elle avait *roulé des yeux*.

— J'en serais ravi, acquiesça-t-il d'une voix traînante.

Puis, lentement, il posa la main sur la sienne.

— Le café ici est vraiment fameux. Quel est votre secret ?

La femme tressaillit.

— Euh… je ne sais pas…

Elle tenta de retirer sa main, mais il la maintint fermement. La peur se manifesta sur le visage de la serveuse. Finalement, il relâcha son emprise comme si de rien n'était. Elle s'enfuit à toutes jambes en se tenant délicatement la main comme s'il l'avait marquée au fer rouge. Lorsqu'elle jeta vers lui un nouveau coup d'œil par-dessus son épaule, Brett Grady lui adressa un sourire terne.

Il vida le reste de sa tasse, déposa deux pièces de vingt-cinq cents sur la table, et se leva. Cette femme était loin de se douter qu'elle avait marché sur le fil du rasoir. Si elle avait été un peu plus jolie, un peu plus son type, cela aurait pu très mal se passer pour elle. Il ferma les yeux pour savourer la façon délicieuse dont tendons, tissus et os cédaient lorsqu'on comprimait un cou. Ce craquement gratifiant de l'échine. Ce sentiment victorieux de savoir que ses mains et ses mains seules avaient pouvoir de vie ou de mort sur ces femmes. *Si je changeais d'avis à ton sujet*, dit-il en silence à la serveuse de dos qui s'éloignait, *tu implorerais ma pitié, et je te rirais au nez.*

Mais il avait une nouvelle victime en vue. Une fille qui l'avait repoussé alors qu'il était parfait pour elle. Il l'avait pas mal côtoyée et la connaissait désormais sur le bout des doigts. Mais elle en désirait un autre, qui ne méritait pas son amour.

Aerin Kelly, cette garce impassible et cruelle. Et puis, merde ! Peut-être même qu'il ferait aussi la peau à son nouveau petit chéri, tiens.

Il avait hâte.

Retrouvez la suite des aventures

de nos amateurs en novembre 2017 !

Ouvrage composé par
FACOMPO – 14100 Lisieux

Cet ouvrage a été imprimé
en Espagne par

Grafica Cayfosa
(Impresia Iberica)

Dépôt légal : mars 2017

MIXTE
Papier issu de
sources responsables
FSC® C003309
www.fsc.org

Pocket Jeunesse, une marque d'Univers Poche,
est un éditeur qui s'engage pour
la préservation de son environnement
et qui utilise du papier fabriqué à partir
de bois provenant de forêts gérées
de manière responsable.

PKJ • POCKET JEUNESSE
www.pocketjeunesse.fr

12, avenue d'Italie – 75627 PARIS Cedex 13